A

B. M. ALLSOPP

Tropische Gefahr

EIN FIDSCHI-INSELN-KRIMI

Aus dem Englischen von
Corinna Rodewald

ATLANTIK

Die englische Originalausgabe erschien 2016 unter dem Titel
Death on Paradise Island im Verlag Coconut Press, Australien.

*Atlantik ist ein Imprint
des Hoffmann und Campe Verlags, Hamburg.*

1. Auflage 2021

www.hoffmann-und-campe.de
Umschlaggestaltung: FAVORITBÜRO, München
Umschlaggabbildung: © Getty Images / Sutthipong Kongtrakool; Getty Images / Bhavna Sharma / EyeEm; Rafael Ben Ari / Alamy Stock Foto; lucky-photographer / Alamy Stock Foto
Satz: Pinkuin Satz und Datentechnik, Berlin
Druck und Bindung: Druckerei C. H. Beck, Nördlingen
Printed in Germany
ISBN 978-3-455-01124-1

HOFFMANN
UND CAMPE

Ein Unternehmen der
GANSKE VERLAGSGRUPPE

In Gedenken an meine Freundin
Louise Esther Vakamocea

KARTE DER FIDSCHI-INSELN

Anmerkung der Autorin: Die Inseln Paradise und Delanarua sind frei erfunden. Alles andere auf dieser Karte existiert, aber fast dreihundert ausnehmend schöne kleine Inseln fehlen.

PROLOG

SAMSTAG

Eine Eilseeschwalbe, angelockt vom Weiß, das in den Wellen an den freiliegenden Korallen dümpelte, stieß auf den Rand des Saumriffs herab. Enttäuscht flog sie wieder davon, denn das hier waren keine Fische, sondern nur ein Stück Stoff. Es war von der Dienstkleidung abgerissen, die alle Angestellten des Paradise Island Resorts anlässlich der Feier für das Meeresschutzgebiet getragen hatten: eine anliegende weiße Tunika, schwarz bedruckt mit Kokospalmen und Rugbybällen, kombiniert mit einem schwarzen *Sulu*, dem Wickelrock der Fidschi-Inseln.

Würde die Seeschwalbe das weiße Stück Stoff näher betrachten, so würde sie entdecken, dass es noch nicht ganz von der Tunika abgerissen war, die den Körper einer jungen Frau umhüllte. Die Frau war vom Meer angespült worden und hatte sich an dem zerklüfteten Grund unterhalb der vorspringenden Korallen verfangen. Unnachgiebig schürften deren spitze Enden an der goldbraunen Haut, während die Wellen den Körper vor und zurück warfen, bis schließlich die Ebbe eintrat.

So entdeckte als Erster ein kleiner Einsiedlerkrebs die Leiche von Akanisi Leletaku, die sich voller Stolz um den Blumenschmuck für die Feierlichkeiten gekümmert hatte. Der Krebs bahnte sich einen Weg über ihre Kleidung, huschte in ihren geöffneten Mund und begann das Weichgewebe zu fressen.

SONNTAG

1

SUVA

Detective Sergeant Josefa Horseman blickte aus der Twin-Otter-Maschine hinab, die ihn von Nadi nach Suva brachte, Hauptstadt der Fidschi-Inseln. Um halb acht Uhr morgens stiegen Wolken aus den tiefen Tälern auf; weiße Schwaden, die sich verdichteten, je höher sie hinaufschwebten. Manche von ihnen mochten sich nicht lösen und klammerten sich an die Gipfel. Das Flugzeug zog über das Hochland hinweg und sank über dem breiten Flickenteppich des Rewa-Tals hinab, wo die Bewohner der Kleinbauernhöfe auf den überfluteten Feldern bereits ihrer Arbeit nachgingen.

Nun, da Horseman die silbernen Windungen des Rewa-Flusses sehen konnte, neigten sich auch seine Gedanken dem Leben auf dem Land unter ihm zu. Die neue Brücke in Nausori, schon mit dem Bau in Verzug, als er Fidschi vor einem Jahr verlassen hatte, sah zwar so aus, als wäre die Fahrbahn fertiggestellt, freigegeben aber war sie offenbar noch immer nicht. Der Verkehr führte nach wie vor über die klapprige alte Brücke. Das Flugzeug zog eine Kurve, bevor es sich wieder aufrichtete und auf die Landebahn zuhielt, und Horseman grauste es auf einmal davor, zu den alltäglichen Frustrationen der Polizeiarbeit zurückzukehren.

Die acht Passagiere stiegen aus. Horseman spürte, wie sein Körper heftig gegen das Klima seiner Heimat protestierte. Wo er herkam, war jetzt Winter, hier aber bekam er keine Luft und hatte das Gefühl, in schwülwarmem Dampf zu ertrinken. Ein paar angestrengte Atemzüge schienen seine Lungen jedoch zu weiten, und er humpelte über das Rollfeld zu dem kleinen baufälligen Terminal. Wenige

Minuten später hatte er sein Gepäck und trat durch den Ausgang. Sofort wurde er von einer fröhlichen Empfangsgesellschaft aus Verwandten umringt.

»*Oi le*! Joe, Joe! *Bula*!«

Strahlendes Lächeln und feuchte Augen begrüßten ihn. Seine Taschen wurden ihm abgenommen. Er umarmte seine Mutter und neigte den Kopf, damit sie ihm einen süß duftenden *Salusalu* umhängen konnte. Hände klopften ihm auf die Schulter, als würden sie überprüfen wollen, dass er tatsächlich leibhaftig hier war. Schließlich schmückten ihn sechs Blumenkränze, und auf seinem Gesicht vermischten sich Tränen mit Schweiß. Seine Mutter nahm ihn am Arm.

»So, Josefa, Folgendes haben wir geplant. Wenn wir jetzt losfahren, sind wir rechtzeitig im Dorf für die Kirche um elf. Die Jungs bereiten die Grube für das *Lovo* vor, und der ganze Clan kümmert sich um das Festessen. Es wird etwas ganz Besonderes, alle deine Lieblingsgerichte! Wie lange hast du noch Urlaub?«

Nur zu gern hätte er getan, was alle von ihm erwarteten, wirklich. »Wahrscheinlich gar nicht mehr, Mum. Ich vermute, dass ich mich morgen zum Dienst melden muss. Ich rufe von der Flughafenwache aus im Präsidium an, bevor wir losfahren.«

»Was? Ich kann nicht glauben, dass du keinen Urlaub bekommst nach deiner langen Anreise, so viel, wie du gebüffelt hast, und dazu deine OP, dann die Reha …«

»Mum, wenn es nach den Leuten auf dem Revier geht, hatte ich einen sehr privilegierten Urlaub und bin ihnen eine Menge schuldig.«

Mrs Horseman straffte die Schultern; wenn nötig, würde sie es mit der gesamten Polizei von Fidschi aufnehmen. Mit einem Lächeln erinnerte Horseman sich daran, wie eindrucksvoll sie in seiner Kindheit Fehlverhalten, üblicherweise seines, gehandhabt hatte. Sein Vater war in der Hinsicht lockerer gewesen und hatte das Feld ihr überlassen.

»Entschuldige bitte, aber da bin ich anderer Ansicht, Josefa. Du hast dir das Bein ruiniert, weil du dem Rugbyteam der Polizei Ehre gemacht hast. Ganz zu schweigen von unserer Nationalmannschaft, den Sevens und zwei Weltmeisterschaften. Wenn das nicht die Ausübung deiner Pflichten war, dann weiß ich auch nicht weiter. Fünf Premierships hintereinander! Der Polizeipräsident hat sich im Ruhm gesonnt, als hätte er selbst all die Treffer erzielt! Wie geht es deinem Knie eigentlich inzwischen?« Sie warf den geschulten Blick einer Krankenschwester auf sein rechtes in einer Jeans steckendes Bein. »Das muss ich mir nachher noch genauer ansehen.«

»Es macht sich gut, Mum. Für die nächste Saison sollte ich wieder fit sein.«

»Moment mal, hat der Spezialist nicht gesagt …«

»Detective Sergeant Horseman? *Bula*, Sir. Es tut mir leid, wenn ich störe, Sir.« Ein schwitzender Polizist in Uniform stand vor ihnen stramm.

Erleichtert drehte Horseman sich zu ihm um. »*Bula vinaka*, Constable.« Er warf einen Blick auf das Namensschild. »Peni Dau. Stehen Sie entspannt, Peni.«

»Eine Nachricht vom Polizeivizepräsidenten, Sir.« Er reichte Horseman einen formellen braunen Umschlag.

Horseman las die Nachricht. Wieder einmal würde er seine Familie enttäuschen, und er konnte nichts dagegen tun.

»Mum, Leute, es tut mir furchtbar leid, aber ich wurde umgehend ins Präsidium bestellt. Ich habe keine Ahnung, wie es danach weitergeht, aber ich fürchte, ich kann jetzt nicht mit euch nach Hause fahren.«

Die Lippen seiner Mutter zitterten einen Augenblick, dann presste sie sie zu einem schmalen Strich zusammen. »Und welches Recht hat dieser Jungspund Rusiate, deine Heimkehr zu ruinieren? Ich bin mit seiner Schwester zur Schule gegangen! Er war zehn Jahre jünger als wir – ständig hat er sich zu uns aufs Schulgelände geschlichen, um sich hinter seiner Schwester zu verstecken und seine eigenen Klassenkameraden zu verpetzen!«

Ihre rechtschaffene Empörung brachte sie alle wieder zum Lächeln.

»Mum, ich habe dir doch erklärt, dass ich in den Augen der Polizei ein ganzes Jahr lang frei hatte.«

»Nun, dann fahren wir alle in die Stadt, und ich erzähle dem jungen Rusi, was ich davon halte! Dein Cousin Seru ist mit seinem Pick-up da. Da passen wir zu fünft rein. Nach dem Treffen mit Rusi bleibt uns dann genug Zeit, um zum Mittagessen im Dorf zu sein.«

»Ich fürchte, der Boss hat den Kollegen hier geschickt, um mich abzuholen. Ich fahre besser mit ihm, sonst bekommt er Schwierigkeiten. Ich weiß noch nicht, ob ich nach der Besprechung Zeit habe.« Er zuckte die Achseln. »Es tut mir leid, Mum.«

»Wir warten draußen, bis du aus der Besprechung rauskommst, Joe.« Ihre Augen funkelten schelmisch. »Keine Sorge, ich geb mir Mühe, dich nicht zu blamieren, mein Junge.« Es war eine Erleichterung, sie wieder scherzen zu hören. Er tätschelte ihr die Schulter.

Horseman winkte den Polizisten her, der sich diskret ein wenig von ihnen entfernt hatte. Umgehend war er wieder bei ihnen. »Sind Sie bereit zur Abfahrt, Sir? Ich hole den Wagen.«

»Nicht nötig, Peni, ich komme mit Ihnen.«

Sie stiegen ein, doch Constable Dau machte keine Anstalten, den Wagen zu starten. Er sah aus, als würde er sich für eine unangenehme Pflicht rüsten wollen.

»Stimmt etwas nicht?«, wollte Horseman wissen.

Constable Dau hielt den Blick aufs Lenkrad gerichtet. »Nein, Sir. Ich wollte Ihnen nur sagen, Sir, es ist mir eine Ehre, Sie kennenzulernen. Wissen Sie, meinen Freunden und mir tut es unendlich leid, dass Sie kein Rugby mehr spielen werden.«

»Wo haben Sie das denn gehört, Peni? Ich habe vor, nächste Saison wieder dabei zu sein oder die übernächste. Und jetzt lassen Sie uns fahren. Wir können den Polizeivizepräsidenten an einem Sonntagmorgen nicht warten lassen.«

Es war erst neun Uhr dreißig, als Horseman am Polizeipräsidium oben auf einem Hügel über dem Zentrum von Suva eintraf. Das Gebäude sah aus wie früher, doch der weitläufige asphaltierte Parkplatz gegenüber war verschwunden. Der Fußweg war mit Sperrholzplatten abgetrennt, hinter denen ein Baugerüst gute zwanzig Meter in den Himmel ragte. Die darin eingefasste Struktur schien etwa vier Stockwerke hoch zu sein, was bereits höher war als die meisten Gebäude in Suva. Zu Horsemans Erstaunen waren die Arbeiten selbst am Sonntag im Gange. Ein gewaltiger Kran hob langsam eine Betonplatte an und schwang sie zu den wartenden Bauarbeitern, die sie dann vorsichtig in die richtige Position manövrierten. Eine gefährliche Arbeit, selbst mit den Schutzhelmen, die nicht gerade stabil aussahen, und eine Arbeit, in der die meisten Bauarbeiter auf Fidschi nicht besonders erfahren sein dürften.

»Sie kommen ziemlich schnell voran mit dem Hotel, was?«, bemerkte Constable Dau. »Angeblich soll es bis Weihnachten fertig sein, alle zehn Stockwerke, und die Geschäfte und das Café im Erdgeschoss machen schon im August auf.«

Horseman sah einen Augenblick zu und fragte sich, wo die Bauarbeiter wohl herkamen. Vielleicht waren sie aus dem Ausland zurückgekehrt, angelockt von saftigen Zulagen. Das kam vor, doch wenige, die ihr Glück woanders gesucht hatten, blieben dauerhaft hier, es sei denn, sie hatten in der Fremde eine Niederlage erlebt. »Hier entlang, Sir.« Der Constable führte ihn zur Treppe.

»Sitzt der Vizepräsident noch im zweiten Stock, Peni?«

»*Io*, Sir.«

»Dann weiß ich, wo ich hinmuss. Warum lassen Sie den diensthabenden Kollegen nicht wissen, dass Sie zurück sind?«

Constable Dau sah unglücklich aus, aber er würde es hinnehmen müssen. Horseman wollte die Treppenstufen unbeobachtet in Angriff nehmen. Die erste Etage bewältigte er mühelos, doch auf den letzten Absätzen rebellierte sein operiertes Knie. Er stützte sich am Geländer ab und trat gleichmäßig auf, das Gewicht auf beide Beine verteilt, so wie die amerikanischen Therapeuten es ihm beigebracht hatten. Oben angekommen blieb er stehen, um zu verschnaufen, bevor er zur einzigen Tür rechts der Treppe ging. Sie stand offen. Er klopfte an die Glasscheibe. Sein Vorgesetzter stand von seinem Schreibtisch auf und kam auf ihn zu.

»Ah, Detective Inspector Horseman, kommen Sie rein, kommen Sie rein. *Bula vinaka.* Willkommen zu Hause.«

»*Vinaka vakalevu*, Sir.« Horseman ging nicht auf das ein, was nur ein Versprecher bezüglich seines Rangs gewesen sein konnte.

»Wie geht es Ihnen, Joe, wie geht es Ihnen? Dem Knie geht es wohl besser, hm? Ich habe Sie die Treppe hochkommen gehört, das klang nicht verkehrt. Vielleicht ein bisschen langsam, hm? Wir haben natürlich Berichte von den Ärzten in Oregon bekommen. Sie sind der Meinung, Sie könnten zurück an die Front, solange Sie die Anweisungen befolgen, die Sie erhalten haben, und weiter Ihre Übungen machen. Aber das wissen Sie ja.«

»Ja, Sir. Die OP war erfolgreich, und in der Reha habe ich hart trainiert. Ich hoffe, hier weitere Fortschritte machen zu können.«

»Ein Sportler wie Sie weiß, was Training bedeutet, hm? Ich habe keinen Zweifel, dass Sie dranbleiben und sich wieder vollkommen erholen.«

»Ja, Sir. Ich kann es kaum erwarten, wieder für die Polizei im Einsatz zu sein.«

Der Vizepräsident nickte und lächelte, ein väterliches, mildes Lächeln. Irritierend. »Alles zu seiner Zeit, hm? Aber mir wurde gesagt, das neue Knie sollte für die Polizeiarbeit kein Problem sein. Die siegreichen Zeiten gehen wohl für jeden von uns einmal zu Ende, hm? Aber Sie sind ja noch jung und haben eine anständige Karriere bei uns in Aussicht, Detective Inspector. Sie wurden sicher heute früh von Ihrer Familie in Empfang genommen?«

Was war nur mit dem Vizepräsidenten los? Wurde er senil? Vor einem Jahr hätte er sich bei niemandem in seinem Rang geirrt. »Ja, Sir, es sind einige meiner Verwandten zum Flughafen gekommen, um mich für einen Kirchgang und ein *Lovo* ins Dorf meiner Mutter zu entführen. Sie waren einigermaßen betroffen, als Constable Dau auftauchte, um mich direkt hierherzubringen. Übrigens warten sie inzwischen draußen vorm Gebäude in der Hoffnung, dass ich nach unserer Besprechung frei habe und mit ihnen fahren kann.«

Sein Vorgesetzter runzelte die Stirn. »Das tut mir leid, Joe, aber in meinem Brief an Sie letzte Woche habe ich ausdrücklich darauf hingewiesen, dass Sie ab heute hier im Dienst gebraucht werden. Der übliche Mangel an Kollegen, hm?«

»Sir, es tut mir leid, aber ich habe Ihren Brief vor meiner Abreise nicht erhalten. Ich musste vorgestern aus Portland abfahren, um am Morgen den Flug von L. A. mit Air Pacific zu erwischen. Vielleicht ist das der Grund.«

Wieder ein väterliches Nicken. »Ach ja, das kann sein. Meine Sekretärin hat noch eine E-Mail geschrieben, als ich nichts von Ihnen gehört habe. Die haben Sie doch sicher bekommen?«

»Nein, Sir. Mein vorübergehender Account auf dem Server der Polizei von Oregon wurde einen Tag vor meiner Abreise aufgelöst – Sicherheitsvorschriften. Die Mail muss also an Sie zurückgegangen sein, oder …« Horseman verstummte wenig überzeugend und ging gedanklich die verschiedenen Möglichkeiten durch.

»Keine Sorge, Joe, die technischen Einzelheiten kümmern mich nicht, ich habe keinerlei Ambitionen, mich mit IT auszukennen, das ist ja einer der Gründe, weshalb wir Sie zu dieser Fortbildung nach Portland geschickt haben.«

»Ja, Sir.«

»In dem Fall haben Sie wohl auch die neuesten Ankündigungen nicht gesehen, hm.« Das war eine Feststellung.

»Nein, Sir, ähm, ich habe mich auch gefragt …«

Sein Vorgesetzter unterbrach ihn. »Warum ich Sie mit Detective Inspector anrede? Und ich habe mich gefragt, warum Sie nichts zu Ihrer Beförderung gesagt haben. Ist Ihnen bewusst, dass es diese Verwirrung in Zeiten des Telegramms nicht gegeben hätte?«

»*Vinaka vakalevu*, Sir. Das ist eine Überraschung, und eine Ehre.« Der Zeitpunkt war alles andere als günstig, um darum zu bitten, den Rest des Tages frei zu bekommen, aber er war es seiner Familie schuldig. Er bemühte sich um einen unbeschwerten Tonfall. »Sir, das ist umso mehr ein Grund für meine Familie, um zu feiern. Ich fürchte, meine Mutter wird heute kein Nein akzeptieren. Wenn es irgend möglich wäre, erst morgen zum Dienst anzutreten, oder selbst heute Abend …«

Der Vizepräsident blies die runden Wangen auf und ließ die Luft langsam wieder entweichen. »Joe, Ihnen scheint nicht klar zu sein, welche Privilegien Sie in Ihrer Laufbahn bisher genießen durften, weil wir Sie auf dem Rugbyfeld brauchten, damit Sie die Premierships für die Polizei gewinnen. Und selbstverständlich stellen wir auch immer gern die Kollegen frei, die für die Nationalmannschaft ausgewählt werden. In gewissem Maße sind Sie deswegen vor echter Polizeiarbeit bewahrt worden. Alles in unserem eigenen Interesse, ich weiß …«

»Sir, Sie übertreiben. Ein Spieler allein kann niemals ein Match gewinnen.«

»Lassen Sie mich offen reden, Joe. Auf Fidschi gibt es herausragende Spieler zuhauf, aber nur bei wenigen kann man sich darauf verlassen, dass sie eine komplette Saison durchhalten, geschweige denn Jahr für Jahr. Sie aber sind beständig, strategisch, fest entschlossen zu gewinnen. Sie waren, wer wir alle sein wollten. Sie sind ein Anführer. Jetzt ist es an der Zeit, dass Sie diese Eigenschaften für Ihre Karriere einsetzen. Sie sind ein guter Detective, sonst wären Sie nicht befördert worden. Aber jetzt, da Sie nicht mehr auf dem Spielfeld stehen, können Sie ein noch viel besserer sein. Und davon gehe ich auch aus.«

»Ich werde mein Bestes geben, Sir. Auch, wenn ich zurück auf dem Spielfeld bin.«

Es wäre wohl alles andere als hilfreich, jetzt noch weiter zu protestieren. Er und strategisch? Der Meister der Strategie war der Vizepräsident – manipulativer alter Fuchs! Horseman wartete ab. Der Vize schlug eine dünne Mappe auf.

»Gestern Abend kam ein Anruf vom Manager des Resorts auf Vula. Das Resort heißt jetzt Paradise Island – wussten Sie das? Wie absurd! Als wäre *Vula* so schwer auszusprechen, selbst für Ausländer. Jedenfalls ist der Manager dort aus Neuseeland, ein Kiwi. War gestern ein großer Tag dort, mit viel Tamtam für die Einweihung des Meeresschutzgebiets. Ratu, Presse, Wissenschaftler, alles. Bei Ebbe wurde draußen am Riff die Leiche eines jungen Zimmermädchens gefunden. Wahrscheinlich ein Unfall, aber bleiben Sie unvoreingenommen. Ratu Ezekaia, der Häuptling von Vula, ist ein Freund des Polizeipräsidenten, sie haben bereits gesprochen, es gibt also einen gewissen Druck, die Angelegenheit zu klären. Konnte gestern Abend niemanden mehr rausschicken – beschämend.«

»Wissen wir, wer die Leiche gefunden hat, Sir?«

»Ja, Dr. Vijay Chakra, ein Gast der Zeremonie, der über Nacht da war. Kennen Sie ihn? Er hat eine private Praxis hier in Suva. Meine Frau ist Patientin bei ihm. Sie finden alles, was wir bisher haben, in der Akte.«

Er reichte Horseman einen großen offiziellen Umschlag.

»Die Mitteilung über Ihre Beförderung, neuer Ausweis, Mobiltelefon et cetera. Unterschreiben Sie hier, dann sind Sie startklar. Der restliche Papierkram kann warten.«

Horseman unterzeichnete.

»Sie werden nach Navua gebracht. Ein Boot vom Resort holt Sie dort um elf Uhr dreißig ab – von unseren Booten ist keins verfügbar. Noch so eine Peinlichkeit. Detective Sergeant Singh erwartet Sie am Anleger. Zwei Constables sind bei Tagesanbruch rüber nach Vula beziehungsweise Paradise. Ich will Ihnen auch noch einen Detective Constable zur Seite stellen, hatte bisher aber kein Glück. Sie werden schon merken, wenn er da ist. Stellen Sie sich darauf ein, über Nacht zu bleiben, wenn es sein muss. Das Resort wird sich um Sie kümmern – es ist schließlich in deren Interesse, der Polizei zu helfen.«

»Hat Dr. Chakra einen Bericht zu seiner Untersuchung geschrieben, Sir?«

»Steht alles in der Akte, Joe, alles in der Akte. Melden Sie sich auf dem Revier in Suva, wenn Sie zurück sind. Polizeichef Navala dort wird mich auf dem Laufenden halten. Wo ist Ihr Gepäck?«

»Draußen bei meiner Familie, bei meinem Cousin im Wagen«, antwortete Horseman unwillig. »Ich hole es und verstaue es irgendwo, bis ich wieder da bin.«

»Tun Sie das – Sie werden nicht viel brauchen. Hoffentlich haben Sie ein *Bula*-Hemd dabei. Die sind in den Resorts anscheinend obligatorisch!« Der Vizepräsident gluckste über seinen Witz. Tatsächlich waren *Bula*-Hemden, hierzulande die etwas dezentere Version eines Hawaiihemds, bei den Einheimischen genauso beliebt wie bei den Touristen.

Der Vizepräsident redete weiter. »Nun gut, zumindest sollte ich Ihrer lieben Mutter die Lage erklären. Sie und meine Schwester waren in der Schule beste Freundinnen, wissen Sie? Ist das Mindeste, was ich tun kann, hm, Detective Inspector? Ich bin noch früh genug dran für den Gottesdienst oben in der Central Methodist um halb elf.« Der beleibte Mann trug seinen Sieg mit Würde, nahm seine abgegriffene schwarze Bibel und begleitete seinen neuen Detective Inspector zur Tür.

2

UNTERWEGS NACH VULA

Horseman saß tief in seinen Sitz versunken neben Constable Peni Dau. Der Wagen ließ die Siedlungen vor der Stadt hinter sich und wurde auf der Queen's Road schneller. Horseman nahm die Landschaft, die in verwischtem Grün und dahinter einem strahlenden Blau an ihm vorbeirauschte, kaum wahr. Er hatte angenommen, dass er den Hals recken und gierig das glitzernde Licht, die Farben, die erdigen Gerüche seines Landes in sich aufsaugen würde. Doch jetzt, da er hier war, war es ihm gleich. Seit er aus dem Flugzeug gestiegen war, hatte er keine einzige Entscheidung selbst getroffen. Er war gefahren, begleitet, befördert, zurückgewiesen, angewiesen und weggeschickt worden. Bis hierhin hatte seine Rückkehr in seine Heimat den Menschen, die sich so sehr gewünscht hatten, dass er wiederkam – seiner Familie –, nichts als Enttäuschung und jede Menge vergebliche Liebesmüh beschert.

Er hob die Hand, um das übliche Winken der Leute zu erwidern, an denen sie vorbeifuhren: einzelne Männer, Familien, kleine Gruppen junger Leute, allesamt geschniegelt und im Sonntagsstaat, die Bibel in der Hand. Manche schützten sich mit Schirmen, andere liefen ohne Kopfbedeckung unter der sengenden Sonne. Sie lächelten und winkten, selbst wenn ein fremdes Polizeiauto sie auf dem Weg zur Kirche in eine Staubwolke einhüllte. Nicht umsonst wurde den Menschen auf Fidschi von den Werbetextern der Tourismusindustrie der Titel »freundlichste Menschen der Welt« verliehen. Horseman dachte, dass sie womöglich auch die waren, die am meisten ausgenutzt wurden.

»Haben Sie Lust auf ein paar ordentliche Fidschi-Bananen, Sir?«, fragte der Constable und deutete nach vorn. Hier führte die Straße an einem Strand entlang, dessen weißer Sand von einem Streifen aus Treibgut in zwei geteilt wurde: Seetang, Palmwedel, Holz, Kokosnussschalen, zerrissene Netze, Flaschen, Lebensmittel und unverwüstliche Verpackungsfolien von Knabberkram. Ein paar Hunde und ein kleines Schwein wühlten darin herum. Der beißende Geruch der See vermischt mit erdiger Verwesung attackierte Horsemans Sinne.

»Warum nicht? Diesen Stand gibt es schon, seit ich denken kann.«

Der Constable kaufte zwei Handvoll reifer Bananen vom behelfsmäßig gezimmerten Stand und kehrte zum Wagen zurück.

»Hätten Sie gern direkt eine, Sir?«

Horseman erinnerte sich, dass er seit dem Vorabend im Flieger nichts gegessen hatte. Er stieg aus, und die beiden Männer setzten sich auf das büschelige Gras, das an den Strand grenzte, hielten die Gesichter in die hier stets wehende Brise und aßen schweigend ihre Bananen. Obwohl amerikanische Bananen größer und vollkommener waren, schmeckten sie nicht so intensiv zuckrig wie die kürzeren, schmalen Exemplare mit schwarzgefleckter Schale, die es auf Fidschi gab. Er aß eine zweite und dann noch eine. Langsam fühlte er sich besser.

Zertrümmerte Knochen und Knorpel hatten sein Leben auf den Kopf gestellt. Zumindest für ein oder zwei Jahre. Die Medizin heutzutage war unglaublich. Er wusste nicht, wann, aber er war sicher, dass es nicht allzu lange dauern würde, bis er wieder auf dem Rugbyfeld stand. Jetzt musste er sich aber erst mal auf seine Polizeiarbeit konzentrieren, und dass er so unerwartet befördert worden war, stellte ihn vor die Herausforderung, sich nicht mehr über die Routine und den bürokratischen Frust zu ärgern und mit ganzem Herzen dabei zu sein. Eines der Geheimnisse seines Rugbyerfolgs war, dass er jedes Spiel schon in der ersten Runde so anging, als wäre es das Endspiel. Er heizte sich selbst an. Jetzt würde er es genauso machen. Er würde in dem Fall des Zimmermädchens ermitteln, als handelte es sich um den Tod des Präsidenten persönlich. Er wusste noch nicht, wer sie war, aber er wusste, dass sie das verdient hatte.

Constable Dau parkte an der Straße, die parallel zum Bootsanleger am Flussufer verlief. Horseman stieg aus und lief am Ufer entlang, entdeckte aber im geschäftigen Treiben auf dem Steg niemanden, der aussah, als könnte er Detective Sergeant Singh sein. Allerdings konnte er nun ausmachen, wie das elegante weiße Boot des Resorts in die Bucht einbog. Am Steg lagen die Kutter bereits in zweiter Reihe. Das könnte noch interessant werden. Zumindest konnte er seine Tasche schon einmal aus dem Wagen holen und wäre bereit.

Als er sich zum Auto umwandte, entdeckte er eine schmale Inderin, die mit seinem Fahrer sprach. Sie trug eine graue Baumwollhose, eine kurzärmelige gelbe Bluse und Sandalen. Die schwarzen Haare hatte sie glatt zu einem festen Dutt geknotet. Horseman musste lächeln. Was würden seine Mentoren in Portland wohl sagen, hätten sie ihn dabei erwischt, wie er in der zarten Frau niemals seinen Sergeant vermutet hätte. Hatte der Vizepräsident ihn nicht angewiesen, unvoreingenommen zu sein? Er ging auf die Frau zu, hielt ihr die Hand hin und sprach sie auf Englisch an.

»Guten Morgen, ich glaube, Sie müssen Detective Sergeant Singh sein. Joe Horseman.« Die Frau nickte förmlich und schüttelte kurz seine Hand. Hinter ihrer großen Sonnenbrille schaute sie ihn ernst an.

»Freut mich, Sir. Ich habe für jeden von uns eine Tasche mit Ausrüstung zur Tatortbegehung dabei.«

»Danke. Das Boot vom Resort ist gerade angekommen, machen wir uns auf den Weg. Die Akte schauen wir uns unterwegs zusammen an.« Er wandte sich zu Constable Dau um. »Wie lauten Ihre Anweisungen, Peni?«

»Zurück ins Präsidium, Sir. Vorher bringe ich noch Ihr Gepäck runter an den Steg.«

Horseman lächelte. »Nicht nötig. Danke übrigens für die Bananen. Genau, was ich gebraucht habe.«

Unten an den Stufen zum Steg wartete adrett in ein türkises Poloshirt und marineblaue Shorts gekleidet der Deckshelfer vom Resort auf die beiden Detectives. Das Boot lag vertäut in der Flussmitte neben zwei Fischerbooten.

»*Bula, Bula, Ovisas*. Ich bin Maika. Wir sollen eigentlich nicht an anderen Booten festmachen, wir legen gleich wieder ab. Hier entlang, bitte.« Sie kletterten über das Heck der Fischerboote, griffen nach der Hand, die der Skipper ihnen hinhielt, und schwangen sich an Deck. Horseman ärgerte sich, als er merkte, dass er die Hilfe tatsächlich brauchte. Sie stellten sich dem Skipper vor.

»Ich bin Jona. *Oi le*, ich hatte keine Ahnung, dass ich Josefa Horseman nach Vula bringen würde – oder Paradise, wie wir es jetzt nennen! Was für ein Privileg, Sie kennenzulernen, Sir. Aber die Umstände sind wirklich tragisch.« Jonas dunkle Wangen waren eingefallen.

»Wir sind hier, um zu untersuchen, was passiert ist, Jona.«

»*Io*, Sir. Ich weiß nur nicht, warum die Polizei sich mit einem tragischen Unfall befassen sollte.«

»Warum glauben Sie, dass es ein Unfall war, Jona?«

Der Skipper schüttelte langsam den Kopf. »Akanisis Leiche wurde bei Ebbe am Saumriff gefunden. Sie muss ertrunken sein, als das Wasser höher stand. Eine andere Erklärung gibt es nicht. Bitte setzen Sie sich, während wir ablegen«, sagte er und zeigte auf eine Kabine unter Deck.

Es würde unmöglich sein, den Fall während der Fahrt zu besprechen. Sie waren zwar die einzigen Passagiere, aber Jona steuerte das Boot von einem Hilfsruder in der Kabine aus, da war Privatsphäre gleich null. Als die beiden Außenbordmotoren dröhnend ansprangen, lächelte Horseman Sergeant Singh an und zuckte die Achseln. Er zog die Akte aus seiner Tasche, setzte sich und begann zu lesen. Sergeant Singh folgte seinem Beispiel, holte eine violette Plastikmappe aus ihrem Rucksack und tat es ihm gleich.

In Horsemans Akte befand sich das Transkript des Anrufs, den der Manager getätigt hatte, nachdem die Leiche des achtzehnjährigen Zimmermädchens Akanisi Leletaku bei Ebbe im Riff gefunden worden war. Außerdem hatte der ortsansässige Ratu seinem Freund, dem Polizeipräsidenten, einen Abriss ihres Hintergrunds gegeben. Sie war auf der nahe gelegenen Insel Delanarua, die um einiges größer war als die winzige Koralleninsel, die nun unter dem Namen Paradise lief, geboren worden und aufgewachsen. Horseman starrte in das schäumende Kielwasser und fragte sich, wie ein Mädchen von der Insel, das höchstwahrscheinlich schwimmen konnte wie ein Fisch, bloß ertrunken sein konnte, da hielt ihm seine Kollegin ihre Mappe hin.

»Sir?«, rief sie.

»*Vinaka*«, sagte er, nahm die Mappe entgegen und händigte ihr die Akte des Vizepräsidenten aus. Gut, dass seine Kollegin Initiative zeigte. Und sie verschwendete auch keine Zeit. Neben Kopien der Berichte, die er bereits gelesen hatte, fanden sich in Singhs Mappe ein Ausdruck mehrerer Internetseiten, die die Richtlinien des neuen Meeresschutzgebiets Vula aufführten, eine Doppelseite der aktuellen *Fiji Times*, auf der von den gestrigen Feierlichkeiten auf der Insel berichtet wurde, sowie ein ausgedruckter Download von der Website des Resorts selbst.

»Großartig!«, rief er ihr zu und lehnte sich zurück, um sich die Unterlagen genauer anzusehen. Singh hatte sie offensichtlich bereits gelesen, denn die Seiten waren mit akkuraten Markierungen in Neongelb und Pink übersät. Er begann mit dem Zeitungsartikel.

Meeresschutzgebiet Vula erhält Segen von Ratu

Das exklusive Paradise Island Resort auf der Insel Vula, vor der Südküste Viti Levus gelegen, empfing gestern eine ungewöhnlich hohe Zahl an Gästen, um die Einweihung des Meeresschutzgebiets Vula zu feiern. Unter den etwa hundert Versammelten befanden sich sowohl Dorfbewohner der benachbarten Inseln als auch Gäste aus Suva sowie Diplomaten aus Australien, Neuseeland und den Vereinigten Staaten, Delegierte der Universität, des Fidschi-Instituts für Meereswissenschaften (FIMS), einiger Umweltorganisationen sowie Touristen- und

Medienverbänden. Ratu Ezekaia Tabualevu, Häuptling über Land und Wasser von Vula und benachbarten Inseln sowie leidenschaftlicher Befürworter des Schutzgebiets, reiste gemeinsam mit seinen offiziellen Begleitern im Boot des Resorts von seinem Zuhause auf Delanarua an. Bei seiner Ankunft um 10:30 Uhr schmückten die Resort-Angestellten den Ratu und andere VIPs mit ausnehmend schönen *Salusalu*, während der Chor der Angestellten traditionelle Lieder und Hymnen vortrug. Nach einer formellen Kava-Zeremonie zur Begrüßung erklärte Ratu Ezekaia Vula offiziell zum Meeresschutzgebiet, anschließend unterhielten die Gäste aus den Dörfern das Publikum mit lebhaften traditionellen Tänzen am Strand des Resorts.

Die Köche des Paradise Island Resort übertrafen sich selbst mit einem ausgezeichneten Büfett fidschianischer Spezialitäten. Ratu Ezekaia erläuterte die Bedeutung des neuen Meeresschutzgebiets und die von nun an geltenden Auflagen.

»Die Fischer waren zu habsüchtig, und so sind unsere Bestände inzwischen dezimiert. Von heute an darf niemand mehr innerhalb des Riffs fischen. Wir alle wissen, dass dort ohnehin nicht mehr viel zu holen ist. In den Gewässern vor dem äußeren Riff bestehen keinerlei Einschränkungen. Ich bin davon überzeugt, dass sich das Schutzgebiet mit unseren vereinten Kräften aufs Neue mit Leben erfüllen wird«, sagte Ratu Ezekaia.

Um den Tag abzuschließen, umschifften Ratu Ezekaia und Methodistenpfarrer Mosese die Insel im blumengeschmückten Boot des Resorts und beschrieben zeremoniell den Schutzkreis, der nun die gesamte Inselgruppe von Vula umfasst. Pfarrer Mosese betete für den Erfolg des neuen Schutzgebiets und dafür, dass wieder neues Leben ins Wasser zurückkehre. Wieder am Strand des Resorts angekommen, steuerte das Boot dicht auf das Ufer zu, während Ratu Ezekaia den wartenden Gästen die Absicht des Schutzgebiets demonstrierte. Eins nach dem anderen hob er Lebewesen des Riffgewässers in die Höhe: einen Tintenfisch, eine Seegurke, einen Papageifisch, eine gigantische Muschel, die er anschließend ins Wasser gleiten ließ. Doch gerade als der Ratu eine Schildkröte hochhielt, bekam das Boot gefährliche Schlagseite Richtung Strand. Die vorn in der Zuschauermenge stehenden Dorfbewohner stürzten augenblicklich auf das Boot zu, und es gelang ihnen, es wiederaufzurichten. Zur großen Freude der jubelnden Menge wurden Ratu Ezekaia und Pfarrer Mosese auf den Schultern der Dorfbewohner an Land getragen.

Faszinierend. Horseman wünschte, er hätte die letzte Szene miterleben können. Er fragte sich, ob wohl das tote Zimmermädchen dabei gewesen war. Auf einem der Zeitungsfotos sah man den strahlenden Ratu, sein dunkles Gesicht umrahmt von einem üppigen krausen weißen Afro, dazu ein dunkles Jackett, weißes Hemd und eine Krawatte mit dem Logo der Rugbynationalmannschaft. Es war ermutigend zu sehen, wie ein älterer Ratu sein Volk im Kampf gegen eine Bedrohung anführte, die in ihrem kleinen Inselstaat nur zu verbreitet war.

Horseman wandte sich dem Ausdruck der Resort-Website zu, der sich auf zwanzig bebilderte Seiten belief. Von besonderem Wert war die Vorstellung des Resortpersonals. Ihr Skipper Jona entpuppte sich als Chef der Resortflotte, in einem Inselresort eine Schlüsselstelle. Deckshelfer Maika hatte kein Porträtfoto erhalten, war aber auf einer Aufnahme der Paradise Voyagers zu sehen, eine kleine Band bestehend aus drei Männern in pinken *Bula*-Hemden und mit Blumen im Haar. Die tote junge Frau wurde nicht eigens erwähnt, aber vielleicht war sie irgendwo auf einem Gruppenbild der lächelnden Angestellten zu sehen.

Horseman war noch in die Akte vertieft, als Maika ihm auf die Schulter tippte und dann nach vorn deutete. Horseman trat an die Frontscheibe. Sie hielten auf einen grünen Klecks am Horizont zu.

»Paradise Island?«

Jona nickte. Sergeant Singh stellte sich zu ihnen. Während sie näher kamen, verwandelte sich der Klecks in einen buschigen Hügel, den wenige Minuten später grünes Flachland umringte. Schon bald konnten sie große wedelnde Palmen, einen Streifen hellen Sands, einen Wellenbrecher, vertäute Boote und einen hohen weißen Fahnenmast ausmachen. Einen Augenblick lang vergaß Horseman, weshalb er hier war, und gab sich seiner Freude hin. Wie magisch diese Anfahrt für einen Gast aus Osaka oder Houston sein musste! Jetzt konnte er Gestalten auf dem Anleger erkennen. Das Wasser wurde flacher, und das Boot verlangsamte.

Horseman konnte nicht widerstehen und ging hinauf an Deck, um besser sehen zu können, und Singh folgte ihm. Ihre Neugier war eine weitere vielversprechende Eigenschaft an ihr. Durch die Bäume hinter dem Fahnenmast erhaschte er einen Blick auf ein reetgedecktes Haus mit Wänden aus Schilfrohr. Das Boot wurde noch langsamer, als der Grund weiter anstieg. Vorsichtig steuerte Jona zwischen den unter ihnen verstreut liegenden Steinkorallen hindurch. Das Empfangskomitee lächelte und sang diesmal allerdings nicht. Horseman gab sich einen Ruck, um seine Gedanken wieder seinem Auftrag zuzuwenden, und holte seine Sachen aus der Kabine. Nach dem gleißenden Licht draußen wirkte es drinnen regelrecht düster. Sergeant Singh wühlte in ihrem Rucksack, die Sonnenbrille hatte sie sich oben auf den Kopf geschoben. Horseman reichte ihr die violette Mappe.

»*Vinaka*, Sergeant. Großartig, dass Sie die Hintergrundinfos so schnell zusammengestellt haben.«

Seine Kollegin kramte weiter in ihrem Rucksack. »Kein Problem, Sir. Sie können die Mappe behalten. Ich habe Kopien.«

Sie machte den Reißverschluss zu und sah zu ihm auf. Ihre Augen leuchteten so grün wie sonnenbeschienenes Wasser an einem seichten sandigen Ufer. Er versuchte, sie nicht anzustarren.

Sie lächelte. »Nennen Sie mich Susie, wenn Sie möchten.«

3

PARADISE ISLAND

Der stämmige Mann mit Strohhut musste der Manager sein, Ian McKenzie. Neben ihm, und erheblich größer als er, stand Adi Litia, die genauso aussah wie auf dem Foto der Webseite. Interessant. Stammte ihr Häuptlingstitel aus der Gegend hier, war sie vielleicht eine Tochter oder Nichte von Ratu Ezekaia aus Delanarua? Der uniformierte Constable neben ihnen hatte steif Haltung angenommen.

»Epeli Waqatabu, Sir. Constable Mocelutu ist bei der Leiche.« Horseman zuckte innerlich zusammen, als der Constable so beiläufig das Wort *Leiche* fallenließ. Als handele es sich um einen Gegenstand, eine Sache. Es war Horsemans erster Fall seit über einem Jahr, und der routinierte Gebrauch des Wortes tat ihm in den Ohren weh.

»Gut. Stehen Sie entspannt, Constable.«

McKenzie war unter seinen Sommersprossen blass. Er hielt Horseman eine zitternde Hand hin, und sie fühlte sich feucht an, als er sie schüttelte. »Wir stehen alle unter Schock, Inspector. Nisi war für uns wie eine kleine Schwester. Ein furchtbarer Unfall. Wir werden alles tun, was wir können, um der Polizei behilflich zu sein. Nisis Eltern sind heute Morgen gekommen und wollten sie mit nach Hause nehmen. Ich sah darin kein Problem, aber Litia hat mich darauf hingewiesen, dass die Polizei das nicht erlauben würde. Ist das richtig?« Er sah skeptisch aus.

»Das ist es, Mr McKenzie. Auf Fidschi braucht man für eine Beerdigung eine polizeiliche Beurkundung. Ich kann Ihnen versichern, dass Akanisis Eltern das auch genau wissen.« Er wandte sich an die große attraktive Fidschianerin. »Adi Litia, ich danke Ihnen, dass Sie Mr McKenzie über die Vorgehensweise informieren konnten.«

»Litia, bitte. Auf Paradise verzichten wir auf die Titel.« Sie lächelte und wurde um Jahre jünger.

»Ich vermute, Sie wollen als Erstes die arme Nisi sehen, Inspector?«, erkundigte sich McKenzie. Der nervöse Mann versuchte lediglich, sich nützlich zu machen.

»Noch nicht sofort. Constable Waqatabu teilte mir mit, dass ein Kollege bei dem Leichnam ist. Als Erstes müsste ich ein Ermittlungsbüro einrichten. Und weil es schon Mittag ist, fürchte ich, dass wir keine andere Wahl haben, als heute Abend Ihre Gastfreundschaft in Anspruch zu nehmen.«

»Natürlich, damit habe ich schon gerechnet. Ich dachte mir, das Büro hinter der Rezeption würde sich vielleicht eignen. Es ist eher klein, aber Litia und unsere Dame am Empfang könnten Anrufe für Sie entgegennehmen und die Leute zusammentrommeln, die Sie befragen möchten.«

»Vielen Dank, aber ich fürchte, wir brauchen unser eigenes Telefon, wenn wir denn einen Raum mit einem Festnetzanschluss bekommen können. Wie ist das Mobilfunknetz bei Ihnen?«

»Eher unzuverlässig. Und unsere Gäste-*Bures* haben nur Haustelefone – das gehört zum Weg-von-allem-Feeling. Aber ich vermute mal … Ja, es gibt keinen Grund, weshalb Sie nicht die *Bure* des Resortbesitzers nehmen können, da gibt es einen separaten Anschluss. Wir entfernen das Telefon, wenn Gäste darin übernachten, aber im Augenblick ist der Bungalow frei. Ich kann ihn Ihnen jetzt gleich zeigen, wenn Sie möchten.«

»Danke. Warten Sie mit unseren Sachen im Schatten, Constable.«

Der Manager öffnete den Mund, als wollte er etwas sagen, schloss ihn aber wieder. Am Fahnenmast begannen drei Sandwege, der auf der rechten Seite war mit »Naturpfad – 1 km« beschriftet. Sie nahmen den mittleren Weg, der sich durch schattige Gärten schlängelte. Linkerhand hinter den Büschen, die als Sichtschutz dienten, erhaschte Horseman einen Blick auf steile reetgedeckte Dächer, auf deren First jeweils der Stamm eines schwarzen Baumfarns wie ein waagerechter Schornstein über das Dach ragte.

McKenzie wedelte mit dem Arm in Richtung der Bungalows. »Zwölf *Bures* mit Seeblick, um die Landzunge herum und oberhalb der östlichen Hälfte des Strands. Die *Bure* des Resortbesitzers ist die letzte, direkt vor der Bar und den anderen gemeinschaftlichen Gebäuden. Der Pfad auf der linken Seite führt um die Bungalows herum – jeder hat einen eigenen Zugang vom Pfad aus und auf der anderen Seite eine Veranda mit Blick aufs Meer. Die Gäste laufen meistens über den Strand, den Pfad und die eigentlichen Eingangstüren nutzen sie kaum.«

»Nur die zwölf *Bures*?« Horseman fragte sich, wie das Resort überlebte.

»Nein, auf der anderen Seite des Anlegers stehen noch einmal vier, direkt hinter der Taucherhütte, mit Nordausrichtung, vielleicht haben Sie sie vom Meer aus gesehen. Sie eignen sich hervorragend für Feiern, große Familiengruppen und so weiter. Dort können sich die Leute ein bisschen austoben, ohne hier jemanden zu stören.«

Es passte alles zu den festen oder besser gesagt falschen Vorstellungen, die sich Ausländer von Fidschi, dem tropischen Inselparadies, machten. Ein paar Gäste kühlten sich in einem Freiformpool ab, der unter Palmen und einem Barringtonia-Baum lag, der mit seinen ausladenden Zweigen den verstreut um den Pool stehenden Holzliegen Schatten spendete.

Horseman staunte. »Ein Pool, hier? Mitten im Meer?«

Der Manager lächelte. »Verrückt, nicht wahr? Aber bei Ebbe ist es nicht so leicht, vom Strand aus loszuschwimmen. Das Wasser ist dann bis weit draußen flach und oft viel zu warm. Wir leiten Meerwasser in den Pool – natürlich gefiltert.«

Das Meer kam nun wieder in Sicht sowie eine Strandmauer. Die Gärten lichteten sich und gaben den Blick auf breitere Reetdächer frei.

McKenzie wedelte wieder mit der Hand. »Dort drüben sind die Bar, das Restaurant und so weiter. Aber sehen Sie sich erst einmal die *Bure* des Resortbesitzers an und sagen mir, was Sie davon halten.«

Ein sandiger Pfad führte auf eine Lücke in der wild wuchernden Hibiskushecke zu, die die *Bure* vor Blicken schützte. Hier konnte so ziemlich alles unbemerkt vor sich gehen – die ideale Umgebung für das perfekte Verbrechen. Wenige Meter vor dem Eingang führten zwei breite Stufen auf eine befestigte Veranda. Mit Wasser gefüllte Muschelschalen zu beiden Seiten der Stufen dienten als Fußbad. Baumstämme stützten das sanft abfallende Reetdach, das in Fransen bis über die Veranda reichte und kühlen Schatten spendete. Der Bungalow sah aus, als trüge er einen struppigen Strohhut.

Sie folgten McKenzie ins angenehm temperierte Halbdunkel. Er legte ein paar Lichtschalter um, und hoch über ihnen, von glatt geschliffenen und mit gefärbten Schnüren in aufwendigen Mustern zusammengebundenen Baumstämmen getragen, erstrahlte die Decke. Beeindruckt schaute Horseman nach oben. Die Unterseite des Reetdachs war wunderschön gestaltet – ein Kunstwerk, das es mit allem aufnehmen konnte, was Horseman bisher gesehen hatte. Das Zimmer war gemütlich eingerichtet mit einem Tisch und Stühlen aus Palmenholz, einem Sofa, Sesseln und einem Couchtisch. Einen Schreibtisch gab es ebenfalls. McKenzie öffnete mehrere geflochtene Paneele an der innen liegenden Wand, und zum Vorschein kamen auf der einen Seite eine Bar und ein Kühlschrank, Spülbecken und Mikrowelle, auf der anderen Seite Fächer mit Besteck, ein Toaster und ein Wasserkocher. Gar nicht mal so übel. Er setzte seinen Rundgang fort. Das Schlafzimmer wurde von einem breiten Doppelbett dominiert. Das daran angrenzende Bad zeigte auf einen mit Schilfrohr eingezäunten Garten mit einziehbarer Wäscheleine.

»Ist das das einzige Schlafzimmer?«, erkundigte sich Horseman.

»Es gibt noch ein zweites«, antwortete McKenzie und führte ihn zu einem weiteren Raum mit zwei Einzelbetten darin. Das zweite Bad hatte seinen eigenen kleinen eingezäunten Garten, war aber durch eine Tür aus Schilfrohr mit dem anderen Bad verbunden, wie Horseman nun bemerkte. Ein Schloss schien es nicht zu geben. Eher misslich bei einer weiblichen Kollegin. Er musste nach etwas Geeigneterem für sie fragen, ohne undankbar zu klingen.

»Wunderbar, Mr McKenzie. Das hier können wir gut als Arbeitsplatz nutzen und als Unterkunft für die Constables und mich. Sergeant Singh wird etwas mehr Privatsphäre brauchen.«

»In den Unterkünften für das Personal ist ein Zweibettzimmer frei. Das Bad müsste sich jedoch mit den weiblichen Angestellten geteilt werden«, bot Adi Litia an.

Horseman lächelte höflich. Das sollte wohl ein Witz sein. »*Vinaka*, aber unsere Arbeit wird besser vorangehen, wenn meine Kollegin eine Unterkunft für sich allein hat.«

Adi Litia reckte nur das Kinn vor, doch McKenzie zögerte keine Sekunde. »Eine *Bure* ist noch frei, die vierte am Pfad von hier. Ein Einzelapartment, natürlich mit eigenem Badezimmer. Würden Sie es sich gern ansehen?«

Singh schaltete sich ein. »Nicht nötig, Mr McKenzie. Das Angebot nehme ich gern an. Vielen Dank.«

»Haben Sie einen Lageplan von den Gebäuden? Vielleicht etwas, was Sie den Gästen mitgeben?«, wollte Horseman wissen.

McKenzies Miene erhellte sich. »Ja, wir haben auch noch ein paar andere Unterlagen, die Ihnen vielleicht weiterhelfen. Litia, kannst du bitte ein Infopaket für den Inspector zusammenstellen? Leg alle Broschüren dazu, die wir haben.«

»Sehr gern. Werden Sie zu Mittag essen, Inspector?«, wollte Adi Litia wissen.

»Wann sind denn die Gäste mit dem Essen fertig?«, fragte Horseman.

»Die meisten sind um zwei wieder weg. Manche bleiben aber auch noch länger sitzen«, antwortete Adi Litia.

»Vielleicht könnten Sie dann gegen zwei etwas von den Resten aus der Küche bringen lassen. Wir essen gemeinsam hier. Und bitte machen Sie sich keine großen Umstände.«

Wieder das hochmütig gereckte Kinn. »Tatsächlich würde es weniger Umstände machen, wenn Sie im Restaurant essen würden,

Inspector. Aber das ist Ihnen überlassen. Unsere Köchin kann Ihnen sicher ein paar Tabletts zusammenstellen.«

Horseman beschloss, ihren ein klein wenig gereizten Tonfall nicht weiter zu beachten. »*Vinaka*, Adi Litia. Mr McKenzie, Sie erwähnten, dass Akanisi wie eine kleine Schwester für alle war. War sie denn deutlich jünger als die meisten anderen Angestellten?«

»Ja, das war sie. Paradise Island stellt grundsätzlich ältere Frauen ein, zum Teil, um zu verhindern, dass wir den Ruf einer sogenannten Partyinsel bekommen. Unsere Gäste sind hauptsächlich Pärchen, manche davon in den Flitterwochen, Familien, Leute, die sich fürs Tauchen und für Fische begeistern. Wir wollen keine jungen Singlemänner anlocken, die glauben, dass fidschianische Frauen, die in einem Resort arbeiten, Freiwild seien. Bei Nisi haben wir allerdings eine Ausnahme gemacht, weil sie von Delanarua stammt, Litias Insel, und weil sie die Nichte von Jona Vaturua ist, unserem Bootsführer. Aber nicht nur Jona hat auf sie achtgegeben – das haben wir alle getan.«

»Verstehe. Könnten Sie mich dann jetzt zu ihr bringen, Mr McKenzie, und mir erzählen, unter welchen Umständen sie gefunden wurde?«

»Ja, gehen wir vorne am Restaurant vorbei. Ich wusste, dass etwas nicht stimmte, als Bill Burgermeister Alarm schlug, er kam zur Strandmauer dort drüben gerannt.« McKenzie zeigte auf einen niedrigen Steinwall, der wohl fünfzig Meter vom Strand ins Meer führte.

»Bill Burgermeister? Ich dachte, Dr. Vijay Chakra habe die Leiche gefunden.«

»Bill ist Biologieprofessor am FIMS in Suva. Er leitet die Forschungsarbeiten im Zusammenhang mit dem Meeresschutzgebiet hier. Toller Typ. Amerikaner. Er und Vijay haben vor dem Abendessen Golf gespielt, und da haben sie die Leiche des armen Mädchens entdeckt.«

Horseman fragte sich, ob er richtig gehört hatte. »Golf?«

Der Anflug eines Lächelns erhellte McKenzies Gesicht. »Oh ja,

Riffgolf bei Ebbe. Wir haben zwischen den Steinkorallen und dem Geröll neun Löcher angelegt. Ein Heidenspaß. Nun ja, normalerweise. Vijay ist bei Nisi geblieben und hat versucht sie wiederzubeleben. Als ich mit Unterstützung dort eintraf, war es schon dunkel. Vijay wollte nicht mit seinen Wiederbelebungsversuchen aufhören. Er muss unter Schock gestanden haben – er konnte einfach nicht akzeptieren, dass sie tot war.«

»Wie spät war es da?«

»Acht. Als wir uns auf den Rückweg machten, schlug gerade die *Lali*-Trommel zum Abendessen. Maika und Sai haben Nisi an den Strand hinter den Zaun bei den Personalunterkünften getragen. Da drüben.« McKenzie zeigte auf einen Bambuszaun. Er hielt inne, rieb sich über das Gesicht und schluckte schwer. »Wir wollten sie vor neugierigen Blicken und Tratsch schützen, so lange es ging. Abgesehen davon, dass es Angst und Panik unter den Gästen hätte auslösen können.«

»Klar, Sie wollten ihnen ja nicht das Abendessen vermiesen«, rutschte es Horseman heraus.

Der Manager sah ihm fest in die Augen. »Nein, das hätte ich nicht gewollt. Das ist ja auch meine Aufgabe.«

Horseman blickte missbilligend zurück. »Und, ist es Ihnen gelungen?«

McKenzie fuhr in dem gleichen kühlen Tonfall fort. »Ich hoffe es. Heute Morgen beim Frühstück habe ich verkündet, dass Nisi bei einem Unfall ertrunken ist und die Polizei eine Routineuntersuchung vornimmt.«

Horseman musste sich eingestehen, dass er an McKenzies Stelle vermutlich das Gleiche getan hätte. In Zukunft hielt er seine Zunge besser im Zaum und dachte nach, ehe er etwas sagte; er war definitiv eingerostet. Wahrscheinlich fragte sich Sergeant Singh schon, wie er es zum Inspector gebracht hatte, obwohl sie sich die Antwort schon denken konnte. Die allgemein verbreitete Meinung bei der Polizei war, dass sein Erfolg beim Rugby ihm stets Begünstigungen für seine Karriere eingebracht hatte. Bei neunundneunzig Prozent eingefleischten Rugbyfans unter den Polizisten missgönnten ihm das nur wenige. Dennoch würde er gern glauben, dass er sich seine Beförderung verdient hatte, deshalb sollte er besser damit anfangen, das auch unter Beweis zu stellen.

4

PARADISE ISLAND

»Wir würden jetzt gern Akanisi sehen, Mr McKenzie«, sagte Horseman.

Das besorgte Stirnrunzeln des Managers kehrte zurück. »Ja, natürlich. Wir wussten nicht, was am besten wäre. Dr. Chakra meinte, der Kühlraum, aber das schien nicht richtig mit den ganzen Lebensmitteln darin. Eine Klimaanlage gibt es nur im Büro, aber das ist alles andere als ein abgeschotteter Bereich, Gäste kommen und gehen, wissen Sie …« Der Mann geriet beinahe ins Stammeln.

Horseman unterbrach ihn. »Wo ist sie jetzt?«

McKenzie bekam sich wieder in den Griff. »Hier lang, bitte. Sie ist in einer Kammer im Hauswirtschaftsgebäude.«

Auf dem Weg dorthin fragte Horseman: »Haben Sie sie direkt in die Kammer gebracht?«

»Nein, erst haben wir sie im Pausenraum auf einen Tisch gelegt. Wir konnten sie wohl kaum in ihr Zimmer bringen – das teilt sie sich mit zwei anderen Zimmermädchen. Vijay hat seine Arzttasche geholt, und Maika hat Jona Bescheid gegeben, Nisis Onkel.«

»Und der Rest der Rettungshelfer?«

»Ledua, unsere Hausdame, hat die Angestellten, die nicht im Dienst waren, informiert. Anschließend bat ich Inoke, Litia zu suchen. Ich ging an die Bar, wo meine Frau arbeitete, und überbrachte ihr die Nachricht. Litia kam zu uns und rief ihren Vater an, Ratu Ezekaia – Nisi ist aus Delanarua, aus demselben Dorf wie der Ratu. Litia teilte mir mit, dass Ratu Ezekaia sich um Nisis Familie kümmern würde. Die nächste Stunde über gingen Anrufe hin und her.«

»Wer tätigte die Anrufe?«

»Litia. Wir warteten ab, dass ihr Vater sich meldete, nachdem er mit der Familie geredet hatte. Schließlich rief er an und sagte uns, er würde Nisis Eltern bei Tagesanbruch mit seinem Boot herbringen lassen. Das Restaurant brachte uns ein Tablett mit etwas zu essen. Wir waren in zehn Minuten mit dem Essen fertig, dann ging ich zurück zum Pausenraum. Vijay war noch da.«

»Hat er Ihnen seine Einschätzung mitgeteilt?«, fragte Singh.

»Er sagte, es sehe aus, als wäre Nisi ertrunken.«

Der Pfad endete am Restaurant, eine luftige reetgedeckte Konstruktion mit bodentiefen Fenstern zu drei Seiten, die auf den Strand und die Strandmauer zeigten. Die kleine Gruppe blieb stehen, den Blick von der Stelle angezogen, auf die McKenzie kurz zuvor gezeigt hatte und wo jetzt zarte Wellen das Riff säumten.

»Haben Sie sonst noch Fragen an Mr McKenzie, Sergeant Singh?«, fragte Horseman.

Singh nickte und wandte sich an den Manager. »Ja, ich würde gern wissen, wie Nisis Onkel reagiert hat.«

»Er kam gerade aus dem Pausenraum, als ich dorthin zurückkehrte. Er ging gebückt, wie ein alter Mann.« Mr McKenzie senkte seine Stimme zu einem Flüstern. »Jona macht immer so einen starken Eindruck. So habe ich ihn noch nie gesehen. Ich teilte ihm mit, was wir besprochen hatten. Er bedankte sich und ging.«

»War sonst noch jemand da?«

»Ledua. Sie hatte einen Plan für die Freiwilligen erstellt, die über Nacht Wache halten würden. Ich fand das nicht unbedingt notwendig, aber das ist wohl so Tradition. Ich hielt es für das Beste, es ihr zu überlassen.«

»Habe ich es richtig verstanden, dass Sie die Polizei verständigt haben, Mr McKenzie?«, fragte Singh.

»Ja, Vijay fragte, ob schon jemand die Polizei benachrichtigt hatte. War mir gar nicht in den Sinn gekommen. Seit ich hier bin, hatten wir noch nie die Polizei hier. Vijay, Dr. Chakra, meinte, es sei das Beste, wenn ich auf dem Hauptrevier in Suva anriefe, und das habe ich dann auch getan. Der Polizist dort sagte, sie würden versuchen, sofort jemanden herzuschicken. Dann rief er mich gegen halb elf aber zurück und teilte mir mit, dass bis zum nächsten Morgen keine Kollegen abkömmlich seien. Er habe zwei Constables und einen Fotografen beauftragt, um halb sechs Uhr morgens in Navua zu sein, die Detectives würden dann nachkommen. Weil kein Polizeiboot verfügbar war, bot ich an, unseres zu schicken, um Sie alle abzuholen. Ich muss zugeben, dass ich das für eine Menge Aufwand für jemanden hielt, der ertrunken war.«

Horseman erklärte: »Das ist Routine, Mr McKenzie. Gründliches Vorgehen ist unerlässlich, und dafür brauchen wir ein Team. Es tut mir leid, dass gestern Abend niemand abkömmlich war. Aber jetzt sind wir ja hier, dank Ihres Bootes.«

»Und das weiß ich sehr zu schätzen. Gleich da vorne ist das Hauswirtschaftsgebäude.«

Der Manager machte die Tür zu einem hübschen luftigen Raum auf, der für geselliges Nähen, Bügeln und das Binden von Blumen eingerichtet war. An einem großen Tisch in der Mitte saß der uniformierte Constable und trank Tee mit einer matronenhaften Fidschianerin. Der Constable sprang auf und nahm Haltung an.

»Constable Mocelutu? Detective Inspector Horseman. Und das hier ist Detective Sergeant Singh. Stehen Sie entspannt.«

Der untersetzte Constable wirkte ausgesprochen nervös.

McKenzie fuhr mit den Bekanntmachungen fort. »Das hier ist unsere Hausdame Mrs Ledua Marama. Sie ist verantwortlich für das Housekeeping.«

Mrs Marama war in ihren mittleren Jahren, klein und pummelig, und zwar so pummelig, dass das Oberteil ihres schwarzen Kleids vorne zwischen den Knöpfen etwas offen stand und der Saum ihrer kurzen Ärmel über den fleischigen Oberarmen spannte. Sie sprang von ihrem Stuhl auf und schüttelte Horseman kräftig die Hand, wobei sie ihn mit ihren strahlenden schwarzen Augen musterte, die von einer runden Brille vergrößert wurden.

»Die Umstände sind fürchterlich, Inspector, fürchterlich, aber es ist trotzdem eine Freude, Sie kennenzulernen. Du meine Güte, was haben Sie uns über die Jahre in Atem gehalten! Und jetzt ist Josefa Horseman höchstpersönlich hergekommen, um den Tod unserer lieben Nisi aufzuklären. Wir dachten, Sie seien noch in den Staaten! Lassen Sie sich anschauen – es hieß doch, Sie würden nie wieder laufen können! Bitte, lassen Sie mich Ihnen eine Tasse Tee einschenken.« Sie nickte und lächelte Sergeant Singh zu.

»*Vinaka*, Mrs Marama«, sagte Horseman, »wir nehmen nachher gerne einen Tee in unserer *Bure*, aber ich glaube, dass wir beide jetzt erst einmal etwas Wasser gebrauchen könnten. Heute Nachmittag würde ich mich auch gerne noch mit Ihnen unterhalten. Vorher möchte ich aber Mr McKenzie bitten, eine Personalversammlung anzuberaumen, damit ich alle über die Geschehnisse informieren kann.« Er wandte sich an den Manager. »Wäre fünfzehn Uhr dafür eine gute Zeit? Mit den Gästen reden wir noch gesondert.«

Der Manager antwortete augenblicklich. »Das sollte kein Problem sein, zu der Zeit haben nur wenige der Angestellten Dienst – sie gehen mit den Gästen fischen und haben ein Auge auf die Kajaks und Katamarane, die unterwegs sind. Kannst du das im Pausenraum organisieren, Ledua?«

»Ja, Ian, ich trommele alle zusammen.« Im Nu verschwand das Teegeschirr und wurde ersetzt von funkelnden Gläsern und einer Karaffe mit Wasser, in der Eiswürfel klimperten, dann eilte die Hausdame hinaus.

»Bitte setzen Sie sich doch einen Moment«, sagte Mr McKenzie.

Horseman streckte sein schmerzendes rechtes Bein unter dem Tisch aus. Dankbar tranken er und Singh ihr Wasser. McKenzie schenkte ihnen nach und deutete mit dem Kinn auf Mocelutu, der vor einer Tür an der rückwärtigen Wand stand.

»Sie ist da drin. Es macht Ihnen sicher nichts aus, wenn ich nicht mit reinkomme.« Er hielt den Blick auf die Tischplatte gesenkt und sprach kurzatmig weiter. »Und was sie mit ihr gemacht haben – Sie werden es gleich sehen –, damit habe ich nichts zu tun. Wenn Sie sonst nichts mehr brauchen, sehen wir uns um drei im Pausenraum.«

»Eine Sache wäre da noch, Mr McKenzie«, sagte Horseman. »Ich werde mit den Gästen sprechen müssen, die gestern hier waren. Ich wäre Ihnen sehr verbunden, wenn Sie eine Liste mit Namen und Ankunftszeit aufstellen und die Gäste wissen lassen könnten, dass ich einzeln mit ihnen reden möchte. Wir fangen nach der Personalversammlung damit an.«

»Nun ja, ein paar der Gäste sind gestern Nachmittag abgereist, und zwei weitere heute Morgen.«

»Könnten Sie das mit auf die Liste schreiben, bitte, inklusive Kontaktdaten?«

Der Manager runzelte die Stirn; vermutlich war ihm nicht klar gewesen, wie viel Einsatz die Ermittlungen ihm tatsächlich abverlangen würden. »Aber sicher, ich lasse so schnell wie möglich eine Liste zu Ihrer *Bure* bringen. Ihnen ist aber schon bewusst, dass wir für die Feierlichkeiten gestern etwa siebzig Gäste hier hatten?«

»Und ich wäre Ihnen dankbar, wenn Sie mir die persönlichen Daten dieser Gäste überlassen würden.« Horseman zog ein Taschentuch hervor und tupfte sich das Gesicht ab. »Als Erstes muss ich Dr. Chakra und Professor Burgermeister befragen. Könnten Sie ihnen Bescheid geben, dass wir sie um halb drei sehen möchten? Wir kommen jeweils zu ihnen in die *Bure*.«

McKenzie schüttelte den Kopf. »Dr. Chakra ist heute Morgen abgereist, Inspector. Er ist zusammen mit Ihrem Fotografen mit unserem Boot zurück nach Navua gefahren. Und Bill, also Professor Burgermeister, hat zwar hier übernachtet, ist aber heute Morgen zurück ins Camp gegangen.«

Horseman gab die Hoffnung auf, dass die Ermittlungen fein säuberlich vom Saumriff dieser kleinen Insel eingegrenzt werden würden. Er hätte es besser wissen müssen.

»Ins Camp?«, hakte er nach.

»Das Forschungscamp. Entschuldigen Sie, ich bin davon ausgegangen, dass Sie darüber im Bilde sind. Das FIMS, also das Institut für Meereswissenschaften, leitet auf der anderen Seite von Paradise eine ziemlich große Unternehmung. In den letzten zwei Jahren hatten sie jeweils für mehrere Monate Leute hier, die die Grundlagenerhebung für das Schutzgebiet und ein paar andere Projekte durchgeführt haben. Bill ist der Forschungsleiter und übernachtet im Camp, wenn er auf der Insel ist, aber er sucht auch gerne hin und wieder Zuflucht im Resort. In einer Woche wollen sie ihre Arbeit abgeschlossen haben und zusammenpacken.«

»Verstehe. Ist das Camp auch auf dem Lageplan, den wir von Ihnen bekommen?«

»Nein, aber ich kann Ihnen eine Karte von der ganzen Insel geben, auf der es eingezeichnet ist. Nicht weit hinter diesem Gebäude führt ein Pfad bis zum Camp. Wenn ein kleines Boot frei ist, kann Maika Sie bei Flut auch hinbringen, wenn Sie das wollen. Bei Ebbe ist man allerdings zu Fuß schneller.«

»Danke«, sagte Horseman. »Können Sie im Camp Bescheid geben, dass wir eine Versammlung abhalten? Ich hätte gerne alle dabei, die gestern auf der Feier waren.«

»In Ordnung. Ich glaube, sie waren gestern wirklich vollzählig hier. Das war der Höhepunkt ihrer Arbeit. Ich kann ihnen allerdings nicht vorschreiben, zu der Versammlung zu kommen.« In der Stimme des Managers schwang eine Spur von Herausforderung mit.

»Das erwarte ich auch nicht. Könnten Sie ihnen dann ebenfalls mitteilen, dass wir jeden befragen werden, der nicht zur Versammlung kommen kann – entweder später am Nachmittag oder morgen Vormittag?«

»Kein Problem«, entgegnete McKenzie. Dann stülpte er sich seinen Strohhut über und marschierte nach draußen ins gleißende Licht.

5

PARADISE ISLAND

Horseman legte die Hände auf den Tisch und stemmte sich hoch. »Dann mal los, Sergeant Singh.«

Sie reichte ihm Einweghandschuhe. Er wappnete sich für die Aufgabe, die ihn jedes Mal aus der Fassung brachte, und betrat den Lagerraum. Jemand hatte den Tisch darin mit einer aus Pandanus-Blättern gewebten Matte bedeckt, die so fein war, dass sie wie ein Tischtuch über die Kanten fiel und ihre Fransen aus leuchtend roter, grüner und blauer Wolle nach unten baumelten. Jemand hatte das längliche Bündel darauf in eine ähnliche Matte gewickelt und mit einer Kordel zugenäht. Kurz gesagt: Jemand hatte Akanisi Leletaku für ihre Beerdigung vorbereitet.

»Was um alles in der Welt! Wer hat das getan, Constable?«

Mocelutu studierte eingehend seine Füße, als er antwortete. »Die Eltern der Verstorbenen sind heute Morgen vor uns hier eingetroffen, Sir. Sie waren schon dabei, den Leichnam einzuwickeln, als wir ankamen. Sie hatten vor, ihn mit nach Delanarua zu nehmen, und haben mit uns diskutiert. Wir konnten den Leichnam nicht gewaltsam beschlagnahmen, Sir. Respekt, wissen Sie. Dann kam Adi Litia dazu. Sie erklärte den Eltern, dass sie ihre Tochter noch nicht mitnehmen dürften. Sie ist sehr bestimmt aufgetreten. Auf sie haben die Eltern dann gehört.«

»Wo sind die Eltern jetzt?«

»Sie sind noch ein paar Stunden geblieben. Der Bootsführer, Jona, ist der Bruder der Mutter. Er war eine ganze Weile bei ihnen. Ich habe gehört, dass sie gegen neun wieder abgefahren sind.«

»Der Fotograf war sicher nicht erfreut.«

Mocelutu nickte. »Jona hat die Eltern nach einer Weile mit zur Personalunterkunft genommen. Der Fotograf hat bis dann abgewartet, um seine Aufnahmen zu machen. Er meinte, sie würden nicht viel bringen, weil die Leiche gewaschen und geölt wurde. Gegen halb acht ist er wieder gegangen.«

Horseman rieb sich über die Stirn. Seine Hand war müde und zitterte, und er steckte sie in die Tasche. Schuldzuweisungen brachten sie nun auch nicht weiter. »Jetzt können wir nichts mehr daran ändern. Fragen Sie im Hauptrevier in Suva nach, wann sie Akanisi vom Anleger in Navua abholen können, Constable. Sie muss zur Obduktion ins Krankenhaus. In der Zwischenzeit sehen wir sie uns besser mal an, Sergeant.«

Horseman betrachtete Tote nicht gern genauer, hatte sich aber mit der Zeit daran gewöhnt. Trotzdem, es war weit über ein Jahr her, seitdem er das zuletzt hatte tun müssen. Er warf Sergeant Singh einen fragenden Blick zu, doch sie stellte sich sofort neben ihn, beinahe eifrig. Vielleicht war sie einfach froh, etwas zu tun zu haben, nachdem sie ihm seit ihrer Ankunft hier praktisch nur hinterhergedackelt war. Vergeblich versuchte er den sauberen Knoten zu lösen und schnitt die Kordel dann mit seinem Leatherman durch und schlug die Matte zurück. Darunter kam noch eine Matte zum Vorschein, diese dünner und leichter. Als er sie vorsichtig öffnete, stieg ihm ein schwerer süßer Duft entgegen. Er wich zurück.

Sergeant Singh beugte sich vor und schnupperte. »Mokosoi, Sir?«

Anscheinend brachte sie nichts so schnell aus der Fassung. »Ja, ganz eindeutig, nicht wahr?«, entgegnete er.

Unter der zweiten Matte war alles mit den stumpfgelben Blüten des Mokosoi-Baums bedeckt, deren spinnenartige Blätter ihren durchdringenden süßen Duft verströmten. Genau wie der Geschmack der Bananen vom Stand an der Straße löste auch dieser Geruch ein Gefühl von Heimat in Horseman aus. Der Duft durchdrang sämtliche Erinnerungen, die er an die Anlässe während seiner Kindheit auf der verschlafenen Insel Ovalau hatte. Ob Trauerfeier,

Hochzeit, Gottes- oder Ratu-Huldigungen, dieser einzigartige Duft war stets der Begleiter.

Singh schob die Blumen zu Häufchen an den Rand der Matte und enthüllte ein zartes weißes *Masi* aus Tapa-Rindenbaststoff. Horseman legte die Hände aneinander und senkte den Kopf. Die Eltern des Mädchens hatten all diese Kostbarkeiten mitgebracht, damit ihre Tochter mit Anmut und Würde zum letzten Mal heimkehren konnte. Jedes Detail wie von den Bräuchen vorgeschrieben treu ausgeführt. Er bedauerte, dass er ihre aufwendige Handarbeit zerstören musste. Erinnerungen kamen in ihm hoch, und er wischte sich eine Träne von der Wange.

Das *Masi* war mit einer Kante aus braunen Kreuzen eingefasst. Er schluckte schwer, als er es zurückschlug. Akanisi trug ein weißes Baumwollkleid, wie es auf den Inseln seit viktorianischen Zeiten der typische Sonntagsstaat für die Kirche war. Es waren jedoch ältere Bräuche, die die Salbung des schlanken Leichnams mit duftendem Kokosöl und Kurkuma vorgeschrieben hatten. Die Abschürfungen, Schnittwunden und blauen Flecken konnte der goldene Schimmer auf Akanisis honigfarbener Haut nicht verdecken, aber sie traten weniger stark hervor. Horseman stellte sich vor, wie die Wellen Akanisi gegen das Riff warfen und harte Korallen ihr die Arme, die Beine und das Gesicht zerkratzten, doch die Verletzungen sahen oberflächlich aus. Er hoffte, dass der Rechtsmediziner bestimmen konnte, ob die Blutergüsse vor oder nach Eintritt des Todes entstanden waren. Die blauen Flecken auf ihren Armen mochten verursacht worden sein, als sie aus dem Wasser gezogen wurde, oder vorher, von einem gewalttätigen Angreifer.

Akanisis kurzes gekräuseltes Haar war mit Öl zurückgekämmt worden. Behutsam hob er ihren Kopf an und ertastete eine Vertiefung und eine offene Wunde links unter ihrem Haar. Vorsichtig bettete er ihren Kopf wieder auf das Blumenkissen. Er blickte auf zu Singh, die ihm aufmerksam zusah. Es war ein seltsam intimer Augenblick.

»Wir können hier nichts mehr ausrichten. Ihr Leichnam ist hoffnungslos kontaminiert. Schlimm genug, dass sie im Meer gelegen hat, womöglich stundenlang, aber das hier …«

Gemeinsam wickelten sie Akanisi wieder ein und umhüllten die Leiche mit einem Leichensack der Polizei.

Constable Mocelutu kehrte zurück. »Der Leichenwagen ist um fünfzehn Uhr am Anleger in Navua, Sir.«

»*Vinaka.* Sergeant, könnten Sie zum Büro gehen und sicherstellen, dass um vierzehn Uhr dreißig ein Boot zur Verfügung steht, oder früher, wenn es ratsam ist?«

»Sicher, Sir«, entgegnete Singh und verließ den Raum.

»Wo sind Akanisis Kleider und Habseligkeiten, Constable?«

Mocelutu war nun souveräner. »Eingetütet und beschriftet, Sir. Ich weiß aber nicht, ob es alles ist, Sir.« Er holte einen ausgebeulten Müllbeutel aus einer Ecke des Raums.

»Was haben Sie in ihrem Zimmer gefunden?«

Mocelutu ließ wieder den Kopf hängen. »Nicht viel, Sir. Es ist auch hier in der Tüte. Es kann allerdings sein, dass jemand etwas entwendet hat, bevor wir ankamen.«

»Sie haben das Zimmer versiegelt?«

»*Io*, Sir. Die beiden anderen Damen aus dem Zimmer mussten ausziehen, mitsamt ihren Sachen. Ich kann es Ihnen zeigen.«

»Nicht nötig, Constable. Ich hätte gern, dass Sie weiter hier Wache halten. Bitten Sie Singh, mich bei den Personalunterkünften zu treffen, wenn sie wiederkommt. In etwa einer halben Stunde schicke ich Constable Waqatabu her, um Sie abzulösen. Kommen Sie in unsere *Bure* und essen Sie etwas zu Mittag. Wir übernachten heute alle dort.«

»Keine Eile, Sir. Mrs Marama hat uns sehr großzügig mit Stärkungen versorgt. Wir hatten ein gutes Frühstück und um elf einen kompletten fidschianischen Vormittagstee. Sie wissen schon, Sir.«

Das wusste er. Die meisten Amerikaner, die er kannte, würden einen fidschianischen Vormittagstee als ausgiebigen Lunch bezeichnen.

Er ging durch das Bambustor zu den Unterkünften des Personals und bat eine ältere Frau, die gerade Wäsche aufhängte, ihm den Weg zu zeigen. Sie lächelte und führte ihn zu einer von mehreren Reihen einstöckiger Zimmer, die vorne durch eine gemeinsame Veranda verbunden waren, deutete mit dem Kinn ans Ende der Reihe in der Nähe des steinigen Strands und ließ ihn wieder allein. Gelb-schwarz gestreiftes Polizeiband sperrte Stufen, Geländer, die letzte Tür und zwei Lamellenfenster ab. Er zog das Band ab und ging hinein.

Wie in einem Schlafsaal standen drei ordentlich gemachte Einzelbetten mit Regalbrettern an der Wand darüber aufgereiht nebeneinander. Anstelle eines Schranks war eine Kleiderstange längs an einer Seite des rechteckigen Zimmers angebracht. Ein paar Kleider und Blusen hingen an Plastikbügeln. Auf der anderen Seite stand eine zwei Meter hohe Trennwand, durch die man durch einen Vorhang in ein Badezimmer mit gefliestem Boden, Toilette, Dusche und Waschbecken kam. Über dem Waschbecken hing ein Spiegel in anständiger Größe, und auf einem Plastikregal darunter standen mehrere Behälter mit Shampoo und Kosmetika. Ein kleines Fenster mit sechs Metalllamellen sorgte für gute Belüftung.

Komisch, dass es nichts gab, worin man persönliche Gegenstände aufbewahren konnte, oder besser gesagt, wo sie auch persönlich blieben. Dann fiel es ihm wieder ein – das Personal hatte wahrscheinlich Blechtruhen mit Vorhängeschloss, genau wie er sie im Internat und in diversen Polizeikasernen gehabt hatte. Nisis Mitbewohnerinnen würden ihre in ihr neues Zimmer mitgenommen haben, obwohl sie auf den Regalen Fotos, Bücher, Krimskrams und einen Audioplayer zurückgelassen hatten. Was war mit Nisis Truhe passiert? Er kniete sich auf den Boden, konnte aber unter den Betten nichts entdecken. Das Zimmer war leicht zu durchsuchen, doch die Ausbeute war enttäuschend. Er leerte gerade den dürftigen Inhalt der beiden Abfalleimer in Plastikbeutel, als Sergeant Singh klopfte.

»Das Speedboat steht um vierzehn Uhr dreißig bereit, Sir. Sie haben eine Tragbahre, und es gibt einen niedrigen Gepäckwagen, den Sie benutzen können.« Sie hielt inne und sah sich im Zimmer um. »Irgendwas gefunden, Sir?«

»Das kann man nicht behaupten, Sergeant. Entweder haben die Constables ganze Arbeit geleistet, oder es gab nicht viel zu holen. Ich muss Mocelutus Tüten noch durchsehen. Hier gibt es keine Aufbewahrungsmöglichkeit für persönliche Gegenstände, das heißt, die Angestellten haben dafür Truhen, oder?«

»Ich nehme es an. Soll ich nachfragen?«

»Ja, aber lassen Sie uns erst noch draußen einen Blick werfen. Vier Augen … Sie wissen schon.«

Singh zog sich Handschuhe über und begann das schmale Gärtchen vor der Veranda gründlich abzusuchen. Horseman ignorierte sein protestierendes Knie, kroch in den beengten Bereich unter den Hütten und leuchtete ihn mit seiner Taschenlampe ab. Ameisen und kleine Krebse huschten davon, um rasch das wegzuschaffen, was für sie von Interesse war. Einige Blätter sowie eine Plastiktüte waren unter das Gebäude geweht worden. Horseman schob sich auf den Ellenbogen vorwärts und schnappte sich die Tüte. Die Personalunterkünfte wurden jedenfalls gut in Schuss gehalten; der Kriechzwischenraum wurde offensichtlich regelmäßig geharkt.

Der Schrei einer Frau riss ihn aus seinen Überlegungen. Alarmiert schob er sich unter der Hütte hervor. Vollkommen reglos hockte Sergeant Singh neben den Stufen zur Veranda. Er eilte zu ihr und stützte sich auf das Geländer, bevor sein Knie unter ihm nachgab.

»Da«, flüsterte sie, während sie sich ganz allmählich aufrichtete. »Ich habe sie angefasst.« Singh war starr vor Schreck.

Aufgerollt wie ein Seil sah die glänzende schwarz-weiße Schlange aus, als wäre sie tot. Horseman lächelte erleichtert. »Die ist harmlos, die schläft tief und fest und bekommt nichts mit«, sagte er leise. »Und Sie tragen Handschuhe, Sie haben sie also eigentlich nicht berührt. Machen Sie jetzt einfach ein paar Schritte zurück.«

Nach einem Augenblick leistete sie ihm in Zeitlupe Folge. »Entschuldigen Sie, Sir, ich habe mich erschrocken. Sind Sie sicher, dass sie harmlos ist?« Sie flüsterte immer noch.

»Ja, aber stören Sie sie nicht. Ich habe in Ihren überaus hilfreichen Ausdrucken gelesen, dass diese Gelblippenseeschlangen hier an Land kommen, um zu schlafen, wenn sie sich den Bauch vollgeschlagen haben. Sind Sie mit dem Garten hier fertig? Hinten raus gibt es keinen, und es sieht so aus, als würde das Gelände jeden Tag ordentlich gefegt, aber ich sehe schnell einmal nach. Dann müssen wir zurück zur *Bure*, um einen Happen zu essen und uns auf die Versammlung vorzubereiten.«

Singh war sichtlich aufgewühlt. Er hoffte, er würde sich nicht um sie kümmern müssen, aber bisher hatte sie einen besonnenen Eindruck auf ihn gemacht, vor allem bei der Toten. Damit war sie besser zurechtgekommen als er, und es war wohl kaum ungewöhnlich, Angst vor Schlangen zu haben.

»In Ordnung, Sir, bisher habe ich nichts. Ich muss noch unter der Veranda und auf einem Streifen an der anderen Seite nachsehen.«

Wie erwartet war hinter dem Gebäude alles sauber. Die Badezimmerfenster befanden sich in der Rückwand, aber weil ein Fliegengitter davor angebracht war, konnte nichts durch die Lamellen hinausgeworfen werden.

Als er zurückkam, hielt Singh ihm einen kleinen Druckverschlussbeutel hin. »Die habe ich unter der Veranda gefunden, Sir. Muss zwischen den Stufen hindurchgefegt worden sein. Eine Plastikverpackung von Tabletten oder Kapseln. Vermutlich ist es nichts, aber …« Ihre Augen leuchteten. Das helle Grün rüttelte ihn aufs Neue auf. »Ich frage die Hausdame nach der Truhe und den anderen Sachen und komme dann zu Ihnen in die *Bure*.«

»Gut gemacht, Susie.«

Sie hatte ihm angeboten, sie bei ihrem Vornamen anzusprechen, und jetzt hatte er es getan. Die Vertrautheit, die entstanden war, als sie gemeinsam die Tote eingewickelt hatten, hatte nachgeholfen. Gott sei Dank war ihm dieser Durchbruch gelungen. Seine Freunde in den Staaten würden es ihm niemals glauben, aber er hatte noch nie mit einem weiblichen Detective zusammengearbeitet. Es fiel ihm schwer, seine Kollegin mit der kumpelhaften Ungezwungenheit zu behandeln, die unter Männern üblich war. Und er war sich auch nicht sicher, ob sie überhaupt zu den Jungs gehören wollte.

6

PARADISE ISLAND

Als Horseman, Singh und Mocelutu den Pausenraum betraten, saßen etwa zwei Dutzend Personen auf Plastikstühlen um mehrere weiße Klapptische herum versammelt. Die meisten waren Fidschianerinnen und Fidschianer, aber es waren auch ein paar Weiße und zwei Inder darunter.

Nachdem McKenzie die Detectives und den Constable vorgestellt hatte, ergriff Horseman auf Englisch das Wort.

»Ich bedauere es sehr, dass ich mit meinem ersten Besuch in Ihrem wunderschönen Resort eine so traurige Pflicht auszuüben habe. Wie Sie wissen, sind mein Team und ich hier, um den plötzlichen Tod Ihrer Kollegin Akanisi Leletaku aufzuklären. Weil sie jung und gesund war, muss eine Obduktion durchgeführt werden, um die Ursache für ihren Tod festzustellen, und aus diesem Grund wurde sie nach Suva gebracht. Sie alle können uns dabei behilflich sein, das Rätsel zu lösen, indem Sie uns erzählen, was Sie eventuell gehört oder gesehen haben. Um herauszufinden, wie und warum jemand zu Tode gekommen ist, müssen wir oftmals viele Einzelheiten aus verschiedenen Quellen zusammentragen. Haben Sie irgendwelche Fragen?«

Über leisem Gemurmel erhob sich die Stimme eines Mannes vom Tisch ganz hinten. »Sie sind bei uns herzlich willkommen, Inspector Horseman, aber dahinter steckt doch sicher kein Rätsel? Nisi muss ertrunken sein.« Zustimmendes Raunen folgte.

»Das ist sicherlich eine Möglichkeit, mein Freund. Aber es gibt eben auch andere. Bevor wir die Ergebnisse der Obduktion erhalten, möchten wir so viel wie möglich über Akanisi und die Umstände erfahren, die zu ihrem Tod geführt haben.«

Eine mittelalte Frau hob die Hand. »Ich kann Ihnen sagen, dass sie eine sehr gute Schwimmerin war, Sir. Das weiß jeder hier. Sie konnte besser schwimmen als die meisten auf Paradise Island. Wie kann sie da ertrunken sein?« Ihre Ansicht stieß auf zustimmendes Nicken und allgemeines Gemurmel von »*Dina, Dina*, stimmt, stimmt.«

»Haben Sie vielen Dank für diese wichtige Information, Madam. Genau solche Einzelheiten müssen wir wissen. Um Ihnen Zeit zu sparen, lassen Sie mich Ihnen erklären, was wir jetzt tun werden. Ich möchte gern, dass Sie Ihren Namen notieren, Ihre Position hier im Resort und Ihre Antworten auf drei Fragen. Die erste lautet: Was haben Sie gestern getan? Dazu gehört auch, wo und wann Sie Akanisi gesehen haben. Die zweite: Wie gut kannten Sie Akanisi? Das beinhaltet zum Beispiel die Information darüber, wie gut sie schwimmen konnte. Und die dritte: Haben Sie in letzter Zeit irgendwelche Veränderungen an Akanisi bemerkt?«

Singh schrieb die Fragen gut lesbar auf ein Whiteboard und schob es vor die Versammelten.

»Constable Mocelutu wird nun Papier und Stifte verteilen. Bitte sprechen Sie sich nicht untereinander ab. Ich möchte, dass jeder von Ihnen in Ruhe zurückdenkt und aufschreibt, woran er oder sie sich erinnert. Lassen Sie sich so viel Zeit, wie Sie möchten, und verwenden Sie so viel Papier, wie Sie benötigen. Es ist gut, wenn Sie auf Englisch schreiben, aber wenn es Ihnen lieber ist, können Sie auch gern auf Fidschi oder Hindi schreiben.«

»Was machen Sie mit unseren Zetteln, Sir?«, wollte Maika, der Deckshelfer, wissen.

»Gute Frage, Maika. Sergeant Singh und ich werden Ihre Stellungnahmen sorgfältig durchgehen und dann entscheiden, mit wem wir sprechen müssen. Anschließend kommen die Unterlagen zu den Akten, damit sämtliche Informationen zu Akanisis Tod zusammen abgelegt und eingesehen werden können.«

Noch mehr Getuschel. Horseman fügte hinzu: »Ich wäre Ihnen verbunden, wenn Sie still arbeiten könnten – dann werden Sie auch schneller fertig.« Nicht alle Angestellten würden herausragende Schreibfertigkeiten haben, das wusste er, aber wenn er und Singh die Stellungnahmen durchgingen, würden sie ziemlich genau wissen, mit wem sie reden mussten.

»Mr McKenzie und ich lassen Sie jetzt allein. Ich danke Ihnen allen für Ihre Mithilfe und freue mich darauf, Ihre Stellungnahmen in Kürze zu lesen. Sollten Sie Probleme haben, wenden Sie sich bitte an Sergeant Singh oder Constable Mocelutu.«

Alle verstummten, und nach ein paar Blicken untereinander machten sie sich an ihre Aufgabe.

Horseman wandte sich an den Manager. »Von Ihnen brauche ich ebenfalls eine Erklärung, Mr McKenzie, aber Sie müssen sich nicht hier dazusetzen, um sie zu verfassen. Ich dachte mir, jetzt wäre ein günstiger Zeitpunkt, um Ihnen noch ein paar weitere Fragen zu den gestrigen Vorfällen zu stellen.«

»Sicher, gehen wir in mein Büro.«

McKenzie ging voraus zurück zu den anderen Gebäuden des Resorts und durch die Gärten bis zu dem kleinen reetgedeckten Büro. Er führte Horseman durch die Rezeption in ein spärlich möbliertes Zimmer, wo er seinen Hut auf einen Aktenschrank warf. Durch sein schütter werdendes rotes Haar sah man, wie seine rosafarbene Kopfhaut vor Schweiß glänzte. Er zeigte auf einen kleinen Tisch mit vier Rohrsesseln darum. »Bitte nehmen Sie Platz, Inspector.«

Die kühle Luft der Klimaanlage war ein Segen.

»Danke«, sagte Horseman. Er zog den Zeitungsartikel aus der *Fiji Times* aus seiner Mappe und legte ihn vor dem Manager auf den Tisch. »Das ist alles, was ich über die Feierlichkeiten gestern hier weiß, Mr McKenzie. Mich hat das Missgeschick mit Ihrem Boot ziemlich neugierig gemacht. Können Sie mir mehr dazu verraten?«

»Ah ja, den Artikel habe ich gesehen. Der trifft es wohl ganz gut.

Bis zu der Sache mit dem Boot lief alles sehr rund. Wie am Schnürchen, und alle waren glücklich. Das Personal hat sich mit der Dekoration mächtig ins Zeug gelegt. Nisi war übrigens verantwortlich dafür, die Boote und die Gebäude zu schmücken, und sie hat wundervolle Arbeit geleistet. Das alles mit Palmwedeln, Ranken und Blumen – so kreativ! Man hat gemerkt, dass es den Gästen gut gefallen hat.«

»Haben Sie gesehen, was mit dem Boot passierte?«

»Das habe ich. Ich habe am Ende der Strandmauer darauf gewartet, dass es mit Ratu Ezekaia und Pfarrer Mosese um die Landzunge bog. Alle haben dort gewartet – die Kinder oben in den Bäumen und im Wasser, die Erwachsenen am Strand und auf der Terrasse an der Bar. Festliche Stimmung. Aber es war heiß, es ging kein Lüftchen. Jedenfalls kam das Boot pünktlich an, das Verdeck mit violetten Bougainvilleablüten geschmückt, und Jona steuerte so nah an den Strand, wie es ging, damit die Zuschauer eine gute Sicht hatten. Dann hat er abgebremst, gewendet und es parallel zum Strand gelenkt. Nun ja, da war der Andrang groß. Ziemlich viele Leute sind ins Wasser gewatet, um besser sehen und hören zu können.«

»Konnten Sie immer noch verfolgen, was vor sich ging?«, fragte Horseman.

McKenzie nickte. »Ich blieb, wo ich war, deswegen war ich ziemlich nah dran. Pfarrer Mosese hob die Arme, und die Menge verstummte, selbst die Touristen, während er auf Fidschianisch betete. Dann sprach Ratu Ezekaia, die gütige Autorität in Person. Ich wünschte, ich hätte es verstehen können.« Er starrte sehnsüchtig vor sich hin.

»Als Nächstes demonstrierte der Ratu, welches Ziel das Schutzgebiet verfolgt, nämlich wieder mehr Exemplare der Arten anzusiedeln, die selten geworden sind. Sie hatten dazu ein paar Tiere in Meerwasserbehältern an Bord. Er hielt zwei Krebse hoch, die waren größer als Teller, wohlgemerkt, zeigte sie der Menschenmasse und ließ sie dann ins Wasser. Das Gleiche hat er mit Seeigeln, einem Papageifisch und einem Tintenfisch gemacht. Es hat mich ziemlich bewegt, obwohl ich ihn nicht verstehen konnte. Dann, als er gerade eine Schildkröte hochhielt, machte das Boot einen heftigen Satz in Richtung Küste.«

»Konnten Sie sehen, was der Auslöser dafür war?«

»Nein, konnte ich nicht. Jona hielt das Boot in einer Position längs zu den Wellen im Stillstand. Nicht die stabilste Position. Das Boot ruckte wieder zur Seite, und diesmal tauchte das Dollbord unter Wasser. Sowohl der Ratu als auch der Pfarrer kamen ins Straucheln und wurden nach vorne geschleudert, aber sie konnten sich beide am Handlauf festhalten. Ich sah Maika, wie er aufs Achterdeck sprang, den Anker auswarf und versuchte mit einem Paddel beizudrehen. Dann zog sich Ratu Ezekaia an der Stange des Verdecks wieder auf die Füße. Aber das Boot machte noch einen Satz, und ich dachte schon, es würde kentern. Das alles geschah innerhalb weniger Sekunden.«

McKenzie machte eine Pause, als würde er die Szene noch einmal durchleben.

»Was dann passierte, stellte sich als der Höhepunkt des Tages heraus. Dutzende Männer, Frauen und Kinder stürzten nach vorn und wateten und schwammen zum Boot, denn obwohl die Crew sich mächtig ins Zeug legte, schien das Boot mit jeder Welle dem Kentern näher. Die ersten, die ankamen, stemmten sich mit dem Rücken gegen den tief ins Wasser geneigten Schiffsrumpf und wuchteten das Boot zurück.

Ich konnte jetzt nichts mehr sehen und rannte hinter den Zuschauern her die Strandmauer entlang. Dann sprangen ein paar Leute vor mir ins Wasser, und ich hatte wieder freie Sicht. Ratu Ezekaia und Pfarrer Mosese wurden von ein paar sehr kräftigen Kerlen auf den Schultern getragen. Ratu Ezekaias *Sulu* war über seine Oberschenkel nach oben gerutscht, sein Jackett war triefnass, und sein weißer Afro schimmerte wie ein Heiligenschein. Alle lachten und jubelten.«

Horseman lächelte. Er konnte es sich lebhaft vorstellen. »Dann glauben Sie nicht, dass der Zwischenfall die Feierlichkeiten verdorben hat?« Er dachte an mögliche Sabotage, würde das aber nicht so früh verlauten lassen.

»Überhaupt nicht, zu meiner Überraschung. Es war wie ein Triumphzug!« McKenzie schüttelte ungläubig den Kopf.

»Haben Sie Akanisi in der Menge gesehen?«

»Nein, Inspector. Je mehr ich darüber nachdenke, umso sicherer bin ich mir, dass ich sie nach dem Mittagessen überhaupt nicht mehr gesehen habe. Da bediente sie natürlich.«

»Danke, Mr McKenzie. Ich wäre Ihnen sehr verbunden, wenn Sie mir Ihre Aussage bis heute Abend schriftlich geben könnten. Und vielen Dank auch dafür, dass sie uns heute Nacht bei sich unterbringen, und für all Ihre Hilfe. Das weiß ich wirklich sehr zu schätzen.« Er hoffte, das würde wiedergutmachen, dass er McKenzie zuvor so angefahren hatte.

7

PARADISE ISLAND

Obwohl Wolken aufgezogen waren und Regen den grauen Horizont verwischte, war die Luft nicht abgekühlt, als Horseman das Büro verließ. Er war hundemüde, auf dem Flug hatte er nur unruhig gedöst, und die Tatsache, dass er sich seit vierundzwanzig Stunden nicht gewaschen hatte, machte es auch nicht besser. Am besten ging er zurück zur *Bure*, duschte und zog sich etwas Frisches an, bevor die anderen mit den Stellungnahmen zurückkamen.

Als Sergeant Singh auftauchte, saß er auf der Veranda und fühlte sich um einiges erholter.

Sie hielt eine Mappe hoch. »Die meisten Stellungnahmen habe ich. Mocelutu ist noch im Pausenraum und wartet darauf, dass die letzten fertig werden. Ledua bringt uns bald den Nachmittagstee.«

»Wir können uns auch selbst eine Kanne Tee kochen«, sagte er. In Oregon hatte er sich an die Gepflogenheiten der dortigen Polizei gewöhnt, sich zwischendurch einen Pappbecher Kaffee zu holen, entweder aus der Maschine auf dem Revier oder an einem Stand an der Straße, und dazu einen Donut, wenn überhaupt.

Sie sah ihn skeptisch an. »Soll ich den Tee abbestellen, Sir?«

Horseman lächelte. »Nein, entschuldigen Sie. Wir sind hier schließlich auf Fidschi. Ich bin es aus den Vereinigten Staaten nicht mehr gewöhnt, dass es Vormittags- und Nachmittagstee gibt. Ein echter fidschianischer Nachmittagstee ist wahrscheinlich genau das, was ich brauche.«

»Nahrung für den Kopf, Sir.« Das schien sie ernst zu meinen.

»Gehen wir nach drinnen und setzen uns unter den Deckenventilator«, schlug Horseman vor. Sie setzten sich einander gegenüber an den Couchtisch. Das leise Surren des Ventilators vermischte sich mit dem rhythmischen Gemurmel der Wellen am Strand.

»Warum gehen wir nicht durch, was wir bisher haben, bevor wir die Stellungnahmen lesen? Akanisi, ein achtzehnjähriges Zimmermädchen, das seit einem Jahr hier arbeitet. Tot, scheinbar durch Ertrinken. Das Paradise Island Resort folgt eigentlich dem Grundsatz, reifere Frauen einzustellen, aber für Nisi wurde eine Ausnahme gemacht. Sie ist also anders, sie ist hübsch, voller Leben, sie wird der Liebling des Resorts.«

»Glauben Sie, da ist Eifersucht mit im Spiel, Sir?« Singh sah alles andere als überzeugt aus.

»Hier laufen überall junge Männer herum, aber nur eine hübsche junge Frau. Was glauben Sie?«

»Adi Litia ist auch attraktiv.« Singhs Stimme nahm einen defensiven Tonfall an.

»Ich würde sagen, Adi Litia ist mindestens dreißig, und sowohl ihr Rang als Tochter des Ratu als auch ihre Position im Resort bedeuten, dass sie tabu ist. Ganz zu schweigen von ihrer überlegenen Art.« Ihn persönlich schreckte dieses letzte Detail ab. Zu spät bemerkte er, was für einen Fauxpas er sich da geleistet hatte; er schätzte, dass seine Kollegin ebenfalls in ihren Dreißigern war. Genau wie er selbst. Verdammt! »Wenn man es aus der Perspektive eines dummen jungen Mannes betrachtet«, fügte er hinzu. Wie dürftig das klang.

»Was, wenn Litia gar nicht tabu sein will?«, fragte Singh.

»Ganz genau. Potenzial für Eifersucht auf allen Ebenen. Außerdem ist Nisi mit Feuereifer bei der Arbeit, und sie ist Leduas Schützling. Es ist nicht auszuschließen, dass andere Angestellte sie als Bedrohung wahrgenommen haben.«

»Sie halten Ihren Tod also für verdächtig, Sir?«

»Alles ist offen, bis wir den Obduktionsbericht erhalten. Aber wir müssen jetzt schon die Möglichkeiten durchgehen. Wir haben gehört, dass Nisi eine gute Schwimmerin war. Bei einem Sturz ins Wasser wäre sie sicher nicht ertrunken, wenn sie nicht schwer verletzt oder bewusstlos gewesen wäre. Sie hat eine Kopfverletzung, dazu brauchen wir die Einschätzung des Rechtsmediziners.«

»Dr. Chakra war der Meinung, sie sei ertrunken, nicht wahr?«

»Das hat Mr McKenzie behauptet. Aber so wie Dr. Chakra zurück auf die Hauptinsel geeilt ist, ohne zuerst mit uns zu reden, ist merkwürdig. Ich habe mehrmals versucht, ihn anzurufen, aber ich hatte immer nur den Anrufbeantworter.«

»Es ist aber auch Sonntag, Sir.«

Da hatte sie recht. »Nisi trug die Dienstkleidung, die sie auch beim Mittagessen anhatte, zerrissen, aber kaum beschmutzt. Natürlich eignet sich Salzwasser hervorragend dafür, Blut auszuwaschen.« Er seufzte. »Aber vielleicht wird die Kriminaltechnik trotzdem noch fündig. Was haben wir in den Tüten?«

»Kleidung, ein Nähkästchen, ein paar Fächer, Hautcremes, Flaschen mit Shampoo und Kokosöl, nichts von Bedeutung, soweit ich es beurteilen konnte. Die Truhe müssen wir uns allerdings noch genauer anschauen.«

»Machen wir das, bevor wir die Stellungnahmen lesen.« Er schüttelte den Kopf und versuchte sich zu konzentrieren. »Wir müssen mehr über Nisis Leben herausfinden.«

Ein leises Klopfen, dann schob eine Angestellte, die der bevorzugten Altersgruppe des Resorts entsprach, vorsichtig mit der Schulter die Tür auf. Die Frau trug ein riesiges mit einem Tuch bedecktes Tablett in den Händen. Sie war groß und kräftig, ihr dunkles ovales Gesicht von Wetter und Leben gegerbt, ihre tiefliegenden Augen warm. Sie lächelte Horseman zu und sprach ihn auf Fidschi an.

»*Bula, Bula*. Josefa Horseman, es ist mir eine Ehre, Ihnen zu Diensten zu sein. Meine Güte, kein Wunder, dass die gesamte Belegschaft zur Personalversammlung kommt, wenn Josefa Horseman höchstpersönlich mit uns reden will! Wo soll ich den Nachmittagstee servieren, Sir? Draußen auf der Veranda?«

»*Vinaka vakalevu*, aber wir nehmen ihn gern hier am Tisch, während wir arbeiten.«

»Jeder braucht mal eine Pause, Sir. Das habe ich auch oft zu Nisi gesagt. Ich fand immer, sie ist alles zu heftig angegangen, zu schnell. *Isa*, armes kleines Ding.«

Horsemans Laune besserte sich. Eine gesprächige Angestellte konnte für einen Ermittler eine wahre Goldgrube sein. Sie stellte das Tablett auf den Tisch und verzog den Mund angesichts der Mappen und Papiere.

»Ich setze Ihnen hier eine frische Kanne auf, *Ovisa*. Es ist ja Unsinn, bei diesem Wetter schwere Teekannen herumzutragen.« Sie machte sich in der Kochnische zu schaffen. Horseman warf Singh einen entschuldigenden Blick zu und zuckte die Achseln. Die Frau schloss seine Kollegin unhöflich von der Unterhaltung aus – wenn Singh nicht aus der Provinz stammte, war es unwahrscheinlich, dass sie Fidschi gut beherrschte. Aber die Angestellte wäre in ihrer Muttersprache sicher mitteilsamer, deswegen fuhr er auf Fidschi fort.

»Das ist in Ordnung. Mir ist eine frische Kanne auch lieber. Ich erinnere mich aus der Versammlung an Ihr Gesicht, Ma'am, aber ich fürchte, ich weiß Ihren Namen nicht.«

»Eseta Naisiga, von der Insel Beqa. Fragen Sie mich nicht, wie ich hier gelandet bin. Verheiratet, zwei Kinder. Vielleicht ist das hier mein kleiner Ausbruch, hm? Aber die Bezahlung ist gut, wenn man bedenkt, dass man keinen Cent ausgeben muss, und nach drei Wochen hier fahre ich für eine Woche nach Hause. Nicht schlecht, oder? Wenn ich in Suva arbeiten würde, könnte ich nicht viel zurücklegen. *Oi le*! Viel zu teuer!«

Horseman warf einen Blick auf die Personalliste auf dem Tisch. Eseta Naisiga war vierzig und arbeitete seit sechs Jahren im Resort.

»Wie gefällt Ihnen die Personalunterkunft, Mrs Naisiga?«

»Nennen Sie mich Essie. Sehr gut, Sir. Außerdem hält Ledua die Männer ganz schön auf Trab. Sie meint, die Zimmermädchen haben im Resort schon genug zu tun, da müssen sie nicht auch noch den Männern hinterherputzen. Dafür respektieren wir Frauen Ledua. Es gibt auch zwei verheiratete Paare. Wir kommen alle gut miteinander aus. Es ist wie ein Dorf, nur ohne Kinder.« Sie sah an ihm vorbei, den Blick in die Ferne gerichtet. »*Isa*, ich kann einfach nicht glauben, dass sie tot ist«, flüsterte sie. Zwei Tränen kullerten ihr die Wangen herunter. Sie wischte sie mit dem Handrücken weg.

Der Wasserkocher klickte. Sie wandte sich ab, goss das Wasser in die bauchige Teekanne und brachte sie an den Tisch.

»*Vinaka*, Essie. Standen Sie Akanisi nahe?«, erkundigte sich Horseman.

»Ja. Wir waren Zimmergenossinnen, aber sie war wie meine kleine Schwester. Als sie hier anfing, habe ich ihr gezeigt, wie es bei uns zugeht. Sie war ein anständiges Mädchen – und lustig. Sie war ganz versessen auf die Arbeit.«

»Dann mussten Sie also aus Ihrem Zimmer ausziehen?«

»Nur nach nebenan. Eine der Frauen dort hat gerade ihre freie Woche. Es macht mir nichts aus, wieder in das Zimmer zurückzuziehen, wenn Sie und Ihre Leute mit Ihrer Arbeit hier fertig sind. Es ist ja nicht so, als wäre Nisi in ihrem Zimmer gestorben.«

Kritisch musterte Essie die Tassen und Untertassen, die Sergeant Singh bereits gedeckt hatte. Demonstrativ rückte sie alles ein paar Zentimeter zur Seite und ordnete glänzende Teller, Messer und gestärkte türkise Servietten daneben an.

»Was glauben Sie, warum es Akanisi hier so gut gefallen hat?«, erkundigte sich Horseman.

Essie antwortete nicht sofort. Sie arrangierte ein Kännchen Milch, einen Teller mit appetitlich aussehenden dreieckigen Sandwiches, eine Schale duftender mit Blätterteig umhüllter Würstchen, eine Soße zum Dippen, Zucker, Marmelade und Sahne in blauen Glasschälchen sowie einen geflochtenen Korb, in dem ein Bündel aus weißem Leinen lag. Als sie den Stoff zurückschlug, stieg Dampf von den noch warmen Scones auf. Horseman lief das Wasser im Munde zusammen.

Dann fasste Essie sich ein Herz. »Weil sie ihren Eltern entkommen ist, natürlich. Alle ihre Schwestern haben geheiratet und sind von Delanarua weggezogen. Nisi war die Jüngste, und ihre Eltern wollten sie dabehalten. Sie waren sehr streng. Sie haben sie nur hierherkommen lassen, damit sie dem Dorf mit den Großeltern und Kindern nicht komplett den Rücken kehrte. Sie selbst wollte einfach nur die Welt entdecken, leben.«

»Wann haben Sie Akanisi zuletzt gesehen, Essie?«

»Wir haben beide gestern beim Mittagessen bedient. Es war ein riesiges Büfett, ein wahres Festessen für den Ratu und all die geladenen Gäste. Normalerweise haben wir nicht mehr als dreißig Gäste, aber gestern waren es achtzig. Wir konnten nicht im Chor mitsingen, weil das Aufräumen so lange gedauert hat. Nisi hat mitgeholfen. Um zwei bin ich dann an den Strand gegangen, um nach dem Boot mit dem Ratu Ausschau zu halten. Danach habe ich sie nicht wiedergesehen.« Ihr Kinn zitterte, und sie wischte sich die Tränen von den Wangen.

»Ich glaube, am Freitag ging es ihr nicht gut, Sir, als wir mit dem Schmücken beschäftigt waren, hat sie eine Pause gemacht, sich hingesetzt und einen Tee getrunken. Das sah ihr gar nicht ähnlich. Ich fand, dass sie zu früh wieder hergekommen war nach der einen Woche Krankschreibung. Deswegen dachte ich gestern Nachmittag auch, dass sie vielleicht für eine Pause zurück ins Zimmer gegangen war.«

Das waren Neuigkeiten. »Sie war krankgeschrieben gewesen? Weshalb?«

Essie schniefte. »Ich weiß es nicht, sie hat es mir nicht verraten. Der Boss hatte sie nach Hause nach Delanarua geschickt, und sie war erst seit einer Woche wieder da. Ich habe es erst erfahren, nachdem sie abgefahren war.«

»Hat sie nichts gesagt, als sie zurückkam?«

»Sie hat gar nicht viel gesagt. Nur, dass es ihr besser ging. Aber ich weiß, dass sie sich Freitagmorgen nicht gut fühlte.«

»*Vinaka vakalevu*, Essie. Sie haben uns sehr geholfen.«

»*Io*, Josefa Horseman. Ich hoffe, es schmeckt Ihnen. Ich hole das Tablett später wieder ab.«

Nachdem sich die Tür hinter ihr geschlossen hatte, übersetzte Horseman auf Englisch. »Susie, Eseta hat mir gerade erzählt, dass

Akanisi kürzlich krankgeschrieben war und erst vor einer Woche von Delanarua zurückkam.«

»Und sie hat ihren Zimmergenossinnen nichts davon erzählt, bevor sie fuhr!«, ergänzte Singh mit einem Lächeln.

»Aha, dann verstehen Sie also Fidschi. Ich hatte mich schon gefragt.«

»*Io*, sogar ziemlich gut. Meine Eltern hatten einen kleinen Hof landeinwärts hinter Lautoka gepachtet. Ich bin dort im Dorf zur Grundschule gegangen und habe mit den Dorfkindern gespielt.«

»Sie haben ein ausgezeichnetes Pokerface.«

Ein kleines, aber zufriedenes Lächeln erhellte ihre Augen. »Erweist sich als nützlich für die Arbeit. Eseta verehrt Sie, lehnt mich aber ab – nein, streiten Sie es nicht ab, es stimmt. Sie wäre niemals so offen mit Ihnen gewesen, hätte sie geahnt, dass ich sie verstehen kann. Ehrlich gesagt bin ich sicher, dass sie bloß deshalb so viel erzählt hat, weil sie dachte, es würde mich ärgern.«

Horseman lachte. »Das mag sein. Dann widmen wir uns jetzt mal diesem Nachmittagstee. Es wäre ein Verbrechen, ihn stehen zu lassen!«

Sie aßen und tranken schweigend. Obwohl sie sich erst seit wenigen Stunden kannten, war es ihnen nicht unangenehm, wortlos beieinander zu sitzen. Singh hatte bereits bewiesen, wie tatkräftig sie war. Fest entschlossen musste sie außerdem sein, sonst hätte sie es nie zum Detective Sergeant gebracht. Wie viele weibliche Detectives gab es auf den Fidschi-Inseln – nicht mehr als ein halbes Dutzend? Und man konnte es ihm wohl kaum zum Vorwurf machen, dass ihre sagenhaften Augen ihn umhauten, die, wenn er darüber nachdachte, ein wahrhaftiges Plus in einem Verhör sein mussten. Ein Lügner wäre viel zu abgelenkt, um sich an seine zurechtgelegte Geschichte zu erinnern.

»Besser?«, erkundigte er sich, als er ihr die zweite Tasse einschenkte.

»Auf jeden Fall.« Sie lächelte und reichte ihm den Teller mit Sandwiches. »Hier, nehmen Sie noch eins.«

»Eigentlich will ich noch Platz für die Scones lassen, aber wenn Sie darauf bestehen …« Er nahm ein Sandwich und schlang es herunter. Schinken und Gurke.

»Wir müssen zuallererst den Manager nach Nisis Krankschreibung fragen. Noch ein guter Grund, so schnell wie möglich Dr. Chakra ausfindig zu machen.«

Er nahm sich einen Scone, bestrich ihn großzügig mit Brombeermarmelade und gab noch einen ordentlichen Klecks Sahne darauf. Nahrung für den Kopf? Diese Behauptung von Singh sollte er besser testen.

Singh hielt eins der Wurstbrötchen hoch. »Die sind fantastisch. Chili und Koriander – lecker! Wissen Sie, wenn Ledua so ein gutes Verhältnis zu den Frauen unter den Angestellten hat, kann sie uns wahrscheinlich mehr darüber erzählen, was mit Nisi los war.«

»Stimmt, aber lassen Sie uns warten, bis wir die Stellungnahmen gelesen haben – vielleicht hat noch jemand anderes etwas zu ihrer Erkrankung geschrieben«, entgegnete Horseman. »Mr McKenzie hat vorhin Nisis Truhe herbringen lassen. Schauen wir uns die als Erstes an.«

»Geht klar, Sir.«

Die in einem heiteren Hellblau gestrichene Blechtruhe war nicht schwer. Sie stellten sie auf eine freie Ecke auf der Tischplatte. Hibiskus- und Orchideenblüten zierten den Deckel.

»Glauben Sie, das hat sie selbst gemalt?«, fragte Singh.

»Es ist von Hand gemalt, möglich wär's also. Wer auch immer es gemacht hat, hat ein gutes Auge. Die Farben – es ist alles so fröhlich.«

»Und jetzt so traurig.« Singh öffnete den Deckel.

Der Inhalt der Truhe war fein säuberlich in zwei Stapeln angeordnet. Horseman nahm einen Gegenstand nach dem anderen heraus, während Singh sie auf ihrem Klemmbrett notierte. Ein paar Bücher waren darin: eine in schwarz gebundene fidschianische Bibel, in der ein halbes Dutzend gepresste Blumen zwischen den Seiten lagen; fidschianische methodistische Gesangsbücher, in denen sowohl die Noten als auch der Text verzeichnet waren, der Sopran mit orangenem Textmarker hervorgehoben; ein dicker Band bebilderte Bibelgeschichten für Kinder. Unter den Büchern lagen zwei warme wasserfeste Jacken, die im Juli nachts gelegentlich von Nutzen sein mochten.

Horseman blätterte durch ein großes Fotoalbum. »Das hier könnte interessant sein. Ich schaue es mir später genauer an, aber ziemlich viele Aufnahmen zeigen Blumen und Blumenarrangements. Auf den anderen sind Menschen zu sehen – wir bitten Ledua oder Adi Litia, sie zu identifizieren. Vielleicht wissen sie auch, ob Akanisi ein E-Mail-Account hatte.«

Er sah ein kleines Bündel Briefe durch. »Die sind alle an Nisi adressiert. Schauen wir sie schnell durch – Sie übernehmen diese hier.«

Die Hälfte der Umschläge gab er seiner Kollegin. Sie zogen die Briefe heraus und überflogen ihren Inhalt. »Diese fünf wurden alle von zwei ihrer Schwestern geschrieben«, erklärte Horseman.

Singh faltete den letzten ihrer Briefe wieder zusammen und steckte ihn in den Umschlag zurück. »Der hier ist von ihrem Vater, er hat ihn geschrieben, als sie im Internat war. Zwei sind von ihren Schwestern und zwei von Schulfreundinnen, die ihr hier ins Resort geschrieben haben.«

»Wir lesen sie später in Ruhe durch. Es gibt kein Tagebuch oder persönliche Aufzeichnungen. Bleibt nur noch ein Stapel Zeitschriften.« Er hob sie alle heraus, vielleicht zwanzig Exemplare. Oberflächlich blätterten Singh und er sie durch. Es waren Reisemagazine, voller Luxushotels an fernen Urlaubszielen.

Singh sagte: »Ich denke mal, das sind alte Ausgaben aus dem Angebot des Resorts. Auf dem Schreibtisch in meiner *Bure* liegen ein paar ähnliche Exemplare. Interessant, dass sie sie behalten hat. Vielleicht war Akanisi eine Tagträumerin und das Paradise Island Resort war nur die erste Station ihres Fluchtplans.«

Auf der hinteren Veranda tauchte Constable Mocelutus stämmige Gestalt auf. Die Flügeltüren standen offen, und so klopfte er an die Schilfrohrwand.

»Kommen Sie rein, Mareka. Wie ich sehe, haben Sie die letzten Stellungnahmen dabei. Sehr gut. Irgendetwas zu berichten?«

»Nein, Sir. Ein paar haben etwas länger gebraucht, aber jetzt sind alle fertig.«

»Haben alle auf Englisch geschrieben?«

»Nein, Sir. Ein paar haben auf Fidschi geschrieben, und eine indische Küchenhilfe auf Hindi.«

»Machen Sie eine Pause und bedienen Sie sich an diesem wunderbaren Nachmittagstee. Eseta kommt bald wieder und räumt ab. Tassen finden Sie im Schrank über der Küchenzeile. Es ist noch reichlich Tee in der Kanne. Sergeant Singh und ich sehen uns die Stellungnahmen auf der Veranda an.«

Noch einmal rief Horseman bei Dr. Chakra zu Hause und in seiner Praxis in Suva an, und noch einmal hinterließ er Nachrichten. Dann versuchte er es auf dem Mobiltelefon, aber Chakra war auch dort nicht erreichbar.

»Mareka, wenn Sie fertig sind, gehen Sie bitte rüber zum Büro und fragen nach sämtlichen Telefonnummern von Dr. Chakra, und vor allem, wie sie ihn im Notfall kontaktieren. Vielleicht hat er ein zweites Mobiltelefon, von dem wir nichts wissen. Falls das Personal Ihnen nicht weiterhelfen kann, sprechen Sie mit dem Manager.«

Mocelutu hatte bereits eine Tasse Tee vor sich stehen und machte sich über die restlichen Wurstbrötchen her. Mit vollen Backen stand er auf, schluckte schwer und trank ein paar große Schlucke Tee. »Ich gehe jetzt gleich rüber, Sir«, sagte er.

Horseman lächelte. »Hetzen Sie sich nicht, Mareka, Sie bekommen sonst noch Bauchschmerzen!«

Die Veranda war geräumig, und ein schwaches Lüftchen wehte vom Meer heran. »Setzen Sie sich, Susie«, sagte Horseman. Sie zögerte, sah sich um und nahm dann auf einem gepolsterten Lehnstuhl aus Holz Platz. Horseman schob einen niedrigen Tisch neben sie, zog einen zweiten Lehnstuhl heran und legte dankbar die Füße hoch. Die Hälfte der Stellungnahmen reichte er ihr, dann lasen sie schweigend. Seine Kollegin unterstrich jede Menge und machte sich eifrig Notizen.

»Was meinen Sie?«, fragte Horseman, als er seinen Schwung durchgelesen hatte.

»Zwei habe ich noch. Von denen, die ich gelesen habe, sollten wir Adi Litia, Maika Tavua und Jona Vaturua, den Onkel, befragen. Die haben wir bereits getroffen. Sie stammen alle drei von Delanarua, und sie sollten uns eine Menge mehr über Nisi erzählen können. Komisch, niemand erwähnt, dass sie erst kürzlich krankgeschrieben war.«

»Hm, ich hätte gedacht, dass die Frage zu irgendwelchen Veränderungen an Nisi ihnen solche Informationen entlocken würde. Ledua ist die Einzige in meinem Stapel, die es erwähnt. Es wäre gut, auch mit ihr zu reden, und mit Patricia McKenzie und Guy Dawson, dem Tauchlehrer. Wenn ich es richtig verstehe, arbeitet Mrs McKenzie meistens an der Bar, warum treffen Sie sich nicht mit ihr, ehe dort der Betrieb richtig losgeht? Ich spreche vor meinem Treffen mit dem Professor mit Adi Litia. Ah, da ist Mareka wieder.«

Der Constable kam mit seinen Sandalen in der Hand den Pfad vom Strand hoch. »Hatten Sie Glück mit den Telefonnummern?«, wollte Horseman wissen.

»Nein, Sir. An der Rezeption haben sie mir nur bestätigt, dass die Nummern, die Sie mir von Dr. Chakra gegeben haben, korrekt sind.«

»Dann versuche ich es weiter. Und Sie tun ihr Bestes, um den Nachmittagstee zu verputzen – das ist ein Befehl, Constable.«

Der Himmel verdunkelte sich, und die Temperatur sank. Horseman blickte zum Horizont, der nun von dunklen Sturmböen verschleiert wurde, die stetig gen Nordwesten trieben. Die Brise hier war noch immer leicht, und der Sturm mochte Paradise verschonen. Wie schön es doch war, bequem auf der Veranda zu sitzen und dem Drama des Wetters dabei zuzusehen, wie es sich abspielte, als wäre man im Urlaub. Aber das war er nicht. Er musste wachbleiben und mit seiner Arbeit vorankommen.

8

PARADISE ISLAND

Sergeant Susie Singh wartete an der Bar auf Pat McKenzie, die darauf bestanden hatte, sich für ihr Gespräch um Getränke und etwas zu knabbern zu kümmern. Die Regenwolken hingen inzwischen fast über ihnen. Erste dicke Tropfen glätteten bereits die Wellen im Meer und hinterließen Spuren wie Einschusslöcher im Sand. Die Gäste auf der Terrasse lächelten und hielten das Gesicht in den Wind. Die anderen, die drinnen saßen oder auf Liegestühlen unter dem Vordach auf der Veranda lümmelten, standen auf und liefen an den Strand, stemmten die Arme in die Hüften, wedelten mit dem Stoff ihrer T-Shirts, den Blick nach oben gerichtet, und entblößten ihre Speckröllchen, damit so viel Haut wie möglich in den Genuss der Abkühlung kam. Die beiden Barmänner Sai und Tui, von ihrer Kundschaft allein gelassen, rannten ans Wasser, streckten die Arme in den finsteren Himmel und tanzten. Die jüngeren Gäste und die, die in Form waren, schlossen sich ihnen bei ihrem ausgelassenen Regentanz an. Fasziniert sah Singh ihnen zu. Pat McKenzie kam mit einem Tablett zu ihr und lächelte.

»In Augenblicken wie diesen liebe ich Fidschi.«

Singh folgerte daraus, dass diese Augenblicke rar gesät waren, und fragte sich, weshalb. Sie war noch nie in einem Inselresort gewesen. Es war eine Welt für sich, weit weg vom Chaos der überfüllten Städte und der Arbeit auf dem Land, die selbst auf den malerischen kleineren Inseln schwer war. Soweit sie es beurteilen konnte, war das Leben hier im Resort um einiges besser, selbst für das Personal. Nein, vor allem für das Personal.

Sie machten sich auf den Weg zum inzwischen schon als Polizei-*Bure* bekannten Bungalow. »Für heute hatte ich genug Meerblick«, verkündete Pat heiter. »Können wir uns reinsetzen?«

Pat machte es sich auf dem Rohrsofa gemütlich, und Singh setzte sich auf einen der dazu passenden Sessel ihr gegenüber. Es versetzte ihr einen Schreck, als sie erkannte, womit die Polster bedruckt waren. Was sie bisher als gedecktes Grünblau mit weißen Wirbeln darin wahrgenommen hatte, waren in Wirklichkeit Gelblippenseeschlangen, die sich durch Meerespflanzen schlängelten. Wollten sie die Gäste etwa erschrecken? Oder ging es darum, sie allmählich daran zu gewöhnen? Sie schauderte, als sie an ihre Panikattacke dachte. Der Boss war wirklich gut damit umgegangen, das musste sie ihm lassen. Irgendwie wusste sie, dass er es ihr weder verübeln noch es weitertratschen würde.

»Bitte, ich brauche unbedingt einen Drink, Sie doch sicherlich auch.« Pat McKenzie hielt ihren Campari Soda hoch, wahrscheinlich nicht der erste heute. »Stoßen wir darauf an, dass dieses schlimme Unglück schnell aufgeklärt wird, damit Nisi in Frieden ruhen kann.«

Singh erhob ihren eisgekühlten Chapman Soda und trank einen Schluck. »Es freut mich, dass wir beide das Gleiche wollen, Mrs McKenzie. Bislang ist Akanisis Tod noch ein Rätsel. Ich vermute, dass die Obduktion uns eindeutigere Hinweise liefern wird, aber in der Zwischenzeit gilt, je mehr wir über Akanisi und was sie in den letzten Tagen getan hat erfahren, umso eher werden wir herausfinden, wie sie gestorben ist.«

Pat senkte den Kopf mit den dunklen Locken über ihr Glas, ihre zierliche Gestalt in sich zusammengesackt, als würde sie in der rosigen Flüssigkeit die Lösung des Rätsels aufspüren wollen, das den Tod des Mädchens umgab. Als sie den Kopf wieder hob, sahen ihre blauen Augen ernst aus, ihr Blick fest.

»Wie gut kannten Sie Akanisi, Mrs McKenzie?«

»Wir standen uns nicht nahe, nein. Das ging ja nicht. Ich bin alt genug, um ihre Mutter zu sein, und ich bin die Frau des Chefs und dazu noch eine verfluchte Ausländerin, eine *Kaivalagi*. Das ist eine dreifache Kluft – der Generationsunterschied, der Positionsunterschied und der Herkunftsunterschied.« Ihre Lippe zitterte. Sie stand auf und ging zum Haustelefon, um in der Bar anzurufen. »Sai? Einen Campari Soda und einen Chapman in die *Bure* des Resortbesitzers, bitte.« Sie kam zurück zum Sofa, setzte sich Singh direkt gegenüber und blickte sie beschwörend an. »Aber ich wette, Sie können das verstehen. Sie sind doch auch eine Außenseiterin.«

Singh fühlte sich nicht beleidigt. Sie musste nicht daran erinnert werden, dass die indische Bevölkerung auf Fidschi einen Status zweiter Klasse innehatte. »Trotz der Unterschiede glaube ich, dass Akanisi Ihnen am Herzen lag, Mrs McKenzie. Wurde sie auf gewisse Weise vielleicht auch ausgegrenzt?«

»Nun ja, da war natürlich ihr Alter. Sie war achtzehn. Die nächste jüngere Frau beim Personal ist zweiunddreißig, das ist Litia. Manche der Jungs sind Anfang zwanzig, also … Und sie war so entzückend, nicht einfach nur hübsch, sondern sie strahlte von innen. Sie hatte keine Ahnung, welche Wirkung sie auf andere hatte, ganz egal, wie alt sie waren oder ob Mann oder Frau.«

»Meinen Sie damit, dass sie gern geflirtet hat, Mrs McKenzie?«

»So würden Männer ihr Verhalten wahrscheinlich interpretieren. Aber ich glaube, sie war da noch kindlicher. Sie müssen wissen, dass sie direkt vom Dorf hierherkam. In der Sekundarstufe war sie zwei Jahre auf Viti Levu auf dem Internat, dann kehrte sie mit fünfzehn nach Delanarua in ein Leben aus Unterdrückung und Langeweile zurück. Sie neckte andere gern und lachte mit ihnen, ja, aber sie war einfach verspielt, wie ein Dorfkind eben.«

»Gab es jemand bestimmten, der ihr Verhalten falsch interpretiert haben könnte?«

»Auch da bin ich nicht die beste Ansprechpartnerin, Sergeant.«

Es klopfte an der Wand neben der Verandatür, und ein durchnässter, aber lächelnder Sais erschien. Er schnappte sich ihre leeren Gläser und ersetzte sie durch neue Drinks.

Mrs McKenzie nahm ihren Campari Soda. »*Vinaka*, Sai.«

»Ich habe noch einen Spritzer Regenwasser dazugegeben, *Ovisa*, nur für Sie. Dafür sollten Sie einen Aufschlag verlangen, Pat.« Er grinste Mrs McKenzie an und spazierte hinaus in das niederprasselnde Unwetter.

Einige Augenblicke nippten sie an ihren Getränken, dann nahm Sergeant Singh das Gespräch wieder auf.

»Mrs McKenzie, ich glaube, Sie sind eine der Personen, die uns am meisten über Akanisi erzählen kann. Außenseiterin zu sein, wie Sie es nennen, hat seine Vorteile.«

»Nun ja, ein Mann, der ihr Verhalten falsch interpretierte, war ihr Onkel Jona. Ein selbstgerechter, selbstgefälliger Bibelfanatiker der schlimmsten Sorte, wenn Sie mich fragen. Haben Sie von seiner Vorstellung beim Mittagessen gestern gehört?« Sie schüttelte ungläubig den Kopf und trank noch ein paar Schlucke.

»Was ist passiert?«, hakte Singh nach.

»Jona hatte darum gebeten, das Tischgebet sprechen zu dürfen, als Vertreter des Personals – er führt sich als eine Art Laienprediger für die Angestellten auf. Es war nicht nötig, Pfarrer Mosese aus Delanarua sollte ja das Gebet sprechen. Ian wusste, dass Jona ein Risiko darstellte – er hat nur zugestimmt, um den Angestellten Respekt zu zollen. Nun gut, ich hätte es nicht weiter beachtet, aber Jona klang so wütend, dass ich ihn geradewegs ansah. Zornig blickte er sich im Raum um, als würde er uns alle hassen, dann wechselte er auf Englisch, was nur auf die Ausländer gemünzt gewesen sein konnte, und trug diesen grauenhaften Auszug aus der Bibel vor. Sie wissen schon, aus der Schöpfungsgeschichte. *Und Gott sprach: Lasset uns Menschen machen, ein Bild, das uns gleich sei, die da herrschen über die Fische im Meer und über die Vögel unter dem Himmel und über das Vieh und über die ganze Erde und über alles Gewürm, das auf Erden kriecht. 1. Mose 1, Vers 26. Amen.*« Mrs McKenzie hatte eine tiefe, gewichtige Stimme angenommen, und Singh musste lächeln. »Unglaublich, sich so seinem Ratu und dem Methodistenpfarrer zu widersetzen!«

»Das verstehe ich nicht. Dann freut sich Jona also nicht über das Meeresschutzgebiet?«

»Natürlich freut er sich nicht. Gott persönlich hat ihm die Herrschaft über alles vermacht, inklusive Lizenz zum Töten – das war seine Botschaft. Er ist dermaßen arrogant, ich würde ihm alles zutrauen, auch absichtlich die Segnungszeremonie zu sabotieren, indem er das Boot auf Grund laufen lässt.«

Singh war verwirrt. »Mrs McKenzie, in Ihrer Stellungnahme haben Sie nichts von diesen Zwischenfällen mit Jona erwähnt.«

Sie runzelte die Stirn. »Nein, weil Nisi damit nichts zu tun hatte.«

»Da mögen Sie recht haben, Mrs McKenzie, aber wir benötigen trotzdem eine vollständige Schilderung der gestrigen Geschehnisse von Ihnen. Ich wäre dankbar, wenn Sie noch eine ergänzende Erklärung abgeben könnten.«

»Das mache ich gern. Es wird Zeit, dass jemand diesen Heißluftballon auf den Boden zurückholt.« Sie nippte an ihrem Drink. »Jona ist dermaßen stolz darauf, der Erste Bootsführer und der Laienprediger für das Personal zu sein – wobei er sich zu Letzterem selbst ernannt hat, das kann ich Ihnen versichern. Er hält sich für den Größten hier. Zugegeben, Nisis Eltern haben ihn sicher darum gebeten, ein Auge auf sie zu haben, das bezweifle ich nicht. Aber wenn er dabei war, wurde sie zu einem völlig anderen Menschen – sie war dann wie eingeschüchtert, ganz verängstigt. In gewisser Weise schrumpfte sie. Kein Wunder – wussten Sie, dass der Tyrann sie tatsächlich geschlagen hat?«

Singh hoffte, dass ihr ihre Beunruhigung nicht anzumerken war. »Nein, Mrs McKenzie. Bitte erzählen Sie davon.«

»Ich bin sicher, dass es mehrmals vorgekommen ist. Auf jeden Fall. Einmal habe ich an ihren Armen und Beinen blaue Flecken bemerkt und irgendeinen dummen Witz darüber gemacht. Nisi ist rot geworden, hat den Kopf hängen lassen und was davon gemurmelt, sie sei bei rauer See im Boot hin- und hergeworfen worden. Es war ja wohl klar, wer sie hin- und hergeworfen hatte! Wenn sie in Jonas Nähe war, blickte er immer finster drein. Wie ein gemeingefährlicher Wachhund. Wenn Sie mich fragen, und natürlich ist das nur meine Meinung …« Sie nahm noch einen Schluck und fuhr dann aufgebracht fort. »Wenn Sie mich fragen, war er schlicht und ergreifend eifersüchtig – darauf, dass sie sowohl vom Personal als auch von den Gästen so viel Aufmerksamkeit bekam, dass sie gemocht wurde, wie sie war, dass sie glücklich war und unbeschwert. Das Personal respektiert Jona zwar, aber ich bezweifle, dass irgendwer ihn besonders mag.«

»Haben Sie mit jemandem über Ihren Verdacht gesprochen?«

»Ja, habe ich. Mit Ledua, und sie hat es so gut wie zugegeben. Sie erklärte mir, dass Jona es als seine Pflicht ansehen würde, Nisi für Verhaltensweisen zu bestrafen, die in seinen Augen unmoralisch oder sündig waren. Als ich sie fragte, was für ein Verhalten das sein konnte, meinte Ledua, Jona könnte der Meinung sein, Nisis neckende Art sei sexuell provozierend – nicht dass Ledua es genauso ausgedrückt hätte.«

»Glauben Sie, Jona war in sexueller Hinsicht eifersüchtig?«

»Ich weiß es nicht. Möglich ist es. Ich muss gestehen, dass mir der Gedanke ein paarmal gekommen ist.«

»Wann?«

Mrs McKenzie trank ihr Glas aus und stellte es ab. Vertraulich beugte sie sich zu Singh vor. »Einmal begegnete ich den beiden zum Beispiel am Strand am südlichen Ende der Insel hinter den Personalunterkünften, als sie sich gerade stritten. Ich spazierte bei Ebbe zwischen den Gezeitentümpeln herum. Ich war etwa zehn Meter von ihnen entfernt, vielleicht auch mehr, und der Wind wehte landwärts, deswegen konnte ich nicht verstehen, was sie sagten, aber Jona schrie und wedelte mit der Faust. Ich dachte, er wollte sie schlagen, tat er aber nicht. Nisi stand einfach da, mit dem Rücken zu mir, die Schultern hochgezogen, den Kopf gesenkt, während ihr Onkel sie beschimpfte. Völlig unterwürfig. Da habe ich mich schon gefragt.«

»Haben die beiden Sie gesehen?«

»Nicht sofort. Ich ging in etwa parallel zum Strand, und Jona stand mit dem Gesicht zum Meer, aber er entdeckte mich erst, als ich in sein Blickfeld kam. Ich glaube, ich habe ihn ganz schön erschreckt.«

»Was haben Sie getan?«

»Nichts. Ich habe so getan, als hätte ich sie nicht bemerkt und würde in den nächstgelegenen Tümpel schauen. Dann sah ich hoch, winkte ihm zu und ging weiter, kümmerte mich um meine eigenen Angelegenheiten. Nisi hat sich nicht gerührt. Als ich zurückkam, waren sie weg.«

»Warum glauben Sie, dass es bei der Konfrontation eine sexuelle Komponente gab?«, fragte Singh nüchtern nach.

»Ich weiß es nicht, und ich behaupte auch nicht, dass es eine gab. Sie haben mich gefragt, und ich sagte, dass ich manchmal bei Nisi und ihrem Onkel ein merkwürdiges Gefühl hatte, das ist alles. Sie können sich über alles Mögliche gestritten haben – sogar über die Schildkröten. Ich glaube, es war etwa zu der Zeit.«

Singh war aufs Neue verwirrt. »Die Schildkröten?«

»Oh, haben Sie das nicht gehört?« Mrs McKenzie beugte sich eifrig vor. »Nun, die Geschichte von Jona und den Schildkröten ist nicht so bizarr wie die von Jona und dem Wal, aber auf diesen langweiligen Inseln ist es eine ziemliche Legende. Das Personal durfte, zumindest bis gestern, in seiner Freizeit fischen, Krebse sammeln und so weiter, entweder zum Spaß oder zum Verkaufen, ich glaube, vor allem zum Spaß. Hin und wieder findet sich auch eine Schildkröte in dem Fang. Schildkröten sind definitiv profitabel – man kann sie so lange am Leben halten, bis der Marktwert auf Viti Levu stimmt. Wie Sie sicher wissen, werden die Gesetze zum Schutz von Wildtieren, wie sie hier gelten, größtenteils ignoriert, aber in der Brutzeit zwischen Dezember und Februar sind alle Schildkröten gesetzlich geschützt. Nun ja, Anfang Dezember fand Ian in den Personalunterkünften unter ein paar Palmwedeln drei eingepferchte Schildkröten und ließ sie wieder ins Meer. Sie haben sicher bemerkt, wie viel ihm das Meeresschutzprojekt bedeutet – entsprechend war er empört. Schildkröten gelten als Festessen, die Idee ist also, dass man sie im November, wenn es legal ist, fängt und dann für einen höheren Gewinn bis Weihnachten eingesperrt hält. Aber das wissen Sie sicher alles.«

»Hatte Jona die Schildkröten gefangen?«

»Wer weiß? Niemand hat sich gemeldet. Niemand hat etwas gesagt. Aber eine Zeit lang brodelte es heftig unter dem ganzen höflichen *Bula*-Getue, das hat Ian und mir ein ziemlich ungutes Gefühl gegeben. Das ging vor allem von Jona und der Bootscrew aus. Wir spürten das beide. Schwer, es genau zu benennen.« Sie ließ sich auf das Sofa zurücksinken und betrachtete traurig ihr leeres Glas. »Dann ist eines Nachts vor ein paar Wochen der Motor von dem Boot verschwunden, das wir hauptsächlich für die Tauchgänge einsetzen. Ein Yamaha 200, den zu ersetzen über zwanzigtausend Dollar kostet. US-Dollar! Wenn es denn noch einen davon auf Fidschi geben würde, was natürlich nicht der Fall ist. Ian will einen gebrauchten aus Neuseeland besorgen. Die Stimmung unter den Männern hat sich danach verbessert. Sie wurden alle wieder fröhlich und nett.«

»Haben Sie den Diebstahl angezeigt?«, wollte Singh wissen.

»Nein, da fragen Sie besser Ian. Er vermutet, dass jemand von den Angestellten darin verwickelt ist, insbesondere Jona, aber er kann nicht sicher sein. Wie sollte da irgendetwas nachgewiesen werden?«

Singh fühlte sich ein wenig gekränkt. »Sie würden es kaum glauben, Mrs McKenzie, aber gestohlene Außenbordmotoren finden wir öfter wieder. Und wir schnappen sogar die Diebe.« Pat McKenzie lächelte schwach und verschränkte die Arme vor der Brust.

»Kommen wir doch wieder auf Akanisis Wirkung auf die Männer hier zurück«, schlug Singh vor. »Hatte sie einen Freund?«

»Wie gesagt, das Personal ist sehr geschult darin, Dinge vor mir zu verbergen, und ich glaube, auch voreinander. Vielleicht Maika – sie sind dicke Freunde, ich weiß nicht, ob da noch mehr dahintersteckt. Ein paarmal habe ich mich das auch bei Guy Dawson gefragt. Ich habe gesehen, wie er sie immer mal wieder verträumt angestarrt hat, aber das hat nichts zu bedeuten. Sie halten mich sicher für eine faule Eingewanderte, die nichts Besseres zu tun hat, als über die Angestellten zu tratschen.« Sie schüttelte ihren Lockenkopf, als würde sie das Bild verscheuchen wollen. »Ich will so nicht sein, aber diese Inseln … Ich gehe jetzt besser zurück und tippe die Erklärung für

Sie in meinen Laptop. Viel schneller. Ich bringe sie Ihnen, sobald ich fertig bin.«

Der Regenguss hatte nachgelassen und war zu einem steten Nieseln geworden. Sergeant Singh stand auf der Veranda und sah Pat McKenzie hinterher. Unter ihrem türkisfarbenem Schirm sah die zierliche Frau selbst wie ein verletzliches Kind aus, obwohl sie die vierzig überschritten haben musste. Langsam ging sie unter dem bleiernen Himmel den Strand entlang, blieb stehen, betrachtete einen Moment das dunkelgrüne Meer, zuckte die Achseln. Dann drehte sie sich um und ging entschlossenen Schrittes die Stufen zur Terrasse hinauf und in die Bar.

9

PARADISE ISLAND

Um halb fünf machte Horseman sich auf den Weg durch die regennassen Gärten Richtung Büro und zu Adi Litia.

Als er zum Pool kam, sah er Constable Waqatabu, der begleitet von einem hageren Fidschianer in grauem *Sulu* und kurzärmeligem weißen Hemd den Weg vom Anleger entlangeilte. Beim Näherkommen erkannte Horseman seinen Kollegen von vor zehn Jahren, Detective Constable Kelepi Taleca, ein gewissenhafter und loyaler Polizist, der es nie auf eine Beförderung abgesehen hatte, dem nie eine aufgedrängt worden war und der jetzt auch keine mehr bekommen würde, da er schon auf die fünfzig zuging. Horseman lief ihm entgegen und schüttelte ihm die Hand.

»Keli, Mensch, ich kann nicht glauben, dass sie so vernünftig waren und dich geschickt haben, um uns zu helfen!«

»Ah, Joe, wie ich höre, bist du jetzt Detective Inspector Horseman. Sehr schön, dich zu sehen, auch wenn du nicht mehr so gut zu Fuß bist wie früher.«

Horseman wandte sich an Constable Waqatabu. »Freut mich, dass Sie wieder da sind, Epeli. Bitte nehmen Sie Kollege Taleca die Tasche ab und bitten Sie Mrs Marama, noch ein zusätzliches Bett in unserer *Bure* aufstellen zu lassen.«

»*Io*, Sir.« Der Constable eilte davon.

Detective Constable Kelepi Taleca nahm Horsemans Hand in beide Hände. »Ich habe deine Sportlerkarriere mit dem größten Interesse verfolgt, Josefa. Und immer mal wieder habe ich auch etwas von deiner Polizeiarbeit gehört. Glückwunsch.«

»*Vinaka vakalevu*. Ich kann es kaum erwarten, alles von dir zu erfahren, Keli. Aber jetzt begleite mich doch direkt zur Befragung von Adi Litia. Du kannst doch mitschreiben? Ich nehme an, Epeli Waqatabu hat dich informiert?«

Taleca lachte. »So gut er es eben kann, schätze ich.«

Eine Glocke ertönte, als die Tür zur Rezeption sich hinter ihnen schloss. Drinnen ging eine Glastür auf, und Adi Litia kam zu ihnen an den unbesetzten Rezeptionstresen. Sie war groß und hatte eine sportliche Figur, aber auch ein oder zwei Zusatzpfunde auf den Rippen, was ihr sonst kantiges Kinn weicher wirken ließ. Ein Muttermal direkt über ihrer rechten Augenbraue verlieh ihr einen permanent fragenden Ausdruck und lenkte von ihren großen braunen Augen ab. Auf ihrer cremefarbenen *Bula*-Bluse schwammen königsblaue Meerestiere. Sie taxierte kurz Taleca und wandte sich dann auf Englisch an Horseman. Das überraschte ihn – Fidschianer unter sich sprachen normalerweise Fidschi. Sie wollte wohl Distanz wahren.

»Hallo, Inspector. Ich hoffe, Sie und Ihr Team werden gut versorgt.« Ihre dunkle Stimme war so kühl und spröde wie ihr Auftreten. Sie wartete seine Antwort nicht ab. »Wir freuen uns ungemein, dass die Polizei Sie hergeschickt hat, wissen Sie. Wir sind alle begeisterte Fans der Nationalmannschaft. Mein Vater ist ziemlich neidisch auf uns hier im Resort. Werden Sie ihn befragen müssen? Er wäre hocherfreut, wissen Sie.«

Horseman nickte verlegen. »Ich bin nicht sicher, ob ich Ihren Vater behelligen muss, aber danke, Adi Litia.«

»Litia, bitte, das habe ich Ihnen doch schon gesagt.«

Horseman war unwohl dabei, aber er fügte sich. »Litia, das hier ist Detective Constable Taleca. Er ist gerade angekommen.«

»Willkommen, Detective Constable Taleca. Ich nehme an, Nisis Leichnam ist inzwischen in der Leichenhalle?«

»Ich habe es noch nicht überprüft, Ma'am, aber der Leichenwagen stand am Anleger von Navua bereit, als das Boot von Paradise ankam. Ich habe gesehen, wie ein Leichnam umgebettet wurde und der Wagen dann Richtung Suva losfuhr, bevor ich an Bord ging.«

Adi Litia zog die Augenbrauen hoch, und das Muttermal wanderte mit. Horseman unterdrückte ein Lächeln. Kelepi Talecas logischer Verstand war immer unbestechlich gewesen; der Mann würde niemals Mutmaßungen anstellen. Das war seine große Stärke, und sie würde hoffentlich Horsemans eigener Tendenz, mit Spekulationen über die Beweislage hinauszupreschen, Einhalt gebieten.

»Wenn Sie in mein Büro kommen möchten, ich kann sicher eine Viertelstunde für Sie erübrigen.« Sie ging voraus in ein tadellos aufgeräumtes, weiß gestrichenes Zimmer, das Mr McKenzies Büro mit der üblichen grauen Einrichtung ähnelte. Keine *Bula*-Deko weit und breit. Adi Litia deutete vage auf einen Besucherstuhl vor dem Schreibtisch, bevor sie sich auf den Chefsessel dahinter setzte. Der Tisch war bis auf eine Vase mit roten Anthurien und einen Drahtkorb mit einer einzigen Aktenmappe darin leer.

Horseman lächelte sie an. »Ich bin sicher, Sie haben selbst auch erfolgreich Sport getrieben, Litia. Lassen Sie mich raten, Netball? Möglicherweise an der Adi-Cakobau-Schule in Naitasiri?«

Ein unerwartet unbeschwertes Lächeln erhellte Adi Litias Gesicht. »Ja, woher wussten Sie das? Ich war Angreiferin im Schulteam und dann am Fidschi-Institut für Technologie in Suva, als ich dort meinen Kurs in Büromanagement absolvierte. So weit wie Sie bin ich aber nicht gekommen, Inspector. Aber immerhin habe ich es für die Südpazifikspiele bis in die Nationalmannschaft geschafft.« Vertrauensvoll lehnte sie sich vor. »Wir haben Silber geholt, Sie erinnern sich vielleicht! Ich muss zugeben, dass ich mir große Hoffnungen auf die Commonwealth Games gemacht habe, aber das Auswahlkomitee entschied anders.« Sie lehnte sich wieder in ihren Sessel zurück. »Leider hat meine Kondition seitdem stark nachgelassen.«

Horseman zuckte lächelnd die Achseln. »Bei wem nicht? Ich bin sicher, Sie wären eine exzellente Trainerin oder auch Managerin. In allen Sportarten mangelt es an guten Führungskräften.«

»Was für eine verlockende Idee, ja. Vielleicht irgendwann einmal. Hier draußen bin ich ein bisschen weit weg von allem.« Ihr wehmütiger Tonfall stand im Gegensatz zu ihrer entschlossenen Miene.

Horseman wollte die Umstände, wie Adi Litia zu der Position hier im Resort kam, nicht weiter hinterfragen, hatte aber das Gefühl, dass es sich für sie eher um eine Pflicht als um ein Vergnügen handelte. Es war Zeit, über den Fall zu reden. Er warf Kelepi einen Blick zu, der sein Notizheft auf den Knien liegen hatte, den Stift gezückt.

»Ich habe in Ihrer Stellungnahme gelesen, dass Sie Akanisi zuletzt gestern Mittag am Büfett gesehen haben.«

»Das ist korrekt. Nisi bediente«, antwortete Adi Litia.

»War sie noch da, als Sie das Restaurant verließen?«

»Lassen Sie mich überlegen. Nun ja, ich kann nur sagen, dass ich mich nicht daran erinnere, sie gesehen zu haben, aber es ist gut möglich, dass sie dort war oder in der Küche. Ich saß am offiziellen Tisch mit meinem Vater, und wir waren unter den Ersten, die gingen. Es war sehr voll im Saal.«

Er musste sich stärker bemühen, sie auf seine Seite zu ziehen. »Helfen Sie mir, einen Einblick in Nisis Leben zu bekommen, Litia. Mit wem war sie am engsten befreundet?«

»Möglicherweise mit ihren Mitbewohnerinnen, Eseta und Vasenai, aber nicht zwangsläufig. Ledua war immer sehr nett zu ihr, und ich glaube, für Nisi war sie wahrscheinlich so etwas wie eine Mutterfigur. Aber ob sie sich ihr anvertraut hat – da müssten Sie Ledua fragen.«

»Standen Akanisi und ihr Onkel Jona sich nahe?«

Adi Litia zog erneut die Augenbrauen mitsamt Muttermal hoch. »Oh, das glaube ich nicht. Jona ist eher der ernste, strenge Typ, wissen Sie.«

»Und wie war Akanisi?«

Adi Litia antwortete nicht sofort, sondern blickte ein paar Momente aus dem Fenster. Dann sah sie Horseman konzentriert an. »Nisi war geschickt, mit Begeisterung bei der Arbeit, und sie zeigte Eigeninitiative. Sie hatte ein besonderes Talent für Blumenschmuck, sie band zum Beispiel wunderbare *Salusalu*.«

Diese Aristokratin war eine harte Nuss. Er versuchte es noch einmal. »Das klingt wie ein Arbeitszeugnis, Litia. Akanisi ist tot, sie wird sich nie wieder auf eine neue Stelle bewerben. Können Sie mir sagen, wie sie als Mensch war?«

»Sie war achtzehn, außer dem Dorfleben kannte sie so gut wie nichts. Sie war hübsch und lebendig. Letztlich aber war sie dumm.« Litia klang jetzt fast trotzig.

»Inwiefern war sie dumm?«

Adi Litia seufzte ungeduldig. »Von einem Tag auf den anderen wurde sie in ein High-End-Boutique-Resort verpflanzt, wo sie auf Welten traf, von denen sie nie zu träumen gewagt hatte. Bei klarer Sicht konnte sie vom Restaurant aus die Hügel ihrer Heimatinsel sehen, ihr früheres Leben. Sie wollte weiterkommen, buchstäblich. Sie dachte, sie könnte es und sie würde es. Das war dumm.«

»Warum? So etwas ist schon vorgekommen.«

»Ja, ist es, aber nicht bei Leuten wie ihr.«

Horseman fiel es schwer zu glauben, dass die Frau es ernst meinte. »Hatte sie einen Fluchtplan?«

»Ich vermute, Flucht durch Ehe. In den ersten Monaten, die sie hier war, flirtete sie ziemlich viel, aber sie verbrachte auch viel Zeit mit Maika. Ich fand, sie passten gut zueinander, und ich dachte, sie würden wohl heiraten und hierbleiben. Aber zuletzt hat sie ihre Fühler anderweitig ausgestreckt, glaube ich.«

Adi Litia sprach, als wäre es das Natürlichste von der Welt, dass sie das Leben ihrer Angestellten so genau im Blick hatte.

»Aha, und wie sah das aus?«

»Sie hatte besonderes Interesse an allen, die aus Übersee waren, zumindest kam es mir so vor. Ich glaube, sie war auch oft im Forschungscamp. Die Wissenschaftler sind seit Oktober hier.«

»Glauben Sie, dass sie an jemandem dort interessiert war?«

»So konkret kann ich das nicht sagen. Sie war bei allen beliebt, und das kostete sie aus.« In Adi Litias melodischer Stimme schwang die Verbitterung der Unbeliebten mit.

»Ich hätte nicht gedacht, dass Ihnen viel entgeht, Litia. Was glauben Sie, wo Akanisi gestern Nachmittag war? Mir scheint, als hätten alle der Segnungszeremonie beigewohnt.«

»Das stimmt. Niemand hatte Dienst außer Jona, Maika und ein paar anderen Jungs, die sich um die Boote kümmerten. Ich bin allerdings nicht sicher, ob alle aus dem Camp da waren. Ich habe noch nie so viele Menschen auf einmal hier gesehen, ich kann also nicht mit Sicherheit sagen, wer da war und wer nicht, außer sie haben auf besondere Weise auf sich aufmerksam gemacht.«

»Tja, etwas Besonderes ist ja auch passiert. Was für eine Theorie haben Sie zu dem Zwischenfall mit dem Boot?«

Adi Litia richtete sich kerzengerade in ihrem Sessel auf. »Ein Unfall«, sagte sie entschieden.

»Jona kennt doch sicher jeden einzelnen gefährlichen Felsen vor der Insel?«

»Ja, das kann man wohl sagen. Aber ich glaube, es war nicht leicht, das Boot in so langsamem Tempo ruhig zu halten, damit mein Vater und der Pfarrer stehen und sich bewegen konnten, ohne sich festhalten zu müssen … Bei all dem muss Jona einen Augenblick lang nicht aufgepasst haben. Und ich bin auch nicht sicher, ob das Boot tatsächlich gegen einen Felsen gestoßen ist oder nicht. Wenn man längs auf Grund läuft, hat das einen ziemlich ähnlichen Effekt. Ich gebe Jona rein gar keine Schuld.« Aus ihrem Munde klang es vollkommen plausibel.

»Ich habe gehört, dass Jona gegen das Meeresschutzprogramm ist.«

»Dann haben Sie wohl von seinem Auftritt beim Mittagessen gehört – dem Tischgebet?«

»Das habe ich.«

Sie zuckte die Achseln. »Es war ein bisschen unangenehm, aber man sollte es am besten ignorieren. Ich hoffe, die Presse greift es nicht auf und macht eine große Sache daraus. Ja, Jona ist gegen das Schutzgebiet, angeblich aus theologischen Gründen. Aber er kann sich dem nicht widersetzen. Es ist beschlossene Sache, das Gesetz zum Meeresschutz ist in Kraft getreten.« Sie lächelte beschwichtigend.

»Wenn Ihnen noch etwas dazu einfällt, wo Nisi gestern Nachmittag gewesen sein könnte, lassen Sie es uns bitte wissen.«

»Das werde ich. Ich werde auch meinen Vater fragen.«

Adi Litia griff nach der Aktenmappe und reichte sie ihm. »Hier drin finden Sie Ausdrucke von allem, worum Sie gebeten haben. Originale oder ein Register haben wir im Grunde nicht – es ist alles digitalisiert. Neben den Namen der Gäste ist gekennzeichnet, wer gestern und wer heute ausgecheckt hat.«

Beeindruckend. »Wenn jedes Büro Sie als Leiterin hätte, wäre mein Job um einiges einfacher. Ach, eine Sache wäre da noch. Ich habe hier Akanisis Fotoalbum. Es wäre gut zu wissen, wer die Personen auf den Bildern sind. Könnten Sie uns dabei behilflich sein?«

Adi Litia zog die Augenbrauen hoch, sagte aber einigermaßen entgegenkommend: »Ich schätze, ihre Familie kenne ich. Ich tue, was ich kann.«

»*Vinaka vakalevu*, Litia.«

»Ich sehe Sie dann beim Abendessen, Inspector. Ian hat Sie eingeladen, heute Abend bei uns am Tisch zu sitzen. Möchten Sie, dass ich das Essen für Ihre Kollegen in Ihre *Bure* bringen lasse?«

Er hasste diese Art von gesellschaftlichem Dilemma. Er war nie sicher, wie er sich verhalten sollte, und der Stress, den solche Situationen in ihm hervorriefen, lenkte ihn ab und nahm ihm die Energie für den Fall. Sein Instinkt riet ihm, bei seinem Team zu bleiben.

»*Vinaka*, Litia, aber meine Gegenwart würde Sie sicher nur bei Ihren geschäftlichen Angelegenheiten stören.«

Adi Litia fiel die Kinnlade herunter. Dann brach sie in herzhaftes, melodiöses Lachen aus.

»Oh, Inspector, Sie verstehen mich falsch! Es gibt nur ein Thema, über das wir reden wollen: Rugby. Es mag etwas fehl am Platz erscheinen einen Tag nach Akanisis Tod, aber wir dürfen diese Chance, mit dem großen Joe Horseman über Rugby zu fachsimpeln, nicht verstreichen lassen.« Horseman hatte die Vermutung, dass sie es ironisch meinte, aber sie klang völlig aufrichtig.

»In dem Fall nehme ich sehr gern an. Würden Sie auch einen Tisch für vier für mein Team reservieren? Sie werden dann ebenfalls im Restaurant essen.«

10

PARADISE ISLAND

Horseman und Professor Burgermeister saßen bei einem Getränk an einem Tisch am Rand der Terrasse mit Blick auf den Strand und aufs Meer. Die Luft war jetzt kühler, aber immer noch unglaublich schwer und feucht. Bis frühestens April gab es davor kein Entkommen. Horseman war es unbegreiflich, wie der übergewichtige Amerikaner in diesem Klima arbeiten konnte, aber seine Begeisterung war selbst dann ansteckend, wenn er sich darüber beschwerte, wie erschöpft er war. Der Kellner stellte ein eisgekühltes Fiji Bitter vor Burgermeister auf den Tisch. Horseman hätte auch gern eins getrunken, blieb aber bei seinem Chapman Soda. Die Verlockung wäre womöglich zu groß, sich bei einem Bier von Burgermeisters lässigem Charme mitreißen zu lassen.

»Prost, Inspector, genau das brauche ich jetzt, ich kann diese gottverdammte Luftfeuchtigkeit nicht mehr ertragen. Mir wird es nicht leidtun, nächste Woche das Camp aufzulösen. Wir sind schockiert über Nisis Tod, wir haben sie in den letzten zwei Monaten ziemlich gut kennengelernt. Ich glaube, die Ereignisse haben der Stimmung im Camp einen heftigen Dämpfer versetzt.«

»Wie kommen Sie mit Ihren Projekten voran?«

»Im Großen und Ganzen nach Plan. Aber nächste Woche werden wir vollauf damit beschäftigt sein, alles abzuschließen. Junge, was für ein Tag gestern. Wäre Nisi nicht verunglückt, würde ich vor Freude jubeln! Ich sag Ihnen was, es gab Zeiten in den letzten zwei Jahren, da dachte ich, es würde nie klappen mit dem Meeresschutzgebiet.«

»Glauben Sie jetzt, es kann funktionieren?«

Burgermeister warf ihm einen entrüsteten Blick zu, antwortete aber ruhig. »Alle Studien an anderen Standorten zeigen, dass die Zunahme der Arten im Riff die Erwartungen weit übertrifft, sobald die Fischerei erst einmal eingestellt ist. Warum soll es hier dann anders sein? Von diesem Deal haben alle etwas. Klar, die Gewässer innerhalb des Riffs sind jetzt tabu, aber die Ausbeute war ohnehin schon kläglich, und das wissen die Leute. Auf der anderen Seite des Saumriffs ist noch alles erlaubt. Die meisten Fischer sind ohnehin schon dorthin ausgewichen.« Aus blauen Schweinchenaugen sah der Professor ihn durchdringend an.

Horseman vermutete, dass die hiesigen Fischer da anderer Meinung waren. »Wer hat noch etwas davon?«

Der Professor grinste, diese Frage gefiel ihm schon viel besser. »Wer noch etwas davon hat? Die traditionellen Nutzer haben langfristig etwas davon, weil der Bestand im Riff sich erholen wird und weil es verboten ist, dort kommerziellen Fischfang zu betreiben. Das Resort hat etwas davon, weil die Gäste in ein paar Jahren innerhalb des Riffs schnorcheln und tauchen gehen können, ohne dass sie danach ihr Geld zurückverlangen. Und im Tourismus heutzutage ist es eine Stange Geld wert, wenn man Vula als ›in einem Meeresschutzgebiet gelegen‹ promoten kann, lassen Sie sich das gesagt sein. Die US-amerikanischen Wissenschaftler haben etwas davon, weil sie ein unwiderstehliches Projekt leiten, das Forschungsstudenten anzieht, und es beschert uns die unermessliche Freude, etwas Gutes und Nützliches zu tun.« Er trank einen Schluck Bier. Horseman bemerkte erst jetzt die Kratzer auf den Händen und Unterarmen des Professors und die abgeschürften Fingerknöchel, alle gelb verfärbt von Jod.

»Ich hoffe auf jeden Fall, dass es ein voller Erfolg wird. Kommen wir auf gestern Nachmittag zurück, Professor. Sie spielten gerade Riffgolf mit Dr. Chakra, als Sie Nisi fanden?«

»Jep. Herrgott, der Mann ist vielleicht ehrgeizig!« Er zeigte hinter die Strandmauer. »Wir waren am Rand des Saumriffs – weit da draußen. Mein Aufschlag war zu hart, und der Ball flog außer Sichtweite hinter die Korallenerhebung. Ich dachte, Mist, ich kann doch das Riff nicht zumüllen. Ich bahnte mir einen Weg durch die Korallen und die Tümpel bis dorthin, wohin mein Ball geflogen war. Der Golfball war neonpink, wissen Sie, ich habe ihn sofort in einem Büschel Trichteralgen entdeckt, wahrscheinlich *Padina gymnospora*. In einem Gezeitentümpel, der etwa einen Meter tief war. Ich setzte mich an den Rand und versuchte den Ball mit meinem Schläger hochzuziehen. Hab's nicht mal annähernd geschafft.«

Horseman war klar, dass Burgermeister es nicht hätte schaffen können, auf den rasiermesserscharfen Korallen und den rutschigen Algen zu balancieren.

Der Professor hatte den Blick auf den hinteren Rand des Riffs gerichtet, an dem sich jetzt, bei Flut, kleine Wellen brachen. Horseman ließ ihm Zeit, sich zu erinnern, er wollte den Bann aufs Neue durchlebter Erinnerungen nicht brechen.

Burgermeister sah weiter aufs Riff, als er fortfuhr. »Vijay holte mich ein, stieg in den Tümpel, das Wasser bis zur Taille, und schnappte den Ball mit den Zehen. So geschickt. Er drehte sich zu mir um, den Ball wie die Freiheitsstatue in der erhobenen Hand. Dann fuhr er zusammen und erstarrte. Sein Gesichtsausdruck jagte mir irgendwie Angst ein, und ich fragte ihn: ›Hast du einen Krampf, Vijay? Was ist denn los, Kumpel?‹

Dann kam er wieder zu sich, machte ein paar Schritte und duckte sich hinab unter den Vorsprung, auf dem ich saß. Niemals werde ich sein Gesicht vergessen, als er wieder hochkam. ›Es ist Nisi. Sie ist irgendwie eingeklemmt. Wir müssen sie da rausholen, Mann. Oh Gott! Nisi!‹

Ich sagte: ›Um Gottes willen! Was soll ich machen?‹

Vijay sammelte sich und rief: ›Sie hängt fest. Ich versuche sie loszumachen und rauszuziehen. Zusammen sollten wir es schaffen, sie über die Kante zu hieven.‹«

Horseman war inzwischen mit Burgermeister zusammen bildlich in die Szene eingetaucht. Er hatte keinen Zweifel daran, dass der

Mann das, was er erneut vor sich sah, haargenau beschrieb. Dann blickte Burgermeister Horseman direkt in die Augen. »Wissen Sie, als wir sie da rausholten, hatte sie noch die neue Dienstkleidung an, die das Personal gestern trug. Die Rugbybälle und Palmen auf dem Hemd, Schwarz und Weiß, die Farben der Nationalmannschaft, verflucht noch mal – so was gibt's auch nur auf Fidschi! Entschuldigen Sie, ich weiß, dass Sie ein nationaler Rugbystar sind! Ich musste jedenfalls kotzen.«

Burgermeister wandte den Blick wieder zum Riff und redete weiter. »Vijay zog das arme Mädchen an den Rand des Vorsprungs und schob sie hoch. Ich kniete oben und hatte zugegeben ganz schön damit zu kämpfen, das Gleichgewicht nicht zu verlieren. Ich bekam sie lediglich oben an einem Arm zu fassen. Himmel, wie die Korallen ihr die Haut abgeschürft haben … furchtbar. Ich erwischte sie unter den Achseln und zog weiter, während Vijay von unten drückte. Dann fiel ich rücklings hin. Was hab ich mich geschämt. Da lag ich also, wie ein fetter hilfloser Käfer auf dem Rücken auf den scharfen Steinen, und die Leiche des Mädchens auf mir. Irgendwann kriegte ich sie von mir runtergerollt; wie, weiß ich nicht mehr. Bis ich mich wieder aufgerichtet hatte, hatte Vijay Nisi schon auf die Seite gedreht. Wasser lief ihr aus dem Mund. Ihre Beine und Füße waren komplett zerfurcht.

Ich sagte zu Vijay: ›Ich bin viel zu langsam auf dem steinigen Boden hier. Am besten gehst du Hilfe holen, während ich hier mit ihr warte.‹

Aber das wollte er nicht. Er sagte: ›Verstehst du denn nicht, vielleicht ist sie nicht tot, Bill. Ich versuche sie wiederzubeleben. Lauf einfach so schnell du kannst, es wird gleich dunkel. Sie sollen Lampen mitbringen!‹ Vijay schob ihr die Finger in den Mund, fischte ein paar Algen und einen Krebs heraus, rollte sie auf den Rücken und fing an mit Mund-zu-Mund-Beatmung.

Ich hob unsere beiden Schläger auf und schaffte es irgendwie mit Hilfe der Schläger zurück zur Strandmauer zu joggen. Ich rief nach Hilfe, und als ich am Strand ankam, liefen mir ein paar Angestellte entgegen. Als McKenzie und die anderen draußen eintrafen, war Vijay immer noch bei seinen Wiederbelebungsversuchen.«

Burgermeister kehrte in die Gegenwart zurück, sah Horseman fragend an, griff nach seinem Glas und setzte es an die Lippen. Als er den Kopf in den Nacken legte, dehnten sich die Falten unter seinem Kinn und offenbarten wie bei einem Pelikan zarte rosa Haut mit weißen Streifen. Es war Horseman ein Rätsel, wie der Mann es fertigbrachte, sich zu rasieren. Burgermeister trank sein Bier in einem Zug aus.

So aufgewühlt, wie Horseman von dem Grauen war, das Burgermeister aufs Neue für ihn durchlebt hatte, wusste er, dass er die Wahrheit gehört hatte. Aber es mochte nicht die ganze Wahrheit gewesen sein.

11

PARADISE ISLAND

Das Abendessen mit den McKenzies und Adi Litia verlief besser, als Horseman erwartet hatte. Sowohl für Fidschianer als auch für Neuseeländer war Rugby ein ernst zu nehmendes Gesprächsthema. Sie analysierten die jeweiligen Stärken der Mannschaften, die in der nächsten Saison an den Spielen der Super Fourteens, der Tri Nations und der internationalen Sevens teilnehmen würden. In gewisser Weise verschaffte Rugby ihnen eine Atempause vom Schock über Nisis Tod.

McKenzie sagte: »Wir halten es alle für selbstverständlich, dass die Nationalmannschaft von Fidschi zu den bedeutsamsten der Welt gehört, aber eigentlich ist es doch erstaunlich, oder? Diese paar Inseln mit einer Bevölkerung von weniger als einer Million, kaum Geld fürs Training, und dann gewinnen sie die internationalen Sevens! Für mich liegt das an dem angeborenen Können der Fidschianer und schierem Mumm.«

Horseman nickte. »Sie vergessen, dass die gesamte Bevölkerung verrückt nach Rugby ist, deswegen bekommen die Jungs, die ernsthaft spielen wollen, die totale moralische Unterstützung. Und es gibt für Kinder sonst auch nicht viel zu tun außer Sport, selbst in Suva und Lautoka. Das hilft.«

Pat McKenzie stürzte ihr Glas Wein herunter und fragte: »Warum schneidet Fidschi beim Siebener-Rugby denn so viel besser ab als in den Spielen mit voller Besetzung?«

Adi Litia mischte sich ein. »Weil ihr Kiwis, genau wie Australien und Frankreich, uns so viele unserer besten Spieler wegschnappt natürlich. Wir kriegen von unseren besten nur sieben zusammen. Gott sei Dank sind Sie uns treu geblieben, Joe, nun ja, zumindest weitgehend. Ich meine mich zu erinnern, dass Sie mal in Frankreich waren.«

Horseman lächelte. »Nur für ein Jahr. Die Polizei wollte mich nicht länger freistellen, und ich wollte nicht kündigen. Später war ich dann noch ein Jahr in Japan.« Er behielt lieber für sich, dass er nie besonders vorausschauend gewesen war, nie langfristige Pläne gemacht hatte. Dass er einfach davon ausgegangen war, dass die glorreichen Zeiten immer weitergehen würden. Er hatte die Herausforderungen seiner Arbeit genossen, im Grunde aber für den Kick des Spiels gelebt. Er würde hart an seiner körperlichen Wiederherstellung arbeiten, und nächste Saison wäre er wieder einsatzbereit.

Er sah Mrs McKenzie an. »Es ist was dran an dem, was Litia sagt, wissen Sie. Es läuft auf Zahlen hinaus. Aber weil es an finanziellen Mitteln fehlt, können die Spieler nicht so viel trainieren. Sie müssen Geld verdienen. Die Trainer sind ebenfalls alle Amateure, bis auf den Nationaltrainer. Aber ich denke auch oft, dass unsere größte Schwäche die Kondition ist. Die Spiele bei den Sevens gehen nur vierzehn Minuten, im Finale zwanzig, da bringen wir die beste Leistung.«

»Joe Horseman wird schwer zu ersetzen sein, muss ich sagen«, bemerkte Ian McKenzie mit einem Lächeln.

»*Vinaka*, aber es gibt eine Menge großartiger junger Spieler auf dem Weg nach oben. Außerdem setze ich nur die kommende Saison aus, wissen Sie. Wenn ich noch mehr verpasse, bin ich langsam zu alt.« Die anderen nickten traurig. War ihnen nicht klar, dass er einen Witz machte? Sie konnten doch nicht tatsächlich glauben, dass er zu alt war für Rugby! Oder doch?

Pat McKenzie leerte das nächste Glas Wein und beugte sich zu Horseman vor. »Wenn ich etwas Persönliches ansprechen darf, Inspector, ich habe mich gefragt, woher Ihr Nachname kommt. Ich meine, Sie sehen durch und durch wie ein Fidschianer aus. Woher haben Sie den Namen Horseman?«

»Das ist eine lange Geschichte, und nicht einmal mein Großvater war sicher, was davon Tatsache und was Legende ist.«

»Wie spannend. Erzählen Sie.«

»Natürlich nur, wenn es Ihnen nichts ausmacht«, fügte Ian McKenzie hastig hinzu und funkelte seine Frau an.

Horseman lächelte. »Sie haben mich darum gebeten, denken Sie daran. Der erste Horseman könnte Anfang des neunzehnten Jahrhunderts auf Fidschi gestrandet sein. Damals sind hier hin und wieder Deserteure von Handelsschiffen, Schiffbrüchige und sogar flüchtige Sträflinge aus den australischen Kolonien gelandet. Die meisten blieben nicht lange. Sie wurden ins Feuer geworfen, buchstäblich. Aber als die rivalisierenden Ratus anfingen, Sandelholz und Seegurken gegen Gewehre einzutauschen, brauchten sie Leute, die die Gewehre auch bedienen und instand halten konnten. Ein paar dieser hoffnungslosen Herumtreiber, wie auch der berüchtigte Charles Savage, retteten ihre Haut, indem sie sich den kriegführenden Ratus unentbehrlich machten und im Gegenzug von ihnen Frauen und Land erhielten. Die Geschichte meines Vorfahren gefällt mir allerdings besser. Die Legende besagt, er sei ein Überlebender aus einem an einem Riff vor Vanua Levu gekenterten Schiff gewesen. Nur wenige Männer schafften es an Land, wo sie mit einem Knüppel niedergeschlagen und für das Feuer vorbereitet wurden.« Er machte eine Pause und versuchte einzuschätzen, ob die Runde wirklich interessiert war.

»Kommen Sie! Ernsthaft? Ich bin sicher, diese Kannibalengeschichten werden für makabre Touristen maßlos übertrieben«, protestierte Ian McKenzie, ganz der diplomatische Gastgeber.

Horseman warf Adi Litia einen Blick zu, die gelassen entgegnete: »Ganz und gar nicht, Ian. Zum einen verspeisten im Krieg die Sieger alle getöteten Feinde. Die Köche des Ratu brieten auch jeden, der gegen das Gesetz verstoßen oder den Ratu beleidigt und die Todesstrafe bekommen hatte. Es gab sogar Überfallkommandos, deren Hauptaufgabe es war, Fleisch zu besorgen. Alle auf Fidschi preisen Gott dafür, dass er die mutigen christlichen Missionare gesandt hat, um uns von diesem Bösen zu erlösen.« Sie schob sich einen Bissen ihres blutigen Steaks in den Mund und zerkaute ihn mit ihren kräftigen weißen Zähnen.

Ian McKenzie sackte in fassungslosem Schweigen in sich zusammen.

Horseman fuhr fort. »Mein Vorfahr klammerte sich an ein Stück Treibholz und wurde in einer anderen Bucht an Land gespült. Er kam wieder zu Bewusstsein, als ihn am Strand ein Pferd beschnupperte, das zur Fracht auf seinem Schiff gehört hatte. Die knüppelschwingenden Krieger hatten eine Heidenangst vor dem Pferd und blieben auf Abstand. Sie müssen bedenken, keiner von ihnen hatte jemals ein Tier an Land gesehen, das größer war als ein Schwein.

Die Männer berichteten ihrem Ratu von dem Wrack, und er kam an den Strand, um das Treibgut selbst in Augenschein zu nehmen. Es war Liebe auf den ersten Blick. Der Ratu hätte alles für das Pferd gegeben – Gewehre, Kriegskanus, Sklaven, Frauen –, absolut alles. Mein Vorfahr spürte, was der Ratu sich wünschte, und blieb nah am Pferd, um sich zu schützen. Er streichelte und beruhigte das traumatisierte Tier, und in dem Versuch, die Fidschianer zu beschwichtigen, wiederholte er immer wieder das Wort ›horse‹. Weil er verzweifelt den Ratu von seinem Wert überzeugen wollte, schwang er sich auf den Rücken des Tiers und führte den völlig verblüfften Männern seine Reitkünste vor. Den Strand rauf und runter. Ohne Sattel. Er ließ das Pferd traben, galoppieren, sich im Kreis drehen, steigen. Beeindruckend.

Von da an war mein Vorfahr Stallbursche und Reitlehrer des Ratu, er wurde sein Horseman. Er erhielt ein Haus und mindestens eine Frau und lebte lange genug, um mehrere Kinder zu zeugen. Nur einer seiner Söhne bekam selbst Kinder, und er übernahm die Berufsbezeichnung seines Vaters als seinen Nachnamen, der nach europäischer Manier bis heute weitergegeben wurde.«

»Sind Sie sicher, dass Sie sich das nicht ausgedacht haben?«, fragte Pat McKenzie misstrauisch und fing sich noch einen wütenden Blick ihres Mannes ein.

»Ja, aber vielleicht hat jemand diese Geschichte vor langer Zeit erfunden. Wer weiß das jetzt schon noch? Das ist sechs Generationen her. Aber wir sind hier, und das Wort meines Vorfahren für das Tier lautete *horse*, ich vermute also, er war aus Großbritannien, Irland oder Amerika.«

»Das erste Pferd auf den Fidschi-Inseln – eine sagenhafte Geschichte«, sagte Ian McKenzie leise und ehrfürchtig.

Adi Litia lachte. »Die Fidschianer glauben sie. Ich hoffe, sie ist wahr.«

»Inzwischen gibt es eine Menge von uns, und offiziell gelten wir auf Fidschi als *Kailoma*, als Halbeuropäer. Die Blätter an meinem Zweig sind hauptsächlich fidschianisch, deswegen sehe ich fidschianisch aus. Ich habe Cousins und Cousinen in Australien, die als waschechte Europäer durchgehen. Wir sind aber alle Horsemans. Oder sollte es Horsemen heißen, die grammatikalisch korrekte Pluralform? Unsere Sippe kann sich nie darauf einigen, vor allem die Frauen nicht.«

Horseman schleppte sich zurück zur Polizei-*Bure*. Er war hundemüde. Wenn er sich nicht bald hinlegen konnte, würde er umfallen. Sein Team saß um den Tisch und trank Kava. Er beschloss sich zu enthalten, denn er wusste, dass er nach nur einer Tasse innerhalb von fünf Minuten einschlafen würde. »Wie hat Ihnen allen das Abendessen gefallen?«, fragte er.

»Ich habe noch ein bisschen Hunger, Sir«, gestand Constable Mocelutu. »Ich meine, das Essen war lecker, keine Frage, aber die Menge? Die Köchin hier weiß nicht, was eine ordentliche Portion ist, nicht so wie meine Frau, Sir.«

»Na, Sie sollen aber auch nicht an Übersättigung sterben, während Sie in meinem Team sind, Mareka. Mir hat es ausgezeichnet geschmeckt.«

Er zog einen Stuhl heran. »So, Leute, endlich sitzen wir alle zusammen an einem Tisch. Bevor wir unseren wohlverdienten Schlaf bekommen, gehen wir einmal durch, was wir bisher haben. Wir sind hier im Resort, um den Tod von Akanisi Leletaku aufzuklären, achtzehn Jahre alt, Zimmermädchen. Wir wissen, wie und wo ihre Leiche gefunden wurde, aber nicht, wie, wann oder wo sie starb.

Mit etwas Glück bekomme ich morgen Nachmittag den Obduktionsbericht. Im Gezeitentümpel, in dem sie entdeckt wurde, wurde nichts gefunden, und ihre Eltern haben sie gewaschen und für die Beerdigung vorbereitet, bevor Epeli und Mareka eintrafen, an ihrem Leichnam können wir also nichts ablesen. Auf den ersten Blick findet sich nichts Ungewöhnliches unter ihren persönlichen Gegenständen, aber wir schicken alles zur Kriminaltechnik nach Suva.

Wir haben erfahren, dass Akanisi beliebt war, sowohl beim Personal als auch bei den Gästen, sie war hübsch, lebhaft, eifrig bei der Arbeit, vielleicht flirtete sie gern, vielleicht strebte sie danach, mehr von der Welt zu sehen. Mrs McKenzie glaubt, dass es zwischen Nisi und ihrem Onkel Jona einen Konflikt gab, dass Jona sie womöglich sogar geschlagen hat. Anscheinend erwarteten Nisis Eltern, dass ihr Onkel ein Auge auf sie behielt. Adi Litia ist der Ansicht, dass Jona und Nisi sich nicht nahestanden. Es ist bekannt, dass Jona gegen das Meeresschutzgebiet Vula ist, sein Ratu wiederum unterstützt es. Es könnte noch mehr Konflikte geben, die vom Schutzgebiet angefacht wurden.«

»Den Dorfleuten wird das Fischverbot nicht gefallen«, bemerkte Taleca. Die anderen schüttelten die Köpfe und murmelten zustimmend.

Horseman fuhr fort. »Zu diesem Zeitpunkt gebe ich mich nicht damit zufrieden, dass Akanisis Tod ein Unfall war. In vielen der Stellungnahmen des Personals heißt es, sie sei eine gute Schwimmerin gewesen. Angeblich hat sie nach dem Mittagessen niemand mehr gesehen. Sie hatte danach frei, aber es ist trotzdem merkwürdig, dass niemand ihr begegnet ist.

Ich habe mir eben nach dem Abendessen mit Mr McKenzie den Bericht zu ihrer kürzlichen Krankschreibung angesehen – Mr McKenzie sagt, Dr. Chakra hatte Nisi in seiner Personalsprechstunde empfangen und ihr empfohlen, sich eine Woche krankschreiben zu lassen und nach Hause nach Delanarua zu fahren. Er hat nicht erklärt, weshalb, aber Mr McKenzie schickte sie noch am selben Tag nach Hause. Sergeant Singh hat unter den Stufen zu Nisis

Veranda etwas gefunden, was wie die Plastikverpackung eines Arzneimittels aussieht – das könnte damit im Zusammenhang stehen. Unser Hauptzeuge ist Dr. Chakra, der aber nicht auf meine Anrufe reagiert. Wenn er sich bis morgen Vormittag nicht gemeldet hat, werde ich nach Suva fahren und ihn suchen.«

Horseman wandte sich an Singh. »Wie sind die Befragungen von Guy Dawson und Maika Tavua gelaufen?«

»Um es zusammenzufassen, Sir, sowohl Guy Dawson als auch Maika Tavua wirkten aufrichtig schockiert von Nisis Tod. Maika ist in Tränen ausgebrochen. Er erzählte, dass Nisi die letzten paar Wochen müde gewesen sei, aber nicht darüber gesprochen habe und er auch nicht den genauen Grund für ihre Krankschreibung kenne. Er gehörte gestern den ganzen Tag zur Besatzung unterschiedlicher Boote und behauptet, er habe sie den ganzen Tag nicht gesehen.«

»Und Dawson?«

»Er ist um einiges älter als Maika und zurückhaltender. Er lernte Nisi kennen, als er letztes Jahr als Tauchlehrer hier anfing. Er berichtete, dass sie sich oft über seine Reisen und Taucherfahrungen unterhielten. Aber er behauptet fest, sie seien nur Freunde gewesen. Gestern Vormittag war er mit Gästen mit dem Boot draußen, nach dem Mittagessen sah er den Feierlichkeiten zu, und danach arbeitete er allein in der Taucherhütte, machte Ausrüstung sauber und überprüfte sie, füllte die Sauerstoffflaschen auf und so weiter.

Wie fanden Sie denn den Professor, Sir?«, fragte sie dann zurück.

Horsemans Miene hellte sich auf. »Der hat vielleicht eine spannende Arbeit! Er hat mir versprochen, mich morgen im Forschungscamp herumzuführen, aber wenn ich Dr. Chakra morgen früh nicht erreiche, muss ich zurück nach Suva. Der Professor hat McKenzies Aussage bestätigt, was den Fund der Leiche angeht, und auch was Adi Litia darüber sagte, dass Nisi öfter zum Camp ging. Sie kam wohl relativ häufig vorbei.«

»Hat er gesagt, weshalb?«

»Maika hilft ihnen öfter mit dem Boot beim Transport, und sie ist in ihrer freien Zeit mitgekommen – Burgermeister ist davon ausgegangen, dass die beiden ein Paar waren. Irgendwann hat sie angefangen, sich ernsthaft für die Forschungsarbeit zu interessieren – sie hat sogar angeboten auszuhelfen.«

»Vielleicht war sie einfach klug und neugierig, Sir, wie Ledua und Essie gesagt haben. Ich hoffe wirklich, dass es sich um nichts anderes als einen tragischen Unfall handelt«, sagte Singh.

»Ich auch, Sergeant. Aber was für ein Unfall? Irgendwelche Ideen?«

Niemand meldete sich zu Wort. Horseman hakte nach. »Wie sieht es dann mit Fragen aus?«

Das Telefon durchbrach die Stille. Waqatabu sprang auf und nahm ab.

»Adi Litia für Sie, Sir.«

Horseman ignorierte Waqatabus Grinsen. Er ging zum Schreibtisch und nahm den Hörer.

Eine Minute später war er zurück bei den anderen. »Adi Litia hat uns noch etwas zu erzählen. Sie können mitkommen, Sergeant. Aber lassen Sie uns vorher noch den Ablauf für morgen besprechen. Wenn ich nach Suva fahre, wird Sergeant Singh Ledua Marama befragen. Kelepi spricht mit Jona Vaturua. Sie sind beide wichtige Zeugen. Epeli und Mareka, Sie kommen am besten mit mir zurück. Das Revier in Suva wird Sie brauchen. Mein Vorgesetzter wird über das Ermittlungsteam entscheiden, sobald der Bericht des Rechtsmediziners vorliegt.« Die beiden Kollegen in Uniform sahen geknickt aus.

»Und danach, Sir?«, wollte Singh wissen.

»Danach, Sergeant, wenn Sie nichts anderes von mir gehört haben, können Sie sich im Forschungscamp umsehen. Sprechen Sie mit – lassen Sie mich nachsehen, wer war heute Nachmittag nicht bei der Versammlung?« Er schaute in seine Notizen. »Genau, Anil Gupta und Sitiveni Doka, beides Doktoranden. Keli, du kannst mit den Gästen sprechen, die gestern hier waren, und dir Stellungnahmen von denen geben lassen, die sich daran erinnern, Nisi gesehen zu haben. Bei unserer kargen Beweislage ist es zu diesem Zeitpunkt unser Ziel, all das zu sammeln und zu dokumentieren, was uns die

Leute bereitwillig erzählen. Bis uns der Obduktionsbericht vorliegt, bringt es nichts, ein zweites Mal mit jemandem zu sprechen, es sei denn, irgendwelche Widersprüchlichkeiten müssen geklärt werden. Dank euch allen werden wir das morgen Vormittag geschafft haben – wenn ich denn bloß Dr. Chakra auftreiben kann.«

Detective Constable Taleca hob mit ernstem Gesicht die Hand. »Boss, ich habe einen leichten Schlaf, wie du weißt. Bitte weckt mich nicht auf, wenn ihr nachher wiederkommt!«

Horseman grinste. »Ah, Keli, danke, dass du mich daran erinnerst. Und ich muss Sie alle noch mit meiner Tagesabschlussroutine bekannt machen: Bevor wir uns aufs Ohr legen, erledigen wir sämtlichen Papierkram, der sich im Laufe des Tages angesammelt hat. Das heißt, Sie bringen Ihre Tagesberichte und Notizbücher auf den neuesten Stand, und die Stellungnahmen auf Fidschi werden ins Englische übersetzt. Sergeant Singh hat Ihnen die Formulare ausgedruckt und in diesen Mappen hier vorbereitet.« Er hob einen Stapel bunter Mappen hoch und legte sie in die Mitte auf den Tisch. »Sergeant Singh kann die Stellungnahme auf Hindi ins Englische übersetzen. Ich sehe sie mir an und erledige meine eigenen, wenn wir wieder da sind.«

Jeglicher Protest wurde von einem Klopfen an der Tür abgewehrt. Der Barmann Sai kam munter lächelnd hereinspaziert, in den Händen ein mit einem Tuch verdecktes Tablett.

»Noch bei der Arbeit, *Ovisas*? Ledua dachte, Sie bräuchten vielleicht noch eine Stärkung.« Er stellte das Tablett auf den Tisch, riss mit Schwung das Tuch herunter und sah zu, wie die Männer beim Anblick von extradicken Sandwiches, einem Teller mit gekochten Taroknollenschnitzen und Bergen von warmem, in Butter geschwenktem Rosinenbrot augenblicklich vergnügter wurden.

»*Vinaka, vinaka*!«

»Ich setze Wasser auf«, sagte Taleca.

»Es sollte bei uns nicht lange dauern, Männer.« Horseman reichte seiner Kollegin einen Regenschirm des Resorts, und zusammen gingen sie hinaus in die nach Ingwer duftende Nacht.

12

PARADISE ISLAND

Adi Litia begrüßte sie auf ihrer Veranda. »Guten Abend, Inspector. Ah, wie ich sehe, haben Sie auch Ihre Assistentin mitgebracht. Ihnen auch einen guten Abend, Sergeant Singh. Inspector, Sie brauchen hier doch sicher keine Beschützerin! Oder ist sie Zeugin, falls ich irgendwann in der Zukunft auf den Gedanken kommen sollte, Sie der sexuellen Belästigung zu bezichtigen? Das halte ich doch für eher unwahrscheinlich, Sie nicht auch? Von dem heldenhaften Josefa Horseman würde das niemand glauben.« Von sich selbst amüsiert ließ sie ihr volles dunkles Lachen erklingen. Verblüfft versuchte Horseman, ebenfalls ein entspanntes Lachen aufzubringen, aber er wusste, dass es gezwungen und nervös klang. Sie musste betrunken sein!

Singh jedoch lächelte ihr Gegenüber ermutigend an. »Wir sind beide gespannt auf das, was Ihnen eingefallen ist, Adi Litia. Womöglich könnte uns das zu dem Durchbruch verhelfen, den wir brauchen.« Singhs herzlicher Enthusiasmus wirkte überzeugend, offenbar sogar auf Adi Litia, denn sie blickte interessiert auf Singh herab.

»Kommen Sie herein, Sie beide, kommen Sie und setzen Sie sich.« Sie stellten ihre Schirme neben der Tür ab und betraten den Raum. Adi Litia sah fantastisch aus in einem locker sitzenden Kaftan aus feiner cremefarbener Baumwolle mit einem orientalisch anmutenden Design zweier roter Drachen, die sich vom unteren Saum bis zu ihrem Nacken erstreckten und deren rote feurige Zungen sich lüstern um ihre Brüste schlängelten. Dieses Kleidungsstück stand ihr um einiges besser als das, was sie bei der Arbeit trug. Sie sah auf majestätische Art entspannter aus und doch immer noch eindrucksvoll. Sie führte ihre Gäste in ein Wohnzimmer, das durch das steil nach oben ragende Dach darüber umso kleiner wirkte. Gemütlich war es dennoch. Auf den beiden Sofas, die um ein Rattantischchen mit Glasplatte standen, lagen mit goldenen Stickereien verzierte rote und orangefarbene Stoffe. Die Lamellenfenster waren hinter locker fallenden Vorhängen in dunklen Blau- und Lilatönen verborgen, die sich unter dem Deckenventilator bauschten und silbern glitzerten. Zwei kunstvolle Tischlampen aus Messing mit rubinroten Lampenschirmen aus Glas tauchten das Zimmer in weiches Licht.

»Ich habe es in der Hotelzimmerausstattung nicht mehr ausgehalten, die auf Fidschi so üblich ist, auch wenn wir das hier auf Paradise geschmackvoller umsetzen als anderswo«, erklärte sie angesichts der erstaunten Gesichter ihrer Gäste.

»Saris, wow!«, rief Singh. »Und was Sie damit gemacht haben! Es sieht großartig aus.«

»Gefällt es Ihnen? Sie sind wohl auch ein Bollywoodfan.« Zum ersten Mal war Litia freundlich zu Horsemans Kollegin.

»Ja, schon, aber ich bin wählerisch. Ich kann es nicht ertragen, wenn immer wieder das gleiche rührselige Schema abgespult wird.« Adi Litia richtete sich auf, als wäre sie kritisiert worden. Hastig fügte Sergeant Singh hinzu: »Vom Tanz und den Kostümen kann ich allerdings gar nicht genug kriegen, genau wie von der ganzen bunten Atmosphäre.«

Die Tochter des Ratu zog nun die geflochtenen Paneele auf, die genau wie in der *Bure* des Resortbesitzers als Schranktüren dienten. Dahinter versteckte sich ein Fernseher, und die Regalböden standen bis oben hin voll mit DVDs. »Alles Bollywood – ich schätze, das ist meine Zuflucht.«

Es war Zeit, zur Sache zu kommen. »Sollen wir uns hier an den Sofatisch setzen, Litia?«, wollte Horseman wissen.

»Ja, bitte. Möchten Sie auch ein Glas Wein?«

»*Vinaka*, aber nein. Gern kaltes Wasser, wenn Sie haben. Sergeant Singh?«

»Für mich bitte auch Wasser.«

Nachdem Adi Litia ihnen das Wasser serviert hatte, lächelte Horseman höflich. »Wie Sergeant Singh bereits sagte, sind wir gespannt, was Sie uns zu erzählen haben, Litia.«

Adi Litia saß auf dem Sofa gegenüber, die langen Beine verhüllt unter ihrem Kaftan. »Wissen Sie, irgendwie konnte ich es Ihnen heute Nachmittag nicht erzählen, auch wenn ich wusste, dass ich es sollte. Ich spreche nicht gern schlecht über die Toten, wirklich nicht. Aber Sie brauchen die Fakten.«

»Die brauchen wir in der Tat, Litia.«

»Am Freitagabend nach dem Abendessen habe ich gesehen, wie Nisi Dr. Chakra in seiner *Bure* besuchte.«

»Sind Sie sich da auch ganz sicher?«

Adi Litia fuhr auf. »Ja, natürlich! Sonst würde ich es doch nicht behaupten.«

»Könnten Sie uns bitte genau schildern, was Sie beobachtet haben?«

»Ich hatte mit den McKenzies im Restaurant zu Abend gegessen, und wir waren jede Einzelheit für das Programm am Samstag durchgegangen. Ich war wohl angespannt, deswegen bin ich danach noch am Strand spazieren gegangen. Als ich an Dr. Chakras *Bure* vorbeikam, saß er mit einem Drink in der Hand auf der Veranda und blickte aufs Meer. Ich ging weiter an der Landzunge entlang bis zum Anleger und dann zurück über den Gartenpfad, den auf der linken Seite, der an den Vordereingängen der *Bures* entlangführt. Vor mir ging jemand in einem *Sulu* und bog dann ab zu Dr. Chakras Eingang. Wie Sie wissen, sind die Vordereingänge praktisch nur Lücken in der Hecke. Es war ziemlich dunkel, aber das Licht auf der vorderen Veranda war an, sodass ich Nisi erkennen konnte, als ich vorbeiging, sie stand mit dem Rücken zu mir vor der Tür. Dann öffnete Dr. Chakra, und sie ging hinein.«

»Hat einer der beiden Sie gesehen?«

»Nisi hätte mich nicht sehen können, aber Chakra womöglich. Er hat aber nicht hochgeguckt.«

»Was haben Sie dann gemacht?«

»Ich bin weitergegangen. Als ich an der Bar vorbeikam, ging ich wieder am Strand bis zum Pavillon und dann direkt bis hierher.«

»Was halten Sie von dem, was Sie gesehen haben?«, fragte Horseman.

»Das Gleiche, was ich an dem Abend davon hielt, natürlich. Der gute Herr Doktor hatte sich mal wieder eine schnelle Nummer organisiert.«

»Dann waren Sie nicht überrascht?«

»Nicht über ihn, aber über Nisi schon sehr. Sie war unverbesserlich, was das Flirten anging, und längst nicht mehr so naiv wie noch vor einem Jahr, als sie hier ankam, lassen Sie sich das gesagt sein. Sie hat es in vollen Zügen genossen, der Liebling aller hier zu sein, und wer kann ihr das schon zum Vorwurf machen? Aber ich dachte, sie würde sich mehr für die jüngeren Männer interessieren – für Maika und …« Sie hielt inne.

Horseman widerstand dem Drang, sich vorzulehnen, und fragte sanft nach: »Und? Für wen noch, Litia?«

Sie wandte den Blick ab und richtete ihn auf die schimmernden lila Vorhänge. Als sie wieder das Wort ergriff, klang ihre Stimme traurig. »Ich glaube für Guy. Wahrscheinlich stellte sie sich das Leben mit einem umherreisenden Tauchlehrer unglaublich glamourös vor. Ich dachte, sie würde sich mit Maika zusammen hier niederlassen und glücklich werden, aber sie hat sich weiter umgeschaut und sich offenbar Guy als ihren Fahrschein in die Freiheit ausgeguckt.« Sie sah Horseman nun direkt an, die Stimme wieder fester.

»Guy ist wirklich ein anständiger Mann: Er ist belesen, hat Prinzipien, Tiefgang. Dass ein strohdummer Teenager es darauf anlegt, ihn derart zu manipulieren … und sich gleichzeitig von einem alten Lustmolch verführen lässt …«

»Und doch ist Akanisi diejenige, die tot ist«, sagte Horseman sanft.

Adi Litia blickte mit feuchten Augen auf. »Ja, das ist sie.«

»Litia, macht hier nachts regelmäßig ein Wachmann seine Runde?«, erkundigte sich Horseman.

»Nein, natürlich nicht, das ist nicht nötig.«

»Sie sagten, Sie seien nicht überrascht, dass Dr. Chakra Akanisi womöglich zum Sex in seine *Bure* einlud. Wie kommt das?«

»Der Typ ist ein Widerling. In meinen ersten Monaten hier hat er mir zweimal ein eindeutiges Angebot gemacht. Er hat mir nicht gedroht und ist auch nicht übergriffig geworden, aber mir ist immer unwohl dabei, wenn ich mit ihm zu tun habe. Oft bringt er eine sogenannte Praktikantin mit – natürlich jedes Mal eine hübsche junge Frau. Bei ihm läuft es mir kalt den Rücken runter.«

Endlich ein Riss in ihrer edlen Rüstung.

»Eine offensichtliche Frage, Litia: Warum wird ihm nicht einfach gekündigt?«

»Nun ja, er und der vorherige Manager waren dicke Freunde, und der Manager hielt Chakra für so edelmütig wie die Mutter Teresa, obwohl er ja sein Honorar, die Fahrt hierher und ein verdammt gutes Mittagessen spendiert bekommt. Meistens lädt er sich auch noch für eine Übernachtung ein. Einmal hat sich ein Gast, eine Frau, die sich den Knöchel verstaucht hatte, bei mir über Chakra beschwert. Sie sagte, er habe sie begrapscht. Wissen Sie, was er daraufhin zum Manager sagte? Sie sei eine neurotische Rassistin! Es sei für diagnostische und therapeutische Zwecke nötig gewesen, das Bein bis hoch zur Hüfte abzutasten und zu massieren! Wer kann da schon widersprechen?«

Horseman hakte nach. »Ihr Vater ist doch im Vorstand, oder? Da könnte er doch sicher seinen Einfluss geltend machen?«

»Es ist mir zu peinlich, ihm davon zu erzählen. Vater hat großen Respekt vor Ärzten. Normalerweise ist er sehr scharfsinnig, aber manchmal sieht er nicht, was er nicht sehen will.«

Genau wie alle anderen auch, dachte Horseman. Er nickte Singh zu als Zeichen, dass sie übernehmen solle. »Litia, wir wissen, dass Akanisi nach ihrer Krankschreibung erst am Montag zurückgekommen ist. Halten Sie es für möglich, dass sie zu Dr. Chakra in seine *Bure* ging, um sich durchchecken zu lassen, entweder auf seine Bitte hin oder aus eigenem Antrieb?«

Adi Litias Lippen zitterten. »Natürlich ist das möglich! Aber ich glaube es nicht. Deswegen rege ich mich ja so über diesen Mann auf! Deswegen habe ich zuerst nichts gesagt, er kann eben alles wegerklären. Er scheint über jeden Verdacht erhaben, so selbstbewusst ist er. Nein, arrogant trifft es besser. Schamlos. Für ihn ist alles nur ein Spiel.«

»Für uns nicht, das verspreche ich Ihnen. Sagen Sie, woran, glauben Sie, litt Akanisi?«

»Ich weiß es nicht, Sergeant. Ich dachte, sie könnte vielleicht schwanger sein, wenn Sie es genau wissen wollen, aber ich habe keinerlei Beweise für diese Annahme.«

»Haben Sie uns sonst noch etwas zu berichten, Litia?«, wollte Horseman wissen.

»Nein, das ist alles, Inspector.« Adi Litia hatte sich wieder gefasst und stand auf, um Nisis Fotoalbum vom Sofatisch zu nehmen. »Das hier gebe ich Ihnen zurück, Inspector. Abgesehen von den Schulfotos kann ich alle Personen hier drin als Nisis Verwandte und Dorfbewohner aus Delanarua identifizieren.«

»*Vinaka vakalevu*, Litia.«

Die beiden Detectives folgten ihr zur Tür und verabschiedeten sich höflich.

Adi Litia nickte gnädig. »*Moce mada*, gute Nacht.«

Der Regen hatte so gut wie aufgehört. Der feine Dunst war kaum zu spüren, doch zusammen mit der leichten Brise kühlte er die Haut besser als jede Klimaanlage. Neben dem Pavillon wurde ein sich über den Strand beugender Barringtonia-Baum sanft beleuchtet.

»Gehen wir am Wasser zurück«, schlug Horseman vor. »Ich glaube es zwar nicht, aber mit Glück sehen wir sogar eine Blüte.«

»Wirklich ein wunderschöner Baum. Ich frage mich, ob die Beleuchtung die Blüten daran hindert, sich zu öffnen. Stimmt es, dass sie nur bei Mondschein aufblühen?«

»Ich bin nicht sicher, ob die Blüten überhaupt Licht brauchen. Als wir klein waren, haben meine Schwestern und ich für unser Leben gern morgens die Blüten vom Strand aufgesammelt und ins Wasser gelegt, damit sie wegtreiben konnten. Immer wenn wir in den Ferien bei meinem Großvater in Ovalau waren. Er hat die Samen zum Fischen verwendet.«

»Davon habe ich gehört. Wie macht man das?«

»Man zerstößt sie und streut sie in einen großen Gezeitentümpel. Die Fische darin sterben und treiben an die Wasseroberfläche. Professor Burgermeister würde die Methode sicher nicht gutheißen, weil die Samen alles abtöten, nicht nur die Fische. Allerdings waren wir damals auch nicht wählerisch und haben ohnehin alles gegessen.«

»Sind die Fische dann nicht giftig?«

»Nein, anscheinend ersticken sie. Eine gute Frage für Sie für den Professor morgen. Ich bin ziemlich sicher, dass ich nach Suva fahren werde. Hey, schauen Sie sich das an!«

Sie waren am Barringtonia angekommen. Der Mond war hinter Wolken verborgen, aber Dutzende von Blüten wurden von den Strahlern beleuchtet. Aus jedem Satz weißer Blütenblätter sprossen Hunderte fingerlanger dünner Staubblätter, die zu den Spitzen hin rosa anliefen, als würden sie von der sanften Beleuchtung verbrannt, und jedes einzelne davon war mit einem goldenen Puschel aus Blütenstaub besetzt. Mehrere Knospen öffneten sich direkt vor ihren Augen. Wie konnte aus einem robusten alten Baum mit ledrigen Blättern am Rande des Meers so ein zarter Zauber entstehen?

»Wissen Sie, als ich in Oregon war, habe ich einmal eine Glasfaserleuchte gesehen, bei der Hunderte von silbernen Fäden aus dem Sockel wuchsen, jeder davon mit einem winzigen Lichtpunkt an der Spitze. Es ist absurd, aber ich bekam Sehnsucht nach Barringtonias.«

»So wunderschön, und doch sind sie am Morgen alle verschwunden.« Singh klang wehmütig.

»Was halten Sie von Adi Litias Geschichte?«, wechselte Horseman das Thema.

Singh zögerte nicht. »Ich glaube, sie hat uns die Wahrheit erzählt oder das, was sie dafür hält. Sie scheint mir eine ausgemachte

Schnüfflerin zu sein, finden Sie nicht? Anstelle eines Wachmanns? Ich frage mich, ob das Personal wohl davon weiß.«

»Es würde mich überraschen, wenn nicht. Wenn man vom Strand weggehen will, nimmt man doch sicherlich den mittleren Weg, den wir auch gegangen sind, durch die Gärten oder den Naturpfad entlang. Sie sind beide nachts beleuchtet. Man würde nicht am Vordereingang jeder *Bure* vorbeigehen. Und wenn Dr. Chakra sie nicht gesehen hat, müsste sie sich im Gebüsch versteckt haben.«

»Ihr Wohnzimmer hat mich überrascht, Sir. Sie hat Stil. Ein regelrechtes Bollywoodparadies. Irgendwie aber auch traurig.« Sergeant Singh klang selbst ebenfalls betrübt.

»Ja, jetzt haben wir auch ihre verletzliche Seite gesehen. Wer hätte das gedacht? Guy Dawson, hm? Man kann einfach nie wissen, wen Amors Pfeil trifft, oder? Dawson macht auf mich eher den gegenteiligen Eindruck eines Bollywoodhelden.«

Schweigend gingen sie den dunklen Strand entlang, und Horseman versank in Gedanken darüber, wie Akanisi wohl gestorben war. Reiterkrabben huschten eilig vor den Vibrationen ihrer Schritte davon. Weiter weg, auf Höhe der Terrasse vor der Bar, schlängelte sich eine Gelblippenseeschlange gemächlich den Strand hinauf. Sie warteten ab, bis sie an ihnen vorbei war. Horseman hätte gern Sergeant Singhs Gesicht gesehen. »Sie scheint uns gar nicht zu bemerken«, sagte er. »Als wäre sie in ihrer eigenen Welt.«

»Solange das so bleibt, bin ich zufrieden.« Als sie an der Bar vorbeigegangen und in Richtung ihrer Veranda abgebogen waren, fragte Singh: »Was meinen Sie zu Dr. Chakra?«

»Je mehr ich über ihn höre, umso dringender will ich ihn treffen. Wenn Litias Behauptungen stimmen, ist er nicht mehr nur Zeuge, sondern auch Verdächtiger. Aber lassen Sie uns nicht zu schnell urteilen. Kommen Sie, machen wir uns an den Papierkram.«

Als sie den Strand hinaufschlenderten, wehten die Klänge der Band von der Bar zu ihnen herüber. Die Paradise Voyagers, genau, so nannten sie sich, ein guter Name. *Leaving on a Jet Plane*, ein Favorit der Fidschianer, denn es brachte den Wunsch so vieler Insulaner zum Ausdruck, auf dem Festland ihr Glück zu versuchen. Horseman wusste nicht mehr, was er eigentlich wollte. Vielleicht würde er es herausfinden, wenn er wieder fit und zurück auf dem Rugbyfeld war. Maika, Sai und Inoke trugen das Lied langsam vor, ihre Stimmen erfüllt von Verlust und Sehnsucht. Vielleicht hatte Nisi, achtzehn Jahre alt, auch davonfliegen wollen. Jetzt war sie tot. Horseman war erst am Morgen hier gelandet, und seine Aufgabe bestand darin herauszufinden, weshalb.

MONTAG

13

SUVA

Montagmorgens um halb acht waren die Straßen stadteinwärts von Westen kommend verstopft, und ölige schwarze Dieselfahnen wurden in die frische Morgenluft ausgespuckt. Das überladene Taxi vor ihnen, dessen Hinterteil gerade so über dem Asphalt schwebte, spie eine dichte Wolke aus, als es anfuhr. Horsemans Atemwege vertrugen das beißende Gift nicht, und er hustete genau wie das Auto. Sein Fahrer schloss die Fenster und sperrte die Abgase im Innenraum des Polizeiwagens ein.

»Ist die Luft drüben in den Staaten sauberer, Detective Inspector?«

Horseman brachte nur ein Krächzen hervor. »In den USA würden sie mehr als die Hälfte der Fahrzeuge hier aus dem Verkehr ziehen, Kollege.« Der nächste Hustenanfall schüttelte ihn.

»Sie werden sich schon dran gewöhnen, Sir, jetzt, wo Sie wieder zu Hause sind.« Der Mann klang, als wäre er stolz auf die Fähigkeit seiner Lungen, spielend mit dem unverbrannten Kohlenwasserstoff aus den Abgasen fertigzuwerden, wie ein Raucher, der einen Neuling bei seiner ersten Zigarette belächelt. Horseman wusste nicht mehr, was sein Zuhause war, aber diese Luft konnte er nicht atmen.

Sie krochen am Busbahnhof vorbei, wo mehr als ein Dutzend klappriger, bunt lackierter Busse Unmengen von Menschen auf dem Weg zur Arbeit und zur Uni in den Staub und Qualm ausspuckten. Melissa würde diese Luftverschmutzung hassen.

Melissa. Zum ersten Mal, seit er vor vierundzwanzig Stunden auf Fidschi gelandet war, tauchte sie in seinen Gedanken auf. Dabei hatte er sich in die schöne Ergotherapeutin verliebt, die er ein halbes Jahr zuvor in Portland kennengelernt hatte, und zwar Hals über Kopf. Der Abschied war schmerzhaft gewesen. Sie hatten sich damit aufgemuntert, Pläne für einen Besuch von Melissa im Mai zu schmieden. Seit er gelandet war, war er vor Arbeit kaum zum Luftholen gekommen. Bedeutete das etwa, dass er sich nur verliebt hatte, weil er in Portland mehr Zeit gehabt hatte? Das konnte doch nicht sein. Er würde ihr eine E-Mail schreiben, sobald er die Möglichkeit dazu hatte, und ein Mobiltelefon kaufen, damit sie sich Nachrichten schicken konnten.

Die Ampel sprang auf Grün, und im Schneckentempo fuhren sie am Markt von Suva entlang. Vor der Markthalle richteten die Verkäuferinnen und Verkäufer auf sauberen Zeitungen, Matten, mit Blumen bedruckten Tischdecken aus Plastik oder platt gefalteten Pappkartons gerade ihre Knollen, Nüsse, Gemüsesorten, Früchte, Kräuter und auf frische Bananenblätter gelegte Blumen her.

An der nächsten Kreuzung bog der Fahrer links ab, weg vom ebenso schönen wie schmutzigen Hafen, der in der Sonne glitzerte, und hinein ins Herz der Stadt zum Hauptrevier von Suva. Dort angekommen, hieß ein jeder in der Abteilung der Kriminalpolizei Horseman willkommen, machte ein paar nett gemeinte Witze und schüttelte ihm herzlich die Hand.

Bereits um neun Uhr hatte Polizeichef Navala ihm einen Tisch zugewiesen, seine bisherige Vorgehensweise abgesegnet, zugestimmt, dass das weitere Verfahren vom Befund der Obduktion abhing, und ihm mitgeteilt, dass es kein freies Zimmer in der Kaserne gab, nicht einmal für eine Woche. Horsemans Taschen wurden zwar noch dort verwahrt, aber später dann zu seiner wie auch immer gearteten Unterkunft gebracht. Er tätigte ein paar Anrufe und fand ein Zimmer bei einem Cousin, der Lehrer war und vier Kinder und somit eigentlich keinen Platz für Horseman hatte. Aber die zusätzliche Miete würde die Familie unterstützen. Sobald dieser Fall abgeschlossen war, würde Horseman sich eine eigene Wohnung suchen müssen.

Nicht überrascht darüber, dass Dr. Chakra sich noch immer nicht gemeldet hatte, entschied Horseman, den kurzen Weg zur Praxis zu Fuß zurückzulegen, ohne sich telefonisch anzukündigen. Er marschierte flott drauflos und bemühte sich, große und gleichmäßige Schritte zu machen, wie Melissa es ihm beigebracht hatte. Er sah ihr Gesicht vor sich, das von tiefliegenden blauen Augen erhellt und von kurzem feinem braunen Haar umrahmt wurde. Sie lachte vor Freude über seine Fortschritte, während sie ihn den Hügel hinauftrieb. »Weiter so, Joe! Nur noch ein paar Schritte – vier, drei, zwei und jetzt nur noch einer – du bist mein Held!« Der Anstieg war steil, und als er an der Biegung ankam, blieb er stehen, natürlich nur, um den Ausblick zu bewundern und um seine protestierenden Oberschenkel und Waden zu dehnen.

Als er nach Westen über die Müllhalde sah, konnte er die dichten Hügel ausmachen, die sich auf dem Küstenstreifen erhoben und in der Ferne von Smaragdgrün in Violett übergingen. Sie schützten das Hinterland und die Menschen dort vor dem Meer und den fremden Gepflogenheiten, die über den Hafen ins Land schwappten. Die Rundung der Bucht wurde unterbrochen von vereinzelt am Ufer errichteten Gebäuden, doch dahinter funkelte das Wasser so hell, dass Horseman die Augen zusammenkneifen musste. Die Hügelkuppen auf Beqa und Nukulau im Süden waren grün und gestochen scharf in der Morgensonne zu erkennen. Delanaruas sanfte Hügel konnte er ebenfalls ausmachen, aber das winzige, flache Paradise entdeckte er nicht.

Es ging keine Brise, und ihm rann der Schweiß in den Kragen und durchnässte das Armband seiner Uhr, seinen Hosenbund und die Socken. Mit einem großen Taschentuch wischte er sich über Gesicht und Nacken, dann bog er links ein in die Kadavu Street, die um den Hügel herumführte und beinahe eben verlief. Er bemühte sich wieder um große Schritte, dankbar, dass ausladende Regenbäume hier Schatten spendeten.

Das bescheidene Gebäude, in dem sich Dr. Chakras Praxis befand, kam ihm trotz des großspurigen Schriftzugs, Harley Consulting Chambers, der in schicken schwarzen Buchstaben quer über dem

Obergeschoss prangte, völlig unangemessen vor. Obwohl es wahrscheinlich nicht älter als dreißig Jahre war, sah das Gebäude, ebenso wie die meisten Menschen in den Tropen auch, älter und verwahrloster aus, als es hätte sein müssen: Sonne, Regen und unzählige zersetzende Kräfte hatten deutlich ihre Spuren hinterlassen. Vor allem Letztere hatten in diesen Breitengraden einen prächtigen Nährboden und verschlangen alles, was der menschliche Einfallsreichtum an Farben, Versiegelungen und schützenden Beschichtungen auch hervorbringen mochte.

Im Erdgeschoss befanden sich ein Schneider, eine Apotheke, ein Optiker und ein Schuhgeschäft. Eine steile schmale Treppe in der Mitte führte ins Obergeschoss und verwehrte effektiv allen, die nicht einigermaßen in Form waren oder getragen werden konnten, den Zugang. Womöglich gab es zu viele Patienten, und die Treppe sollte aussortieren und sicherstellen, dass keine wirklich ernsthaften Fälle die Fähigkeiten der Ärzte auf die Probe stellten. Er schüttelte den Kopf. Was für ein lächerlicher Gedanke.

Das Treppenhaus und der Flur oben waren schäbig, aber einigermaßen sauber. Eine lackierte Holztafel an der zweiten Tür links wies Dr. Chakras Praxis aus. Eine Glocke klimperte, als Horseman die Tür öffnete. Neugierige Gesichter wandten sich ihm zu und erstrahlten mit einem glücklichen Lächeln, als sie ihn erkannten. Niemals könnte er auf den Fidschi-Inseln verdeckt ermitteln, ein eindeutiger Nachteil als Detective. Das Wartezimmer war eine angenehme Überraschung: helle, weiß gestrichene Wände, gelb-weiß karierte Baumwollvorhänge, saubere Fenster, glänzender braun gefliester Fußboden. Ein älteres Paar, eine Mutter mit drei kleinen Kindern und eine schwangere Frau warteten auf gelben Plastikstühlen. Nichts Ausgefallenes, aber hygienisch, fröhlich und komfortabler als das Zuhause vieler Patienten. Von den Wartenden abgeschirmt hinter einem hohen Empfangstresen neben der Tür saß die Sprechstundenhilfe.

Sie war eine Inderin in den mittleren Jahren und so klein, dass sie kaum über den Tresen hinwegschauen konnte. Horseman blickte hinab in ein kleines rundes Gesicht, das vor langer Zeit von Windpocken oder Akne vernarbt worden war. Ihr schwaches Lächeln reichte nicht bis zu ihren hervortretenden dunklen Augen, die ihn durch eine rosa umrandete Brille eindringlich musterten.

»Kann ich Ihnen helfen, Sir?« Ihr Tonfall legte nahe, dass sie das unwahrscheinlich fand.

Horseman lächelte und zeigte ihr seinen Dienstausweis. »Ja, Ma'am, ich müsste bitte mit Dr. Chakra sprechen, sobald er mit seinem derzeitigen Patienten fertig ist.«

»Brauchen Sie medizinische Versorgung, Sir?«

»Nein, Ma'am, ich bin wegen einer polizeilichen Angelegenheit hier.«

»Es ist heute überhaupt nicht möglich, Dr. Chakra zu sprechen, Sir. Er ist nicht da.«

Horseman warf einen bedeutungsvollen Blick ins Wartezimmer und zog die Augenbrauen hoch. Die Sprechstundenhilfe gab Unverständnis vor.

»Ja, Sir? Haben Sie eine Frage?«

Horseman lächelte erneut. »Warten die Patienten hier nicht auf Dr. Chakra?«

Die Sprechstundenhilfe zwang sich zu einem grimmigen Lächeln. »Wenn ja, dann werden sie enttäuscht sein. Heute hat Dr. Chakras Assistent, Dr. Pillai, Bereitschaft.«

Wie auf Stichwort öffnete sich eine Tür, und eine junge Fidschianerin mit einem Säugling im Arm kam heraus, gefolgt von einem sehr kleinen, sehr dünnen Mann in einem weißen Kittel, dessen schmales Gesicht durch einen üppigen schwarzen Haarschopf noch kleiner wirkte. Er lächelte erfreut, als er Horseman erkannte, zuckte dann entschuldigend die Achseln, nahm eine Kartei vom Empfangstresen und wandte sich an das ältere Paar.

»Mr und Mrs Reddy, bitte kommen Sie.«

Mrs Reddy half ihrem Mann auf und stützte ihn, während er durch das Wartezimmer schlurfte.

»Wo ist Dr. Chakra heute?«, fragte Horseman die Sprechstundenhilfe.

»Er hat heute keine Sprechstunde, es geht mich also nichts an, wo er ist, Sir.« Sie ließ durchblicken, dass es auch Horseman nichts anging.

»Mrs …? Entschuldigen Sie, ich kenne Ihren Namen nicht.«

»Wenn Sie es unbedingt wissen müssen, ich heiße Mrs Nath.«

Horseman gab seine einfühlsame Herangehensweise auf. »Wann hat Dr. Chakra seinen nächsten Termin, Mrs Nath?«

Sie seufzte, zog dann ein altmodisches Terminbuch zu sich heran und sah es in aller Seelenruhe durch. »Lassen Sie mich mal nachsehen … ja … nein, das ist für Dr. Pillai … Tja, es sieht so aus, als würde er am Mittwochnachmittag um drei wieder in der Praxis sein.« Sie sprach jetzt langsamer und artikulierte jede Silbe einzeln.

»Und wenn einer von Dr. Chakras Patienten ernsthaft krank ist und dringend Behandlung benötigt?«

»Dr. Pillai wird sich umgehend um jeden *richtigen* Notfall kümmern. Echte Notfälle beharren wohl kaum auf einen bestimmten Arzt. Je nach Situation wird der Patient auch direkt ans Krankenhaus überwiesen.« Ihr Tonfall deutete an, dass es ihrer langjährigen Erfahrung nach nur wenige echte Notfälle gab.

Horseman hatte Mühe, freundlich zu bleiben. »Mrs Nath, hier geht es um eine *echte* polizeiliche Ermittlung, die nicht warten kann. Ich muss sofort mit Dr. Chakra sprechen. Sagen Sie mir, wo ich ihn finden kann?«

Die Sprechstundenhilfe sah nach unten, aber er erhaschte noch einen Blick auf ihr triumphierendes Lächeln, bevor sie es unterdrücken konnte. »Ich kann Ihnen nicht sagen, wo er ist, Sir, weil ich es nicht weiß.«

»Könnten Sie mir bitte sämtliche Telefonnummern von ihm geben – Mobiltelefone, Pager, alles, was Sie in einem *echten* Notfall ausprobieren, Mrs Nath.«

Sie nahm eine Visitenkarte aus dem Halter auf dem Tresen und notierte akribisch ein paar Nummern auf der Rückseite. Sie lächelte, als würde sie einen besonders schwierigen Fünfjährigen nachsichtig belächeln, und reichte ihm die Karte. Horseman warf einen Blick auf die Nummern. Die einzige, die er noch nicht ausprobiert hatte, war die des Pagers.

»Wäre das alles, Sir?«

»Vorerst ja, Mrs Nath. Wiedersehen.« Nachdem er die Tür hinter sich geschlossen hatte, presste er das Ohr an die Sperrholzwand. Er konnte hören, wie das Telefon leise piepte, als es aktiviert wurde. Den heftigen Drang unterdrückend, seinen Kopf in die Wand zu rammen, verließ er das Gebäude, so schnell es sein Knie erlaubte.

14

PARADISE ISLAND

Maika zog das kleine Motorboot dicht an die Pfähle des Anlegers heran, sodass Sergeant Susie Singh einsteigen konnte. Dann ließ er den Motor an und stieß sie fachmännisch mit dem Bootshaken ab.

Mit leerem Blick starrte Singh ins Wasser und ließ ihre Befragung von Ledua Marama Revue passieren. Sie war überzeugt, dass Ledua ihr nicht alles erzählt hatte, was sie über Nisis Leben und vielleicht sogar ihren Tod wusste. Singh hatte sie nicht drängen wollen, um sie nicht feindselig zu stimmen. Wie der Boss gesagt hatte, es brachte wenig, bis sie die Ergebnisse der Obduktion vorliegen hatten.

Der Boss. Als sie erfahren hatte, dass Josefa Horseman die Ermittlungen leiten würde, war sie verärgert gewesen. Als nationaler Rugbystar wurde er von den hohen Tieren verehrt, genoss mehr Privilegien als andere Kollegen, insbesondere weibliche, genauer gesagt als die wenigen weiblichen Detectives. Sie selbst war kein großer Rugbyfan, aber niemand auf Fidschi konnte seinem Bild in den Medien entgehen, selbst auf Werbetafeln am Straßenrand hielten seine warmen braunen Augen und sein ermutigendes Lächeln die Fahrer dazu an, sich an die Geschwindigkeitsbegrenzung zu halten. Und dennoch, die Fotos wurden ihm nicht gerecht.

Sie hatte gelernt, sich nicht über die Rolle zu beschweren, die ihre Vorgesetzten ihr in einem Ermittlungsteam zugedachten: eine Mischung aus Sekretärin, Dienstmädchen und Botin. Wenn es hochkam, persönliche Assistentin. Ihre Familie und Freundinnen waren der Meinung, sie hätte wissen müssen, wie es ablaufen würde; sie hätte niemals die Ausbildung zur Lehrerin abbrechen sollen und damit einen Beruf aufgeben, in dem Frauen respektiert wurden, um stattdessen zur Polizei zu gehen. Wenn sie sich anstrengte, so hieß es, könne sie doch etwas mit PR machen, in der Personalabteilung oder sogar in der Ausbildung arbeiten, wo sie Beförderungen und ein wenig weibliche Gesellschaft erwarten durfte. Oder etwa nicht? Ja, das könnte sie, aber das wollte sie nicht. Auf keinen Fall.

Angesichts ihrer verbissenen Entschiedenheit, Detective zu werden, hatten ihre selbsternannten Ratgeber schließlich aufgegeben. Sie wusste, dass sie ein besserer Detective als die meisten ihrer Kollegen war, und niemand legte sich so ins Zeug wie sie, doch als sie nach nur ein paar Jahren länger als üblich zum Detective Sergeant befördert wurde, beklagten sich die männlichen Kollegen lautstark, Frauen würden bevorzugt!

Bisher hatte Horseman sie wie eine Kollegin behandelt, er schien dankbar für die Paradise-Unterlagen gewesen zu sein, die sie in aller Eile zusammengestellt hatte, und er hatte ihre Ideen begrüßt, anstatt sie ihr übel zu nehmen. Es war ihr unangenehm gewesen, als er sich bei Adi Litia für ihre Unterkunft eingesetzt hatte, aber ihr war in dem Moment auch klargeworden, dass er sich um sein Team kümmern würde. Vermutlich war das ein für einen Rugbykapitän instinktives Verhalten, oder vielleicht war er eben deswegen ein erfolgreicher Kapitän gewesen, weil er so war. Als sie gestern Abend zu ihrer *Bure* zurückgekommen waren, hatten sich die Constables gerade durch einen Berg aus Papierkram gekämpft. Horseman hatte Singh gebeten, das Kommando zu übernehmen, und er hatte Marekas ernst gemeinten Vorschlag, sie solle doch alles selber machen, wo sie es doch so viel besser konnte, knallhart abgelehnt.

»Wir dürfen nicht zulassen, dass Sergeant Singh mit dem ganzen schönen Wissen alleine bleibt, Mareka. Sie kann uns beibringen, wie wir zügig arbeiten, damit wir immer früh ins Bett gehen können. Das ist ein Befehl, Sergeant!«

Obwohl sie alle müde gewesen waren, war es ihm gelungen, ihnen die Arbeit angenehm zu gestalten. Singh urteilte nicht vorschnell, sie war bereits von ersten Eindrücken in die Irre geführt worden, aber sie vermutete, dass es ihr gefallen würde, für Horseman zu arbeiten. Zum Abschluss des langen Tages hatte sie es in vollen Zügen genossen, sich in die Privatsphäre einer eigenen *Bure* zurückziehen zu können, die an Komfort alles übertraf, was sie in spartanischen Kasernenzimmern und dem einfachen Haus aus ihrer Kindheit am Rande einer Zuckerrohrplantage mit nackter Erde als Fußboden erlebt hatte. Jetzt, während Maika das kleine Boot auf die Insel zusteuerte, hoffte sie mit schlechtem Gewissen, dass sie noch eine Nacht auf Paradise würden bleiben müssen.

Der Strand hier verlief geradlinig, und er war nicht so geschützt und naturbelassener als am Resort. Hier wurde nicht täglich geharkt. Der Sand war übersät mit Steinen, und der Wasserhöchststand wurde von einer natürlichen Barrikade aus Angeschwemmtem gekennzeichnet: ein Damm aus verrottenden Gräsern, Seetang und Algen, ineinander verschlungen wie Stacheldrahtspulen und besetzt mit zerbrochenen Korallen, Plastikflaschen und einem Flipflop aus Gummi. Kokospalmen neigten sich über den Sand. Eine von ihnen war von einem Sturm entwurzelt worden und wuchs horizontal weiter über den Strand. Unter dem offenen Baldachin, den die Palmen bildeten, diente ein struppiges Dickicht aus Ranken als zweite Abwehrfront der Insel. Der Lindenblättrige Eibisch mit seinen gelben Blüten war das einzige Gewächs, das Singh benennen konnte.

Zwei sportliche junge Männer in tiefsitzenden knielangen Shorts kamen durch das Gebüsch, der größere der beiden mit einer Baseballkappe auf dem Kopf.

»Hey, Maika! *Bula*, Kumpel.«

»*Bula*, Leute. Wie geht's?«

Der kleinere der beiden, ein Inder, hielt Maika förmlich die Hand hin. »Total fertig, Mann. Ich kann es nicht fassen, dass Nisi nicht mehr da ist.« Seine gewellten schwarzen Haare fielen ihm bis auf die Schultern über sein ausgewaschenes blaues T-Shirt und verbargen den Großteil seines dunklen, mit Bartstoppeln bedeckten Gesichts.

Sein größerer fidschianischer Begleiter griff ebenfalls nach Maikas Hand und schloss ihn dann in eine Umarmung. »Ich auch nicht. Es tut mir leid für dich, Maika. Ehrlich.«

»*Vinaka*, Leute. Habt ihr schon Detective Sergeant Singh kennengelernt?« Er drehte sich zu ihr um. »Das sind Anil und Wes. Sie werden Ihnen weiterhelfen. Ich muss direkt wieder zurück für einen Schnorchelausflug mit ein paar Gästen.«

»*Vinaka*, Maika. Sie brauchen mich nicht wieder abzuholen, ich nehme den Pfad zurück.«

»In Ordnung, bis dann.«

Wes lächelte Singh an und hielt ihr selbstsicher die Hand hin. Er war kräftig gebaut, glattrasiert und gut aussehend trotz der Rastalocken, die unter seiner Baseballkappe hervorlugten. Singh hasste Rastas. Er hatte die Ärmel von seinem Greenpeace-T-Shirt abgetrennt und musste eine ganze Weile dafür gebraucht haben, die Fäden herauszufriemeln, um die Fransen an den Schultern hinzubekommen.

»Freut mich, Sie kennenzulernen, Sergeant. Ich bin Waisele Tabualevu, Feldbiologe. Nennen Sie mich Wes. Anil und ich arbeiten hier mit Professor Burgermeister zusammen. Kommen Sie mit hoch zum Camp und sagen Hallo.«

Das also war der Neffe des Ratu, der seinen Onkel davon überzeugt hatte, das Meeresschutzprojekt zu unterstützen. Singh folgte den beiden Jungs – sie brachte es nicht fertig, sie als Männer zu betrachten –, auf einen Pfad durch das dichte Gebüsch, das jedoch bereits nach ein paar Metern den Blick auf eine sandige, von Bäumen umgebene Lichtung freigab, auf der übersichtlich das Camp aufgebaut war. Auf einer Seite waren mehrere kleine Igluzelte aufgeschlagen. In der Mitte war als Überdachung eine Plane mit Palmwedeln darauf gespannt, unter der aufgebockte Tischplatten standen. Auf der anderen Seite standen zwei große rechteckige Zelte aus Leinen. Mehrere Wege führten in verschiedene Richtungen von der Lichtung weg. Zwei schulterhohe Kästen direkt vor dem Dickicht waren mit Planen bedeckt, die wiederum mit Seilen festgezurrt waren. Zwischen den Zelten stand ein sehr dicker Mann mit einem

Strohhut mit breiter Krempe, der in eine geöffnete Plastiktüte auf dem Boden spähte. Wes stellte sie einander vor.

Singh lächelte. »Guten Morgen, Professor. Ich bin gekommen, um mit Anil Gupta und Sitiveni Doka zu sprechen. Waisele war gestern auf der Versammlung, seine Stellungnahme haben wir also schon.«

Die blauen Knopfaugen des Professors funkelten, als sie seine pummelige feuchte Hand schüttelte. Sein Händedruck war allerdings fest. »Willkommen, Sergeant. Ich habe gestern mit Joe Horseman gesprochen – das wissen Sie bestimmt. Ich bin fertig mit meiner Aussage, aber sie ist noch auf meinem Laptop. Der Drucker muss geladen werden. Ich habe den Akku gestern im Resort abgegeben.«

»Wenn Sie möchten, können Sie das Dokument auch auf meinen USB-Stick ziehen, Professor. Dann kann ich es im Resort ausdrucken, und Sie können es unterschreiben, wenn Sie rüberkommen, um Ihren Akku abzuholen.«

»In Ordnung. Einverstanden.« Er sah sie interessiert an, bevor er seine Aufmerksamkeit wieder der Plastiktüte zuwandte. »Schon mal Gelblippenseeschlangen bei der Paarung gesehen?«

»Was? Ist das Ihr Ernst, Professor?«

Burgermeister warf sich in die Brust und grinste. »Bill, bitte. Jep, das ist mein Ernst. Wissen Sie, dass wir die Ersten sind, die ihr Paarungsverhalten systematisch dokumentieren?«

Singh war verblüfft. »Und warum tun Sie das?«

»Warum, Sergeant? Warum?« Auf einmal voller Elan wedelte er mit den Armen. »Weil es noch niemand vor uns getan hat. Überall in den Tropen wimmelt es vor Laticauda-Arten, vor allem in den Gewässern hier, aber wir wissen einen Scheiß über ihr Leben. Entschuldigen Sie meine Ausdrucksweise. Wir wissen, wie Strumpfbandnattern in Amerika oder Kreuzottern in Europa rummachen – aber die Gelblippenseeschlangen, das sind die Laticauda, sind evolutionär gesehen ganz anderer Abstammung. Wie ist ihr Paarungsverhalten? Worin unterscheidet es sich? Wer landet die meisten Treffer? Was macht ein Weibchen sexy? Wen vögeln die sexy Weibchen am liebsten?«

»Ich habe meine erste Seeschlange – sagten Sie Gelblippen? – gestern gesehen, Bill.«

»Jep, das hier sind Gelblippenseeschlangen – das ist die umgangssprachliche Bezeichnung. Auf Fidschi heißen sie *Dadakulaci*, und ihr wissenschaftlicher Name lautet *Laticauda colubrina*. Schauen Sie mal rein, Mädchen, sie beißen nicht.«

Singh hatte sich geschämt, als sie gestern vor Horseman ihre Angst so offen gezeigt hatte, und würde ihr Verhalten hier nicht wiederholen. Sie wappnete sich, machte einen Schritt auf die Tüte zu und spähte hinein. Es war im Grunde keine Tüte, sondern ein Holzrahmen, der mit Plastikfolie umwickelt und etwa einen Meter hoch war. Darin lagen vier glänzende schwarz-weiß gestreifte Schlangen, vielleicht auch mehr: Singh konnte nicht genau ausmachen, wo die eine aufhörte und die nächste begann. Nachdem ihr unwillkürliches Entsetzen sich gelegt hatte, konnte sie sehen, dass eine der Schlangen um einiges größer war als die anderen und dass die kleineren sich mehr oder weniger parallel an die große schmiegten, als wäre es ihr Ziel, sie mit jedem Zentimeter ihres Körpers zu berühren. Die Schlangen wanden sich nicht wild umeinander, so wie Singh es befürchtet hatte, sondern verharrten vollkommen reglos. Dann zuckte eins der kleineren Exemplare leicht.

»Da, haben Sie das Zucken gesehen? Er umwirbt sie. Die große ist das Weibchen.« Der aufgeregte Professor notierte etwas auf seinem Klemmbrett. »Wir haben sie mit Nummern markiert, sehen Sie? Wir sehen stündlich nach ihnen und dokumentieren ihre Bewegungen.«

»Vielleicht würde sich mehr tun, wenn sie nicht in einer Kiste eingesperrt wären.«

Burgermeister warf ihr einen bewundernden Blick zu. »Hervorragende Hypothese! Aber wahrscheinlich nicht. Wir haben letztes Jahr die gleichen Experimente durchgeführt, und es sieht so aus, als hätten die Seeschlangen es rein gar nicht eilig.«

Konnte seine Begeisterung tatsächlich echt sein? Es schien so. »Was bringt es, das alles nochmals durchzuführen?«, wollte sie wissen.

»Wir wiederholen jetzt alles, um die Ergebnisse aus dem letzten Jahr zu bestätigen. Oder auch nicht. Letztes Jahr könnte auch abnorm gewesen ein: ein ungewöhnlicher Paarungsrausch oder ein ungewöhnliches Jahr der Enthaltsamkeit. Woher soll man das wissen, wenn wir es nicht überprüfen?«

»Und wenn die Ergebnisse sich tatsächlich bestätigen?«

»Ah, dann veröffentlichen wir, verdammt noch eins! Ruhm und Ehre, Detective Sergeant! Der Nobelpreis für Herpetologie, zum Greifen nah!«

Singh war der Professor so sympathisch, dass sie nicht anders konnte, als sich von ihm mitreißen zu lassen. »Ich wusste gar nicht, dass es einen Nobelpreis für Herpetologie gibt.«

»Gibt es auch nicht. Ich habe gerade Mist erzählt«, erklärte Burgermeister.

Singh wurde jetzt neugierig. »Woher wissen Sie, welche Schlangen Sie zusammentun müssen? Leben sie in Gruppen, haben sie Freunde und so weiter?«

Er schnappte nach Luft und wedelte mit dem Zeigefinger vor ihrem Gesicht herum. »Oh, aus Ihnen könnte ich glatt eine Wissenschaftlerin machen, Mädchen! Noch eine gute Frage, und zwar eine, die wir uns auch gestellt haben. Wie sich herausgestellt hat, sind sie im Wesentlichen Einzelgänger, außer während der Paarungszeit.«

»Kann man denn daraus irgendwelche nützlichen Schlüsse ziehen?«, erkundigte sie sich.

Burgermeisters fleischiges Gesicht zitterte vor gespielter Entrüstung, und Anil und Wes lachten laut auf. »Nützlich? Oh, jetzt enttäuschen Sie mich aber. Aber ja. Wir nehmen ihnen Gift ab, um ein Antivenin zu entwickeln, mit dem man Patienten nach einem Biss behandeln kann. Die Giftanalyse könnte später auch zu pharmazeutischer Verwendung führen.«

Singh machte einen Schritt zurück. »Gift? Dann sind sie also giftig?«

»O ja. Hochgiftig! Aber ganz und gar nicht angriffslustig. Manchmal werden Fischer gebissen, wenn sich eine Schlange in ihrem Netz verfangen hat. Das geht auch schon mal tödlich aus.«

»Die da drin sehen auch so aus, als hätten sie sich irgendwie verheddert, Bill.«

»Keine Sorge. Die sind anderweitig beschäftigt, und Sie werden sie schon nicht stören, oder?« Er wandte sich an Wes und Anil. »Dabei fällt mir ein, ihr Faulenzer, wann ist euer Gehege dran?«

»Um halb elf«, antwortete Wes.

»Müsst ihr beide noch mit unserer neuen ausgezeichneten Studentin hier sprechen?«

Singh ärgerte sich, dass sie sich hatte ablenken lassen. Es war höchste Zeit, dass sie die Führung übernahm. »Ich kann mich gern nach Ihrem Zeitplan richten, Bill.«

Sie wandte sich an Anil. »Ich würde mich gern noch mit Ihnen unterhalten, aber ich richte mich ganz nach Ihnen. In der Zwischenzeit könnte ich ja vielleicht mit Sitiveni Doka sprechen. Ist er da?«

Der Professor mischte sich ein, bevor Anil antworten konnte. »Nein, Steve ist heute früh nach Delanarua gefahren. Wir sehen uns das Heimfindeverhalten der Seeschlangen an, und er ist losgefahren, um es zu dokumentieren. Wir haben uns sonst immer ein Boot von unseren Freunden hier im Resort erbettelt, aber seitdem ihnen der Außenbordmotor gestohlen wurde, ist das schwieriger geworden. Deswegen muss Anil ihn heute Nachmittag gegen vier mit unserem Beiboot abholen.«

»Ich frage wohl besser nicht nach, wie Sie das Heimfindeverhalten der Seeschlangen untersuchen, sonst komme ich hier nie wieder weg.«

Anil meldete sich zu Wort. »Sie könnten heute Nachmittag mit mir nach Delanarua kommen, dann können wir unterwegs reden. Und auf dem Rückweg vielleicht mit Steve. Könnte Ihnen ein bisschen Zeit ersparen.«

Bei ihrer Ankunft hatte sie ein Beiboot aus Aluminium am Strand gesehen. Verglichen mit dem Motorboot des Resorts sah es ziemlich klein aus. »Danke, Anil, ich warte ab, wie der Tag verläuft, und gebe Ihnen dann Bescheid.«

»Sergeant, wir behindern Ihre Arbeit«, brachte der Professor sich wieder ein. »Anil, wenn du bis halb elf nicht mit dem Sergeant fertig bist, sehe ich nach deinen Schlangen. Bitte nehmen Sie an unserem Esstisch Platz, Sergeant, ich setze Wasser auf.«

Ein Einmachglas mit gelben Eibischblüten und Zweigen mit weißen Blümchen begrüßte sie an der aufgebockten verwitterten Tischplatte aus Pinienholz, die die eine Hälfte des überdachten Bereichs einnahm. Burgermeister machte sich an einem anderen Tisch zu schaffen, hinter dem eine Küchenzeile eingerichtet war. Sie setzte sich, aber Anil zögerte. »Ist etwas, Anil?«

Er zuckte die Achseln. »Nein, Ma'am. Wurde nur noch nie von der Polizei befragt.«

»Anil, ich bin hier, um herauszufinden, wie Akanisi gestorben ist, und ich bin sicher, Sie verstehen, warum das so wichtig ist, ganz abgesehen davon, dass das Gesetz es so vorschreibt. Zu diesem Zeitpunkt versuchen wir, uns ein Bild von Akanisis Leben zu machen, vor allem von den letzten paar Tagen. Sie kannten sie doch, oder?«

Er stieg über die Bank auf der anderen Seite und setzte sich. »Schon, aber nicht besonders gut. Normalerweise war sie mit Maika zusammen und, Sie wissen schon …« Er senkte den Kopf, sodass ihm die Haare ins Gesicht fielen. Offenbar fühlte er sich so wohler.

»Wann haben Sie Akanisi kennengelernt, Anil?«

»Vor fast vier Monaten, als ich hierherkam, um bei Bills Feldstudie mitzumachen. Ich habe auch schon als Student hier gearbeitet. Letztes Semester hab ich meinen Master gemacht, ich bin jetzt also als Biologe hier angestellt.«

»Ich gratuliere, das muss viel Arbeit gewesen sein.«

»Ja, aber es ist cool.«

»Erzählen Sie mir, wie Sie Akanisi kennengelernt haben.«

»Durch Maika. Er hat uns immer mit den Booten ausgeholfen, und wir haben angefangen, mit den jungen Leuten vom Resort abzuhängen. Nisi ist oft mitgekommen, um uns zu besuchen, wenn Maika herkam. Sie war wirklich richtig nett.«

»Was haben die beiden gemacht, wenn sie hier waren?«

»Wenn wir keine Pause einlegen konnten, haben sie uns geholfen, wo sie konnten. Vieles von dem, was wir hier machen, ist reine Routine. Das kann jeder ruck, zuck lernen. Nisi hat gern die Zahlen auf die Seeschlangen gemalt und ihnen die Schuppen gestutzt. Maika hat einen Tauchschein, deswegen haben wir ihm beigebracht, wie er uns mit den Unterwasserstudien zu verschiedenen Arten helfen kann.«

»Ist Akanisi auch alleine ins Camp gekommen?«

»Ja, ist sie, in letzter Zeit auch öfter. Wenn sie frei hatte und Maika nicht, kam sie zu Fuß her, schätze ich. Sie haben ja gesehen, wie Bill drauf ist. Er kriegt jeden rum, der auch nur ein kleines bisschen Interesse zeigt.«

Der Professor watschelte zu ihnen herüber und stellte ein Tablett vor sie hin. Davon nahm er einen Tetra Pak H-Milch, eine Plastikdose Zucker, eine dampfende Aluteekanne, drei große Melaminbecher und einen Teller mit dicken Scheiben Früchtebrot herunter und richtete alles auf dem Tisch an. Streng blickte er Singh an.

»Greifen Sie zu beim Früchtebrot, Mädchen. Sehr stärkend in diesem Klima, wissen Sie. Ich fange schon mal mit deinem Zehn-Uhrdreißig-Check an, Anil. Lass dir Zeit.«

Als er davonstapfte, schenkte Singh ihnen beiden Tee ein, gab etwas Zucker in ihre Tasse und bemerkte: »Scheint ein guter Chef zu sein.«

Anil nickte. »Ja, ich glaube, einen besseren gibt's nicht. Er ist knallhart, man lernt schnell, dass bei ihm knapp daneben auch vorbei ist. Keiner von uns weiß besonders viel, aber er spricht immer von *wir* und *uns*, erzählt allen, dass wir *mit* ihm arbeiten, nicht *für* ihn.«

»Anil, wissen Sie von irgendeinem Konflikt, der mit Akanisi in Zusammenhang steht?«

Erschrocken sah er sie an. »Nein, überhaupt nicht. Wir alle hier mochten sie. Ich glaube nicht, dass irgendwer sie nicht mögen konnte.« Er riss den Tetra Pak auf, schüttete etwas Milch in seinen Tee und nippte daran.

»Wann haben Sie sie zuletzt gesehen?«

»Am Samstag beim Mittagessen. Wir waren alle eingeladen. Ich habe nicht mit ihr geredet, aber ich habe gesehen, dass sie bedient hat.«

»Ist Ihnen dabei irgendetwas Ungewöhnliches aufgefallen, auch wenn es nichts mit Akanisi zu tun hatte?«

»Eigentlich nicht, außer dass es sehr voll war. Ich spreche nicht gut Fidschi, das meiste von den Ansprachen habe ich also nicht verstanden.«

»Sie sind sicher aufgeregt, dass das Riff wirklich zum Meeresschutzgebiet erklärt worden ist. Ich vermute, Sie hatten am Samstag alle Lust zu feiern.«

»Ja, vor allem Bill und Wes. Ich habe mich ein bisschen außen vor gefühlt, wissen Sie, weil ich Inder bin. Es war im Grunde ein Tag für die Fidschianer.« Anil zuckte die Achseln, trank noch etwas Tee und biss in ein Stück Kuchen.

»Na ja, Bill ist doch Amerikaner, oder? Hat er nicht gefeiert?«

»Ja, er hatte es auch verdient. Mehr als jeder andere.«

»Was haben Sie nach dem Mittagessen gemacht?«, fragte Singh.

»Ich war mit Steve und Wes beim Anleger, um zuzusehen, wie das Boot mit dem Ratu für die Segnung losfuhr. Dann sind wir zurück an den Strand gegangen und haben dort auf das Boot gewartet. Das haben die meisten so gemacht.«

»Haben Sie gesehen, was mit dem Boot passierte?«

Er sah sie wieder an. »Ja, es kippte plötzlich zur Seite, es sah aus, als würde es kentern. Aber ich konnte nicht sehen, was der Auslöser dafür war.«

»Was glauben Sie, wie Jona so ein Fehler unterlaufen konnte?«

»Keine Ahnung.«

»Was haben Sie gemacht?«

»Zugeguckt. Wes und Steve sind ins Wasser gehechtet und rausgeschwommen, um zu helfen. Sobald der Ratu und der Pfarrer an

Land waren, schienen alle eine Menge Spaß beim Planschen zu haben. Ich bin hierher zurückgelaufen und habe mich aufs Ohr gehauen.«

»Haben Sie Akanisi am Strand gesehen?«

Er schüttelte den Kopf. »Nein, sie war nicht da.«

»Hätten Sie sie in der Menge denn bemerkt?«

Anil antwortete sofort. »Ob ich sie bemerkt hätte? Ich würde sagen, ja. Ich hätte gewusst, wenn sie da gewesen wäre.« Hastig trank er noch einen Schluck Tee und sah dann auf zu Singh. In seinen braunen Augen standen Tränen.

15

SUVA

Horseman stand auf dem Gehweg vor dem Praxisgebäude und wünschte, er wäre besser mit dem unkooperativen Verhalten von Mrs Nath fertiggeworden. Er war definitiv eingerostet und er war froh, dass Singh dieses Desaster nicht miterlebt hatte. Ein freies Taxi rumpelte den Hügel hinauf auf ihn zu. Auf einen Impuls hin hielt er es an und stieg ein. Wenn Mrs Nath Dr. Chakra gerade angerufen hatte, war er womöglich zu Hause.

Der grauhaarige Taxifahrer lächelte und hielt ihm die Hand hin. »*Bula vinaka*, Josefa Horseman«, begrüßte er ihn auf Fidschi. »Schön, Sie wieder im Lande zu sehen.«

Der Wechsel von Englisch zu Fidschi entspannte Horseman, und seine Verärgerung verflog. »*Bula vinaka*. Es ist schön, wieder hier zu sein.«

»Es ist mir eine Freude, den Star der Hong Kong Sevens zu fahren, Josefa. Wohin soll es denn heute Morgen gehen?«

»*Vinaka*. Den Berg hinauf zur Princess Road Richtung Tamavua. Wissen Sie, wo Dr. Chakra wohnt?«

»*Io*. Sie können unterwegs die Aussicht genießen. Das alte Mädchen muss es inzwischen langsam angehen lassen, wissen Sie, Josefa. Sie bringt uns hin, aber es hat keinen Zweck, sie anzutreiben, hm? Hat ein bisschen Arthritis in der Hüfte, wie ich.« Er gluckste und tätschelte liebevoll das Armaturenbrett seines Toyotas.

»Das passt mir gut. Waren Sie früher bei der Army, Sir? Wenn das keine unhöfliche Frage ist.«

»*Io*, bin ein alter Soldat, Corporal Livai Yayawa. Ich war immer nur Friedenswächter – aber ist auch besser, hm? Libanon, Bosnien-Herzegowina, Kosovo. Ich wurde aus dem Dienst entlassen, als ich zurückkam, also hab ich von meinen Ersparnissen das alte Mädchen hier erstanden. Ihre Schwester auch, die fährt mein Sohn.«

»Klingt gut. Sie haben es zu was gebracht, Livai.«

»Wir kommen schon klar. Gott wird sich um uns kümmern, hm?«

Als sie die verstopfte Kreuzung von Samabula überquert hatten, begann Horseman die Fahrt zu genießen. Die weitläufigen Grünflächen und Gärten der Australischen Hochkommission fielen hinab bis zu einer niedrigen weiß verputzten Mauer, die beinahe vollständig von Kletterfeigen und Bougainvilleen überwuchert wurde. Die Princess Road führte den Kamm der Halbinsel von Suva hinauf durch Vororte, die sowohl geographisch als auch gesellschaftlich höher lagen. Die glücklichen Anwohner genossen eine spektakuläre Aussicht, sanfte Meeresbrisen, geräumige Wohnhäuser.

Horseman durchbrach das Schweigen. »Hier oben tut sich wohl einiges. Schauen Sie, da wächst noch ein Betonblock in die Höhe. Das muss schon der dritte sein, den ich auf der Ostseite gesehen habe. Ich weiß noch, dass hier vor einem Jahr ein kleines Holzhaus stand. Noch eine Botschaft?«

»Ich habe gehört, dass es ein neues Wohnhaus für einen der Anwälte werden soll.«

»Für jemanden von der Polizei ist es sicher nicht!« Horseman freute sich über das beifällige Glucksen des Fahrers.

Kurz vor der makellos gestutzten Hecke an der Zufahrt zur Japanischen Botschaft bog Livai links in eine private asphaltierte Zufahrtstraße ab. Sie wand sich steil nach unten bis zu einem engen Wendeplatz, der ziemlich gefährlich auf einer schmalen Terrasse etwa acht Meter unterhalb der Botschaft angelegt war. Zwei lange schmale Häuser waren auf den Felsvorsprung gequetscht worden und durch einen Carport miteinander verbunden. Sie sahen identisch aus und standen weniger als zwei Meter von der Klippenwand entfernt, die mit roter Bougainvillea und Goldtrompete behangen war. Horseman hoffte, dass die Pflanzen den locker sitzenden roten Lehm auch bei einem zyklonischen Regenguss an Ort und Stelle halten konnten. Die niedrigen weiß verputzten Häuser machten sich hübsch unter den leuchtenden Blumenkaskaden, aber er konnte sich ohne weiteres vorstellen, wie sie unter roter Erde begraben wurden, die von oben auf sie herunterrutschte, oder sogar, wie sie in die Tiefe stürzten, weil der Vorsprung, auf dem sie standen, in die Schlucht darunter sackte.

»Livai, wie hat dieser Standort bloß jemals eine Baugenehmigung bekommen?«

»Das sollten Sie besser wissen als ich, Josefa.«

»Kommen Sie, niemand weiß mehr als ein Taxifahrer!«

Livai grinste. »Schmeicheleien von der Polizei? Da sollte ich wohl lieber aufpassen, hm? Ich weiß es wirklich nicht, Josefa, aber es hat doch immer etwas mit Vitamin B zu tun, hm? Oder damit, wer käuflich ist oder wem man drohen kann. Bei Fällen wie diesem muss mindestens eins davon dahinterstecken.«

Auf einer über einem der Stellplätze gespannten Leine hing Wäsche, und Livai parkte auf dem Platz daneben. Horseman stieg aus und ging an den Rand des Vorsprungs, um sich die Gebäude genauer anzuschauen. Dr. Chakras Haus stand weiter weg von der Straße und hatte eine bessere Aussicht über das Tal und das Meer. Es wirkte verlassen.

Er klopfte an die Haustür. An den bodentiefen Lamellenfenstern hingen keine Gardinen, sodass er in den Flur blicken konnte, der sich über die Hälfte des Hauses erstreckte. Vier Türen gingen davon ab, vermutlich zu Schlafzimmern. Die andere Hälfte des Hauses nahm eine geräumige Wohnküche ein. Schade, dass es vom Boden bis zur Decke reichende Einbruchschutzgitter gab, aber man musste eben praktisch denken. Er schob seine Visitenkarte unter der Tür hindurch und ging hinüber zum Nachbarhaus.

Bevor er dort ankam, erschien eine stämmige Fidschianerin in einem bunt geblümten Kleid und mit einem Wäschekorb in den Armen. Dr. Chakra war mit einer aufmerksamen Nachbarin gesegnet.

»*Bula, Bula*«, rief die Frau ihm fröhlich zu. »Kann ich Ihnen helfen?«

»*Io*, Ma'am.« Er zeigte ihr seinen Dienstausweis. »Detective Inspector Horseman. Ich bin hier, um mit den Chakras zu reden, aber sie sind anscheinend nicht zu Hause. Wissen Sie zufällig, wann sie zurückkommen?«

Sie stellte den Wäschekorb ab und verschränkte ihre pummeligen Arme unter ihrem üppigen Busen. »Nein, das kann ich Ihnen nicht sagen. Und Mrs Chakra ist ja in Neuseeland. Wussten Sie das nicht? Sie ist seit einer Woche dort bei ihrer Schwester. Beide Kinder gehen mittlerweile in Auckland zur Schule, deswegen ist sie hingefahren, um eine Weile bei ihnen zu sein. *Isa*, sie vermisst die beiden wirklich sehr.«

»Sie müssen gut mit ihr befreundet sein, Mrs …?«

Sie streckte die Hand aus, und er schüttelte sie. »*Io*, Sala Walesi, Sir. Ja, ich betrachte mich als ihre Freundin, aber eigentlich bin ich ihre Haushälterin. Dr. Chakra hat die beiden Häuser gebaut und vermietet dieses hier. Ich kümmere mich um beide Haushalte, aber es ist nicht viel Arbeit. Die Chakras kommen und gehen, und der Mieter, Dr. Obeid, arbeitet für die Weltgesundheitsorganisation und ist genauso oft unterwegs, wie er zu Hause ist. Er ist alleinstehend, deswegen habe ich ihm angeboten, für ihn zu kochen, aber er hat abgelehnt, nein, er koche gern selbst. Stellen Sie sich das vor!« Sie verschränkte wieder die Arme.

Horseman lächelte. »Ich finde, Sie tun uns Männern unrecht, Mrs Walesi. Wer hebt denn die Erdöfen fürs *Lovo* aus, hm? Sagen Sie, wohnen Sie in der Nähe?«

»*Io*, Sir. Meine Wohnung liegt hinten in dem Haus hier, ich habe einen separaten Eingang. Die Chakras sind sehr großzügig – ich habe ein Schlafzimmer und ein Bad, mein eigenes Wohnzimmer und auch eine Küche.«

»Sie müssen sich hier wohlfühlen, Mrs Walesi. Wann haben Sie Dr. Chakra das letzte Mal gesehen?«

»Da lassen Sie mich mal überlegen.« Sie beugte sich vertraulich vor. »Am Freitag. Er ist wie üblich morgens losgefahren, sagte mir, er sei übers Wochenende auf Paradise Island, und ich könne gehen, sobald ich mit der Arbeit fertig sei. Am Nachmittag bin ich mit dem Bus nach Hause in mein Dorf gefahren. Als ich heute Morgen um neun wieder hier ankam, war niemand da.«

»Wissen Sie, wie sein Tagesablauf normalerweise aussieht, wo er jetzt sein könnte?«

»Nein, Sir. Ich habe mich darauf eingestellt, dass er kommt, wenn er kommt, genau wie Mrs Chakra. Er ist ein viel beschäftigter Mann, so viele Verpflichtungen, wissen Sie.« Plötzlich schnappte sie nach Luft und hielt sich die Hand vor den Mund. »Ich hoffe, Sie sind nicht hergekommen, um schlechte Nachrichten zu überbringen, Sir. Ist alles in Ordnung mit den Kindern?«

»Ich habe keinen Grund, etwas anderes anzunehmen, Mrs Walesi. Und diesmal bin ich nicht der Überbringer schlechter Nachrichten. Aber ich glaube, Dr. Chakra kann mir bei einer ernsten Angelegenheit helfen, in der ich gerade ermittle. Ich müsste umgehend mit ihm reden.«

Die Chancen standen nicht schlecht, dass die Haushälterin ihn ins Haus lassen würde, und die Verlockung, einen Blick hineinzuwerfen, war groß, aber er wollte lieber keine Beschwerde riskieren. Er hatte die leise Vermutung, dass der schwer zu fassende Dr. Chakra seine Rechte gut kannte.

»*Vinaka vakalevu*, Mrs Walesi. Sie haben mir sehr geholfen.« Er reichte ihr zwei seiner Visitenkarten. »Könnten Sie Dr. Chakra wohl meine Karte geben, sobald er nach Hause kommt, und ihn bitten, mich umgehend zurückzurufen? Es ist wirklich wichtig. Die andere Karte ist für Sie, damit Sie mich kontaktieren können, falls Sie irgendetwas über den Verbleib des Doktors hören, selbst wenn Sie nicht sicher sind, ob die Informationen stimmen.«

Mrs Walesi nickte ernst. »Sie können sich auf mich verlassen, Sir.« Sie zögerte verlegen. »Es ist schön zu sehen, dass Sie zurück auf Fidschi sind, Josefa Horseman. Es tut mir leid zu hören, dass Sie sich vom Rugby verabschieden mussten.«

Als sie die Princess Road zurück Richtung Stadt fuhren, sah er mit wenig Hoffnung auf sein Mobiltelefon. Nichts von Dr. Chakra und auch nichts von Sergeant Singh. Zu seiner Überraschung hatte er jedoch eine SMS von Rechtsmediziner Dr. Matthew Young erhalten. Sie hatten mit der Obduktion begonnen. Matt Young war zurück in Suva! Es ging wieder aufwärts.

»Könnten Sie mich zum Krankenhaus bringen, Livai? Zur Leichenhalle, bitte.«

16

SUVA

»Joe, wie geht es dir, Kumpel? Großartig, dich zu sehen!« Der schlaksige Mediziner schüttelte Horseman kräftig die Hand.

»Dich ebenfalls, Matt. Ich war ganz schön baff, als ich deine Nachricht bekommen habe. Es ist doch bestimmt zwei Jahre her, dass du Fidschi für immer den Rücken gekehrt hast.«

Dr. Young fuhr sich durch das schüttere blonde Haar und nickte reuevoll. »Ich weiß, Kumpel, ich weiß. Ich war einfach fertig, nachdem Talei gestorben ist und die Kinder an der Uni in Sydney waren. Fidschi hat mich genervt, die Bürokratie hat mich genervt, das Wetter hat mich genervt. Ist dir schon mal aufgefallen, dass es verdammt heiß hier ist? Ich hatte einfach das Gefühl, es wäre Zeit, meine Sachen zu packen, zu meinen Wurzeln zurückzukehren, den Kindern unter die Arme zu greifen. Fünfundzwanzig Jahre auf Fidschi, das war nie mein Plan gewesen, weißt du. Hätte ich damals auf dem Air Pacific Flug nach Nadi nicht Talei kennengelernt, wäre ich wahrscheinlich auch niemals so lange geblieben.« Er brach ab, als ihn diese längst vergangene Zeit einholte.

»Warum bist du dann doch zurückgekommen?«

»Keinen Schimmer, Kumpel. Ich habe mich in Sydney irgendwie wie ein Gast gefühlt. Die Kinder haben ihr eigenes Leben – es war toll mit ihnen, aber sie brauchen mich nicht ständig um sich. Ich schätze, ich bin zu lange hier gewesen. Dann hat der alte Professor Fletcher mich besucht, als er auf der Durchreise in Sydney war, und er hat erzählt, dass mein Nachfolger nach nur sechs Monaten gekündigt hat und in den nächstbesten Flieger gestiegen ist.

Ein paar Assistenzärzte aus Neuseeland hielten die Stellung, und wenn sie es einrichten konnten, halfen die Chirurgen ihnen aus. Die Hölle.«

Horseman nickte. »Ich erinnere mich. Sie haben ihr Bestes gegeben, aber wir haben dich vermisst.«

»Der Ort hier braucht jemanden, der die Verantwortung übernimmt, der sich zuständig fühlt. Wir sind hier vielleicht nicht so gut ausgestattet wie in Melbourne oder Washington, aber es hat immer funktioniert. Zumindest ist in all den Jahren, die ich hier war, nie eine Leiche verschwunden. Du meinst, das klingt nicht nach einer besonderen Leistung? Fletch hat mir erzählt, dass sie nach meinem Weggang innerhalb von einem Jahr vier Leichen verloren haben – vier! Darunter ein frühgeborenes Zwillingspaar, das versehentlich im Verbrennungsofen gelandet ist, während draußen die Eltern und Großeltern darauf warteten, sie zu beerdigen! Das konnte ich nicht zulassen, Joe.«

Er umklammerte die Kante der Edelstahlplatte und schüttelte den gesenkten Kopf. Horseman war nicht sicher, ob er den Verlust der winzigen Leichname oder seiner geliebten Frau betrauerte. Vermutlich beides. Er erinnerte sich an die Sache mit den Zwillingen, die Medien hatten sich derart darauf gestürzt, dass der neue Rechtsmediziner schließlich kündigte.

»Nein, das konntest du nicht, Matt. Professor Fletcher also, ein ziemlicher Stratege, was?«

Dr. Young kehrte zurück in die Gegenwart und sah sich forschend in seinem Reich um. »Ja, der alte Schweinehund. Aber ich konnte seinem Köder nicht widerstehen, also bin ich vor vier Monaten wieder hergekommen, nur um festzustellen, dass die großen Jungs mir ein paar meiner Spielzeuge weggenommen hatten.«

»Tatsächlich? Wie konnten sie nur?«, fragte Horseman gespielt entsetzt.

Bei der Erinnerung richtete Dr. Young sich kämpferisch auf, die Hände in die Hüften gestemmt. »Ja, ein verdammt anständiges Mikroskop etwa, das beste hier im Land, von Rotary extra für mich angeschafft, und noch einiges andere an Ausstattung, für die ich jahrelang gekämpft hatte und durch die wir eine Riesenzeitersparnis hatten, weil wir dadurch viel mehr hier vor Ort durchführen konnten, anstatt die Proben nach Australien zu schicken. Einen Monat habe ich gebraucht, um alles wieder aufzuspüren und zurückzuholen. Ein Teil davon war in Lautoka, verdammt! Dabei schickt jedes Krankenhaus seine Proben zur Untersuchung zu uns, selbst aus dem verfluchten Lautoka. Verstehst du das, Joe? *Einer angemesseneren Einrichtung neu zugeteilt,* hieß es offiziell. Aber ich habe alles noch einmal umverteilt, und keiner beschwert sich. Habe hier einmal gut durchgefegt, buchstäblich und metaphorisch, und jetzt ist alles picobello.« Er grinste hämisch.

Horseman musste lachen, als er sich vorstellte, wie Matt in voller Chirurgenmontur seiner Ausrüstung hinterherjagte, sie sich schnappte und seine Gegner sich am Boden windend zurückließ. »Gut gemacht, Kumpel.«

»Aber ich schweife ab, Joe. Wir sind vor einer halben Stunde mit deinem Fall fertiggeworden, aber ich weiß ja, dass es dir nicht leidtut, dass du die Obduktion verpasst hast. Nachdem der Leichnam im Meerwasser gelegen hat und dann auch noch für die Beerdigung vorbereitet wurde – herrje, das hätten die Leute vom Resort doch sicher verhindern können! –, ist vieles von dem, was das arme Mädchen uns hätte erzählen können, für immer verloren. Aber trotzdem haben wir noch etwas herausgefunden.«

»Todesursache und -zeitpunkt, hoffe ich?«

Der Rechtsmediziner hielt abwehrend die Hände hoch. »Immer langsam! Da verlangst du ziemlich viel, Kumpel. Was weißt du über die Hinweise auf Ertrinken?«

Horseman machte sich auf eine Lektion gefasst, denn Matt war ein zwanghafter Lehrer. Ihm blieb nichts anderes übrig als mitzuspielen. »Nicht viel«, antwortete er. »Wasser in den Lungen, Schaum in der Luftröhre?«

»Gut. Wusstest du, dass man diese beiden Hinweise auch bei Tod durch Herzversagen, Drogenüberdosis und Kopfverletzung vorfinden kann? Es gibt tatsächlich keinen spezifischen Test für Tod durch Ertrinken. Stell dir das vor! So eine häufige Todesursache!« Horseman tat ihm den Gefallen und schüttelte verwundert den Kopf. »Die Diagnose beruht zu einem großen Teil auf Indizien und darauf, andere Ursachen auszuschließen. In diesem Fall ist es gar nicht so einfach. Sie hatte ein bisschen Wasser in den Lungen, aber nicht viel. Ich würde mich gern für Ertrinken entscheiden, wenn sie wenigstens genug Wasser und Fremdkörper im Magen gehabt hätte, aber auch da war nur wenig. Das legt nahe, dass sie entweder sehr schnell ertrunken ist ohne einen großen Kampf oder dass sie nicht mehr atmete, als sie ins Wasser tauchte. Oder dass sie bereits tot war. Du hast natürlich die Kopfverletzung gesehen?«

»Ja. Ist die nach ihrem Tod entstanden?«

»Das kann ich nicht mit Sicherheit sagen, den Einflüssen durch das Meerwasser sei Dank. Ein schwerer Schlag, der mit einem direkten Aufprall durch einen stumpfen Gegenstand übereinstimmt. Könnte entstanden sein, als sie ins Wasser fiel oder tauchte oder durch einen Angriff, bei dem der Gegenstand entweder mit Wucht geworfen oder in der Hand gehalten wurde.« Er nahm eine Schüssel aus Emaille, schlug mit einem Stahlhaken dagegen und hielt Horseman die Delle unter die Nase. »Siehst du?«

Horseman ging darauf ein und betrachtete die Schüssel genauer, musste dabei aber ein Lächeln unterdrücken. Dr. Young fuhr fort. »Der Schädel ist gebrochen, aber es ist keine große Fraktur – der Bruch an sich wäre vermutlich nicht tödlich gewesen, aber sie hätte dadurch das Bewusstsein verloren.«

Das gab Horseman neue Energie. »Könnte die Verletzung dadurch entstanden sein, dass sie am Riff hin und her geschleudert wurde?«

»Meiner Ansicht nach nicht. Sie weist Schnittwunden und Blutergüsse auf, die dadurch verursacht wurden, genau wie ihre zerrissene Kleidung. Die Kopfverletzung ist da anders, sie sieht nach einem einzigen schweren Aufprall aus. Wann wurde das Mädchen zuletzt gesehen?«

»Bisher haben wir niemanden gefunden, der sie nach dem Mittag am Samstag gesehen hat, etwa vierzehn Uhr.«

»Und Vijay Chakra hat sie gegen neunzehn Uhr dreißig gefunden?«

»Ja, Professor Burgermeister war dabei, das ist also sicher.«

»Bill, tatsächlich? Ach ja, er leitet die Forschungsarbeiten im Zusammenhang mit dem Meeresschutzgebiet dort, stimmt's? Da ist es naheliegend, dass er zur Eröffnung da war, oder wie auch immer sie es genannt haben. Interessanter Typ.«

»Ja, und so enthusiastisch. Ich habe gestern Nachmittag mit ihm gesprochen.«

»Tja, dann gibt es ohnehin nur ein Zeitfenster von fünf Stunden, der Todeszeitpunkt ist also vermutlich nicht so wesentlich für dich. Umso besser, denn es ist unmöglich, genaue Angaben zu machen. Ich würde den Todeszeitpunkt auf zwischen fünfzehn Uhr dreißig und siebzehn Uhr ansetzen.« Er zuckte die Achseln. »Es gibt da allerdings noch etwas, das von Bedeutung sein dürfte. Sie war vor kurzem schwanger, womöglich bis vor einer Woche oder zehn Tagen.«

Das war absurd. »Du meinst, sie hat entbunden, als sie krankgeschrieben war? Das war der Grund dafür? Aber das hätten doch alle gewusst. Was treiben die da drüben nur für ein Spielchen? Die Büroleiterin vom Resort hatte sich gefragt, ob Akanisi schwanger gewesen war, aber sie hatte keinen echten Grund zu ihrer Annahme.«

»Nein, nein, reg dich nicht auf, Kumpel. Es war noch ganz am Anfang, definitiv im ersten Drittel. Viel gab es nicht zu sehen. Sie hatte eine Fehlgeburt, aber ob natürlich oder eingeleitet, kann ich noch nicht sagen.«

Horseman war schockiert. »Wenn es Letzteres war, dann haben wir es so oder so mit einem schwerwiegenden Verbrechen zu tun, selbst wenn sich Akanisis Tod als Unfall herausstellt.« Abtreibung war auf den Fidschi-Inseln nur unter sehr streng definierten Umständen legal.

Dr. Young sah so finster aus, wie Horseman sich fühlte. »Ja, das habt ihr.«

»Könnte die Abtreibung sie umgebracht haben?«

»Je nachdem, wie sie vorgenommen wurde, ja. Aber das hat sie nicht. Ich bin sicher, dass sie nicht mehr schwanger war, als sie letzten Montag zurück zur Arbeit kam. Sie hat mindestens eine Woche vor ihrem Tod abgetrieben. Die hauptsächliche Komplikation dabei wäre eine Infektion, da können die Symptome zeitverzögert einsetzen. Sollte Akanisi eine Infektion gehabt haben, ist es denkbar, dass sie sich am Samstag krank fühlte, dass ihr schwindelig war oder sie sogar ohnmächtig wurde und ins Wasser fiel. Wie wahrscheinlich das allerdings ist, kann ich nicht beurteilen. Ich habe die üblichen Proben genommen und schaue mir das an, was ich hier untersuchen kann. Ich melde mich bei dir, sobald ich die Ergebnisse habe. Ein paar der Proben muss ich in die Toxikologie ins Labor schicken – die werden etwas länger dauern.«

»*Vinaka*, Matt. Vielen Dank.«

»Kein Problem, Kumpel. Lass uns später zusammen ein Bier trinken, wenn ich keine Nachtschicht einlegen muss.«

»Gern. Übrigens ist Nisi vor knapp zwei Wochen bei Dr. Chakra in Behandlung gewesen – er hatte sie eine Woche krankgeschrieben.«

»Und was hat Vijay dazu zu sagen?«

»Er reagiert nicht auf meine Anrufe. Er ist heute nicht in seiner Praxis, und seine Sprechstundenhilfe hat eine ungemeine Freude daran, unsere Arbeit zu behindern. Bei ihm zu Hause ist niemand, und seine Frau ist seit einer Woche in Neuseeland. *Oi le*, ein Besuch in der Leichenhalle ist ein Vergnügen dagegen.«

»Ach so, ich bin davon ausgegangen, dass du im Resort mit ihm gesprochen hast.«

»Er ist mit dem Boot abgereist, mit dem die Constables bei Sonnenaufgang rübergefahren sind. Warum um alles in der Welt musste er sich so aus dem Staub machen? Besser hätte er es nicht anstellen können, um Verdacht zu erregen, oder?«

Der Rechtsmediziner lächelte. »Vielleicht musste er einen Flieger erwischen.«

17

UNTERWEGS NACH DELANARUA

Der Sturm war mittags über die Insel gefegt, aber nun war alles ruhig, und die Boote des Resorts waren wieder unterwegs und brachten die begierigen Gäste zum Tauchen, Fischen und Schnorcheln. Trotz ihrer Skepsis kleinen Booten gegenüber hatte Susie Singh Anils Angebot angenommen, ihn nach Delanarua zu begleiten. Sie konnte nicht einfach nur untätig im Resort herumsitzen.

Anil sah lächelnd zu, wie sie an der Schnalle ihrer orangenen Schwimmweste herumfummelte. Als es ihr schließlich gelungen war, mit zittrigen Händen die schwarzen Plastikteile ineinanderzuklicken, sah sie zu ihm auf. »Haben Sie Paddel, ein Seil und ein Schöpfgefäß? Was ist mit einem Haken?«

»Entspannen Sie sich, Sergeant. Sehen Sie, sämtliche Sicherheitsausrüstung ist an Bord.« Er zeigte auf zwei Paddelstiele, die aus dem Bugstauraum hervorlugten.

Als sie aus dem Windschatten der Insel heraustuckerten, wurde Singh bewusst, wie unruhig das Meer nach dem Sturm noch war, zumindest für ihr Empfinden. Anil trug seine Schwimmweste nicht, sondern hatte sie als eine Kombination aus Sitzkissen und Rückenpolster im Heck ausgebreitet. Er hatte einen Arm lässig auf das Dollbord gelegt, während er steuerte. Ein ziemlicher Wandel von dem traurigen, nervösen Jungen, der er am Morgen gewesen war. Singh begann mit einem Thema, das er zuvor angesprochen hatte.

»Ist Meeresbiologie eine ungewöhnliche Berufswahl für einen Inder, Anil?«

»Nein, eigentlich nicht. An der Uni belegen das eine Menge Inder, wahrscheinlich mehr als Fidschianer. Die meisten von ihnen unterrichten dann Naturwissenschaften an der Schule. Nur sehr wenige gehen ans FIMS, um ihren Doktor zu machen. Verrückt, oder? Wir sind alle auf diesen winzigen Flecken Land mitten im weiten Ozean aufgewachsen, und mehr Leute studieren Betriebswirtschaft als maritime Fächer.« Anil beschleunigte, und das Boot glitt ruhiger durch den Wellengang.

»Eltern glauben vermutlich, dass Rechnungsprüfer und Buchhalter viel Geld verdienen.« Ihre eigenen Eltern wären überglücklich gewesen, hätte sie sich für ein wirtschaftliches Studium entschieden. »Aber ich kann Ihnen sagen, dass auf Fidschi mehr Finanzmanager im Gefängnis sitzen als Wissenschaftler. In der Tat kein einziger Wissenschaftler.«

Anil sah sie verblüfft an. Dann lächelte er. »Das muss ich meinen Eltern erzählen.«

»Mich interessiert diese Studie – war es das Heimfindeverhalten der Gelblippenseeschlangen? Worum geht es da?«

»Oh, das ist eine tolle Sache. Wissen Sie, die Gelblippenseeschlangen müssen an Land kommen, um zu verdauen, sich zu häuten, sich zu paaren und Eier zu legen. Wie Sie gesehen haben. Wir wollen jetzt herausfinden, ob die Schlangen einfach dort an Land gehen, wo es gerade passt, oder ob sie immer auf dieselbe Insel kommen. Es geht darum, wie territorial sie sind.«

»Wie können Sie das herausfinden? Anhand der Nummern, wenn sie einer markierten begegnen?«

»Ganz genau. Wir stutzen ihnen auch die Schuppen, das ist bleibend. Wir wissen bereits, dass die meisten von ihnen nach zehn Tagen im Meer an Land kommen. Wir laufen einfach nachts auf Paradise herum und sammeln die Schlangen ein, die an Land kommen. Wir markieren, wiegen und messen sie. Dann bringen wir sie rüber nach Delanarua und lassen sie dort frei. Ein paar der Inselbewohner helfen uns dabei – sie fangen dort die Schlangen ein, einer von ihnen bringt sie zu uns nach Paradise, damit wir sie erfassen können, und dann werden sie wieder freigelassen.«

Trotz des Desensibilisierungsprozesses der letzten vierundzwanzig Stunden war Singh erschrocken. »Soll das heißen, wir holen mit diesem Boot nicht nur Steve ab, sondern auch einen Schwung Schlangen?«

Anil lachte laut auf, und sein Gesicht blitzte hinter dem dichten Vorhang aus Haaren hervor. »Diesmal nicht. Momentan machen wir nur Wiederfang, wir sind fast am Ende unserer Feldforschung. Steve wird alle eingefangenen Schlangen schon überprüft und wieder freigelassen haben. Keine Sorge, wir nehmen nur ihn im Boot mit.« Er schüttelte den Kopf, und in seinem Lächeln lag eine Spur von Geringschätzung.

Sie beachtete seinen Hohn nicht weiter. »Hat Akanisi auch bei dem Projekt geholfen, wenn sie zu Hause auf Delanarua war? Das Personal hat doch nach drei Wochen im Resort eine Woche frei. Sie muss recht oft hier gewesen sein, seitdem Sie im Oktober Ihre Arbeit aufgenommen haben.«

»Kann sein, ich bin nicht sicher.« Er sah auf zu ein paar Vögeln, die hintereinanderher jagten. »Sehen Sie – Fregattvögel, die einen Noddi verfolgen.« Singh blickte ebenfalls auf. Wie sie dahinglitten und kreisten waren die scharfen schwarzen Umrisse der Fregattvögel in Form eines W mit ihren tief gegabelten Schwänzen das Abbild stromlinienförmiger Eleganz. Doch durch Anils Hinweis konnte Singh jetzt erkennen, dass ihre mühelosen Sturzflüge nicht zum Spaß waren. Immer wieder stürzten sie hinab und griffen den verzweifelt zu entkommen versuchenden Noddi an, der bedeutend kleiner war als sie. Doch der Noddi gab nicht auf. Fest entschlossen, den in seinem Schnabel zappelnden Fisch nicht herzugeben, wich er seinen Angreifern aus. Dann aber flog einer der Fregattvögel in einer Spirale um den Noddi herum und zwang ihn, ebenfalls steil in die Höhe zu steigen. Er musste erschöpft sein, oder vielleicht fand er auch, dass er seine Zeit besser damit verbrachte, sich einen neuen Fisch zu fangen. Dann war es vorbei. Der Noddi ließ den Fisch fallen, und er stürzte in die Tiefe, bis er vom herabjagenden Fregattvogel sauber in der Luft aufgefangen wurde. So war die Natur, vermutete Singh – ungerecht.

Anil ergriff als Erster wieder das Wort. »Wissen Sie, warum sie das machen – die Fregattvögel?«

»Ich nehme an, Sie meinen die Fieslinge – die eleganten schwarzen?«

»Ja. Ihr Gefieder ist nicht wasserabweisend, deswegen können sie nicht tauchen, um Fische zu erbeuten. Sie können nicht einmal auf dem Wasser landen. Luftpiraterie ist für sie die einzige Methode, um zu überleben.«

»Meine Sympathien liegen voll und ganz beim Noddi. Ich habe zu oft ähnliche Ausreden von menschlichen Piraten gehört.« Zu spät bemerkte sie, wie selbstgerecht sie klang, und lächelte. »Sie mögen die Fregattvögel?«

»Sie sind einfallsreich, und sie sind Spitzenflieger. Sie haben eine nachhaltige Nische für sich gefunden. Ich interessiere mich aber nicht so besonders für Vögel.«

Singh konnte die Fregattvögel nicht objektiv betrachten – als Polizistin war sie fest entschlossen, in den Nischen, in denen ihre menschlichen Entsprechungen es sich bequem gemacht hatten, gründlich aufzuräumen.

Das Wasser wurde nun ruhiger. Sie näherten sich dem nördlichen Ende der langen, schmalen Insel. Vor fünf Minuten war das dunstige südliche Ende noch zu sehen gewesen, aber jetzt lag es hinter einer Reihe bewaldeter Hügel verborgen, die sich zu einer Spitze hoher Klippen mehrere Kilometer entfernt erhoben.

»Das Dorf des Ratu liegt direkt hinter dem Strand, auf den wir jetzt zusteuern. Wir haben es als unseren Stützpunkt genutzt.«

»Ein guter Ort für die Gelblippenseeschlange?«

»Nicht speziell, an den Inseln von Vula gibt es überall viele von ihnen. Es gab keinen bestimmten Grund, dass wir diesen Ort ausgesucht haben, außer dass der Ratu vollkommen hinter dem steht, was wir machen, deswegen sind wir hier bei allen willkommen.«

Singh konnte zwischen den Palmen bereits die große weiße Kirche ausmachen, deren steiles rotes Wellblechdach am vorderen Giebel ein weißes Kreuz zierte. Vor einem Gebäude, das die Schule sein mochte, flatterte die himmelblaue Flagge der Fidschi-Inseln an einem weißen Fahnenmast. Von hier bis zum nördlichen Zipfel der Insel erstreckten sich in sanften Wogen unendlich viele Kokospalmen, vielleicht eine Plantage. In südlicher Richtung waren die zerklüfteten Hügel von einem Wald bedeckt, der so dicht, hoch und dunkel wuchs, wie Singh es noch nie auf einer so kleinen Insel gesehen hatte. Anil reichte ihr ein Fernglas. Sie schob ihre Sonnenbrille nach oben und stellte rasch die Linsen ein. Bäume ragten in die Höhe, als würden sie versuchen, den sie nach unten ziehenden Kletterpflanzen, riesigen Farnen und Orchideen zu entkommen.

Ein scharlachrotes Licht blitzte vor der Linse auf. Erstaunt warf sie Anil einen Blick zu.

»Das war ein Pompadoursittich, der größte Papagei auf Fidschi«, erklärte er.

»Es sah aus wie ein Lichtblitz – eine riesige rote Sternschnuppe.«

»Ja, Sie haben Glück. Die Nachmittagssonne hat genau das Gefieder erwischt. Wussten Sie, dass man sie hier früher in Käfigen gehalten und ihnen für den Saum von Matten die Federn ausgerupft hat? Ich weiß nicht, wann sie zu Strickwolle übergegangen sind, aber für die Papageien war es definitiv eine gute Entwicklung.«

Eine Schar Kinder, genauso lärmend wie Papageien, kam an den Strand gerannt, um die Ankömmlinge zu begrüßen und das Boot an Land zu ziehen. Sie riefen Anil zu, wer denn seine Begleitung sei. Seine Enthüllung, dass die schöne Dame ein Detective Sergeant von der Polizei war, rief ungläubiges Staunen, Stöhnen und Kreischen hervor. Ein paar Jungen salutierten frech. Singh lachte und erwiderte den Gruß, was noch mehr Gekreische auslöste.

»Wo ist Steve?«, fragte Anil. Die Kinder beratschlagten sich eifrig auf Fidschi, bis ihr Sprecher das Urteil auf Englisch verkündete.

»Wir glauben, er ist in seinem Haus.«

Anil lächelte Singh zu. »Hier entlang, Detective Sergeant.«

»Steve ist aber nicht von hier, oder?«, wollte Singh wissen.

»Nein, er stammt von Vanua Levu.«

»Das verstehe ich nicht. Wieso hat er dann hier ein Haus?«

»Oh, stimmt. Nein, es ist eigentlich nicht seins. Das Dorf hat uns ein leer stehendes Haus überlassen, das wir als Lager benutzen dürfen. Wenn wir über Nacht bleiben müssen, können wir dort auch schlafen.«

Sie unterbrachen ihre Unterhaltung, um Dorfbewohner zu begrüßen. Die besonders vorwitzigen unter den Kindern gingen voraus und kündigten stolz die *Ovisa*-Dame an, ihr fettester Fisch heute. Das letzte Gebäude am Nordrand des Dorfes war ein kleines orange geschindeltes Haus. Zwei Gestalten erschienen auf der vorderen Veranda. Einer der beiden Männer war sehr dünn und so groß, dass er sich bücken musste, als er durch die Tür kam; der andere war kräftig und sah sportlich aus. Beide trugen einen kleinen Rucksack über der Schulter.

»Hey, Steve! Hey, Winston!«, rief Anil. Die beiden Männer winkten und kamen die Stufen herunter, um die Besucher zu begrüßen. Anil stellte sie einander vor, und sie schüttelten sich die Hand. Winston Lee war einer der Namen auf der Gästeliste des Resorts – vielleicht kam er aus Hongkong. Er sah jedenfalls chinesisch aus, war um die vierzig und trat selbstbewusst auf.

»Hey, Anil, ich hatte gehofft, dass ich zurück im Camp bin, bevor du losfährst, um dir den Weg zu ersparen. Winston ist in einem Kajak hergekommen und hat mir angeboten, mich mit zurückzunehmen. Sorry.« Steve schien das sehr unangenehm zu sein, obwohl er doch keine Möglichkeit gehabt hätte, im Camp Bescheid zu geben.

»Ist doch kein Problem, Mann.«

Singh wollte den unbeholfenen, auf seine Füße blickenden jungen Mann beruhigen. »Keine Sorge, Steve. Ich ermittle zum plötzlichen Tod von Akanisi Leletaku, und Sie sind das letzte Mitglied des Forschungsteams, das noch befragt werden muss.«

Steve nickte, ohne sie anzusehen.

»Helfen Sie auch bei der Studie zu den Gelblippenseeschlangen, Mr Lee?«, erkundigte sich Singh bei Winston.

»Nein, Ms Singh, ich mag Schlangen nicht besonders. Ich hatte gehofft, ich könnte heute Nachmittag fischen gehen, aber alle Ausflüge waren wegen des Sturms abgesagt worden. Eine meiner Sportarten ist Kajakfahren, also habe ich beschlossen, hierherzupaddeln und ein Stündchen zu fotografieren, nachdem der Regen aufgehört hatte.«

»Was fotografieren Sie denn?«

»Tiere, aber dazu braucht man Glück. Im Grunde bin ich ein Opportunist. Wenn die Tiere sich nicht blicken lassen, bin ich auch mit Blumen zufrieden.«

»Ich vermute, Detective Constable Taleca hat heute Morgen mit Ihnen gesprochen?«, wollte Singh wissen.

Lee nickte. »Ja, das hat er, und ich habe auch eine Stellungnahme für ihn geschrieben. Das Ganze ist wirklich eine traurige Angelegenheit. Ich erinnere mich von meinen letzten beiden Besuchen im Paradise Island Resort noch gut an das Mädchen, und ich wünschte, ich könnte irgendwie behilflich sein. Aber es handelt sich doch sicher um einen Unfall, Ms Singh?«

»Das ist auf jeden Fall eine der Möglichkeiten, die wir in Betracht ziehen, Mr Lee. Aber lassen Sie sich von mir nicht aufhalten.« Sie wandte sich an Steve. »Sollen wir uns drinnen unterhalten?«

»Oh nein, nein, ich glaube, das wäre keine gute Idee. Ich meine, es ist total unordentlich da drin und …« Steve warf den anderen beiden Männern einen besorgten Blick zu.

Anil kam ihm zu Hilfe. »Ich befürchte, es ist wirklich ein Saustall, Sergeant. Ich hole Ihnen was zum Sitzen.« Kurz darauf kam er mit zwei ehemals weißen Plastikhockern auf die Veranda. »Ich bin am Strand, wenn Sie fertig sind.«

18

SUVA

Horseman klopfte an die Tür von Polizeichef Navala.

»Sir, Zwischenbericht von Dr. Matt Young zu Akanisi Leletaku. Es stehen noch Analysen aus, aber Ertrinken ist zweifelhaft. Sie hat einen Schlag auf den Kopf erhalten und war womöglich tot oder bewusstlos, als sie ins Wasser fiel. Sie hatte außerdem vor kurzem eine Abtreibung oder eine Fehlgeburt, Matt hat es noch nicht genauer feststellen können.«

Polizeichef Navala sah ihn ernst an. »In Ordnung. Dann sind die Umstände also fraglich. Sie leiten die Ermittlungen, Joe. Behalten Sie Singh und Taleca. Ich besorge Ihnen so schnell wie möglich noch zwei Detective Constables. Setzen Sie sich bei Bedarf mit dem Revier in Verbindung, um Unterstützung von den Kollegen in Uniform zu bekommen. Haben Sie Dr. Chakra ausfindig machen können?«

»Noch nicht, Sir. Ich war in seiner Praxis in der Stadt und bei seinem Haus oben in der Nähe der Japanischen Botschaft. Er war nirgends und hat immer noch nicht auf meine Anrufe reagiert. Ich werde jetzt gleich überprüfen, ob er das Land verlassen hat.«

Navala zog die Augenbrauen hoch, und seine breite Stirn legte sich in Falten. »Wenn Sie sonst etwas brauchen, Joe.« Das war eine Behauptung. Sie wussten beide, dass er dem nichts folgen lassen konnte. Horseman fasste es als moralische Unterstützung auf.

Er stellte Anfragen nach Passagierlisten bei Air Pacific, Virgin und Air New Zealand, Japan Airlines, Korean Airlines sowie sämtlichen zwischen den Inseln verkehrenden Fluglinien. Er nahm an, dass die Fluggesellschaften schneller wären als die Zoll- und Einwanderungsbehörde, aber er reichte auch dort eine Anfrage ein und eilte dann nach unten, um sich ein Kürbis-Erbsen-Roti an einem Straßenstand zu holen.

Als er auf dem Rückweg am Empfangstresen vorbeikam, grinste der Constable ihn anzüglich an. »Ihr süßer Sergeant hat angerufen. Vermisst Sie wohl schon nach nur einer Nacht, hm?«

Horseman simulierte ein nachsichtiges Lachen. »Hat sie eine Nachricht hinterlassen?«

»Wollte wissen, ob der Obduktionsbericht vorliegt.«

»Okay. Sonst noch etwas?«

»*Io*, noch ein weiblicher Fan, Joe. Ihre Mutter hat nachgefragt, wo Sie stecken, und hätte gern, dass Sie sie zurückrufen.«

Ach Gott, er hatte völlig vergessen, dass er versprochen hatte, sie anzurufen. Nach dem Fiasko gestern mit der Begrüßungsfeier im Dorf hätte er das zu seiner Priorität machen müssen. Würde sie ihm abnehmen, dass es auf Paradise Island keinen Empfang gab? Möglicherweise. Sollte er sich feige herausreden? Auf jeden Fall, damit würde es ihr besser gehen.

Wie er erwartet hatte, erreichte er seine Mutter nicht auf ihrem Mobiltelefon. Er und seine Schwestern hatten es ihrer verwitweten Mutter zum Geburtstag geschenkt, doch ihre ausgedehnten Besuche bei Verwandten an Orten ohne Empfang und ihre langjährige Unabhängigkeit von den Forderungen, die die Telekommunikation an einen stellte, bedeutete, dass sie sich nie richtig daran gewöhnt hatte und es meistens nicht einschaltete. Er hinterließ ihr eine zerknirschte Nachricht und schickte eine SMS hinterher, was sie hoffentlich als Beweis seines verspäteten Bemühens akzeptieren würde.

Er überlegte es auf dem öffentlichen Telefon im Dorf zu probieren, aber Fiji Telecom hatte den Apparat so aufgestellt, dass ein Anruf nur entgegengenommen werden konnte, wenn zufällig gerade jemand vorbeikam. Sowohl die Anrufer als auch die Dorfbewohner hatten sich damit abgefunden, dass man den Apparat praktisch nur für ausgehende Telefonate benutzen konnte.

Es war allerdings Montag, und so versuchte er es in der Dorfschule. Ohne auf Horsemans Protest einzugehen, schickte der gutmütige Schulleiter sofort ein Kind los, um seine Mutter ins Schulbüro zu holen. Horseman versprach in einer Viertelstunde nochmals anzurufen. Es war unwahrscheinlich, dass das Kind erfolgreich wäre, vermutlich war seine Mutter irgendwo unterwegs, um eine Wohltätigkeitsveranstaltung zu organisieren oder ein Baby zur Welt zu bringen. So war er überrascht und erleichtert, als sie nach dem ersten Klingeln direkt abnahm.

»Mum, es tut mir furchtbar leid, dass ich gestern nicht anrufen konnte, aber es war unmöglich. Wie war das *Lovo*?«

»Du kannst es dir sicher vorstellen, Joe. Alle waren so enttäuscht. Sie verstehen einfach nicht, was Polizeiarbeit bedeutet, weißt du.«

»Mum, das klingt ja so, als hättest du mich in Schutz genommen. Ich kann es nicht glauben!« Eigentlich konnte er es. Obwohl sie ihn permanent kritisierte, wusste er, dass seine Mutter ihn und damit auch die Polizei ergeben gegen jegliche Angriffe verteidigen würde.

»Besser gesagt *mich* in Schutz genommen!«, erwiderte sie.

Er wertete es als positiv, dass sie sich auf das Geplänkel einließ, das er schon von Kindesbeinen an kannte und das ihm noch vertrauter geworden war, seitdem der Tod seines Vaters seiner Mutter ihren Partner für den täglichen Schlagabtausch genommen hatte.

»Hältst du mich für eine alte Nervensäge, wenn ich dich frage, wann wir mit dir rechnen können, Joe?«

»Nein, Mum, natürlich nicht. Ich kann dir aber noch kein Datum nennen, so sehr ich das auch möchte. Der Polizeichef hat inzwischen bestätigt, dass die Todesumstände nicht eindeutig sind, und hat den Fall der Kripo zugeteilt. Ich leite die Ermittlungen, und wir werden alle Hände voll zu tun haben, bis die Sache gelöst ist.«

»Oh, gut, du wirst ihn knacken. Dann schaffst du es, nächsten Sonntag herzukommen?«

Bei dem absurden Vertrauen, das seine Mutter in seine Fähigkeiten hatte, musste er lächeln. »Ich werde mein Bestes geben, Mum, aber du weißt, dass es nicht allein in meinen Händen liegt. Bei diesem Fall ist noch nichts eindeutig. Es ist gut möglich, dass wir nächsten Sonntag noch vollauf beschäftigt sind. Selbst wenn wir nicht weiterkommen, wird der Polizeichef die Ressourcen nicht vor nächster Woche abziehen.«

Mrs Horsemans Empörung war nicht zu überhören. »Das sollte er auch nicht – ein armes Mädchen wird ermordet, und die Polizei darf aufgeben, weil es zu schwer ist? Wo kommen wir denn da hin?«

»Wir wissen noch nicht mit Sicherheit, dass es Mord war, Mum.«

»Dann lasse ich dich besser weitermachen, Joe, wenn ihr noch nicht einmal das mit Sicherheit sagen könnt!«

Die Logik seiner Mutter erschloss sich ihm nicht, aber zumindest konnte er auf ihre Unterstützung zählen. »*Vinaka*, Mum. Bitte entschuldige mich noch einmal bei allen. Ich kann nichts versprechen für nächsten Sonntag, bereitet also nichts für mich vor. In ein oder zwei Tagen rufe ich dich wieder an. Und sag dem Schulleiter bitte vielen Dank.«

»Joe, versuch es einfach mit Sonntag, ja? Setz dir innerlich eine Frist.«

»Übrigens, Mum, lade dein Handy auf und schalte das Ding ein, okay? *Bula* an alle. *Moce*, Mum.«

Als Horseman sich umdrehte, sah er direkt in Kelepi Talecas grinsendes Gesicht. »Eben zurück aus Paradise! Entschuldige, dass ich es nicht rechtzeitig geschafft habe, um Mrs Horseman persönlich Bericht zu erstatten. Wie geht es ihr?«

»Scheint in Hochform zu sein. Ich habe die ganze Verwandtschaft enttäuscht, weil ich gestern nicht zum *Lovo* für meine Willkommensfeier gehen konnte. Wie ist es heute Morgen auf der Insel gelaufen?«

»Ich habe mit sämtlichen Gästen gesprochen. Sie sind alle schockiert, die Urlaubsstimmung ist futsch. Soweit ich es beurteilen kann, wollten alle kooperieren, aber niemand hat Nisi nach dem Mittagessen am Samstag gesehen.«

»Schade. Ich habe Anfragen bei allen Airlines gestellt, um herauszufinden, ob Dr. Chakra das Land verlassen hat. Ist alles dokumentiert. Kannst du das in einer halben Stunde nachverfolgen? Ich werde dem guten Herrn Doktor noch einen Besuch in seiner Praxis abstatten.«

Es klopfte an der offen stehenden Tür. Horseman sah zu dem jungen Mann auf, der vor seinem Schreibtisch Haltung angenommen hatte und salutierte. Er trug Jeans und ein rotes T-Shirt mit einem Tribal-Surfer-Design. Seine gewellten Haare und helle Haut deuteten auf eine Herkunft von den östlichen Lau-Inseln hin, deren Bevölkerung ihre polynesischen Züge durch Hunderte von Jahren des Handels und Bekriegens mit den Nachbarn von den Tonga-Inseln geerbt hatten.

»Detective Constable Tanielo Musudroka, Sir. Polizeichef Navala hat mich den Ermittlungen auf Paradise Island zugeteilt, Sir.«

»Großartig! Willkommen, Detective Constable Musudroka, ich kann bei diesem Fall dringend Verstärkung gebrauchen. Stehen Sie entspannt, Kollege. Sagen Sie, wie lange sind Sie schon bei der Kripo?«

»Eine Woche, Sir. Zwei Jahre in Uniform in Ba, Sir.«

»Ich weiß Ihre Disziplin zu schätzen, Musudroka. Aber Sie tragen keine Uniform mehr und ich auch nicht, also kein Salutieren. Verstanden?«

»*Io*, Sir. Entschuldigen Sie. Gewohnheit, Sir.«

»Aber wir können uns die Hand geben.« Der frischgebackene Detective Constable nahm sie eifrig entgegen. »Ist das Ihr erster Fall mit ungeklärten Todesumständen?«

»Nein, Sir, aber mein erster bei der Kripo. In Ba war ich ein paarmal dazu eingeteilt, den Tatort zu bewachen, Aussagen aufzunehmen und den Detectives zu assistieren.« Er trug seine kurze Berührung mit Ermittlungsarbeit mit der gleichen Begeisterung vor, wie ein Hund seinem Herrchen das Stöckchen zurückbrachte. Es fehlte nur noch, dass er mit dem Schwanz wedelte.

»Gut, Sie müssen vielversprechende Arbeit geleistet haben, sonst wären Sie nicht hierher versetzt worden. Lassen Sie mich Ihnen Detective Constable Kelepi Taleca vorstellen. Er wird Sie über alles informieren und Ihnen sagen, wie Sie ihm behilflich sein können.«

Auf dem Weg nach draußen klopfte Horseman bei Navala an die Tür und steckte seinen Kopf hinein. Der Polizeichef sah von der Akte vor sich auf und blickte ihn über den Rand seiner Lesebrille hinweg an.

»Sir, *Vinaka*, dass Sie mir so schnell noch einen Detective zugeteilt haben. Aber ist es möglich, dass Sie mir jemand anderen mit mehr Erfahrung zuweisen, der sofort einsatzbereit ist? Tanielo ist erst seit einer Woche bei uns in der Abteilung! Wir verlieren Zeit für den Fall, wenn wir ihn erst einarbeiten müssen.«

Der ältere Mann lächelte spöttisch. »Tatsächlich, Joe? Ich meine mich an einen eifrigen jungen Polizisten zu erinnern, der es vor nicht allzu langer Zeit gar nicht erwarten konnte, zur Kripo zu gehen. Hieß Josefa Horseman. Wir haben es nie bereut, dass wir ihn frühzeitig bei uns aufgenommen haben. Tanielo hat Potenzial. Wer kann ihm besser beibringen, wie es geht, als Sie? Hängt es nicht von Ihnen ab, als wie nützlich er sich herausstellt?«

Als Horseman denselben Weg abschritt, den er am Morgen bereits zurückgelegt hatte, bereute er sein impulsives Herantreten an den Polizeichef, der sein Verhalten als unerträglich arrogant aufgefasst haben musste. Warum sollte ein neuer Kollege sich nicht darüber beschweren, dass er einem Ermittlungsleiter zugeteilt wurde, der erst am Tag zuvor zum Detective Inspector befördert worden war? Ihm wurde klar, dass er lediglich erreicht hatte, seinen eigenen Mangel an Selbstbewusstsein offenzulegen. Jetzt war es zu spät, aber noch einmal würde ihm das nicht passieren.

19

SUVA

Mrs Nath saß hinter dem Empfangstresen in Dr. Chakras Praxisräumen. Als sie Horseman erblickte, verzog sie den Mund.

»Guten Tag, Mrs Nath. Haben Sie mit Dr. Chakra gesprochen, seitdem ich heute Morgen hier war?«

»Nein, habe ich nicht. Sind Sie wirklich noch einmal hergekommen, um mich das zu fragen?«

Die wartenden Patienten hatten allesamt den Kopf gesenkt, ein eindeutiges Indiz dafür, dass sie angestrengt lauschten. Mrs Nath schaltete ein Radio ein, das mit einem Lautsprecher in der gegenüberliegenden Ecke des Zimmers verbunden war. Ihre Unterhaltung wurde nun von einer melancholischen Countryballade überdeckt.

Horseman lächelte. »Ich konnte ihn noch immer nicht erreichen, Mrs Nath. Da dachte ich, ich frage noch einmal bei Ihnen nach, weil ich ohnehin gerade in der Nähe war.«

Sie seufzte schwer. »Wie gesagt …«

»Dann spreche ich einfach kurz mit Dr. Pillai, wenn er frei wird, Mrs Nath.«

Sie griff zum Telefonhörer. »Ich gebe ihm Bescheid.«

Horseman unterbrach sie. »Es ist wirklich nicht nötig, Dr. Pillai mit seinem Patienten zu stören, Mrs Nath. Ich spreche ihn an, wenn er herauskommt.«

Er war froh, als sich die Tür zum Behandlungszimmer öffnete und der winzige Dr. Pillai mit seinem vollen Haarschopf eine füllige Fidschianerin und einen kleinen Jungen in Schuluniform und mit einem Gips am Arm hinausführte. Das missmutige Gesicht des Jungen erstrahlte, als er Horseman erkannte. Vom Lächeln des Kindes bestärkt zeigte Horseman Dr. Pillai seinen Dienstausweis.

»Entschuldigen Sie, dass ich Ihre Sprechstunde unterbreche, Doktor, aber ich wäre Ihnen sehr verbunden, wenn Sie ein paar Minuten Ihrer Zeit für eine dringende polizeiliche Angelegenheit erübrigen könnten.«

Der Arzt lächelte überschwänglich. »Natürlich, Detective Inspector. Kommen Sie. Kann ich Ihnen kaltes Wasser anbieten, Tee, Kaffee? Mrs Nath bringt Ihnen gern etwas.«

Das bezweifelte Horseman. »Nein danke, Doktor.«

»Wussten Sie, dass fast jeder auf den Inseln hier permanent dehydriert ist, Detective Inspector? Es stimmt! Deswegen sind wir alle so ausgelaugt. Trinken Sie nicht erst, wenn Sie Durst haben, Sir. Wenn Sie Durst haben, dann sind Sie schon dehydriert! Ich wünschte, alle unsere Sportlerinnen und Sportler würden das begreifen – ihre Leistung würde sich ohne Zweifel verbessern. Finden Sie nicht?«

»Da stimme ich Ihnen voll und ganz zu, Doktor. Der Nationaltrainer hat immer darauf geachtet, dass die Mannschaft regelmäßig Wasser trinkt.«

»Freut mich zu hören. Ich bin ein begeisterter Rugbyfan, vollkommen begeistert. Früher habe ich immer gesagt, ich sei der größte Rugbyfan, aber das rief unweigerlich die Erwiderung hervor, ich müsse eigentlich der kleinste Rugbyfan sein, also habe ich damit aufgehört. Schade, dass die Menschen so vorhersehbar sind, finden Sie nicht?« Enttäuscht schüttelte er den Kopf und drückte dann einen Knopf an seinem Telefon. »Bitte füllen Sie die Wasserkaraffe auf, Mrs Nath. Und keine Anrufe, ich möchte nicht gestört werden, danke.«

Nachdem die Sprechstundenhilfe schweigend einen gefüllten Krug auf das weiße Häkeldeckchen gestellt und sich ebenso schweigend wieder zurückgezogen hatte, schenkte Dr. Pillai ihnen zwei Gläser ein, lehnte sich in seinem Sessel zurück und zuckte die Achseln. »Ich persönlich hatte nicht die Statur für Rugby. Genug Mumm hatte ich wahrscheinlich auch nicht, aber weil ich nie in eine Mannschaft gewählt wurde, wurde das auch nicht auf die Probe gestellt. Ich war klein und schnell und bin in der Fußballmannschaft gelandet, aber ich war nie mit dem Herzen dabei.« Einen Augenblick sah er aus dem Fenster, dann lächelte er Horseman wieder zu. »Aber ich schweife ab und dränge mich Ihrer kostbaren Zeit auf, Detective Inspector. Was führt Sie zu mir? Ich hoffe, ich kann Ihnen weiterhelfen.«

»Das hoffe ich auch, Doktor. Ich muss mit Dr. Chakra sprechen, kann ihn aber nirgendwo erreichen.«

»Aha, Dr. Chakra also. Er behält tatsächlich lieber für sich, wo er sich aufhält.« Dr. Pillai gluckste und wackelte mit dem Kopf, sodass seine schwarze Haarpracht hin und her wogte.

»Das habe ich bemerkt. Warum?«

»Ach, Sie wissen schon. Wenn die Leute erst einmal wissen, dass man Arzt ist, halten sie einen für öffentliches Eigentum, vierundzwanzig Stunden am Tag verfügbar.«

»Klingt so schlimm, wie Polizist zu sein.«

»Gut gekontert, Detective Inspector. Ich sehe, Sie verstehen das.« Er lächelte und wackelte noch ein wenig mit dem Kopf.

»Ich habe gehört, dass Mrs Chakra ihre Kinder in Auckland besucht. Hat er Ihnen gegenüber erwähnt, dass er sich ihr anschließen wolle?«

»Nein, aber das ist gut möglich. Er reist viel.«

Dr. Pillai erhob sich, um nach einem Visitenkartenhalter zu greifen, der neben Horseman stand, und Horseman blickte unweigerlich auf den dichten Haarschopf. Es wäre unmöglich, hier einen Scheitel zu ziehen. Der Duft nach Rasierwasser stieg ihm in die Nase.

»Ich habe schon eine Karte, danke. Gibt es noch eine andere Nummer, unter der ich ihn erreichen könnte?«

»Ich fürchte, ich habe nur die auf der Karte. Es tut mir leid, dass ich Ihnen nicht weiterhelfen kann, Inspector Horseman.«

Als Horseman wieder vor dem Gebäude auf der Straße stand, rief er im Revier an. »Keli, ich glaube, Chakras wahrscheinlichster Aufenthaltsort ist Auckland. Bitte die Airlines, als Erstes bei ihren Flügen nach Neuseeland nachzusehen.«

»Schon erledigt, Boss.«

»Wie läuft es mit dem neuen Kollegen?«

»*Io*, ist ein engagierter Junge. Ich mache ihn mit allem vertraut«, antwortete Taleca.

Horsemans Bein tat mittlerweile weh, und er beschloss es ein wenig zu lockern und durch das Straßengewirr hinter dem Markt und an den Geschäften vorbei zurück zum Revier zu gehen. Es würde nur ein paar Minuten länger dauern, und der Spaziergang würde ihm Zeit zum Nachdenken verschaffen. Er stapfte den Hügel hinab.

Er war gerade in die Thomson Street eingebogen, als er ein beharrliches rhythmisches Klopfen gefolgt von einer vertrauten Stimme hörte, die der Öffentlichkeit ihre Dienste anpries.

»Schuh-putz, die Dame, Schuh-putz, der Herr.« Klopf, klopf, klopf. »Das glänzt wie ein Spiegel, glänzt wie ein Spiegel.« Klopf, klopf, klopf.

Der Junge saß hinter einer Sperrholzkiste und schlug energisch mit seiner Schuhbürste darauf ein, dass es so gebieterisch klang wie das Trommeln einer *Lali*. Er sang und trommelte ohne Unterbrechung, selbst wenn keine Kunden für seine Dienstleistung in Sicht waren. Horseman war aufs Neue erstaunt, dass in einer Stadt, in der die meisten Füße, wenn überhaupt, in Flipflops steckten, irgendjemand mit Schuheputzen sein Geld verdienen konnte. Aber ein paar Männer und ständig wie aus dem Nichts auftauchende Jungen bekamen es hin, sich auf diese Weise auf den Straßen von Suva so etwas wie einen Lebensunterhalt zu verdienen. Er näherte sich dem Jungen von hinten und stellte dann entschieden einen Fuß auf die Kiste. Der Junge erschrak, doch als er seinen Kunden erkannte, rief er vor Freude auf.

»Joe! Joe! *Bula, Bula*! Sag ich doch, dass du wiederkommst! Ich hab's doch gesagt!«

»*Bula*, Tevita. Es ist gut, wieder hier zu sein, und noch besser, dich zu treffen! Wie geht es dir? Erzähl mir von dir, während du meinen staubigen Schuhen deine beste Politur verpasst.«

Das Lächeln des Jungen erstarb. »Joe, du hast schwarze Schuhe. Ich hab aber keine schwarze Schuhcreme. Geht auch braune?«

»Nein, Tevita, das geht auf keinen Fall. Warum hast du kein Schwarz?«

»Ein *Ovisa*, der hat mich immer schikaniert, Joe. Die anderen Jungs auch. Zweimal hat er zu mir gesagt, weg hier, du darfst hier keine Schuhe putzen. Der hat meine Kiste genommen, meine Schuhcreme und meine Lappen. Meine Bürste hab ich aber in meiner Tasche, zum Glück, was? Dann hab ich mir die Kiste von meinem Freund geliehen. Der hat mir geholfen – wir haben uns immer abgewechselt mit den Kunden. Ich hab zwei Wochen gebraucht, bis ich genug gespart hab für meine neue Kiste und eine Dose braune Kiwi-Schuhcreme. Mehr Leute haben braune Sandalen.«

»Sicher, dass du die Wahrheit sagst, Tevita?«

In unschuldigem Protest riss der Junge die Augen auf. »Natürlich, Joe, frag die anderen Jungs!«

»Weißt du, wie der Polizist heißt?«

»Nein, Joe. Der *Ovisa* hat seinen Namen nicht gesagt. Der hat nur unser Zeug geklaut und uns weggejagt.« Horseman wusste, dass er die Angelegenheit verfolgen musste. Beliebt würde er sich damit bei den Kollegen in Uniform nicht machen. Zu schade.

»Wo bist du untergekommen?«

Der Junge wich seinem Blick aus.

»Wo, Tevita?«

»Tribüne im Albert-Park-Stadion, Joe. Mit ein paar anderen Jungs.«

Horseman holte tief Luft. »Tevita, bevor ich nach Amerika gefahren bin, hast du im Flagstaff Hostel bei Father Francis gewohnt. Du hast mit den anderen Schuhputzjungs im Junior Shiners Team Rugby gespielt. Father Francis hatte dich an der Berufsschule angenommen, damit du eine Tischlerlehre machst. Jetzt sitzt du wieder hier an der Jubilee-Passage, und du kannst nicht einmal deine eigene Schuhputzkiste zimmern, du musst eine kaufen. Was ist passiert, Tevita?«

»Joe, wenn du mir Geld leihst für schwarze Kiwi, dann polier ich dir die Schuhe, bis sie glänzen wie Spiegel, und dann erzähl ich dir, was passiert ist. Ich krieg die Kiwi immer im Schuhladen da in der Passage.« Er verfiel in das einschmeichelnde Jammern des professionellen Bettlers. »Weil du mein Freund bist, Joe.«

Horseman konnte dieses unwürdige Beschwatzen nicht ertragen, aber was sollte er tun? »Tevita, du bist unglaublich. Warte hier, ich will nicht, dass du Kunden verlierst. Bin gleich wieder da mit der Schuhcreme.«

Als er zurückkam, polierte der Junge gerade energisch die braunen Sandalen eines Büroangestellten. Da die enormen Füße darin exakt dieselbe Farbe wie die Sandalen hatten, würde es nichts ausmachen, dass die Schuhcreme die Haut zwischen den Riemen beschmierte. Der Kunde gab dem Jungen eine Fünfzigcentmünze, die Tevita geringschätzig musterte.

»Tevita, du ermunterst die Kunden nicht gerade, wiederzukommen, wenn du so aussiehst. Sei fröhlich, sag *Vinaka*.«

Der Junge schlug mit der hölzernen Rückseite seiner Bürste einmal an die Seite der Kiste. Folgsam platzierte Horseman seinen rechten Fuß darauf. Der Junge bürstete erst den Staub ab und tippte dann mit einer Spitze der Bürste leicht auf die Oberfläche der schwarzen Schuhcreme.

»Er soll mir aber mehr geben, Joe. Das kann er sich doch leisten«, grummelte Tevita.

»Dann solltest du von vornherein sagen, dass einmal gut Schuhe putzen einen Dollar kostet.«

Der Junge schwieg einige Augenblicke, während er den Schuh mit der mageren Ration Schuhcreme einrieb, dann nahm er sein Poliertuch, die Vorderseite eines Baumwoll-T-Shirts.

»Aber manchmal krieg ich auch zwei Dollar«, widersprach er.

Horseman gab auf, zu argumentieren. »Wie du meinst, Tevita. Ich bin sicher, du findest heraus, wie es am besten klappt. Jetzt erzähl, was ist im letzten Jahr bei dir los gewesen?«

»Joe, Father Francis ist ja in Ordnung, aber ein paar Jungs im

Hostel, die haben auf mir herumgehackt, die können mich und alle neuen nicht leiden. Die haben mir meine Sachen geklaut.« Sein Poliertuch huschte blitzschnell über Horsemans Schuh. Dann hielt er inne und begutachtete das Ergebnis. »Wie ein Spiegel, oder, Joe?« Er schlug wieder gegen seine Kiste, und Horseman wechselte den Fuß.

»Großartige Arbeit, Tevita. Erzähl weiter.«

»Im Februar ist Father Francis mit mir und noch zwei Jungs zur Berufsschule gefahren nach Korovou. Das war so hart, Joe.«

»Warum?« Er wusste, es wäre die gleiche alte zutiefst deprimierende Geschichte.

»Da ist nix los da oben, Joe. Und wir mussten die ganze Zeit in der Schule bleiben. Am Samstag bin ich mit dem Bus nach Suva und Montagfrüh zurück.« Er sah auf, sein Blick von Schmerz gezeichnet. »Das gab einen Riesenärger, Joe, sie meinen, ich wär weggelaufen. Den ganzen Samstag müssen die Jungs in der Schule arbeiten, die Küche putzen, den Garten machen. Hat mir niemand gesagt. Wie die Sklaven.«

Horseman versuchte es doch noch einmal mit Argumenten. »Findest du es nicht gerecht, wenn du als Gegenleistung für deine Ausbildung arbeitest, Tevita? Die Schule ist das, was du daraus machst. Ich dachte, Tischlern würde dir gefallen. Offensichtlich habe ich mich geirrt.«

»Tischlern ist in Ordnung, aber nicht leicht, Joe. Überhaupt nicht! Alles müssen wir noch mal machen, wenn es nicht richtig ist. Keine Ahnung, warum meine Arbeit nicht gut genug ist. Wozu eine Schwalbenschwanzverbindung? Viel zu schwer. Leim und Nagel reichen doch. Ich glaube, Kfz-Mechaniker ist besser, oder? Deswegen bin ich zurück nach Suva und warte auf den nächsten Kurs. Ungelogen, Joe.« Der Junge grinste zufrieden.

Horseman beschloss, sich, sobald er konnte, von Father Francis seine Version der Ereignisse anzuhören. Er hatte gehofft, dass der Junge auf einem guten Weg war. Es ärgerte ihn, wenn er fidschianische Jungen auf der Straße in der Stadt leben sah; jeder einzelne von ihnen gehörte einem Clan an, selbst wenn sie keine Eltern mehr hatten, und durch den Clan hatten sie einen Anspruch auf Land. Sie entflohen der Autorität des Dorfes und der Schule und warfen ihr Erbe weg für die gefährliche Freiheit und die fragwürdigen bunten Lichter der Stadt. Wenige von ihnen konnten lesen und schreiben, und manche, wie Tevita, sprachen ihre Muttersprache Fidschi auf dem Niveau eines Kleinkinds. Manche liefen vor gewalttätigem Missbrauch davon, der sich als Disziplinierung ausgab; Tevitas Arme und Beine waren vernarbt und seine Nase gebrochen, aber er hatte Horseman nie seine Lebensgeschichte erzählt. Im letzten Jahr war er ein ganzes Stück gewachsen, und wahrscheinlich war er mindestens vierzehn, vielleicht zu alt, um sich an Schulregeln zu gewöhnen.

Erneut hörte Horseman das laute Klopfen. Er nahm seinen Fuß von der Kiste. »*Vinaka*, Tevita, jetzt sehen sie toll aus.«

»Wie ein Spiegel«, stimmte der Junge zufrieden zu. »Du, sag mal, Joe – wann fängst du wieder mit dem Training für Jungs wie mich an?«

»Sobald ich kann, Tevita. Ich frage meine Kollegen auf dem Revier, was aus der Mannschaft geworden ist.«

Tevita schüttelte den Kopf. »Nein, fang neu an, Joe, alle Jungs wollen spielen.«

»Ich sehe, was ich tun kann. Tevita, kennst du Dr. Vijay Chakra? Seine Praxis liegt oben an der Bua Road – Harley Consulting Chambers.«

»Ein bisschen, ich sitze vor der Mittagspause immer vor der Apotheke an der Ecke. Die Leute warten da immer so lange auf ihre Rezepte, da läuft es ganz gut.«

»Hast du ihn in letzter Zeit gesehen?«

»Am Freitag. Da ist er mittags aus der Praxis gekommen, er hat einen weißen Mercedes. Heute Morgen war ich nicht da.« Jetzt lächelte er wieder sein sonniges Lächeln. »Soll ich mich für dich umhören, Joe?«

Die eifrige Ergebenheit des Jungen verscheuchte Horsemans Enttäuschung. »*Vinaka*, aber nein, Tevita. Wenn du ihn siehst, komm aufs Revier und sag mir Bescheid, oder hinterlass mir eine Nachricht.«

Der Junge salutierte. »Geht klar, Joe!«

Als Horseman durch die Jubilee-Passage Richtung Victoria Parade ging, begleitete ihn noch das leiser werdende Klopfen und Singen.

20

DELANARUA ISLAND

Es war noch nicht oft vorgekommen, dass es Singh rein gar nicht gelingen wollte, einem Zeugen seine Befangenheit zu nehmen. Zögerlich und holprig beschrieb Sitiveni Doka, genannt Steve, was er am Samstag getan hatte, aber seine Aussage brachte Singh in ihren Ermittlungen nicht weiter: Er hatte Nisi nach dem offiziellen Mittagessen nicht mehr gesehen. Ihre Erfahrung hatte sie gelehrt, dass die ängstlichsten Zeugen in der Regel rein gar nichts zu verbergen hatten, hingegen sich die flüssigsten und überzeugendsten Geschichten als ein Haufen Lügen herausstellen konnten. Ja, sie würde gern wissen, weshalb Steve Angst hatte, vielleicht würde sie Bill Burgermeister danach fragen. Aber nach zehn Minuten, in denen sie nicht weitergekommen waren, sagte sie: »Ich würde gern noch Ratu Ezekaia sprechen, bevor wir fahren, Steve. Ist er zurzeit im Dorf?«

Wieder ließ er den Kopf hängen und murmelte dem Verandaboden etwas zu. »Könnte sein, ich weiß es nicht … Aber ich kann Sie zu Pfarrer Mosese bringen. Der wird es wissen. Ich … Ich glaube, es wäre besser, wenn er Sie zum Ratu bringt.«

»Das ist eine großartige Idee, Steve. Würden Sie mir den Weg zeigen, bitte?«

An der Schule angekommen gingen sie quer über den saftig grünen Rasen zur Kirche, die viel zu riesig für ein Dorf dieser Größe wirkte. Steve schritt aus, als würde er sich jetzt auf freundlich gesinntem Terrain befinden, und bekräftigte sogar von sich aus nochmals, dass Pfarrer Mosese ihr sicher weiterhelfen könne. Er führte sie zu einem gepflegten weißen Haus mit einem roten Dach. Draußen tüftelte ein kräftig gebauter Mann mit schwarzen, weiß gesprenkelten krausen Haaren an einem Außenbordmotor herum, den er fachmännisch an einen Holzrahmen geklemmt hatte. Das auf Holzklötzen umgedreht liegende Boot daneben sah aus wie eine Schildkröte. Beflissen ging Steve auf ihn zu.

»*Bula*, Reverend Mosese, ich habe Besuch mitgebracht.«

Der Pfarrer legte in Ruhe seine Zange zur Seite und wischte sich die Hände mit einem ölverschmierten Lappen ab. Sein freundliches Lächeln legte sein breites Gesicht in Falten, und seine Augen leuchteten vor unverfälschter Freude auf. Singh wünschte, sie könnte das ebenfalls – einfach lächeln und damit selbst einer Skeptikerin wie ihr das Gefühl vermitteln, erwünscht zu sein.

»*Bula*, Sitiveni. *Bula*, Detective Sergeant. O ja, mir ist bereits zu Ohren gekommen, dass wir eine schöne Besucherin haben.« Er gab ihnen beiden die Hand. Steve entschuldigte sich und eilte davon.

»Sir, ich wollte Sie fragen, ob ich wohl mit Ihnen über Akanisis Tod reden könnte.«

»Ja, natürlich. Setzen wir uns hier auf das Kanu. Kann ich Ihnen einen Tee anbieten? Meine Frau bringt ihn im Nu heraus.«

»*Vinaka*, aber nein, Reverend Mosese. Ich hoffe, ich halte Sie nicht allzu lange von der Arbeit ab. Wir versuchen momentan, uns ein so genaues Bild wie möglich von Akanisi selbst zu machen und von ihren letzten Tagen. Sie müssen sie gut gekannt haben.«

»Sie war noch ein kleines Mädchen, als ich vor zehn Jahren nach Delanarua kam. Sie war wie die meisten fidschianischen Mädchen – lebhaft, verspielt, ein bisschen schüchtern Erwachsenen gegenüber. Vielleicht war sie anfangs etwas ängstlicher als die anderen, aber ich glaube, das hat sich gelegt, als sie älter wurde.«

»Inwiefern?«

»Oh, gar nichts Besonders. Sie wurde erwachsen und damit abenteuerlustiger, vor allem nachdem sie auf Viti Levu im Internat gewesen war. Aber ihre Eltern wollten ihr jüngstes Kind bei sich behalten. Verständlich, aber sie hat sich dem widersetzt. Ich habe sie dabei unterstützt und ihr geholfen, ihre Eltern davon zu überzeugen, sie im Paradise Island Resort arbeiten zu lassen, wo Adi Litia und ihr Onkel Jona ein Auge auf sie behalten konnten. Jetzt bete ich zu Gott um Vergebung dafür, dass ich mich wie ein Narr eingemischt habe. Wenn sie nicht im Paradise Island Resort gearbeitet hätte, wäre sie jetzt nicht tot.« Kummervoll, vielleicht auch im Gebet, senkte er den Kopf.

»Warum wollten ihre Eltern nicht, dass sie die Stelle im Resort annahm?«

Er rieb sich die Augen und sah Singh an. »Ich weiß es wirklich nicht. Ich hielt sie für egoistisch und dachte, sie wollten Nisi im Alter als Gesellschaft und Unterstützung. Das ist eine gängige Praktik hier, und ich halte das in den meisten Fällen für reinen Eigennutz. Gott hat für jedes Leben einen Sinn vorgesehen, und Eltern sollten ihre Kinder dazu ermutigen, nach diesem Sinn zu streben. Aber ihr Bedürfnis, Nisi zu Hause zu behalten, war vernünftig. Das erkenne ich jetzt.«

Singh nickte. »Sie sagten, Akanisi sei ängstlich gewesen, Sir. Hatte sie Angst vor dem Wasser?«

Das dunkle Glucksen des Pfarrers beruhigte sie in gewisser Weise. »Vielleicht, als sie noch ganz klein war, aber Angst vor dem Wasser kann sich hier nicht lange halten. Nein, sie war eine gute Schwimmerin, seit sie ungefähr zehn war. *Oi le*, wie sie tauchen konnte! So anmutig wie ein Vogel. Und als ihr einmal klargeworden war, dass sie es besser konnte als die anderen, hat sie auch gern damit angegeben.«

»Was für einen Eindruck hat sie auf Sie gemacht, als sie letzte Woche zu Hause war?«

»War das erst letzte Woche? *Isa*, das arme kleine Ding. Ich habe sie nicht viel gesehen, die meiste Zeit war sie bei ihren Eltern. Ein paarmal lief sie im Ort herum, und am Sonntag in der Kirche wirkte sie sehr still. Mehr kann ich nicht sagen.«

»Was war mit ihr los?«

»Ich bin nicht sicher. Ich darf nicht zu neugierig sein, und niemand hat mir etwas gesagt.«

»Erzählen Sie mir, wann Sie sie am Samstag zuletzt gesehen haben, Sir.«

»Ich gehörte zu den offiziell Geladenen, und Nisi und eine zweite junge Dame haben uns mit *Salusalu* geschmückt. Du meine Güte, wie würdevoll sie das gemacht haben. Ich habe gesehen, dass sie beim Mittagessen bedient hat, und ich weiß noch, dass ich dachte, sie sehe gut aus und glücklich. Das letzte Mal sah ich sie, als wir mit dem Boot die Insel umrundeten und für die Meereswesen beteten. Sie winkte uns zu. Wie konnte ich ahnen, dass ich sie nie wiedersehen würde?«

Singh hoffte, dass man ihr ihre Aufregung nicht ansah. Der Pfarrer war gerade dabei, ihre Zeitachse zu verlängern. »Wo genau war das, Sir?«

»Ich bin noch nicht oft im Resort gewesen – lassen Sie mich nachdenken. Ich weiß noch, dass Ratu Zeke mir das Forschungscamp am langen Strand zeigte, es war danach. Wir umrundeten die Landzunge, bogen aber nicht in die nächste Bucht ein, weil dort niemand wartete. Ja, es muss auf dem letzten Abschnitt vor dem Strand bei den Personalunterkünften gewesen sein.«

Singh öffnete ihren Rucksack und holte eine Karte und einen Bleistift hervor. »Könnten Sie die ungefähre Stelle hier auf der Karte markieren, Sir?«

Der Pfarrer zog zustimmend die Augenbrauen hoch und sah sich die Karte genau an, bevor er eine gewellte etwa zwei Zentimeter lange Linie einzeichnete. »Ganz präzise kann ich es nicht bestimmen, aber sie waren hier in diesem Bereich«, erklärte er, bevor er Singh die Karte zurückgab.

»Waren es mehrere?«

»Ja, Nisi stand dort mit zwei Männern, ich weiß aber nicht, wer sie waren.«

»Sind Sie sicher, dass es Akanisi war?«

»Ja, wir waren vielleicht fünfzig Meter entfernt, aber ich habe sie sofort erkannt. Sie rief etwas und winkte, sie schien aufgeregt.«

»Was hatte sie an, Sir?«

»Die gleiche Dienstkleidung, die auch die anderen Angestellten an dem Tag trugen. Ein schwarzer *Sulu* und ein *Bula*-Hemd mit den Rugbyfarben von Fidschi. Es sah fantastisch aus.« Er lächelte flüchtig.

»Hatten die Männer auch die Dienstkleidung an, Sir?«

»Nein, nein, das hatten sie nicht … Wobei, einer von ihnen hatte vielleicht das Hemd an – er trug einen schwarzen *Sulu* und ein weißes Hemd, und Nisis Bluse sah vom Boot aus auch einfach weiß aus, wenn ich darüber nachdenke. Der andere … Ich glaube, einfach Shorts und T-Shirt, darauf habe ich nicht geachtet. Sie sahen aus wie Gäste, die sie mitgenommen hatte, weil sie das Spektakel von dort aus besser verfolgen konnten.«

»Warum dachten Sie, es seien Gäste?«

Der Pfarrer lächelte. »Ich habe gar nicht darüber nachgedacht, ich nahm es einfach an, und ich könnte auch ganz falschliegen. Wir waren nur noch ein paar Minuten von der Zuschauermenge am Resortstrand entfernt. Ich vermute, mein Eindruck beruhte darauf, dass es Ausländer waren.«

Singh behielt ihr Pokerface bei und fuhr neutral fort. »Verstehe. Können Sie sie beschreiben?«

»Einer sah europäisch aus – er war dünn, ein bisschen größer als Nisi, hatte eine Kappe auf. Das war der im *Sulu* und weißen Hemd – es könnte die Dienstkleidung gewesen sein. Der andere war kleiner, aber an ihn kann ich mich nicht genau erinnern.«

»*Vinaka*, Reverend Mosese, das hilft uns sehr. Vielleicht sind Ratu Ezekaia Akanisi und die Männer auch aufgefallen. Ist der Ratu gerade im Dorf?«

»Nein, leider nicht, Detective Sergeant. Er ist heute in eines der Dörfer im Süden gefahren.«

Singh wagte zu hoffen, dass sie soeben einen echten Hinweis zu Nisis Tragödie aufgedeckt hatte, und vor allem, dass ihr Boss ihr damit nicht zuvorgekommen war.

21

SUVA

Um sieben Uhr abends saß Horseman in einem Klubsessel aus Schilfrohr in der Bar im Waterfront Hotel mit gutem Blick auf den Eingang zum Foyer. Das bequeme Sesselpolster, die klimatisierte Luft, das eisgekühlte Fiji Bitter vor ihm und die dezenten Klänge einer lässigen Jazzgitarre, die die Geräuschkulisse der gut besuchten Bar dämpften, nahmen seinem Verdruss ein wenig die Schärfe. Er dachte an Melissa – mit Gewissensbissen. Er hatte heute nicht die Gelegenheit gehabt, sich mit seinem Laptop irgendwo einzuloggen. Direkt vor ihm jedoch sah er ein Schild, das verkündete, die Lounge und Bar des Waterfront Hotel biete WLAN an. Noch eine Neuerung. Aber er hatte seinen Laptop auf dem Revier gelassen.

Er ging an die Rezeption, zeigte seinen Dienstausweis und bat darum, einen der Gästecomputer benutzen zu dürfen. Die Rezeptionistin reichte ihm eine Karte mit Benutzernamen und Passwort und zeigte auf eine Nische mit zwei Hotel-PCs. Als er bezahlen wollte, lehnte sie lächelnd ab. Warum war er nicht schon eher darauf gekommen? Melissa hatte ihm bereits zwei Nachrichten geschrieben, die voller Liebe, Abschiedsschmerz und humorvoller Ratschläge waren. Horseman war eine Niete darin, seine Gefühle auszudrücken, aber nach drei Anläufen klickte er entschieden auf ›Senden‹. Egal wie armselig es sein mochte, sie brauchte ein Lebenszeichen von ihm. Morgen würde er sich eine Telefonkarte besorgen.

Matt Young kam in die Bar spaziert und ließ sich mit seiner schlaksigen Gestalt Horseman gegenüber in den Sessel fallen.

»Tut mir leid, dass ich zu spät bin, Kumpel. Bleib sitzen, du siehst fix und fertig aus.«

Horseman gab dem Kellner ein Zeichen für ein weiteres Bier. »Es kommt mir wie eine Ewigkeit vor, seit ich gelandet bin. Dabei war es erst gestern! Ich kann es nicht glauben.«

»Dir wird nach deinem ausgiebigen Urlaub im Land der unbegrenzten Möglichkeiten also keine Ruhepause gegönnt? Ich wette, das war eine Anordnung von ganz oben.«

Horseman brachte ein müdes Lächeln zustande. »Es würde mir ja nichts ausmachen, wenn ich nur weiterkommen würde, Matt. Aber ich laufe mir jetzt seit zwei Tagen die Hacken ab, und niemand kann oder will mir etwas Brauchbares erzählen; ich häufe nur massenhaft Papierkram für die Akten an. Mit jedem Tag wird die Wahrscheinlichkeit kleiner, dass wir den Fall lösen. Ich bekomme eine Woche, um mich mit Nisis Tod zu beschäftigen – wenn wir bis dahin nichts Handfestes haben, werden uns Ressourcen abgezogen. Falls Nisi ermordet wurde, dann bin ich es ihr und ihrer trauernden Familie schuldig herauszufinden, wer sie umgebracht hat und warum. Ich darf jetzt nicht versagen.«

»Du bist nicht der einsame Reiter, Horseman, glaub mir.«

Horseman grinste. »Nein, Sergeant Singh wirkt kompetent, und ich weiß, dass Kelepi Taleca unheimlich effizient arbeitet, ich kann mich glücklich schätzen, dass ich ihn dabeihabe. Heute Nachmittag habe ich noch einen blutigen Anfänger zugeteilt bekommen, der zumindest mit Begeisterung bei der Sache ist.«

Der Kellner stellte ein gekühltes Glas auf den Tisch und goss mit schwungvoller Geste das Bier ein. Matt Young prostete Horseman zu, trank das Glas in mehreren ruhigen Zügen halb leer und stellte es dann exakt mittig ausgerichtet auf dem Untersetzer ab.

»Kumpel, ich hab dir auch was zu erzählen.« Er machte eine bedeutungsvolle Pause. »Ich habe mir noch mal das Gehirn angeschaut. Ich bin inzwischen der Meinung, dass die Kopfverletzung mit ziemlicher Sicherheit nicht bei einem Sturz oder beim harten Aufschlag ins Wasser entstanden ist. Wenn man fällt und sich den

Kopf anschlägt, beschädigt das nicht nur dort das Gewebe, wo der Aufprall stattgefunden hat, sondern es gibt in der Regel auch weniger schwere Gehirnverletzungen gegenüber, auf der anderen Schädelseite – das nennt man Contrecoup-Verletzung. Und davon kann ich keine entdecken. Überhaupt keine. Das Wasser würde den Stoß leicht abmildern, aber trotzdem würde ich erwarten, etwas zu sehen.«

»Ich sollte es besser wissen, als dich zu fragen, aber kannst du mit Sicherheit sagen, dass sie sich die Verletzung zuzog, bevor sie ins Wasser fiel?«

»Ja, du solltest es besser wissen, Kumpel. Ich habe gesagt, dass ein Sturz oder ein Aufprall beim Eintauchen weniger wahrscheinlich ist. Ausschließen kann ich es dennoch nicht gänzlich. Bisher. Aber der toxikologische Befund könnte uns weiterbringen. Vielleicht hat die Kriminaltechnik morgen etwas. Oder übermorgen.« Young leerte sein Glas.

Sergeant Singh erschien in der Lobby und sah sich um. Sie trug die Haare nicht mehr zusammengebunden, und sie glänzten auffällig. Irgendwie hatte sie es auch geschafft, sich umzuziehen, und trug nun einen sich um ihre Hüften schmiegenden schwarzen Rock und ein locker fallendes silbrig graues Oberteil. Horseman stand auf und winkte. Auf ihrem Weg durch die Bar zu ihnen zog sie mehrere Blicke auf sich. Horseman stellte sie Dr. Young vor.

»Freut mich sehr, Sie kennenzulernen, und ich freue mich darauf, mit Ihnen zusammenzuarbeiten, ähm, Detective Sergeant Singh. Nein, so kann ich Sie auf keinen Fall nennen. Oder?«

Sie lächelte belustigt. »Wenn Sie möchten, ja, aber wenn es Ihnen lieber ist, nennen Sie mich Susie.«

»Dann gern Susie, das passt besser zu Ihnen. Was möchten Sie trinken?«

Singhs Chapman Soda wurde im Nu serviert. Sie warf beiden Männern einen Blick zu und hob ihr Glas. »*Bula*, das habe ich gebraucht. Ich habe heute viel zu viel Zeit in winzigen Booten verbracht.« Sie tranken. »Wie sieht es aus, die Herren?«

Während Dr. Young seine vorläufigen Erkenntnisse aus der Obduktion für Singh wiederholte, trank Horseman sein Bier aus und hörte nur mit halbem Ohr zu. Tevita wieder auf der Straße zu sehen hatte ihn mindestens genauso aufgewühlt wie der Stillstand in ihrem Fall. Schließlich waren Tevita und die anderen Straßenjungs auf einem guten Weg gewesen, bevor er in die Staaten gegangen war. Zumindest hatte er das gedacht. Die Vorstellung, dass ein paar seiner Kollegen sich einen Sport daraus machten, die Schuhputzjungs zu schikanieren, deprimierte ihn. Allerdings bereute er sein Gespräch mit dem diensthabenden Kollegen auf dem Revier vor zwei Stunden. Der Mann hatte abgestritten, dass die Streifenpolizisten übereifrig eingriffen, und von Schikane hatte er nichts hören wollen, ganz zu schweigen von Forderungen nach Schutzgeld. Wenn Horseman sich zu sehr in die Angelegenheiten der örtlichen Polizei einmischte, würde es das Wohlergehen der Jugendlichen nicht fördern, das wusste er. Und er konnte den letzten besorgten Worten des Kollegen in Bezug auf die Angelegenheit nur zustimmen.

»So oder so, Joe, diese Jungs sollten nicht auf der Straße hocken, sondern etwas Nützliches mit ihrer Zeit anstellen – zur Schule gehen oder in die Landwirtschaft. Hier in der Stadt gibt es keine Arbeit für sie, da ist es nur eine Frage der Zeit, bis sie in der Kriminalität landen. Sie bringen Schande über ihre Clans und ihre Dörfer. Die Ausländer müssen doch denken, dass wir uns nicht um unsere Kinder kümmern, dass wir sie verwildern lassen.«

Horseman hatte gesehen, in was für einer verzweifelten Notlage sich eine noch größere Anzahl von Straßenkindern in den größeren und reicheren Städten im Ausland befand, doch er murmelte zustimmend und wechselte das Thema.

»Was ist aus der Rugbymannschaft der Jungs geworden, Vili?«, fragte er.

»Oh, damit hatte ich nichts zu tun, aber ich glaube, sie sind immer unzuverlässiger geworden und irgendwann nicht mehr zum Training aufgetaucht. Bei den letzten paar Matches waren es nicht genug

Spieler, deswegen hat der Trainer, Sami, es schließlich abgeblasen. Inzwischen ist er nach Labasa versetzt worden.«

Horseman hörte sich sagen: »Ich werde die Mannschaft wieder aufbauen, Vili. Die Jungs brauchen Rugby – es gibt ihnen eine Aufgabe und Disziplin. Du machst dir doch auch Sorgen um sie. Ich wäre froh über deine Hilfe.«

»*Vinaka*, Joe, aber das ist nichts für mich. Bei diesen Lausejungen würde ich nach zwei Minuten die Geduld verlieren. Aber es wird dir sicher nicht an Helfern fehlen. Viel Glück!«

Also hatte er sich in der Abteilung der Kripo umgehört. Unter zustimmendem Nicken, abgewendeten Blicken und unverbindlichem Gemurmel war Musudrokas Hand in die Höhe geschnellt. Er war begierig darauf, in jeglicher Hinsicht zu helfen. Als Horseman sich auf den Weg zum Waterfront machte, war Musudroka dabei, einen Aushang zur Wiederaufstellung der Mannschaft zu kopieren. Er hatte versprochen, umgehend einen an jedes Schwarze Brett im Gebäude zu heften.

Dr. Young stand auf. »Die nächste Runde geht auf mich, Joe. Noch ein Bier? Lasst uns rausgehen, es sieht so aus, als wäre eine Brise aufgekommen.«

Sie nahmen ihre Getränke mit an einen Tisch am Rand der Terrasse. Die Seebrise war kühl und sanft und trug den Duft von Ingwerblüten aus den Gärten längs der Hafenmauer zu ihnen herüber. Young nahm seine Unterhaltung mit Singh wieder auf.

»Was halten Sie vom Meeresschutzgebiet, Susie? Sie haben mittlerweile doch bestimmt unterschiedliche Standpunkte dazu gehört.«

»Das kann man eigentlich nicht behaupten. Alle scheinen sich darüber zu freuen. Wenn jemand dagegen ist, hat er es mir gegenüber nicht durchblicken lassen. Ich weiß nicht viel über diesen Bereich, aber wenn das Meer dort überfischt ist, dann leuchtet es doch ein, die Fischerei zu verbieten, zumindest eine Zeit lang. Aber ich frage mich vor allem, ob die Verbote eingehalten werden. Die Wissenschaftler glauben ja, aber ich bin nicht sicher, wie viel Kontrolle der Ratu und seine Männer letztlich ausüben können.«

Horseman sagte: »Hoffen wir mal, dass es funktioniert. Was Professor Burgermeister mir über die damit verbundene Forschung erzählt hat, hat mich auf jeden Fall beeindruckt. Genau wie seine Begeisterung.«

»Es kann schon funktionieren«, sagte Young. »In Sydney gibt es eine kleine Bucht in der Nähe von Manly, wo ich gewohnt habe, die in ein Meeresschutzgebiet umgewandelt wurde. Ein ziemlich kleines Gebiet, Sand und Felsen mit ein paar Wohnhäusern davor und einem öffentlichen Fußweg die Küste entlang. Es ist immer einiges los, ich glaube, deswegen funktioniert es auch – es wäre nicht so leicht, dort zu fischen oder irgendetwas anderes zu machen, ohne dass jemand es mitbekommt. Und die Veränderung ist immens! Überall Fische, in allen Größen, und sie haben überhaupt keine Angst vor Menschen. Und Anemonen mit Clownfischen, Krebse, Meeresschnecken, Seesterne, alles! Alle im Bezirk sind stolz darauf. Die Leute kommen aus ganz Sydney zum Schnorcheln, mehr als vorher zum Fischen kamen.«

Sie unterhielten sich noch zwanglos weiter, bis sie ihre Gläser ausgetrunken hatten. Dann rutschte Young an die Kante seines Stuhls.

»Ich mache mich dann mal auf den Weg. Ihr beide habt bestimmt noch geheime Polizeiangelegenheiten zu besprechen. Fahrt ihr noch mal rüber nach Paradise?«

»Ja, morgen früh. Wir schauen mal, ob die Erkenntnisse aus der Obduktion die Leute dazu bewegen, mitteilsamer zu werden. Wir nehmen auch das Polizeiboot. Es wird ihnen nicht gefallen, wenn wir damit am Anleger auftauchen und die Gäste verschrecken. Vielleicht hilft das ihrem Gedächtnis auf die Sprünge.«

»Viel Glück.« Young hievte sich aus dem niedrigen Sessel. »Susie, es hat mich wirklich sehr gefreut. Ich melde mich morgen, Joe.«

»Probier's auf meinem Handy, wenn es etwas Neues gibt, Matt. Der Empfang ist drüben nicht ganz zuverlässig, aber es ist einen Versuch wert.«

»Mach ich. Euch beiden noch einen schönen Abend.«

Zwanzig Minuten später hatten Horseman und Singh sich auf den neuesten Stand gebracht.

»Ich konnte ein Polizeiboot organisieren, das das Team und die Spurensicherung gleich morgen früh nach Paradise Island bringt«, sagte Horseman. »Dann informieren wir das Management auch, dass Nisis Tod jetzt nicht mehr als Unfall gilt.«

»Das wird ihnen nicht gefallen.«

»Nein. Wir können ihnen auch von Nisis Schwangerschaft erzählen und versuchen herauszufinden, wer der Vater war.«

»Demnach zu urteilen, was wir bisher gehört haben, würden die meisten auf Maika tippen. Könnte aber auch jemand anders aus Delanarua sein«, bemerkte Singh.

»Stimmt. Aber irgendjemand muss sicher davon gewusst haben. Natürlich knöpfen wir uns Maika diesmal härter vor. Und ich würde auch gern sehen, wie Jona darauf reagiert.«

»Es wäre gut, wenn Ledua uns mehr verraten würde. Nisi und sie schienen sich ziemlich nahegestanden zu haben.«

»Da stimme ich zu. Ich glaube, dass Sie bei Ledua mehr Erfolg haben werden als ich. Ich überlasse sie Ihnen.«

Als sie die Bar verließen, vibrierte Horsemans Mobiltelefon.

»Vijay Chakra, Detective Inspector Horseman. Ich glaube, Sie haben versucht, mich zu erreichen.« Langeweile und Herablassung schwangen in seinem schleppenden, aalglatten Ton mit.

»Ja, das habe ich, Dr. Chakra. Wo sind Sie gerade?«

»In Auckland natürlich. Ich besuche hier meine Kinder. Hat Ihnen das niemand gesagt?« Kurz lachte er auf, ein aufgesetztes, selbstgefälliges Lachen. »Nun ja, gut zu wissen, dass meine Angestellten meine Privatsphäre wahren. Wie kann ich Ihnen helfen, Detective Inspector?«

»Ich muss dringend mit Ihnen über den Tod Ihrer Patientin auf Paradise Island letzten Samstag sprechen, Dr. Chakra. Sie haben Akanisi Leletakus Leichnam entdeckt, Sie sind ein entscheidender Zeuge.«

»Tatsächlich? Bill Burgermeister war doch auch dabei. Hat er

Ihnen nicht davon erzählt? Ich habe getan, was ich konnte, dem Manager erklärt, was er tun muss, weil er es nicht wusste. Ich glaube nicht, dass ich Ihnen irgendetwas erzählen kann, das Sie nicht schon von anderen gehört haben. Wenn nötig, bin ich natürlich dazu bereit, bei der gerichtlichen Untersuchung dabei zu sein.«

»Als Leiter der Ermittlungen muss ich wirklich mit Ihnen reden, Doktor.«

Chakras langsames Seufzen sollte vermitteln, wie schwer seine Geduld bereits auf die Probe gestellt worden war. Horsemans Abneigung steigerte sich mit jedem herablassenden Wort. »Selbstverständlich bin ich gewillt, nach meiner Rückkehr alles noch einmal durchzugehen, wenn die Bürokratie das so verlangt.«

»Und wann kommen Sie zurück, Dr. Chakra?«

»Tja, lassen Sie mich überlegen. Am Mittwochnachmittag bin ich in der Praxis, es muss also Mittwochmorgen sein. Air New Zealand, Direktflug nach Nausori.«

»Dann sehen wir uns am Mittwoch, Dr. Chakra. Auf Wiederhören.« Es würde schwer werden, Dr. Chakra objektiv gegenüberzutreten, nachdem Horseman sich seine höhnische Überheblichkeit hatte anhören müssen. Unterdessen würde die Polizei dem Paradise Island Resort morgen früh bei Ebbe einen förmlicheren Besuch abstatten.

DIENSTAG

22

PARADISE ISLAND

Das Speedboat der Polizei sauste bis an den Rand des Saumriffs und wurde dann langsamer. Der Skipper navigierte vorsichtig mit der Hilfe eines Kollegen im Bug, der durch eine Polaroidbrille ins Wasser blickte. Er steuerte das Ende der Strandmauer an, wo ihn die Gäste, die gerade auf der Terrasse frühstückten oder am Ufer entlangflanierten, sehen konnten. In aller Seelenruhe machte er das Boot fest. Und genauso gemächlich gingen die sechs Passagiere von Bord. Mit System luden die beiden Kriminaltechniker ihre Ausrüstung auf der Strandmauer ab, während die vier Detectives, Horseman, Singh, Taleca und Musudroka, die Mauer Richtung Terrasse entlangliefen. Ehe sie dort ankamen, eilte ihnen der Manager mit Strohhut auf dem Kopf entgegen.

»Guten Morgen, die Herrschaften.« McKenzie lächelte nicht, aber er schüttelte Horseman die Hand und nickte den anderen zu. »Ich hatte heute nicht mit Ihnen gerechnet. Sonst hätte ich Ihnen gern ein Boot geschickt, das Sie abholt.«

Sie hatten den Manager aus dem Konzept gebracht. Gut. »Das ist sehr freundlich von Ihnen, Mr McKenzie, aber das Polizeiboot war verfügbar, da wollten wir Sie nicht unnötig behelligen. Und sobald die Spurensicherung mit dem Tatort fertig ist, kann das Boot sie direkt zum Labor nach Suva bringen, dann sind sie Ihnen aus dem Weg.«

Der Manager runzelte die Stirn. »Tatort? Was zur Hölle geht hier vor?« Dann blickte er sich um, bemerkte, dass einige Gäste interessiert zuhörten, und senkte die Stimme. »Kommen Sie besser mit in mein Büro. Sai, würdest du uns bitte etwas Tee bringen?« Sai, der günstigerweise in Hörweite harkte, machte sich auf den Weg. McKenzie deutete mit dem Kinn auf die Kriminaltechniker, die sich auf der Strandmauer ihre Schutzanzüge überstreiften. »Hätten Sie auch gern einen Tee?« Er konnte nicht anders, als selbst dann noch gastfreundlich zu bleiben, wenn er verärgert war.

»Sie versorgen sich selbst, McKenzie, sie haben ihre eigene Verpflegung im Boot. Bis zur Ebbe ist es noch etwa eine Stunde, sie nehmen sich also als Erstes Akanisis Zimmer vor. Detective Sergeant Singh wird sie hinbringen, während wir uns unterhalten.«

»Wir hatten schon sechsmal Flut, seit Nisis Leiche gefunden wurde! Das ist doch völlig sinnlos!«, protestierte McKenzie. Als sie in seinem Büro Platz genommen hatten, erläuterte Horseman ihm die Ergebnisse der Obduktion. McKenzie erblasste.

Es verstrichen einige Sekunden, ehe er sagte: »Sie müssen Ihr Boot rüber zum Anleger fahren, bevor der Wasserstand zu niedrig ist.« Horseman nickte Taleca zu, der sich umgehend davonmachte.

»Ein Pärchen, das bis nächsten Sonntag gebucht hatte, reist heute schon ab – am Dienstag! Sie meinten, es sei zu aufreibend, an Nisis Tod zu denken. Ich frage mich, wie viele andere es ihnen bis heute Abend gleichtun. Haben Sie eine Vorstellung davon, was Sie unserem Resort antun?«

Horseman blickte dem empörten Manager fest in die Augen. »Wir untersuchen den Tod und möglichen Mord an einer Ihrer Angestellten. Finden Sie nicht, dass das Vorrang hat?«

Mit offenem Mund starrte McKenzie ihn ein paar Sekunden an, dann brauste er auf. »Ja, natürlich, aber Sie müssen doch …«

Zeit, die Schrauben fester anzuziehen. »Es ist in unser aller Interesse, diese Tragödie zügig zu klären. Es würde helfen, wenn Sie offen mit mir reden, Mr McKenzie. Akanisi war schwanger. Wer könnte der Vater gewesen sein?«

McKenzie klappte erneut die Kinnlade herunter. »Ich habe keine Ahnung, genauso wie ich keine Ahnung hatte, dass sie schwanger war.«

»Kommen Sie, warum haben Sie denn ihre Krankschreibung unterstützt?«

»Vijay, Dr. Chakra, hat es empfohlen, aber er hat mir nicht den Grund dafür genannt. Ich bin ein verantwortungsbewusster Arbeitgeber, Inspector. Ich bemühe mich um das Wohlergehen meiner Angestellten, und ich vertraue immer auf die Meinung unseres Arztes, wenn es um Krankschreibungen geht.«

»Jetzt, da Sie wissen, dass sie schwanger war, wen würden Sie vermuten?«

»Sie hat ziemlich viel Zeit mit Maika verbracht, aber ich habe nicht das Recht …«

Horseman unterbrach ihn streng. »Sie haben die Verpflichtung, meine Fragen ehrlich und vollständig zu beantworten, Mr McKenzie.«

»Hören Sie, ich weiß nichts darüber. Ich hätte Maika wirklich nicht erwähnen sollen. Bitte vergessen Sie das wieder.«

»Sie haben etwa zwanzig Angestellte, die auf engem Raum hier zusammenleben, Mr McKenzie. Es ist doch sicher schwierig, die unvermeidlichen Konflikte und Eifersüchteleien zu managen.«

»Überhaupt nicht, ich bin in der Tat erstaunt darüber, wie wenig Probleme es hier gibt. Offenbar kommen alle gut miteinander aus. Sie sind eine glückliche Truppe, eine Familie!«

»Ganz genau, und die meisten Morde geschehen innerhalb des engsten Familienkreises.«

»Ich kann mir nicht vorstellen, dass irgendjemand hier Nisi etwas antun würde, geschweige denn sie umbringen. Ich bin der festen Überzeugung, dass es ein Unfall war.«

Früher oder später würde McKenzie der Realität ins Auge blicken müssen. Es war nie leicht zu akzeptieren, wenn ein Mord im eigenen Umfeld passierte. »Wie hat Akanisi sich mit ihrem Onkel Jona verstanden? Sie hat sich doch auch an der Forschungsarbeit beteiligt. Hat sie es nicht gutgeheißen, dass er Schildkröten fing und sie hier hielt, bis der Preis stimmte?«

McKenzie hob die Hände. »Wovon reden Sie?«

»Von Ihrer glücklichen Truppe, Mr McKenzie. Bitte tun Sie nicht so, als gäbe es hier keine Konflikte und keinen Streit. Das ist ganz natürlich und unvermeidlich. Ich vermute mal, Jona war außer sich, als Sie die Schildkröten freigelassen haben. Für ihn war das sicher wie Diebstahl, meinen Sie nicht? Da war es quasi Auge um Auge, als er Ihren Außenbordmotor stahl, nicht wahr?«

McKenzie lief rot an. Doch dann klopfte es an der Tür, und was auch immer er gerade hatte sagen wollen, blieb ungesagt. Eseta trat ein, stellte ein großes Tablett auf dem Beistelltisch ab und begann das Teegeschirr auf dem Schreibtisch anzurichten.

»Danke, Essie, wir bedienen uns dann selbst.« Eseta warf den Männern einen Blick zu und beeilte sich, das Büro zu verlassen. McKenzies fest verankerte Gastfreundschaft siegte über seine Verärgerung, und er schenkte Tee ein und bot Milch, Zucker und einen gut bestückten Teller mit buttrigem Ingwer-Shortbread an. Horseman würde schweigen, bis McKenzie seine Herausforderung annahm. Sie nippten beide an ihrem Tee, und schließlich stellte der Manager seine Tasse mit einem Seufzen ab.

»Also gut, Sie wissen über die Schildkröten Bescheid. Ich habe keinen Beweis dafür, dass Jona sie gefangen hat. Und was den Diebstahl des Außenbordmotors angeht – das würde Jona nicht tun! Er ist ein führendes Mitglied der Kirche. Jeder hätte den Motor stehlen können.«

»Ja, das stimmt, aber Jona hatte ein Motiv, die Mittel und die Gelegenheit dazu, oder nicht? Sie konnten den Motor bisher nicht ersetzen, deshalb stehen Ihnen weniger Boote zur Verfügung – das kostet Sie sicher eine Stange Geld. Am Samstag, als Jona beim Mittagessen seine Tirade über die ihm von Gott verliehene Herrschaft über die Meerestiere losließ, hat er seinen eigenen Ratu bloßgestellt. Dann hat er das Boot mit dem Ratu darin beinahe zum Kentern gebracht. Ist das Boot noch fahrtüchtig?«

McKenzie schüttelte den Kopf. »Zum Glück ja. Es ist Wasser eingelaufen, als das Dollbord untergetaucht ist, aber die Jungs haben es sofort ausgeschöpft und das Boot im Blick behalten. Kein Leck.

Durch Nisis Tod hat es etwas gedauert, bis wir es für einen anständigen Check auf die Ablaufbahn bringen konnten, aber das hat Jona gestern gemacht. Ich habe dafür gesorgt, dass ich dabei war. Backbord sind unten ein paar Dellen und Kratzer, genau die Art von Schaden, die man bei den Korallen hier und dort längs vom Strand erwarten würde. Die Ebbe war einfach ein bisschen niedriger, als Jona erwartet hatte.«

»Von meiner Warte aus sieht das nach einer vereinten Aktion gegen das Meeresschutzgebiet aus. Ich habe mich gefragt, wie viele der Angestellten hier auf Jonas Seite stehen. Was würden Sie schätzen?«

Der Manager rieb sich müde über die Stirn. »Litia hat mir versichert, dass Jona niemals die Zeremonie ihres Vaters sabotiert hätte, ganz gleich, was er persönlich von den Fischverboten hält. Glauben Sie mir, ich will Sie bei Ihren Nachforschungen zu Nisis Tod unterstützen. Nur wie soll ihr Tod mit der Eröffnung des Meeresschutzgebiets zusammenhängen? Das erschließt sich mir immer noch nicht. Und ich glaube, dass die Angestellten für das Schutzgebiet sind.«

»Für wie wahrscheinlich halten Sie es, dass die Angestellten sich Adi Litia anvertrauen? Aber davon abgesehen, würde es uns sehr helfen, Mr McKenzie, wenn Sie versuchen, sich an alle Vorfälle hier in der letzten Zeit zu erinnern, die womöglich gegen das Schutzgebiet gerichtet waren. Wenn Ihnen etwas einfällt, melden Sie sich bitte sofort bei mir. Und auch wenn es nicht meine Priorität ist, hätte ich gern eine Kopie der Unterlagen, die Sie zu dem gestohlenen Motor haben, das Datum des Diebstahls und so weiter. Ich leite das an unsere Kollegen weiter.« Der Manager nickte. »Und jetzt, wo finde ich Jona?«

Jona Vaturua kam zu seinem Bootshaus neben dem Anleger zurück, nachdem er zugesehen hatte, wie das Polizeiboot vertäut wurde. Horseman wartete an der Tür im Schatten unter dem breiten Dachvorsprung aus Wellblech und Reet auf ihn.

»*Yadra*, Jona Vaturua.«

»*Io, yadra vinaka*, Josefa Horseman.«

Horseman redete weiter auf Fidschi. »Ich würde gern mit Ihnen über den Obduktionsbericht Ihrer Nichte sprechen.«

Jonas volle Lippen pressten sich zu einem schmalen Strich zusammen. Stumm sah er Horseman an.

Ein paar grüne Plastikstühle standen gestapelt neben der Tür, daneben ein dazu passender Tisch mit einer Kokosnussschale als Aschenbecher darauf. »Sollen wir uns setzen?«, schlug Horseman vor.

Jona nickte, und Horseman hob zwei Stühle vom Stapel. Einen stellte er für Jona mit Blick ins Licht, den anderen gegenüber. Nachdem er von der Obduktion berichtet hatte, starrte Jona stumm auf den Aschenbecher, bis Horseman das Schweigen durchbrach.

»Haben Sie gewusst, dass Ihre Nichte schwanger war, Jona?«

Er schüttelte langsam den Kopf und sah dann verwirrt Horseman an.

»Wer, glauben Sie, könnte der Vater sein?«, fragte Horseman.

Als hätte er die Frage nicht gehört, flüsterte der Skipper vor sich hin: »Wie konnte sie nur? Wie konnte sie nur?« Seine Augen füllten sich mit Tränen, und zwei davon rollten ihm die Wangen hinunter, während er seine breiten Hände zu Fäusten ballte.

»Sie wissen doch, dass so etwas ständig passiert, Jona. Auch bei Ihnen im Dorf.«

»Es stimmt tatsächlich, was Sie sagen – wir leben in gottlosen Zeiten. Aber meine Akanisi, nein – ich sollte auf sie aufpassen, wissen Sie. Diese Neuigkeit wird ihre Eltern zerstören. Ich bin verantwortlich.«

»Aber wieso, Jona? Wäre Akanisi nicht gestorben und ihre Schwangerschaft fortgeschritten, dann hätten ihre Eltern den Schock bald überwunden, das Paar hätte geheiratet, die Ankunft des Babys hätte alles, was an Missstimmung noch da gewesen wäre, zerstreut, und alles wäre vergessen gewesen.«

Jona nickte langsam. »Stimmt, das ist wahr.«

»Sie haben doch bestimmt einen Verdacht, wer der Vater ist, oder nicht?«

Jona nickte weiter langsam mit dem Kopf, den Blick gesenkt, so als würde er über Möglichkeiten nachdenken, die ihm bisher noch nie in den Sinn gekommen waren. Horseman ließ ihm Zeit, doch dann entschied er, dass er es hier wohl mit der höflichen fidschianischen Form der Unnachgiebigkeit zu tun hatte, die genauso nervtötend sein konnte wie die vulgären Sticheleien, die die Polizeibeamten in amerikanischen Städten ständig zu hören bekamen. Er schlug eine andere Richtung ein.

»Jona, wie konnte es passieren, dass Sie das Boot mit dem Ratu darin am Samstag auf Korallen auflaufen ließen?«

Sofort blickte Jona auf, und sein dunkles Gesicht verdüsterte sich noch mehr. »Gott vergib mir meinen Fehler. Öffentliche Demütigung ist ein guter Lehrmeister, aber ich wünschte, Gott hätte mich auf eine andere Weise für meinen Stolz bestraft. Ich dachte, ich würde die Gewässer hier gut genug kennen und bräuchte niemanden, der vorn im Bug Ausschau hält, deswegen habe ich Maika angewiesen, im Heck zu bleiben und Ratu Ezekaia und Pfarrer Mosese zu helfen. Vom Steuer aus konnte ich den Meeresboden vor mir nicht sehen, es wurde gerade Ebbe, und das Wasser war etwas flacher, als ich angenommen hatte.« Er schlug sich fest auf die Oberschenkel. »Zum Glück ist Ratu Ezekaia bei solchen Fehlern nachsichtig. Nicht wie früher, hm?« Jonas verschlagener Blick erinnerte Horseman an die tödlichen Folgen, die der Zorn eines Ratu in präkolonialen Zeiten hatte nach sich ziehen können.

Horseman musste zugeben, dass die Ereignisse, wie sie sowohl von McKenzie als auch von Jona geschildert wurden, plausibel waren. »Mir ist die Hypothese zu Ohren gekommen, dass Sie das Meeresschutzgebiet sabotieren wollten.«

»Was für ein Unsinn, der Ratu hat das Schutzgebiet eingerichtet, und daran ist auch nicht zu rütteln, egal ob ein Boot einen Felsen rammt oder nicht. Man kann das Schutzgebiet nicht sabotieren.«

»Stimmt. Aber es muss unangenehm für Ihren Ratu gewesen sein. Sie konnten nicht anders, als Ihren Unwillen zu zeigen, zumindest ein bisschen, nicht wahr? Weil Sie ja jetzt keine Schildkröten mehr fangen können.«

»Was?« Jona riss die Augen auf und starrte Horseman an.

»Die Schildkröten, die Mr McKenzie bei den Personalunterkünften gefunden und freigelassen hat. Das muss doch ein ertragreicher Nebenerwerb für Sie gewesen sein. Sie konnten es sicher kaum erwarten, es ihm heimzuzahlen.«

Jona blickte ihn misstrauisch an, sagte aber nichts.

»Trotzdem, ganz schön riskant, so einen leistungsfähigen Motor zu klauen, oder? Dazu bräuchte man einen ausgeklügelten Plan, Kontakte. Mich würde ja interessieren, wo Sie ihn abgeladen haben, sodass die Polizei nichts davon mitbekommen hat.«

Jona lächelte schwach, als könnte er den Stolz auf seine Leistung nicht unterdrücken. »Ich weiß nicht, wovon Sie reden, *Ovisa*. Ich habe keine Ahnung, wer den Motor gestohlen hat.«

»Also mir bereitet das ganz schöne Bauchschmerzen, Jona. Es fällt mir enorm schwer zu glauben, dass ein wahrer Christ wie Sie so geldgierig sein kann.«

Jona richtete sich auf, faltete seine kräftigen Hände auf dem Tisch und sah Horseman ernst an. »Sie haben recht, Josefa Horseman, meine Taten werden von Gottes Willen geleitet.«

Horseman widerstand der Versuchung, das achte – oder war es das siebte? – Gebot zu zitieren. »Und was ist Gottes Wille für das Meeresschutzgebiet, Jona?«

Der Skipper lehnte sich vor und sah Horseman eindringlich an. Bei dieser Frage war er wieder in seiner Komfortzone.

»Es könnte nicht eindeutiger beschrieben sein, direkt am Anfang der Schöpfungsgeschichte. Gottes Wort weist uns dazu an, über alle anderen Wesen auf der Erde und im Wasser zu herrschen.« Er nickte milde.

»Und was sollen wir tun, wenn wir alle aufgegessen haben?«

Jona war ganz väterliche Fürsorge. »Keine Sorge, das wird nicht passieren, denn unser Gott ist gnädig. Aber selbst wenn es eine Hungersnot gäbe, würde Gott für uns sorgen. Der Glaube ist die Antwort.«

»War Akanisi gläubig, Jona?«

Er presste die Lippen zusammen. »Das war sie. Jedenfalls hatte ich den Eindruck. Sie kam immer zu uns in den Gottesdienst, zum Bibelkreis und zum Chor. Ich kann nicht begreifen, dass sie tot ist.«

»Soweit ich weiß, interessierte sie sich für die Forschungsarbeiten und verbrachte sogar einen Teil ihrer Freizeit damit, den Wissenschaftlern auszuhelfen. Hat sie darüber mit Ihnen gesprochen?«

»Nein. Ich hätte es ihr verboten.«

»Wie hätten Sie das durchgesetzt? Sie war kein Kind mehr.«

»Sie war stolz darauf, hier zu arbeiten, sich ihren Lebensunterhalt zu verdienen, aber sie war auch ein Mädchen, das mehr Aufmerksamkeit auf sich zog, als gut für ihren Charakter war. Ihr Tod hat gezeigt, dass ich recht hatte, sie brauchte eine starke Hand, die sie führte, bei all den Eitelkeiten, denen sie hier im Resort ausgesetzt war. Ich habe mein Bestes getan, aber es war nicht genug.«

»Mussten Sie Ihre Nichte jemals körperlich züchtigen, Jona?«, erkundigte sich Horseman vorsichtig.

»Das ist wohl die schwierigste Aufgabe, die Gott uns auferlegt hat: bei einem Kind, das uns am Herzen liegt, zum Stock zu greifen.«

»Erzählen Sie mir von den Anlässen, zu denen Sie zum Stock gegriffen haben, Jona.«

Der Skipper sah überrascht aus. »Zum Stock gegriffen? Oh, Sie wissen doch sicher, dass das ein Gleichnis war, ich habe die Bibel zitiert. Nein, ich habe nie zum Stock gegriffen. Allerdings habe ich mich als ihr Vormund dazu gezwungen gesehen, sie ein- oder zweimal mit der Hand zu schlagen, ja.« Seine überentwickelten Arme und riesigen Pranken spannten sich an, als die Nerven und Muskeln sich daran erinnerten.

Horseman wartete ab. Jona hielt den Kopf gesenkt und bewegte leicht die Lippen, als würde er seine Geschichte üben. Oder aber er betete. Horseman hatte keinen Zweifel daran, dass Jona ohne Probleme lügen würde, wenn Gott es ihm erlaubte, aber es machte den Eindruck, als hätte er innerlich zu kämpfen. Schließlich musste Horseman das Schweigen brechen.

»Was hat Sie dazu gezwungen?«

»Sie musste lernen, mit ihren kindischen Spielchen aufzuhören, sie musste ehrfürchtig, demütig und bescheiden werden. Sie ging zu leichtfertig mit den jungen Männern hier um, sie machte ihnen falsche Hoffnungen. Und dann die Wissenschaftler … Sie war neugierig auf sie, als sie hier ankamen, aber ich wusste, dass sie Nisi mit ihren gottlosen Lehren vom rechten Pfad abbringen würden. Sie leugnen Gottes Schöpfung!« Seine Stimme steigerte sich zu einem Crescendo verständnisloser Abscheu. »Sie vollbringen das Werk des Teufels!«

»Sind Ihnen bestimmte Männer aufgefallen, die mit ihr geflirtet haben?«

Jona konnte sich nicht länger beherrschen und schlug mit seiner großen Faust auf den Tisch. »Ja, in der Tat, *Ovisa*. Sie sollten mit Guy Dawson sprechen, dem Tauchlehrer, dem *Kaivalagi*, dem Ausländer. Er ist einer dieser typischen Abenteurer ohne Moral, die nur zu uns kommen, um ihr eigenes Glück zu suchen. Sie werden gut bezahlt und beklagen sich noch, während wir Einheimischen dankbar für unseren Hungerslohn sind. Sie verführen unsere unschuldigen Frauen und zeugen uneheliche Kinder, und bevor sie sie überhaupt anerkennen können, sind sie auch schon wieder weg.«

Das war sicher eine Sicht der Dinge. Es gab auch andere. Horsemans eigener mysteriöser Vorfahr war in die Dienste eines Oberhäuptlings einberufen worden, und für diese Dienste war er mit mindestens einer Frau und anderen spontanen Geschenken belohnt worden. All das, weil der Ratu sich ein Pferd wünschte. Horsemans Vorfahr war für immer geblieben und hatte seine eigene Familie gegründet. Hatte er es gewollt? Jeder Fluchtversuch hätte den sofortigen Tod bedeutet. Horseman konnte nur hoffen, dass sein Vorfahr ein glücklicher Gefangener gewesen war.

Nisi hatte davon geträumt, all dem zu entfliehen. Wenn er sich ihren Onkel so ansah, dessen kräftiger Oberkörper sich vor Wut anspannte, bezweifelte er nicht, dass er sie mit einem heftigen Schlag auf den Schädel hätte umbringen können. Moralische Entrüstung, gesteigert von Fremdenhass und womöglich Eifersucht. Aber Jona hätte nicht gewollt, dass sie stirbt. Selbst wenn dieses Szenario bewiesen würde, was höchst unwahrscheinlich war, würde die Anklage lediglich auf Totschlag lauten.

»Was ist mit den fidschianischen Jungen, Jona?«

Er sah ihn misstrauisch an. »Was meinen Sie?«

»Haben die jungen Männer, die hier arbeiten, Akanisi nicht bewundert? Es würde mich wundern, wenn nicht mindestens einer von ihnen in sie verliebt war. Maika zum Beispiel.«

Jona fielen beinahe die Augen aus den Höhlen. »Maika? Wie absurd! Sie waren Spielkameraden, sie kannten sich von Kindesbeinen an. Sie waren Freunde. Alle hier mochten Nisi. Aber ich bin sicher, dass sie sich keusch verhalten haben. Die Personalunterkünfte sind voller wachsamer Augen und Ohren, wissen Sie.«

Horseman dachte an die Palmenwälder und das sandige Buschland, die Strände, die felsigen Buchten und die verwinkelten Schluchten zwischen den Hügeln.

23

PARADISE ISLAND

Die glänzend weiße Tür zum Hauswirtschaftsgebäude schwang auf, als Singh gerade klopfen wollte. Beinahe wäre sie mit einem Stapel frischer Bettwäsche zusammengestoßen, den ein Zimmermädchen vor sich hertrug.

»*Jilou, jilou*, entschuldigen Sie«, sagte die Frau lachend.

Singh lachte ebenfalls. »Entschuldigung, haben Sie Mrs Marama gesehen?«

»Sie sollte gleich wieder da sein. Nehmen Sie drinnen Platz, meine Liebe. Fühlen Sie sich wie zu Hause.«

»*Vinaka*.« Der Lagerraum, in dem Nisi sechzehn lange Stunden gelegen hatte, ehe sie die Insel zum letzten Mal verließ, war nun mit sorgfältig angeordnetem Reinigungsmittel angefüllt. Singh fühlte sich nach der fürchterlichen Fahrt mit dem Speedboat, die die anderen genossen zu haben schienen, etwas schwach auf den Beinen. Sie nahm sich ein Glas und öffnete den Kühlschrank. Er war bis obenhin gefüllt mit Wasserkaraffen sowie Trinkpäckchen mit Saft und Milch. In den Fächern in der Tür standen außerdem Literflaschen mit diversen, interessant aussehenden braunen und grünen Flüssigkeiten darin. Selbst gemachter Eistee und Sirup?

Singh nahm eine Karaffe mit Wasser heraus, schenkte sich ein und trank ihr Glas in einem Zug leer. Ihr war nicht klar gewesen, wie durstig sie war. Sie schenkte sich ein zweites Glas ein und stellte die Karaffe zurück in den Kühlschrank. War das wirklich Eistee in den Flaschen in der Tür? Sie schraubte den Deckel an einer Flasche auf und schnupperte daran. Ein starker, beißender Geruch, ganz anders als Tee oder überhaupt etwas, das man gern trinken würde. Dann also ein Extrakt oder ein Hausmittel.

»Guten Morgen, Detective Sergeant. Oh, das sollten Sie besser nicht probieren!« Ledua klang außer Atem.

»Entschuldigen Sie, Mrs Marama. Mir war ein wenig schwindelig, da habe ich mir etwas kaltes Wasser genommen. Ich habe mich gefragt, ob das in diesen Flaschen Eistee ist.«

Runde Schweißperlen hatten sich auf Leduas Stirn gesammelt und liefen ihr in die Augenbrauen. Die Tropfen an ihrem Hals kullerten unter die türkise Bluse ihrer Dienstkleidung. Langsam kam sie wieder zu Atem. »Das ist völlig in Ordnung. Nehmen Sie sich so viel Wasser, wie Sie möchten. Und bitte nennen Sie mich Ledua! In den Flaschen bewahre ich meine Tonika auf, traditionelle Kräuterheilmittel, wissen Sie.«

»Oh ja, das kenne ich von meiner Mutter. Immer wenn ich zu Besuch bin, verabreicht sie mir irgendwelche Tinkturen. Ich muss zugeben, dass ich noch nie eine Wirkung gespürt habe, ob nun eine negative oder positive.«

Ledua wackelte mit dem Zeigefinger. »Na, aber Sie wissen ja nicht, welche Übel Sie damit abwenden, meine Liebe, oder? Wie würde es Ihnen wohl ohne die Heilmittel gehen?«

»Genau das sagt meine Mutter auch immer. Wofür sind Ihre?«

»Zwei davon sind von mir, die drei anderen stammen von Delanarua, wo die Zutaten wachsen. Zwei der Mittel stärken das Blut und das Immunsystem. Eins ist ein gutes Abführmittel, eins gibt einem wieder Energie, es peppt auf. Ein Gegenmittel für den ganzen Kava, den die Männer heutzutage trinken. Kava ist fürchterliches Zeug, es macht einen so träge! Dann gibt es noch ein Tonikum für Frauen, das die Menstruation reguliert.«

Ledua schaltete den Deckenventilator ein, nahm sich ein Glas und setzte sich zu Singh an den Tisch. Mit einem großen pinken Taschentuch tupfte sie sich das Gesicht ab. »Ganz schön schwül heute, nicht wahr?« Sie lachte. »Hören Sie mich nur an! Fünf Monate lang sage ich alle zehn Minuten das Gleiche!«

»Das tun wir doch alle, Ledua. Sagen Sie, wie vertragen sich Ihre Heilmittel mit der Sprechstunde von Dr. Chakra?«

»Er weiß, dass ich meine Tonika hier habe, und manchmal empfiehlt er seinen Patienten, sich etwas von mir geben zu lassen. Aber normalerweise kommen die Angestellten direkt zu mir, wenn sie etwas Bestimmtes brauchen.«

»Hat Akanisi eines Ihrer Heilmittel eingenommen, Ledua?«

»Ja, das hat sie. Ich hatte den Eindruck, sie sei etwas anämisch, deswegen habe ich sie zu Dr. Chakra geschickt. Er hat ihr Eisentabletten verschrieben, aber sie hat auch weiter das Tonikum eingenommen.«

»Welches war das?« Auf einmal zögerte Ledua, vielleicht weil ihr erst jetzt bewusst wurde, welche Folgen diese so natürlich begonnene Unterhaltung womöglich hatte. »Na ja, sie hat die stärkenden Mittel fürs Blut genommen. Ich kann Ihnen versichern, dass meine Heilmittel völlig harmlos sind, meine Liebe.«

Singh berührte Ledua beruhigend am Arm. »Da bin ich sicher.«

Ledua rang die Hände auf dem Tisch.

»Ich nehme an, Sie haben von den Ergebnissen der Obduktion gehört?«, erkundigte sich Singh.

»Ja, Ian hat mir gerade davon erzählt. Ich würde die Einzelheiten allerdings gern von Ihnen hören.« Ihre Lippen zitterten, genau wie ihre Stimme.

Als Singh geendet hatte, flüsterte Ledua mit gesenktem Blick: »Dann wissen wir also immer noch nicht, wie Nisi gestorben ist. Kann es ein Unfall gewesen sein?«

»Ja, wir können einen Unfall noch nicht komplett ausschließen, Ledua, aber es ist nur schwer vorstellbar, wie das passiert sein könnte. Sie wissen besser als ich, dass die höchsten Klippen auf Paradise nur wenige Meter hoch sind, und alle davon stehen vor Sandstrand, nicht vor Felsen oder dem Wasser. Von einer von ihnen zu stürzen oder auch zu springen wäre wahrscheinlich nicht tödlich. Ein Mord ist da schon viel eher vorstellbar.«

Mit zitternden Händen hielt sich Ledua ihr pinkes Taschentuch vors Gesicht. Vorsichtig fragte Singh nach: »Ledua, wussten Sie oder hatten Sie den Verdacht, dass Akanisi schwanger war?«, und wartete dann ab, bis Ledua wieder sprechen konnte. Ihre Stimme war belegt, als sie antwortete.

»Sie hat es mir nicht erzählt, aber ich wusste es, auch wenn ich hoffte, dass ich falschlag. Ich bin ausgebildete Krankenschwester, wissen Sie. Aber ich habe es nicht über mich gebracht, sie danach zu fragen. Ich hatte gehofft, dass sie sich mir anvertrauen würde.«

»Wer hat Ihnen mitgeteilt, dass sie mit einer Krankschreibung nach Hause fahren würde?«

»Ian, am Tag, als sie abfuhr. Sie hatte sich von Dr. Chakra untersuchen lassen, und er hatte sie krankgeschrieben.«

»Haben Sie mit ihr gesprochen, bevor sie fuhr?«

Ledua schüttelte langsam den Kopf. »Ich hatte nicht mehr die Gelegenheit dazu. Maika sollte an dem Nachmittag einen der Wissenschaftler nach Delanarua bringen, und Ian hatte vorgeschlagen, dass sie mit ihnen fuhr. Das hat sie getan. Ich schätze, Ian wollte nicht noch ein zusätzliches Boot losschicken, wenn er nicht musste.«

»Sie greifen Dr. Chakra unter die Arme, wenn er hier ist, nicht wahr, Ledua?«

»Nicht oft. Ich stelle die Listen der Patienten für ihn zusammen und helfe bei Verbänden und so weiter, wenn er mich darum bittet. Er bringt ziemlich oft Praktikantinnen oder Studentinnen mit, die Arbeitserfahrungen sammeln wollen, dann braucht er mich nicht.«

»War eine Praktikantin dabei, als er Akanisi nach Hause schickte?«

»Nein, aber ich habe ihm an dem Tag nur die Liste gegeben. Er hatte mich nicht gebeten, ihm zu assistieren.«

»Hat er Akanisi Ihnen gegenüber nicht erwähnt?«

Ledua schüttelte den Kopf. »Nein, aber er ist auch niemand, der Details von seinen Patienten preisgibt. Das immerhin rechne ich ihm an.«

»Erzählen Sie mir mehr von Dr. Chakra, Ledua. Sie haben bestimmt schon eine Menge Ärzte kennengelernt. Wie würden Sie ihn einschätzen?«

Ledua zögerte. »Ich bin wohl kaum dazu qualifiziert, Ärzte zu beurteilen …«

Singh sprach behutsam. »Wer könnte das besser als eine erfahrene Krankenschwester? Es würde mir dabei helfen, mir ein Bild davon zu machen, wie seine Sprechstunden ablaufen, was Akanisi erlebte, bevor sie starb.«

»Ich kann Ihnen lediglich sagen, dass er einen kompetenten Eindruck macht. Aber er wirkt auch auf eine Art nachlässig. Nein, das ist das falsche Wort, ich meine nicht, dass er Fehler macht. Soweit ich weiß, tut er das nicht. Aber auf mich wirkt er immer recht gleichgültig, er gibt sich nicht besonders viel Mühe. Als würde er alles schnell abwickeln wollen, weil es ein Vorwand für seine schmutzigen Wochenenden ist.«

»Schmutzige Wochenenden?«

Ledua verdrehte verächtlich die Augen. »Mit den Praktikantinnen, natürlich! Es sind alles Frauen, alle hübsch. Wenn er eine im Schlepptau hat, bleibt er in der Regel über Nacht. Sie übernachten alle bei ihm in der *Bure* – natürlich kann er von Ian nicht erwarten, dass er eine zweite Unterkunft kostenlos zur Verfügung stellt! Unsere Damen bedienen ihn beim Abendessen nicht gern, das kann ich Ihnen sagen!«

»Können die Angestellten Dr. Chakra nicht gut leiden?«

»Nun ja, ich will nicht übertreiben. Sie sind froh, dass er seine Sprechstunde gibt, und sie vertrauen darauf, dass er weiß, was er tut. Ich kann aber nicht behaupten, dass irgendjemand ihn besonders gern mag. Seine Sittenlosigkeit verärgert manche der gläubigen Christen unter den Angestellten zutiefst.«

»Wie Jona zum Beispiel?«, fragte Singh. Ledua zuckte die Achseln und wandte den Blick ab.

»Ledua, die Spurensicherung wird heute Vormittag herkommen und den Lagerraum inspizieren, in dem Akanisis Leichnam aufbewahrt wurde. Sie werden auch Proben der Heilmittel nehmen müssen, um sie im Labor analysieren zu lassen.«

Ledua nickte stumm.

»Bis dahin wäre ich froh, wenn Sie noch eine zusätzliche Erklärung abgeben könnten, in der sie die Tonika aufführen, die Akanisi eingenommen hat, in welcher Dosierung und über welchen Zeitraum. Lassen Sie uns das jetzt gemeinsam durchgehen.«

Als Horseman beim Hauswirtschaftsgebäude vorbeischaute, als er gerade auf dem Weg war, um Jonas Unterlagen zu den Booten zu kopieren, war er überrascht, dass er Singh mit einer schweigsamen Ledua schreibend über den Tisch gebeugt vorfand. Beide Frauen blickten auf und sahen ihn beinahe schuldbewusst an. Singh lächelte. Sie sprang auf, um ihm ein Glas zu holen, und schenkte ihm kaltes Wasser ein. »Setzen Sie sich, Sir, trinken Sie etwas. Wir sind gerade dabei, Mrs Maramas ergänzende Erklärung zu beenden.«

»*Vinaka*, Sergeant.« Er trank sein Glas im Stehen leer, entschuldigte sich bei der Hausdame und kehrte zurück nach draußen ins Dampfbad. Singh folgte ihm. »Sind Sie auf Gold gestoßen, Susie?«

»Nicht ganz, aber es könnte uns weiterhelfen.« In knappen Worten legte sie ihm dar, wie sie zufällig auf die Heilmittel gestoßen war.

»Gut gemacht, großartige Arbeit. Ich suche jetzt Maika. Guy Dawson ist auf einem Tauchgang, mit ihm rede ich, wenn er wieder da ist. Kelepi und Musudroka sind am Riff mit den Kriminaltechnikern. Ich hole Musudroka her, damit er das Gebäude hier bewacht. Niemand darf hinein, bis die Spurensicherung fertig ist.«

»In Ordnung, Sir. Ich brauche noch mindestens eine Viertelstunde mit Ledua. Dann gehe ich zum Forschungscamp, um die Leute dort auf den neusten Stand zu bringen.«

»Gut, aber es gibt inzwischen eine Erschwernis. Mr McKenzie hat mir gesagt, dass der Professor heute ins FIMS zurückgekehrt ist. Ich möchte aber trotzdem, dass er von uns von der Obduktion erfährt. Warum nehmen Sie nicht das Boot mit dem Team zurück nach Suva, wenn Sie mit den Jungs im Camp fertig sind, und besuchen den Professor dort? Es kann gut sein, dass es bei mir noch länger dauert. Ich möchte mir Zeit lassen mit Maika, und dann spreche ich ja auch noch mit Guy Dawson nach seinem Tauchgang.«

»Klar. Wollen Sie, dass das Boot danach zurückkommt, um Sie abzuholen?«

»Wenn es geht, ja. Aber ich weiß, dass Mr McKenzie mir nur zu gern ein Boot zur Verfügung stellen würde, das mich wegbringt!«

Horseman stand auf der Strandmauer und blickte über die weite Fläche grauen Gerölls zu seinem Team am Riff. McKenzie hatte recht, es war höchst unwahrscheinlich, dass sie nach sechs Gezeiten etwas finden würden, aber die Suche musste gründlich durchgeführt werden. Bei der Vorstellung von Nisis Leiche zwischen den scharfen Korallen lief ihm ein Schauer über den Rücken. Er funkte Kelepi an und bat ihn, Musudroka herzuschicken.

24

PARADISE ISLAND

Horseman fand Maika am Strand, wo er dabei war, Risse im Körper eines Glasfaserkatamarans zu reparieren. Horseman bewunderte die Form des Bootes. Segeln musste berauschend sein – irgendwann würde er es gern lernen. Vor fünfzig Jahren hatten die an der Küste lebenden Fidschianer noch selbst Auslegerkanus gebaut und waren damit gesegelt, aber diese Fertigkeit war zusammen mit den Kanus verschwunden.

»*Bula*, Maika, es tut mir leid, dass ich Sie bei der Arbeit störe. Ich muss mit Ihnen reden.« Er sprach ihn auf Fidschi an.

Maika stand von der Stahltonne auf, auf der er saß, und erwiderte höflich Horsemans Gruß. Er sah ernst aus, wirkte aber weder alarmiert noch ängstlich. »Ich muss diese Stelle hier noch fertig machen, bevor das Harz austrocknet. Dauert nur einen Augenblick.« Er tauchte seinen Pinsel in eine Dose und strich eine durchsichtige klebrige Masse gleichmäßig über den zu kittenden Streifen, dann tauchte er den Pinsel erneut ein und trug noch mehr auf, indem er mit den Spitzen der Borsten auf das grobe Gewebe klopfte, bis es vollkommen mit dem sirupartigen Harz bedeckt war. Leider verschaffte das dem Jungen Zeit, um nachzudenken, aber er hatte ohnehin schon drei Tage und drei Nächte gehabt, in denen er sich eine Geschichte hätte zurechtlegen können. Maika wischte den Pinsel an einem Lappen ab, beugte sich vor und warf ihn schwungvoll in eine am Boden stehende Dose.

»Sollte okay sein mit dem Lösungsmittel, so lange wir uns unterhalten«, erklärte er, als würde Horseman sich womöglich über den

Zustand des Pinsels Sorgen machen. Maika zeigte auf ein paar Plastikkisten unter einem Baum mit ausladenden Ästen. Sie setzten sich in den angenehmen Schatten, den Blick auf den Anleger und das jadegrüne seichte Gewässer gerichtet, in dem das Polizeiboot vertäut lag.

»Danke, dass Sie am Sonntag Sergeant Singhs Fragen beantwortet haben, Maika. Und für Ihre Stellungnahme. Ich weiß, dass Sie und Akanisi sich nahestanden, deswegen wollte ich Ihnen von der Obduktion erzählen. Haben Sie schon gehört, dass Akanisi schwanger war?« Horseman hatte volles Vertrauen in den Buschfunk.

Maika nickte traurig. »Sai hat es mir erzählt. Mrs McKenzie hat es ihm gesagt. Es stimmt also?«

Horseman legte ihm die Fakten dar, und Maika nickte weiter mit gesenktem Kopf. »Waren Sie der Vater von Akanisis Kind, Maika?«

Entsetzt blickte Maika auf. »Nein, natürlich nicht!«

»So natürlich ist das doch nicht, Maika. Sie haben Sergeant Singh erzählt, dass Sie Akanisi geliebt haben. Alle hier auf Paradise, die sich Gedanken über euch gemacht haben, fanden, ihr hättet ein gutes Paar abgegeben. Warum die Geheimnistuerei, Maika?«

Der Junge sackte in sich zusammen. »Ich hatte keine Ahnung, dass alle hier Bescheid wussten. Aber woher? Wir waren vorsichtig. Nisis Eltern sind so streng und ihr Onkel auch, mein Chef, der hat ständig aufgepasst.« Er ließ erneut den Kopf hängen.

»Hattet ihr vor zu heiraten?«

»Schon, ja. Sie ist achtzehn, ich meine, sie war achtzehn … Ich bin zwanzig. Wir sind zu jung zum Heiraten. Ich liebe … Ich habe sie geliebt, ich konnte mir nicht vorstellen, eine andere zu heiraten. Aber es war noch nichts ausgemacht.«

»War Akanisi sich noch nicht sicher?«

Maika zuckte die Achseln. Er sah ganz nach dem verwirrten Jungen aus, der er war. »Ja, und sie hat gesagt, ich sei auch nicht sicher. Aber das stimmt nicht. Das weiß ich jetzt.«

Horseman ließ nicht locker. »Bleiben Sie dabei, dass Sie nicht für ihre Schwangerschaft verantwortlich gewesen sein können? Seien

Sie ehrlich, Maika, bitte. Haben Sie und Akanisi miteinander geschlafen?«

Maika blickte zu Boden. »Na ja, schon – manchmal. Aber es ist hier nicht so einfach, ungestört zu sein, wissen Sie. Jona hätte uns beide verprügelt, wenn er davon gewusst hätte. Und in letzter Zeit haben wir es nicht getan. Nisi ging es nicht gut. Ich glaube also nicht, dass ich der Vater sein kann. Aber jemand anderes … Hören Sie, kann da nicht ein Irrtum vorliegen?«

Nicht zum ersten Mal schockierte es Horseman, wie erbärmlich wenig die Teenager auf Fidschi über die Grundlagen menschlicher Fortpflanzung wussten. »Akanisi muss vor zwei oder drei Monaten schwanger geworden sein, Maika. Denken Sie nach. Haben Sie zu der Zeit mit ihr geschlafen?«

Maika legte einen Arm auf seinen krausen schwarzen Haarschopf, als würde er Horsemans Worte abwehren wollen, und wand sich vor Verlegenheit. Schließlich nickte er.

»Hat Akanisi Ihnen erzählt, dass sie schwanger war? Seien Sie ehrlich, Maika, bitte.«

»Nein, ich hatte keine Ahnung. Das ist die Wahrheit.« Er umklammerte seinen Kopf noch fester.

Alles in allem tendierte Horseman dazu, Maika zu glauben. »Haben Sie jemals den Verdacht gehabt, dass jemand anderes Akanisi den Hof machte?«

Maika brauste verärgert auf. »Nein!«

»Tatsächlich? Alle hier reden davon, was für ein reizendes Mädchen sie gewesen sei, Maika. Ich kann mir kaum vorstellen, dass keiner der anderen Männer sich nicht auch in sie verliebt hat. Was ist mit einem eifersüchtigen Verehrer zu Hause auf Delanarua? Sie ist doch jeden Monat eine Woche dort gewesen. Jemand von dort hätte sie schwängern können, hat sie womöglich vergewaltigt, sie womöglich umgebracht. Haben Sie daran schon mal gedacht, Maika?«

Der Junge starrte ihn an. Sein dunkelrot angelaufenes Gesicht wurde bleich. Erleichtert, dass die Realität in ihrer Schonungslosigkeit endlich bei dem jungen Mann angekommen war, versuchte

Horseman es erneut. »Sie können ihr jetzt nur noch helfen, indem Sie mir helfen, Maika. Seien Sie ehrlich und erzählen Sie mir von Ihrem Verdacht.«

Maika starrte ihn immer noch an. »Ich habe wirklich nie an irgendjemanden aus dem Dorf gedacht. Das glaube ich nicht. Warum wollen Sie, dass ich an ihr zweifle?« Er klang verbittert. »Ich gebe zu, dass ich eifersüchtig auf Guy Dawson war. Nisi hat behauptet, sie würde sich einfach gern mit ihm unterhalten. Ich habe ihr vertraut. Sie war immer so nett zu allen, und sie hatte unendliches Fernweh. Sie konnte gar nicht genug davon bekommen, mit Ausländern zu sprechen, wenn sie die Gelegenheit dazu hatte … Sie hat aber auch hart gearbeitet. Hat sich vor nichts gedrückt.« Er hielt inne. Allmählich kehrte die Farbe in sein Gesicht zurück.

»Sie beide sind oft zusammen zum Forschungscamp gefahren. Warum, wenn Sie doch Zeit zu zweit hätten verbringen können irgendwo in einem Schlupfwinkel im Busch?«

Maika sah ihn gekränkt an. »Manchmal hatte sie frei, ich aber nicht, dann hat sie mich begleitet.« Er klang, als wollte er sich verteidigen. »Das Resort greift den Wissenschaftlern unter die Arme, wenn sie Hilfe brauchen. So kam es auch, dass Nisi sich für die Arbeit dort interessierte, sie unterhielt sich mit den Leuten, während sie auf mich wartete. Der Professor mochte sie und hat ihr gezeigt, wie sie ein paar der Aufgaben dort erledigen konnte. Alle mochten sie. Mit den jungen Leuten abzuhängen hat Spaß gemacht. Und was sie machen, ist toll, wissen Sie. Das hat uns dazu gebracht, anders über Vula zu denken.«

»Und als sie dann anfing, allein ins Camp zu gehen, wie fanden Sie das?«

Maika starrte Horseman verblüfft an. »Das war in Ordnung, es hat mir nichts ausgemacht. Besser, als in den Personalunterkünften herumzuhängen. Sie und die Jungs haben sich gut verstanden.«

»Hat einer von ihnen ihr zu viel Aufmerksamkeit geschenkt?«

Maika schüttelte stirnrunzelnd den Kopf. »Nein, natürlich nicht. Sie kannten Nisi nicht. So war sie nicht.«

»Maika, das soll keine Kritik an Akanisi sein. Ich will herausfinden, weshalb sie sterben musste. Hat irgendjemand aus dem Forschungsteam sich besonders stark für sie interessiert oder war eifersüchtig auf Sie?«

Maika zuckte die Achseln. »Nein, mir ist nichts aufgefallen. Ich schätze mal, ich bin kein misstrauischer Typ.«

War es möglich, dass Maika tatsächlich so naiv war? Wenn ja, dann sollte er in Zukunft besser aufpassen, zu seinem eigenen Besten.

»Wenn mir jemand verdächtig vorkam, dann Dr. Chakra«, platzte es plötzlich aus ihm heraus.

»Warum?«

»Nisi war ein paarmal in seiner Sprechstunde und wollte mir nicht sagen, was los war. Aber eigentlich fand ich ihn nicht deshalb verdächtig – er ist einfach nur so ein schmieriger Typ.«

»Warum sagen Sie das?«

»Die Frauen, die er mitbringt – von wegen Assistentinnen! Und dann stolziert er hochnäsig hier herum, arrogantes Arschloch!«

»Hat Akanisi irgendetwas von den Behandlungen erzählt?«

»Eigentlich nicht. Sie hat nur gesagt, dass sie sich krank fühlte und sie deswegen bei Dr. Chakra war. Aber sie war mehr wert als alle seine aufgetakelten *Assistentinnen* zusammen, es würde mich also nicht wundern, wenn er bei ihr auch einen Anlauf gewagt hätte.« Verbittert fuhr er fort. »Sie wollten ja wissen, wen ich verdächtig finde.«

»*Vinaka*, Maika. Jetzt möchte ich, dass Sie sich ganz genau an Samstag erinnern. In Ihrer Aussage heißt es, dass Sie Akanisi an dem Tag nicht gesehen haben. Sind Sie sich da ganz sicher?«

»*Io*, ich habe den ganzen Tag auf dem Boot gearbeitet.« Maika runzelte die Stirn, schien kurz in Gedanken versunken, dann sah er auf. »Warten Sie, doch, ich habe sie gesehen! Aber vom Boot aus, deswegen habe ich es bestimmt vergessen.«

»Erzählen Sie mir davon, Maika. Lassen Sie sich Zeit. Erinnern Sie sich ganz genau.«

»Na ja, nachdem wir die Menschenmenge am Anleger hinter uns gelassen und die Kinder überholt hatten, die uns hinterherrannten, haben wir niemanden mehr gesehen. Der ganze Uferabschnitt war verlassen, bis wir schon beinahe wieder beim Resort waren, an der Bucht hinter der Landzunge bei unseren Unterkünften – da hinten.« Er zeigte nach rechts. »Dort sahen wir ein paar Leute am Strand, also ist Jona näher rangefahren, damit sie uns besser sehen konnten – das Wasser ist dort tief. Ich habe Nisi gleich erkannt, sie hat uns zugewinkt. Wir können nur dreißig Meter von ihnen entfernt gewesen sein – höchstens vierzig. Wir haben zurückgewinkt, ich zumindest. Die Segnung sollte ein feierliches Ereignis sein, deswegen haben Jona und Ratu Ezekaia vermutlich nicht gewinkt. Aber Pfarrer Mosese hat gelächelt und die Hände hochgehalten. Keine Ahnung, wie ich das vergessen konnte. Ich schätze, als wir den Felsen gerammt haben, hat das alles andere aus meinem Kopf gefegt.«

»Wer war bei ihr, Maika?«

»Guy und Winston Lee. Winston ist einer unserer Stammgäste.«

»Kannte Akanisi ihn gut?«

Maika sah verärgert aus. »Da haben Sie es schon wieder! Nein! Vielleicht hat sie ihn auch erst bei diesem Aufenthalt kennengelernt. Normalerweise kommt er zweimal im Jahr für eine Woche aus Hongkong her. Er kannte Guy, weil er gern tauchen geht. Er macht alles gern, was mit Wassersport zu tun hat. Winston ist auch für den Riss im Katamaran hier verantwortlich. Keine Ahnung, wie er das geschafft hat.«

»Interessieren Sie sich auch so fürs Ausland wie Akanisi?«

»Klar doch.« Maika klang alles andere als begeistert.

»Hatten Sie vor, mit ihr auf Reisen zu gehen, vielleicht irgendwo im Ausland zu arbeiten?«

Maika blickte über den reinen weißen Sand und die sich kräuselnden Wellen im seichten türkisen Gewässer hin zu den violetten Hügeln seiner Heimat Delanarua am Horizont. »Nein, das ist nichts für mich. Ich bin hier glücklich. Oder war es zumindest bisher.« Es war schwer, sich diesen kleingeistigen, naiven Jungen als Mörder vorzustellen, doch Horseman hätte nicht zum ersten Mal eine oscarreife Darbietung eines Schuldigen gesehen.

25

SUVA

Singh war noch nie auf dem Campus des Instituts für Meereswissenschaften gewesen und freute sich, als sie hörte, dass Professor Burgermeister heute dort war. Fünf Jahre zuvor hatten die Carnegie- und die Rockefeller-Stiftung dem neu gegründeten Forschungsinstitut ermöglicht, eine verfallene Fischfabrik aufzukaufen, zu der ein Kai, eine Ablaufbahn sowie rostige Wellblechhütten gehörten, die man am ehesten als Schuppen bezeichnen konnte. Es war ein umstrittener Kauf gewesen, stand das trostlose Gelände doch in starkem Kontrast zur begrünten Enklave der Universität.

»Der Professor könnte sich überall aufhalten, Detective Sergeant«, erklärte der Wachmann am Eingang, als sie ihm ihren Dienstausweis zeigte. »Ich gebe seiner Assistentin Bescheid, dass Sie unterwegs sind.« Er griff nach dem Telefon und winkte ihr fröhlich zu. Dann also kein schnelles Auskundschaften des Campus. Vielleicht würde der Professor ihr nachher eine Führung geben.

Das größte Gebäude war ein länglicher zweistöckiger Industrieschuppen, der mit hellgrauem Wellblech verkleidet war. Die Farbe musste eine bewusste Entscheidung gewesen sein. Es war unmöglich, dass Grau der Standard war, den die Maler oder Verputzer benutzten, wenn der Architekt vergessen hatte, die Farbe näher zu bestimmen. Weiß war womöglich in diesen Breitengraden zu grell, aber warum Grau? Ein sanfter zitronengelber Farbton, blasses Flieder oder Rosa hätte doch sicher eine angenehmere Atmosphäre geschaffen.

Sie öffnete die Tür und betrat ein Atrium, in dem Palmen, Ingwer und Sukkulenten aus dem Regenwald unter den Oberlichtern und sich drehenden Deckenventilatoren gediehen. Der Empfangsherr sprang auf und führte sie durch eine Tür, die nur für Personal bestimmt war. Singh folgte ihm durch eine breite, glänzend betonierte Allee, die über die gesamte Länge des Gebäudes verlief und auf der rechteckige Teiche angelegt waren, in denen zwischen den Wasserpflanzen rote und goldene Fische aufblitzten. Zu beiden Seiten des Gangs gingen Türen ab, die meisten davon geschlossen. Alle paar Meter führte eine offene Stahltreppe auf eine Galerie, die das gesamte obere Stockwerk entlangführte.

Singh blickte nach oben an die auf Stahlträgern über den Palmenwipfeln schwebende Decke, die den Eindruck vermittelte, Sonnenstrahlen fielen durch eine Wolkendecke. Es wirkte wie ein Wunder, auch wenn Singh sehen konnte, dass die Verwandlung der baufälligen Fabrik mit einigen einfachen Mitteln umgesetzt worden war. Sähe es auf dem Polizeirevier so aus, würde niemand mehr das Gebäude verlassen wollen. So aber …

»Die Biologie ist noch ein Stück weiter. Sie belegen etwa die Hälfte auf dieser Seite des Erdgeschosses. Das hier ist das Sekretariat.« Drinnen empfing sie herzlich eine mollige Frau mittleren Alters mit einem Namensschild.

»Kommen Sie rein, meine Liebe. Na, so was, so ein zartes Pflänzchen, und dann Detective Sergeant! Ich hatte ja keine Ahnung, dass sie bei der Polizei so junge Dinger beschäftigen!« Singh war alles andere als ein zartes Pflänzchen, doch sie begegnete der Herzlichkeit der älteren Frau mit einem Lächeln.

»Susie Singh, Mrs Koroi. Sie erwarten mich offenbar.«

Mrs Koroi sah sie über den Rand ihrer silbern gerahmten Brille hinweg an und lächelte. »Ja, Petero am Tor leistet ganze Arbeit, Detective Sergeant. Wenn es doch bloß nicht nötig wäre, hm?« Bedauernd schüttelte sie den Kopf. »Die Welt geht allmählich zugrunde, finden Sie nicht auch? Wenn die Polizei doch nur alle Diebe fangen und einsperren würde! Oh, entschuldigen Sie, ich bin sicher, Sie tun Ihr Bestes, meine Liebe.« Sie lächelte zerknirscht. Singh dachte, dass Adi Litia mit fünfzig der Dame sicher ähnlich sehen würde, vor allem, wenn sie Paradise Island verließ und ein wenig Glück fand. »Bitte nehmen Sie doch Platz. Professor Burgermeister sollte jeden Moment da sein.« Mrs Koroi wandte sich wieder ihrem Bildschirm zu.

Singh setzte sich und nahm einen Hochglanzkatalog vom Stapel auf dem Tisch neben ihr. Sie hatte allerdings kaum einen Blick hineingeworfen, als der Professor hereinkam, seinen in Blau gekleideten voluminösen Bauch vor sich herschiebend. Er taxierte sie mit seinen aufmerksamen kleinen Augen, als sie aufstand und seine warme, feuchte Hand ergriff. »Aha, Sie wollen sich doch nicht etwa bei uns bewerben, Detective Sergeant?«

Singh lächelte. »Heute nicht, Professor.«

Seine Augen blitzten. »Wie schade! Aber Sie müssen uns wohl erst einmal genau inspizieren. Ich plage mich gerade im Aquarium ab. In Ordnung für Sie, wenn wir uns dort unterhalten?«

Er führte sie über den Hauptgang zu einer nicht beschrifteten blauen Tür, die sich anhand eines Sensors mit einer Karte öffnen ließ. Sie betraten ein Labor, das sich nicht besonders von anderen Laboren unterschied, in denen Singh bisher gewesen war, nur dass hier alles neuer war und mehr glänzte.

Der Professor schaltete die Deckenventilatoren ein und gestikulierte ausladend in Richtung eines Barhockers unter den hohen Lamellenfenstern. »Bester Platz im Haus, Detective Sergeant. Was kann ich heute für Sie tun?« Er selbst schob sein gewaltiges Hinterteil nur halb auf einen zweiten Hocker, sodass ein Fuß weiter auf dem Boden blieb, der andere auf der Sprosse verweilte.

Singh berichtete ihm von den Obduktionsergebnissen. Burgermeister sah sie eindringlich an und hörte schweigend zu. »Das heißt also, dass ein Mord nun als wahrscheinlich gilt. Gibt es noch etwas, das Sie mir erzählen können und woran Sie bisher noch nicht gedacht haben?«

Er verharrte noch ein paar Sekunden vollkommen still und reglos. »Das arme Ding, das hat sie nicht verdient. Natürlich helfe ich Ihnen gern.«

»Wissen Sie, wer für die Schwangerschaft verantwortlich gewesen sein kann?«

»Nein. Ich bin schockiert, wissen Sie. Ich bin irgendwie davon ausgegangen, dass sie und Maika ein Paar wären. Aber sie haben sich nie berührt, nie Händchen gehalten oder so, wenn ich dabei war. Ist nicht so üblich hier auf Fidschi, was? Also, wer weiß?«

»Gab es irgendwelche Hinweise darauf, dass jemand aus Ihrem Team eifersüchtig auf die beiden gewesen sein könnte?«

Er sah gekränkt aus. »Auf keinen Fall, nein. Wir hatten das Mädchen alle gern. Woran denken Sie denn?«

»Ich will einfach offen für alle Möglichkeiten bleiben, Professor. Es sieht ganz danach aus, als hätte jemand von der Insel Akanisi letzten Samstagnachmittag getötet. Es war vielleicht nicht beabsichtigt, aber zumindest ist jemand in Rage geraten und hat sie so heftig geschubst, dass sie sich den Kopf an einem Felsen angeschlagen hat und gestorben ist.«

»Vor Wut könnte jemand so etwas tun, schätze ich mal. Aber wie könnte irgendjemand auf dieses nette Mädchen wütend gewesen sein? Ich war es sicher nicht.«

»Sind Sie gut mit Dr. Chakra befreundet?«

Burgermeister runzelte die Stirn. »Ist ein amüsanter Kerl, angenehme Gesellschaft, aber als guten Freund würde ich ihn nicht bezeichnen, nein. Wir sind uns ein paarmal auf Partys begegnet, und hin und wieder laufen wir uns auf Paradise über den Weg.«

»Mögen Sie ihn?«

»Wie gesagt, er ist angenehme Gesellschaft. Ist aber ein arroganter Typ, macht andere gern runter. Redet, als wäre er der britischen Kolonialzeit in Indien entsprungen und würde einen Tropenhelm tragen – ich schätze mal, das ist nur aufgesetzt, aber es kann einem ziemlich auf den Sack gehen.«

»Hat er jemals mit Ihnen über Akanisi gesprochen?«

»Nicht, soweit ich mich erinnern kann. Ich glaube nicht, dass sie jemals in der Nähe war, wenn Vijay und ich uns unterhielten, er hatte also keinen Anlass dazu.«

»Denken Sie an den Moment zurück, in dem Sie Akanisis Leiche entdeckten, Professor. Wie hat Dr. Chakra reagiert?«

»Er stand gerade bis zur Taille im Wasser und erstarrte plötzlich. Aber dann riss er sich zusammen, und wir konnten Nisi unter dem Vorsprung hervorholen. Vor allem er. Ich war zu nichts nutze, auf dem Riff bin ich nicht der Geschickteste. Als sie aus dem Wasser war, begann Vijay mit der Wiederbelebung, und ich bin Hilfe holen gegangen. Er hat alles getan, was ein Arzt tun kann.«

Plötzlich ging die Tür auf und Anil kam herein. Er blieb stehen, als er Singh und den Professor entdeckte. »Entschuldigung, Bill, ich wusste nicht, dass du einen Termin hast.«

»Schon in Ordnung, Anil«, sagte Singh. »Wir sind hier gleich fertig.«

Anil sah den Professor an, der mit dem Kinn auf eine Tür auf der anderen Seite des Labors deutete. »Geh ruhig durch, Anil. Machst du die Bestellung aus San Diego versandfertig?« Anil nickte, eilte durchs Labor und verschwand hinter der Tür.

»Sie fragen sich bestimmt, was sich dort hinter der Tür versteckt, Detective Sergeant, oder? Wollen Sie das Aquarium sehen?«

Singh wurde neugierig. »Ja, sehr gern«, sagte sie und rutschte von ihrem Hocker.

Der Raum war kleiner als das Labor und klimatisiert. An drei Wänden befanden sich breite Arbeitsflächen mit Spülbecken. Auf den Regalböden darüber stapelten sich allerlei Behälter und fremdartige Arbeitsgeräte. Unter den Arbeitsplatten standen Sauerstoffflaschen aufgereiht, und an den Wänden waren bunte Kabel, Röhren und Schläuche verlegt.

All das bildete lediglich den matten Hintergrund für die funkelnde Insel aus Glas, die in der Mitte des Raumes über dem Boden schwebte. Das Glas war durchsichtig, flimmerte jedoch wie eine Fata Morgana. Im Schimmer tanzten intensiv leuchtende Farbkleckse. Singh blinzelte und trat näher. Als ihre Augen sich daran gewöhnt hatten, verwandelte sich die Insel in einen Turm aus Glasbausteinen, in denen das Wasser funkelte. In jedem kleinen

Aquarium schwamm ein einzelner kleiner Fisch. Singh starrte auf ein Wesen, das so groß war wie ihr Daumennagel und es irgendwie fertigbrachte, das Pigment eines sechs Meter langen scharlachroten und mit Gold durchwirkten Saris in sich zu bündeln. Hätte sie nicht *Findet Nemo* gesehen, hätte sie keinen einzigen der Fische benennen können. Fasziniert ließ sie ihren Blick über die Wasserkästen schweifen, und mit einem Anflug von Dankbarkeit für Disney erkannte sie Clownfische, Segelflosser und Falterfische.

»Wow!« Sie wünschte, sie könnte etwas Schlaueres sagen.

»FIMS Aquaristikbedarf – mein Baby«, sagte der Professor. »Und inzwischen kann es krabbeln. In einem Jahr vielleicht schon laufen. Ich sage zwar ›mein Baby‹, aber natürlich gehört das Unternehmen zum FIMS. Selbst von Forschungsinstituten wird heutzutage erwartet, dass sie sich an den laufenden Kosten beteiligen. Wir beliefern mehrere wichtige Großhändler in den USA und Asien, und Europa ist unser nächster Zielmarkt.«

Singh war verwundert. »Ich will nicht unhöflich sein, Professor, aber ich dachte, das Ziel Ihrer Arbeit sei, die in Korallenriffen lebenden Arten zu schützen. Wie passt da das Geschäft mit Aquaristikbedarf zum Meeresschutzgebiet?«

»Kluges Mädchen! Messerscharf, Ihr Verstand, stimmt's, Anil? Jep, der Handel mit Aquaristikbedarf kann ein schmutziges Geschäft sein. Zum Beispiel auf den gottverdammten Philippinen. Scheiße noch mal, daran will ich jetzt nicht denken.« Er schüttelte sich angewidert, sodass er am ganzen Körper bebte.

»Das Geschäft und das Schutzgebiet haben nichts miteinander zu tun, Detective Sergeant. Das eine hat keinen Einfluss auf das andere. Lassen Sie mich Ihnen unsere spannenden Regeln der Nachhaltigkeit erklären. Erstens, wir beziehen unsere Fische nicht aus dem Schutzgebiet Vula oder irgendwelchen anderen Schutzgebieten, und natürlich liefern wir niemals geschützte Arten. Zweitens fangen wir nur das, was bestellt wurde. Nicht mehr. Eine Bestellung für zwei Halfterfische geht ein, wir fangen zwei Halfterfische. Drittens, nur Jungfische. Sie sehen ja, dass das hier alles Babys sind. Die ausgewachsenen Exemplare bleiben hier und pflanzen sich fort, während der Endkäufer dabei zusehen kann, wie die Kleinen sich entwickeln und ein langes Leben haben. Anil erklärt Ihnen die vierte Regel.«

Anil verpasste seinen Einsatz nicht. »Viertens, keine Verschwendung. Jeder Fisch wird isoliert gehalten, damit ansteckende Krankheiten nicht übertragen werden. Mögliche Infektionen behandeln wir, und alle Fische, die wir versenden, sind gesund.«

»Wie werden sie transportiert?«

»Jeder in einem separaten Plastikbeutel, etwa so groß wie die kleinen Behälter hier. Das Plastik ist extrem fest. Bevor wir die Beutel versiegeln, pumpen wir noch zusätzlichen Sauerstoff hinein. Bisher ist noch kein Fisch tot angekommen. Ich bin gerade dabei, eine Bestellung vorzubereiten, die morgen früh in Los Angeles eintrifft und noch vor dem Mittag bei unserem Kunden in San Diego landet.«

»Sind die Preise hoch?«

Der Professor übernahm wieder das Wort. »Unsere ja – sehr. Die selteneren auf Fidschi heimischen Arten können Tausende einbringen. Das Geschäft muss auch nachhaltig sein. Die Firmen, mit denen wir zusammenarbeiten, bekommen stets beste Qualität geliefert. Die Privatkunden werden immer anspruchsvoller, der schlechten Presse, die die verdammten Piraten der Branche eingebracht haben, sei Dank. FIMS ist als nachhaltiger Lieferant zertifiziert. Das ist für uns ein enormer Vermarktungsvorteil. Aber ich belehre Sie besser nicht weiter, Anil sieht schon so aus, als würde er sich für mich schämen.«

»Dafür gibt es keinen Grund. Ich finde es faszinierend. Jedes Mal, wenn ich Sie und Ihre Leute treffe, lerne ich Unmengen über Gebiete, von denen ich bisher rein gar nichts wusste.«

Der Professor sah sie listig an. »Aber nichts über das, wofür Sie eigentlich hergekommen sind. Das tut mir aufrichtig leid.«

Singh lächelte und entgegnete selbstsicherer, als sie sich fühlte: »Wir werden das Rätsel um Akanisis Tod sicher bald lösen, Professor.«

26

PARADISE ISLAND

Das Boot vom Tauchgang war seit zwanzig Minuten überfällig. Am Anleger gab es keinen Schatten, also verzog sich Horseman unter den Dachvorsprung am Bootshaus und überlegte, welche Rolle Ledua Maramas Hausmittelchen wohl spielen mochten. War es möglich, dass Nisi deswegen eine Fehlgeburt erlitten hatte? Von seiner Mutter wusste er, dass es traditionelle Kräutermittel für Abtreibungen gab, die recht gut wirkten. Die Proben der Heilmittel mussten unbedingt schnellstmöglich im Labor untersucht werden.

Er wurde von Eseta aus seinen Überlegungen gerissen. Sie wedelte mit der Mittagskarte vor seinem Gesicht.

»Wenn Sie Ihre Bestellung jetzt aufgeben, Josefa, müssen Sie später im Restaurant nicht warten, und Sie bekommen das, was Sie möchten, ganz egal wie spät Sie dran sind. Manches auf der Karte haben wir nur begrenzt vorrätig, wissen Sie. Die Köchin empfiehlt die Muscheln, aber davon gibt es nur genug für ein Dutzend Portionen.«

Am besten vermied er eine Schlacht, die er nur verlieren konnte, und ergab sich direkt. »*Vinaka*, Eseta. Ich werde noch dick und rund, wenn Sie sich weiter so um mich kümmern!« Er überflog die Karte; für jeden der drei Gänge gab es vier Auswahlmöglichkeiten. »Ich hätte gern die Gazpacho und danach das gegrillte Escolar-Steak, bitte. Heute keinen Nachtisch.«

»Maniokpommes mit Salat oder Ofengemüse dazu?«

»Maniokpommes mit Salat, bitte, Eseta.«

Sie nickte beipflichtend. »Ein Sportler wie Sie bleibt doch schlank, Josefa. Sie brauchen einen Nachtisch.«

»*Vinaka*, aber heute nicht.«

»Wie wäre es denn mit dem Mangomousse? Oder einfach das Guaven- und Passionsfruchteis? Sie brauchen wirklich etwas Kaltes und Süßes als Erfrischung, damit Sie Ihre Energie behalten!«

»Ich enttäusche Sie ja nur ungern, Eseta, aber …« Er konnte nicht anders, als leise zu lachen. Bemutterte sie alle ihre Gäste so?

»Den Nachtisch müssen Sie natürlich nicht vorbestellen – wir haben von allem reichlich. Ich hoffe, Sie überlegen es sich noch anders.«

Er schmunzelte noch immer über die grenzenlose Gastfreundlichkeit auf Paradise Island, als er zurück zum Anleger schlenderte, gerade rechtzeitig, um zu sehen, wie das Boot vom Tauchgang um die Landzunge kam. Er wartete ab, während Guy Dawson und der Skipper die Sauerstoffflaschen, Schwimmwesten und Tauchgewichte auf ein Wägelchen luden. Die vier Gäste hatten ihre Taucheranzüge bis zu den Hüften heruntergeschält, schnappten sich ihre Taucherbrillen und bummelten angeregt ins Gespräch vertieft zurück zur Taucherhütte. Horseman folgte ihnen und wartete, während sie ihre Anzüge und Ausrüstung in die bereitstehenden Wasserbecken warfen, sich frische Handtücher nahmen und davonspazierten. Dawson trug noch seinen heruntergezogenen Taucheranzug, und die Haut auf seiner Brust war milchig-weiß unter seinem rotbraunen Hals und Nacken. Seine blonden Haare kräuselten sich unterhalb der Ohren. Mit wachen grauen Augen blickte er Horseman an.

»Warten Sie auf mich, Inspector?«

»Ja, Mr Dawson. Ich würde gern unter vier Augen mit Ihnen sprechen. Ich habe Zeit, falls Sie sich erst umziehen wollen.«

»Nein, bringen wir es lieber hinter uns. Der Anzug hält mich kühl, so lange er nass ist. Kommen Sie am besten mit rein. Soli, du kannst das Tauchzeug aufhängen, wenn du es gewaschen hast. Bitte denk dran, alles zweimal auszuspülen.« Er öffnete die Fliegentür und führte Horseman in einen Raum voller Ausrüstung und Geräte, allesamt an und in beschrifteten Regalen, Haken, Ständern und Stangen verstaut. Alles in tadellosem Zustand. Dawson griff über einen ramponierten Schreibtisch nach dem einzigen Stuhl und stellte ihn für Horseman in die Mitte. Für sich selbst zog er eine kurze Bank unter einem Regal mit Schwimmflossen hervor. »Ich habe Ihrer Kollegin allerdings am Sonntag schon alles erzählt, was ich weiß.«

»Ich fürchte, nach den Obduktionsergebnissen gilt Akanisis Tod nicht mehr als Unfall, Mr Dawson. Sie wurde wahrscheinlich umgebracht. Wir wissen nun auch, dass sie vor kurzem eine frühe Fehlgeburt hatte.« Dawson zog die Augenbrauen hoch, als er das hörte, zeigte ansonsten aber keine Reaktion, während Horseman die Ergebnisse weiter zusammenfasste. »Sie verstehen sicher, dass es uns weiterhelfen würde, wenn wir wüssten, wer für Akanisis Schwangerschaft verantwortlich war.«

»Ja, das verstehe ich. Aber ich weiß es nicht. Ich war es jedenfalls nicht, falls Sie das vermuten.« Seine Stimme war fest, ruhig.

»Manche Leute glauben, dass Sie und Akanisi sich nahestanden.«

Dawsons Gesichtsausdruck blieb ernst, undurchschaubar. »Wir waren befreundet, Inspector. Das bestreite ich nicht. Nisi war ein aufgewecktes Mädchen. Sie wollte so viel wie möglich über das Leben außerhalb von Vula erfahren. Ich bin ziemlich viel gereist, deswegen konnte ich ihr von anderen Orten erzählen, anderen Völkern. Im Gegenzug hat sie mir viel über die fidschianische Kultur beigebracht. Aber nur als Freunde.«

»Wollten Sie gern, dass da mehr wäre?«

Dawson ließ sich nicht aus der Ruhe bringen. »Ich bin ein heterosexueller Mann, natürlich habe ich es genossen, so eine aufmerksame und reizende Zuhörerin zu haben. Aber ich bin niemand, der eine unschuldige Achtzehnjährige ausnutzt. Ich bin doppelt so alt wie sie.«

»Wer könnte sie denn ausgenutzt haben, Mr Dawson?«

»Darüber kann ich keine Vermutungen anstellen, Inspector, auch wenn andere da in Bezug auf mich anscheinend nicht so zimperlich sind. Glauben Sie mir, wenn ich es wüsste, würde ich es Ihnen auf jeden Fall sagen.«

»Worüber haben Sie gesprochen, als Sie Akanisi das letzte Mal sahen?«

»Sie wollte mehr über das Meeresschutzgebiet erfahren, ob es die richtige Entscheidung sei. Das hat sie mich nicht zum ersten Mal gefragt. Ich sagte ihr, dass es das Richtige sei, und erklärte, weshalb. Wir haben eine ganze Weile über das Für und Wider gesprochen.«

»Sie haben am Samstag nach dem Mittagessen bei der Zeremonie zugesehen, ist das korrekt?«

»Ja, das steht auch in meiner Aussage.«

»Ihre Angaben waren nicht besonders detailliert. Könnten Sie mir bitte genauer schildern, wann Sie sich wo aufgehalten haben?«

Dawson ließ sich nicht anmerken, ob er ungehalten war oder nicht. »Zuerst bin ich zum Anleger gegangen, um zuzusehen, wie das Boot abfährt, und den Chor zu hören. Vor allem, um den Gesang zu hören. Ich blieb eine Weile dort und bin dann zur Strandmauer gegangen. Dort hatte sich schon eine Menschenmenge angesammelt, und ich wusste, dass das Boot erst in etwa zehn Minuten wiederkommen würde, also bin ich, um mir die Zeit zu vertreiben, rüber zum Strand westlich von den Personalunterkünften spaziert, um das Boot schon vorher zu sehen.«

»Mit wem waren Sie unterwegs?«

»Mit niemand Bestimmtem, einfach in der Menge.«

»Und am Strand?«

»Wie bitte?«

»War jemand dabei, als Sie am Strand westlich von den Personalunterkünften waren? Ich vermute, Sie waren nicht der Einzige dort.«

Einige Sekunden sah Dawson ihn an, ohne etwas zu sagen, aber seine Miene war noch immer unbewegt, reserviert. Ihm musste klargeworden sein, dass jemand ihn zusammen mit Nisi und Winston Lee am Strand gesehen und Horseman davon erzählt hatte. Wahrscheinlich überlegte er jetzt, mit wie wenig er davonkommen könnte. »Das stimmt, ich habe Nisi und Winston Lee unterwegs getroffen. Sie hatten die gleiche Idee gehabt. Außer uns dreien war niemand dort, jedenfalls nicht dass ich wüsste. Wir haben auf das Boot gewartet, sind dann zurück an den Hauptstrand gegangen und haben das ganze Drama miterlebt, als der Ratu beinahe über Bord gegangen wäre.«

»Wo standen Sie zu dem Zeitpunkt?«

»Ich habe von der Terrasse an der Bar aus zugesehen. Wir sind nicht zusammengeblieben. Nisi ist mit Winston vorgelaufen. Ich habe sie erst wiedergesehen, als Maika ihre Leiche in den Pausenraum getragen hat.«

»Erzählen Sie mir von Winston Lee.«

»Was gibt es da zu erzählen? Ich habe ihn vor gut einem Jahr kennengelernt, kurz nachdem ich hier ankam. Manchmal kommt er mit zum Tauchen, aber er interessiert sich mehr fürs Fischen, wofür ich mich aber nicht sonderlich begeistere. Er kommt regelmäßig her, er meint, ihm gefalle es so abgelegen und ruhig. Er arbeitet in Hongkong, aber was genau, weiß ich nicht. Ich glaube, er meinte Import-Export.«

»Haben Sie Kontakt, wenn er in Hongkong ist?«

Dawson sah überrascht aus. »Nein, er ist nur ein flüchtiger Bekannter. Manchmal trinken wir etwas zusammen, wenn ich ihn an der Bar treffe. Außerhalb der Tauchgänge sehe ich ihn aber kaum. Er ist ein ziemlich aktiver Gast, meistens ist er unterwegs zum Fischen mit Maika. Oder er fährt allein Kajak oder geht segeln.«

»Waren Sie überrascht, als Sie ihn letzten Samstag zusammen mit Akanisi gesehen haben?«

»Natürlich nicht. Das Resort ist so klein, da spricht jeder oder jede Angestellte mal mit allen Gästen. Das Großartige an Paradise ist, dass die Gäste wie Freunde behandelt werden, nicht wie Kunden, ob sie nun berühmt sind oder unbekannt. Und Nisi freundete sich mit allen an. Ich denke mal, sie haben sich zufällig auf dem Pfad getroffen.« Er machte eine Pause. »Aber jetzt haben Sie mich nachdenklich gemacht – ich weiß es nicht.«

»Sie müssen sich doch auch so Ihre Gedanken darüber gemacht haben, wie Akanisi zu Tode gekommen ist, Mr Dawson.«

»Ich habe es versucht, aber meine Vorstellungskraft versagt, Inspector. Nichts ergibt Sinn.«

Auf seiner milchig-weißen Haut bildete sich eine Gänsehaut, blaue Sprenkel tauchten darauf auf, und er schauderte. »Ich ziehe mir jetzt wohl besser etwas Trockenes an.«

27

SUVA

Es war schon dunkel, als Susie Singh aus der Versammlung im Polizeirevier kam, und auf dem Weg durch das Zentrum von Suva konnte sie kaum ihre eigenen Gedanken hören, so ohrenbetäubend laut kreischten die Tausende von Hirtenmainas, die sich für die Nacht in den Bäumen versammelten.

Singh ging noch einmal durch, was sie bisher über Dr. Chakra herausgefunden hatte. Informationen zu seinem öffentlichen Leben waren leicht zugänglich gewesen: überzeugter Rotarier seit fünfzehn Jahren, unterhaltsamer, wenn auch gewagter Gastredner auf Wohltätigkeitsveranstaltungen, Spender für Hinduorganisationen, Mitglied im Vorstand und großzügiger Unterstützer des Cricketteams, das er mit Ausrüstung und Pokalen versorgte. Außerdem spendete er beachtliche Beträge an die Buchmacher von Suva. Seltsamerweise war seine berufliche Laufbahn über die reinen Tatsachen seiner Ausbildung und seiner Anstellung in Krankenhäusern hinaus weniger einsehbar. Ärzte rückten zusammen, genau wie die Polizei. Allerdings schloss das nicht die Krankenschwestern mit ein, nicht einmal dreifach qualifizierte staatlich geprüfte Krankenschwestern wie Singhs Freundin Maraia Namata, mit der sie zum Abendessen verabredet war.

Die Meeresbrise war angenehm kühl, doch sie wehte die verschmutzte Luft zurück in die Stadt bis in die Hügel, sodass der Gestank nach Diesel sich noch verstärkte. Singh überquerte die Victoria Parade Richtung Ratu Sukuna Park, wo die fettigen Dünste von Frittiertem aus den Nachtmarktständen die schwere Luft würzten, und sie bekam Hunger, obwohl ihr gleichzeitig übel wurde. Sie schlängelte sich zwischen einem bescheidenen Rotiverkäufer und einem ambitionierten, hell erleuchteten Stand hindurch, dessen Besitzer in voller Kochmontur seine Show abzog und hinter seiner Klapptheke umhertanzte, während er Hamburger in der Luft wendete, Zwiebeln dünstete, Pommes abtropfen ließ und Hotdogs mit einem letzten schwungvollen Spritzer Sauce vollendete. Singh lief das Wasser im Munde zusammen, und sie eilte durch den schwach erleuchteten Park und in eine Gasse hinter McDonald's.

Fünfzig Meter weiter lag der Summer Palace, eines der ältesten Etablissements in Suva. Es sah nachts um einiges besser aus, wenn das sanfte Licht der Laternen den aus Sperrholz ausgesägten orientalischen Säulen und Pagodendächern, die scharlachrot, golden und schwarz bemalt und an die Fassade genagelt waren, ein wenig Glamour verlieh. Bei Tageslicht sah man, dass die Farbe verblichen war und abblätterte.

Maraia wartete an der Bar mit einem Glas Rum-Cola in der Hand. Ihr gekräuseltes schwarzes Haar hatte sie kurz schneiden lassen, sodass ihre mandelbraunen Augen riesig wirkten. Sie beugte sich vor, um Singh in eine feste Umarmung zu schließen.

»Eine Flasche Fidschi-Wasser, bitte«, sagte Singh zum Barkeeper.

Maraia zog die perfekt geschwungenen Augenbrauen hoch. »Komm schon, Susie, wir haben uns seit Monaten nicht gesehen. Nimm doch eine Rum-Cola! Du bist jetzt nicht mehr im Dienst.« Sie hielt inne und grinste. »Oder doch? Sag jetzt nicht, dass du einen Hintergedanken hattest, als du mich angerufen hast!«

Singh erwiderte das Lächeln. Maraia konnte die Wahrheit vertragen. Genauer gesagt wäre sie gekränkt, wenn Singh sie ihr vorenthalten würde. »Ist doch nichts dagegen einzuwenden, wenn man zwei Fliegen mit einer Klappe schlägt, Maraia. Lass uns einen Tisch suchen und bestellen. Ich sterbe vor Hunger.« Sie nahm ihre Freundin am Arm und sah sie liebevoll an. »Deine Frisur ist toll – bringt deine Ohrringe richtig gut zur Geltung. Silberne Schmetterlinge – wunderschön!«

Maraia schnipste fröhlich an den Schmuck. »Danke, die habe ich mir letzten Sonntag auf dem Kunstgewerbemarkt gekauft.«

Der Tofueintopf und das brutzelnde Lamm auf mongolische Art wurden zügig serviert, und während sie aßen, brachten sie sich auf den neuesten Stand in ihrem Leben. Als sie ihren Hunger schließlich gestillt hatten, kam Singh zur Sache.

»Hast du jemals mit Dr. Vijay Chakra zu tun gehabt, Maraia?«

Maraia sah sie neugierig an. »Nicht viel, aber es hat mir auch gereicht, danke. Wieso denn, was hat er jetzt wieder angestellt?«

Singh zuckte die Achseln. »Wahrscheinlich nichts. Ich bräuchte Hintergrundinformationen, nur unter uns. Wie ist er denn so als Arzt?«

»Kompetent ist er schon. Vor etwa zehn Jahren habe ich im Krankenhaus in Savusavu auf Vanua Levu mit ihm zusammengearbeitet. Ich gehe mal davon aus, dass er sich nicht verändert hat.«

»Versteckst du etwa deine Kritik hinter halbherzigem Lob?«

»Er hat sich einfach nicht für die Patienten eingesetzt – außer für Patientinnen, wenn sie jung und hübsch waren. Seine Karriere ist ihm wichtig, aber ich glaube nicht, dass er sich besonders für Medizin interessiert. Damals war er ein Playboy auf der Jagd, trotz seiner reizenden Frau und seiner kleinen Kinder. Für diesen Typ Mann kann ich einfach keinen Respekt aufbringen – und er ist auf jeden Fall ein Typ.«

Singh lehnte sich vor und senkte die Stimme. »Dann hat er dich angebaggert?«

Maraia sprach genauso laut weiter wie vorher. »Natürlich, aber ich habe ihn abblitzen lassen. Das war ihm egal. Ich glaube, er hat es bei allen jungen Krankenschwestern versucht, ob verheiratet oder Single, frei nach dem Motto, dass sein Fang umso größer wäre, je weiter er sein Netz auswarf. Und leider muss ich sagen, dass ihm eine Menge Fische ins Netz gegangen sind.« Die lebenslustige Maraia verzog überraschend missbilligend den Mund.

»Was macht ihn denn so anziehend?«

Maraia hob die Hände, selbst fassungslos. »Er ist Arzt, das reicht dicke, Susie! Status, Geld. Er konnte den Frauen ganz schön was bieten, wenn es ihnen egal war, dass ganz Savusavu Bescheid wusste, seine Familie eingeschlossen. Du weißt ja, dort kennt jeder jeden. Für seine Frau muss es die Hölle gewesen sein.«

»Neigte er dazu, im Umgang mit den Frauen die Beherrschung zu verlieren?«

»Meinst du, ob er sie geschlagen hat? Nicht dass ich wüsste.«

»Ist jemals eine schwanger geworden?«

»Da bin ich mir nicht sicher. Wenn ja, dann hätte er sicher eine Abtreibung vorgenommen. Allerdings hätte er das nicht an die große Glocke gehängt. Er hat damals die eine oder andere Abrasio durchgeführt, bei der ich so meine Zweifel hatte.«

»Was ist eine Abrasio?«

»Die Ausschabung der Gebärmutter unter Vollnarkose. Manchmal wird es nach einer natürlichen Fehlgeburt vorgenommen, und es ist die bevorzugte Methode für einen Schwangerschaftsabbruch im ersten Drittel.«

»Das ist auf Fidschi verboten.«

»Ganz genau, und seine Approbation würde er damit auch verlieren.« Maraia sah sich im Restaurant um und lehnte sich dann über den Tisch. »Hör zu, ich sollte besser vorsichtig sein.«

Sie flüsterte jetzt beinahe. »Ganz sicher weiß ich es nur von einer – eine Krankenschwester, mit der ich befreundet bin und der ich schwören musste, nichts zu sagen. Chakra war allerdings nicht derjenige, der sie geschwängert hat. Lustigerweise hat sie den Mann geheiratet, der verantwortlich war. Sie hatte abgetrieben, weil sie den Gedanken nicht ertrug, dass ihre Eltern und der Rest der Welt erfuhren, dass sie mit ihrem Freund schlief. Ich bitte dich!«

Maraia machte eine Pause und fuhr dann nachdenklich fort. »Er hat einen gemeinen Zug an sich, weißt du. Irgendwann danach hat meine Freundin gekündigt und ist mit ihrem Mann nach Lautoka gezogen. Kurz bevor sie gingen, erzählte sie mir, dass Chakra sie seit der Abtreibung immer wieder zu Sex gedrängt hatte. Sie war total verängstigt. Hat alles getan, um ihm aus dem Weg zu gehen.«

Singh dachte kurz darüber nach. »Wieso das denn? Er hätte doch eigentlich vor ihr Angst haben müssen!«

»Seltsam, oder? Aber wenn man drüber nachdenkt, wie hätte sie sich über ihn beschweren können, ohne dass ihre Abtreibung bekannt geworden wäre? Er hatte getan, was sie wollte, er ist ein enormes Risiko für seine Karriere eingegangen. Ich hatte immer den Eindruck, dass ihm das gefiel, weißt du. Für ihn war alles ein Spiel, und je höher der Einsatz, umso mehr Spaß machte es ihm.«

»Das passt. Er ist ein Glücksspieler.«

Der Kellner räumte ihre Teller ab. Maraia bestellte einen Obstteller und lächelte Singh verschwörerisch an. »Jetzt aber genug von diesem schmierigen Typen, Susie. Ich will alles über deine Arbeit mit Joe Horseman hören! Wie ist er so? Hoffentlich nicht auch ein schmieriger Typ!«

Singh musste über das besorgte Gesicht ihrer Freundin lächeln. »Nicht, soweit ich es beurteilen kann, Maraia. Tatsächlich habe ich das Gefühl, dass er das genaue Gegenteil ist. Bisher, und es sind erst drei Tage, ist er der beste Vorgesetzte, den ich je hatte.«

»Ach, du bist viel zu zurückhaltend. Es muss doch himmlisch sein, den ganzen Tag mit so einem Adonis zu verbringen. Sieht er von nahem auch so gut aus?«

Singh lachte und entspannte sich schließlich. »Kann man so sagen. Aber auch ziemlich mitgenommen, ausgelaugt.«

»Wie bringst du es bloß fertig, dich auf deine Arbeit zu konzentrieren?«

»Am Sonntag, als ich ihn getroffen habe, war ich total nervös, das muss ich zugeben. Ich dachte, er wäre noch so ein Rugbyangeber auf der Überholspur, während ich die ganze Arbeit mache und keiner von mir Notiz nimmt. Aber er ist ganz anders. Er konzentriert sich auf seine Aufgabe und arbeitet hart, obwohl ich glaube, dass er oft Schmerzen hat, und er behandelt alle gerecht. Und freundlich. Er will ein Rugbyteam auf die Beine stellen für die Schuhputzjungs und die Straßenkinder. Der eifrige neue Detective hilft ihm dabei. In ein paar Tagen findet das Auswahltraining statt.«

»Wie kann er denn ein guter Ermittler sein, wenn er so nett ist?«

»Frag mich das noch mal, wenn wir den Fall gelöst haben, Maraia. Ich gehe kurz zur Toilette. Bin gleich wieder da. Lass mir noch ein bisschen vom Obst übrig.«

An den Waschbecken schickte Singh Horseman eine Nachricht mit den Informationen von Maraia. Als sie an den Tisch zurückkehrte, knabberte Maraia an einem Stück roter Papaya. Singh machte sich über die Guave und den Zimtapfel her. Jetzt konnte sie den Abend genießen. Wenn ihr Boss sich nicht bei ihr meldete, würde sie ihn anrufen, sobald sie das Restaurant verließ.

MITTWOCH

28

SUVA

Dr. Vijay Chakra las den Obduktionsbericht durch und ließ ihn dann auf den zerkratzten Tisch im Verhörraum fallen. Vor zehn Jahren war er sicher ein attraktiver Mann gewesen. Jetzt sah seine Adlernase mit den großen Poren darauf fleischig und knollig aus, seine Kieferpartie und sein Kinn hatten an Spannkraft verloren, und er hatte dunkle Ringe unter den Augen. Sein schwarzes Haar trug er scheitellos zurückgegelt, wie ein finsterer Lebemann aus einem alten Bollywoodfilm. Horseman fragte sich, ob er sich die Haare wohl färbte.

»Wissen Sie, ich bin sicher, dass ein Arzt mit Ihrer Erfahrung bemerkt haben muss, dass Akanisi schwanger war. Das würde Ihnen doch nicht entgangen sein, oder?«, erkundigte sich Horseman.

»Nun ja … ähm …« Chakra drehte sich um und blickte erst den dickbäuchigen Constable in Uniform an, der an der Tür stand, und dann Tanielo Musudroka, der neben Horseman saß. Horsemans Blick wich er aus.

»Warum haben Sie Akanisi vor zwei Wochen krankgeschrieben und nach Hause geschickt, Dr. Chakra?«

Der Arzt leckte sich über die trockenen Lippen. »Na ja, nach Hause geschickt habe ich sie nicht, das war Ians Entscheidung.« Seine Stimme klang brüchig, unsicher.

»Laut Mr McKenzie hat er sich lediglich an Ihre Empfehlung gehalten, wie er es bei solchen Angelegenheiten immer macht.«

Chakra sah Horseman von oben herab an. »Ja, das Wohlergehen seiner Angestellten hat bei ihm zu Recht hohe Priorität.«

»Ich frage Sie erneut: Warum haben Sie Akanisi krangeschrieben und empfohlen, dass sie umgehend nach Hause fährt?«

»Ich denke nicht, dass ich solche persönlichen Details meiner Patientin preisgeben muss, Detective Inspector.«

Er wollte Zeit schinden, aber Horseman hatte es eilig. Er legte einen Druckverschlussbeutel auf den Tisch. »Eine Tablettenpackung, die wir bei Akanisis Sachen gefunden haben, weist Spuren von Mifepriston auf, auch bekannt als RU-486. Was können Sie mir über dieses Medikament erzählen?«

Dr. Chakra blieb einige Sekunden lang stumm. Dann seufzte er. »Es ist ein synthetisches Steroid, ein Antigestagen, das eines der Hormone blockiert, die nötig sind, um eine Schwangerschaft aufrechtzuerhalten.«

»Warum haben Sie Akanisi dieses Medikament verschrieben?«

»Ich habe nicht gesagt, dass ich das getan habe.« Verdammt, der Mann hatte sich schnell wieder im Griff.

»Aber das haben Sie, nicht wahr? Woher sonst sollte sie es bekommen haben?«

»Ich nehme an, sie hatte eine andere Quelle.«

»Legal kann die nicht gewesen sein. Dr. Chakra, Sie wissen genauso gut wie ich, dass Mifepriston auf Fidschi nicht zugelassen ist. Sie laufen Gefahr, Ihre Approbation zu verlieren, wenn Sie eine junge Frau, die mittlerweile tot ist, mit einem illegalen Abortivum versorgt haben.«

Der Arzt richtete sich in seinem Stuhl auf und starrte Horseman an. »Sie können nicht beweisen, dass ich dem Mädchen Mifepriston gegeben habe! Darf ich Ihnen wohl mitteilen, dass dieses dumme Verbot und die absurd restriktiven Abtreibungsgesetze auf diesen gottverdammten Inseln für mehr Todesfälle verantwortlich sind, als Ihnen bewusst ist, mein lieber Detective Inspector? In Frankreich, wo es entwickelt wurde, ist eine Behandlung mit Mifepriston seit fünfzehn Jahren zugelassen, und es ist legal in ganz Europa, in Indien, China und in den USA. In Kombination mit Misoprostol leitet es während der ersten Wochen sicher und wirksam einen Schwangerschaftsabbruch ein, wenn es entsprechend der Anweisung eingenommen wird. Aber nein, für die gottesfürchtigen Fidschi-Inseln ist das nicht gut genug!« Chakra war jetzt wieder in Höchstform.

»Wie interessant, Doktor. Kommen wir zurück zu Ihrer Patientin, Akanisi. Warum ist sie an jenem Tag vor zwei Wochen zu Ihnen in die Sprechstunde gekommen?«

Unter seiner kühlen Fassade kochte Chakra vor Wut. Gut, so unterlief ihm eher ein Fehler. »Ich wünschte, ich hätte das Mädchen nie am Riff gefunden. Wenn Bill nicht darauf bestanden hätte, dass wir seinen Golfball finden, wäre es auch gar nicht dazu gekommen. Aus eigenem Antrieb habe ich unter großen Schwierigkeiten die Leiche geborgen, habe alles getan, was ein Arzt tun kann, um sie wiederzubeleben. Außerdem habe ich dem Resortmanager gesagt, was zu tun war, denn der hatte keinen blassen Schimmer. Ich hätte gedacht, so etwas würde als vorbildliches Verhalten eines Bürgers reichen! Vielleicht sogar ein Dankeschön verdienen. Aber nein! Ich werde per Telefon gejagt, während ich Zeit mit meiner Familie verbringe, werde bei meiner Rückkehr im Polizeigriff aufs Revier geschleppt, werde bedroht und allgemein wie ein Krimineller behandelt. Der Polizeipräsident wird deswegen auf jeden Fall von meinem Anwalt hören!« Er schlug mit der Hand auf den Tisch.

Horseman war ehrlich belustigt über den Vortrag, den der Arzt ihm soeben gehalten hatte. »Dr. Chakra, Sie wissen genauso gut wie ich, dass nichts davon so passiert ist. Sie werden nicht wie ein Krimineller behandelt. Sie sind meiner Bitte, sich hier einzufinden, freundlicherweise gefolgt. Es steht Ihnen frei zu gehen, wann immer Sie wollen. Weil Sie die Leiche entdeckt haben, sind Sie unser Hauptzeuge. Seit Tagen versuche ich schon, mit Ihnen zu sprechen, und gelinde gesagt habe ich weder von Ihrer Seite noch von Ihren Angestellten oder Kollegen das geringste Entgegenkommen erfahren.«

Bei diesen Worten verzog sich Chakras Mund zu einem verschlagenen Lächeln. Hochmütiges Arschloch.

»Ihre Abwesenheit hat unsere Ermittlungen verzögert, denn nur

Sie als Akanisis Arzt können uns etwas zu ihrer gesundheitlichen Verfassung in den letzten Wochen sagen. Es wäre das Beste, wenn Sie meine Fragen direkt und ehrlich beantworten. Wie Ihnen inzwischen bewusst ist, wurde Akanisi aller Wahrscheinlichkeit nach getötet, und wir müssen ihren Mörder finden. Wer ihr das verbotene Medikament besorgt hat, ist womöglich irrelevant.«

»Aha, erst die Peitsche, dann das Zuckerbrot, Detective Inspector? Sie wollen mir doch nicht etwa einen Deal vorschlagen?« Gespielt überrascht zog der Arzt eine Augenbraue hoch. Sein starrer Blick blieb ausdruckslos.

»Ganz und gar nicht, Doktor. Erzählen Sie mir von Ihrer Bekanntschaft mit Akanisi, sowohl beruflich als auch in sonstiger Hinsicht. Bitte fangen Sie ganz vorne an.«

»In sonstiger Hinsicht? Mein lieber Herr Detective Inspector, was wollen Sie damit andeuten? Aber natürlich, Sie hatten ja schon mehrere Tage Zeit, um mit all den gehässigen Klatschmäulern im Resort zu plaudern, nicht wahr?« Chakra lächelte mit zusammengepressten Lippen. »Und alle waren zweifellos ganz begierig darauf, ihrem Rugbyhelden zu helfen.«

Dieser Zwang, sich in sarkastischen Bemerkungen zu ergehen, war eine Schwäche, die Horseman ausnutzen musste. »Fangen Sie einfach damit an, wie Sie sich kennengelernt haben, und erzählen dann von da aus weiter, Doktor. Ich kann durchaus beurteilen, was davon relevant ist.«

»Können Sie das? Da gibt es nicht viel zu erzählen, vielleicht leider. Es ist recht überschaubar. Vor etwa einem Jahr ist mir ein neues, hübsches junges Zimmermädchen im Paradise Island Resort aufgefallen, das muss ich zugeben. Sie wurde auf Schritt und Tritt von diesem grotesken Zeitgenossen verfolgt, Jona, der mürrische Skipper, der anscheinend ihr Onkel ist. Weil ich regelmäßig ins Resort komme, bin ich ihr hin und wieder über den Weg gelaufen und habe ein Schwätzchen mit ihr gehalten, aber jung und gesund, wie sie war, war das auch schon das ganze Ausmaß unserer Bekanntschaft. Sie haben sicher gehört, dass mich bei meinen Besuchen häufiger Medizinstudentinnen begleiten, um Arbeitserfahrung zu sammeln. Mein Fokus lag also auf etwas anderem.« Dieser ungeheuerliche Kerl zwinkerte Horseman doch tatsächlich verschwörerisch zu. Okay, dann ließ er ihm eben seinen Spaß.

»Bitte reden Sie weiter, Dr. Chakra.«

»Ich schätze, das Mädchen kam vor etwa einem Monat zu mir in die Sprechstunde. Sie hatte keinen Termin, tauchte einfach auf, als der letzte Patient gegangen war. Das kommt schon mal vor, wenn jemand umständehalber etwas Privatsphäre wünscht. Natürlich sah ich auf den ersten Blick, dass sie schwanger war: prächtige Titten, ein bisschen blass, etwas abgenommen. Eine Untersuchung und eine Urinprobe bestätigten meine Diagnose. Akanisi musste es natürlich auch gewusst haben, aber als ich ihr die Neuigkeiten überbrachte, bekam sie furchtbare Angst. Ich befürchtete, dass sie womöglich in Ohnmacht fallen würde, also bat ich sie, sich hinzulegen. Ich fragte sie nach den Hintergründen, aber sie wollte mir nicht davon erzählen.«

»Aber Sie haben sie noch ein zweites Mal untersucht. Sie haben ihr geraten, nach Hause zu fahren. Wie kam es dazu?«

»Ja, sie kam in die nächste Sprechstunde, zwei Wochen später. Sie klagte über Erschöpfung, Appetitlosigkeit, permanente Übelkeit und Erbrechen. Seit ihrem letzten Besuch hatte sie zwei Kilo abgekommen, deswegen empfahl ich ihr eine Woche Krankschreibung. Sie ist von Delanarua, es war also einfach für sie, nach Hause zu fahren. Ich ging davon aus, dass ihre Symptome, die zu Beginn einer Schwangerschaft ja recht typisch sind, in einer Woche oder etwas mehr abklingen würden und dass eine Auszeit von einem körperlich anstrengenden Job ihr helfen würde.«

»Haben Sie Akanisi irgendwelche Medikamente verschrieben?«

»Medikamente gegen Übelkeit werden wegen der Gesundheitsrisiken während einer Schwangerschaft nicht mehr empfohlen. Nisi brauchte keine Medikamente. Ich riet ihr, regelmäßig kleinere Mahlzeiten mit Kohlenhydraten einzunehmen und ausreichend Wasser und Tee zu trinken. Das war es auch schon.«

Chakra trat als kompetenter und sich sorgender Fachmann auf, aber Horseman nahm ihm seine Geschichte nicht eine Sekunde lang ab. Auf keinen Fall hätte Nisi von irgendjemand anderem ein Abtreibungsmedikament erhalten haben können.

»Würden Sie meine Frage bitte mit Ja oder Nein beantworten, Dr. Chakra? Haben Sie Akanisi Medikamente in jedweder Form verschrieben?«

Eine Pause, ein Wimpernschlag. »Wie ich bereits gesagt oder zumindest angedeutet habe, nein.« Der Mann log.

Horseman fuhr fort. »Wenn ich es richtig verstehe, waren Sie letzten Freitag im Paradise Island Resort, Dr. Chakra.«

»Ja, Ian hatte mich zu den Feierlichkeiten am Samstag eingeladen, und ich bin Freitagnachmittag angereist. An dem Tag hatte ich aber keine Sprechstunde.«

»Freitagabend klopfte Akanisi bei Ihnen an der *Bure* an, und Sie ließen sie rein. Ich war davon ausgegangen, dass es sich um eine Beratung außerhalb der Sprechzeiten handelte. Wollen Sie mir jetzt etwa sagen, ihr Besuch war privater Natur?«

Chakra wurde wieder wachsamer. »Privater Natur? Natürlich nicht. Sie wollte mir lediglich mitteilen, wie es ihr inzwischen ging. Da konnte ich sie wohl kaum abweisen.«

»Was hatte sie Ihnen zu berichten?«

Eine Pause. »Wie ich bereits sagte, es fällt mir äußerst schwer, vertrauliche Informationen meiner Patienten der Polizei oder überhaupt jemandem offenzulegen.«

»Sie müssen wissen, Dr. Chakra, dass mehr als einem der Angestellten aufgefallen war, dass es Akanisi letzten Freitag nicht gut ging – sie hatte anscheinend Schmerzen, und ihr war immer wieder schwindelig. Hat sie das erwähnt? War sie besorgt?«

Einen Augenblick lang funkelte der Arzt ihn wütend an, so als würde er ihm am liebsten einen Schlag versetzen. Aber nur einen Augenblick lang. Dann fuhr er in seinem belustigten, überheblichen Tonfall fort. »Du meine Güte, Sie haben aber fleißig Ihre Hausaufgaben gemacht, Detective Inspector.«

Horseman blieb ihm eine Erwiderung schuldig, und schließlich sprach Dr. Chakra weiter. »Sie erzählte mir, dass sie auf Delanarua eine Fehlgeburt erlitten hatte. Sie klagte über Bauchkrämpfe, die ich für gewöhnliche Nachwehen hielt. Ich gab ihr Paracetamol und bat sie, zur Nachuntersuchung in die nächste Sprechstunde zu kommen. Das wäre morgen gewesen.«

»Sonst noch etwas?«

»Wie bitte?«

»Hat sie außer den Bauchkrämpfen sonst noch etwas erwähnt?«

»Halten Sie sich wirklich für kompetent genug, um meine ärztlichen Diagnosen zu beurteilen, alter Junge? Das frage ich natürlich mit dem größten Respekt. Ich bin nur neugierig.«

»Und ich will nur wissen, was Akanisi Ihnen achtzehn Stunden vor ihrem Tod erzählte.«

Dr. Chakra schluckte. »Sie erwähnte Schwindelgefühle. Dafür war vermutlich ihre erhöhte Temperatur verantwortlich. Die Paracetamol sollte das beheben. Am nächsten Morgen sprach ich beim Frühstück kurz mit ihr, und sie teilte mir mit, dass es ihr schon viel besser gehe.«

»Wie hat Akanisi auf die Fehlgeburt reagiert?«

»Erleichtert und froh.«

»Und Ihnen ging es genauso?«

»Ich war zufrieden, dass das Resultat dem entsprach, was sie sich wünschte. Oder was wollen Sie damit andeuten?«

»Dass es womöglich Ihre Idee gewesen war, die Schwangerschaft mithilfe von Medikamenten zu beenden. Ich habe Ihnen ja die Packung von den Mifepristontabletten gezeigt, die wir in Akanisis Zimmer gefunden haben.«

Chakras Augenbrauen schossen in die Höhe und ließen die dunkelvioletten Ringe um seine Augen noch größer erschienen. »Ich dachte, das hätten wir schon geklärt. Und warum sollte ich das auch tun?«

»Sie haben anscheinend die Angewohnheit, hübsche junge Frauen zu verführen, Dr. Chakra. Ich will andeuten, dass Sie Akanisi verführten, sie schwängerten und dann überredeten, eine Abtreibung durchzuführen.«

Der unausstehliche Kerl schien ernsthaft amüsiert. Er lächelte und fing dann an zu glucksen und schüttelte ungläubig den Kopf.

»Detective Inspector Horseman, diese Idee können Sie direkt wieder verwerfen. Ich hatte eine Vasektomie, wissen Sie, und bin ganz und gar zeugungsunfähig. Schon seit zwölf Jahren. Das werden Sie sich sicher von Dr. Krishna vom Krankenhaus in Suva bestätigen lassen wollen. Sehen Sie, ich bin sozusagen immun gegen Erpressungsversuche von intriganten kleinen Biestern, die glauben, ich würde das Kind eines anderen finanzieren!«

Triumphierend warf er die Hände hoch, ganz der clevere Magier, bereit für Applaus und Bewunderung.

29

SUVA

Der Antrag auf einen Durchsuchungsbeschluss für sowohl Chakras Praxis als auch sein Wohnhaus, um dort nach Beweisen für illegale Arzneimittel zu suchen, lag zur Genehmigung beim Richter. Horseman beschloss, beim Mittagessen die Fortschritte zusammen mit Singh und Taleca durchzugehen und Musudroka die Verantwortung für Fax und Telefon zu überlassen und wies ihn an, sich umgehend zu melden, sobald es Neuigkeiten zum Durchsuchungsbeschluss gab.

Es war noch früh, und im Hare-Krishna-Restaurant war kaum Betrieb. Mit ihren Edelstahltabletts mit Schälchen voll Curry, Dhal und Sambal darauf suchten Horseman, Singh und Taleca sich einen Tisch in der Ecke. Der Inhaber brachte ihnen Reis und einen Korb mit Naan. Die würzigen Düfte und warmen Farben des Essens lenkten Horseman zumindest ein kleines bisschen von seiner düsteren Stimmung ab. Taleca, der nicht anders konnte, als seinem Schöpfer zu danken, bevor er auch nur den kleinsten Happen aß, senkte den Kopf und bewegte stumm die Lippen. Die anderen beiden waren weniger religiös und warteten, bis er den Kopf hob und grinste.

»Riecht gut, oder? Worauf warten wir?«

Horseman hatte angenommen, er wäre zu aufgewühlt, um etwas herunterzubekommen, aber das dicke, salzige Dhal und der cremige Paneer bewirkten wahre Wunder, sodass er sich doch noch entspannte. Er hatte schon vor seinem Treffen mit Chakra eine Abneigung gegenüber dem Arzt verspürt, aber die Befragung hatte ihn gereizt und verärgert, und damit war ein Ermittler nie gut beraten.

»Wisst ihr, was mich am meisten an Chakras Geschichte über Nisis Besuch bei ihm am Freitagabend aufregt?« Eigentlich war es eine rhetorische Frage.

»Was denn, Boss?«, fragte Taleca freundlicherweise nach.

»Ich war sicher, dass Nisi umgebracht wurde. Aber was Chakra mir erzählt hat, wirft doch wieder Zweifel daran auf.«

Taleca durchbrach das Schweigen. »Wie kommst du darauf, Boss?«

»Gehen wir es mal durch. Wenn sie Fieber hatte, und ich wüsste nicht, weshalb Chakra sich das ausdenken sollte, ist sie vielleicht ohnmächtig geworden und gestürzt, vielleicht vom Anleger oder von der Strandmauer, hat sich den Kopf an einem Felsen angeschlagen, und die Flut hat sie aufs Meer getragen. Matt hält es für unwahrscheinlich, dass ihre Kopfverletzung von einem Sturz kommt, aber er kann es auch nicht zu hundert Prozent ausschließen. Es ist doch bestimmt in Chakras Interesse, Nisis Zustand herunterzuspielen. Es kann gut sein, dass es schlimmer war, als er wusste oder als er es zugeben wollte. Woher sollen wir das wissen?«

»Boss, die Ebbe hatte schon wieder eingesetzt, als das Boot mit dem Ratu seine Tour um die Insel begann«, wandte Taleca ein. »Weißt du noch, dass wir unser Boot gestern vom Ende der Strandmauer um die Landzunge herum an den Anleger fahren mussten? Die Anlegestelle an der Strandmauer liegt bei Ebbe auf dem Trockenen. Wenn Nisi dort gestürzt wäre, wäre das Wasser zu niedrig gewesen, um sie aufs Meer hinauszutragen.«

»Guter Punkt, Keli. Schau noch mal nach, wie hoch der Wasserstand an der Mauer und am Anleger zwischen halb vier und fünf gewesen wäre, wenn wir das nächste Mal hinfahren, ja?« Er blickte von Taleca zu Singh. »Und jetzt lasst mich etwas essen, während ich euch zuhöre.«

Singh fing an: »Es hängt alles davon ab, wie schlecht es Nisi ging, oder? Es wäre zwar interessant zu wissen, was genau ihre Beschwerden waren und ob es an der Fehlgeburt lag, aber das ist nicht wesentlich, um zu verstehen, wie sie gestorben ist. Wie wahrscheinlich ist es, dass sie tot umfiel oder bewusstlos ins Wasser stürzte und sich dabei den Kopf anschlug? Das müssen wir als Erstes herausfinden. Vermutlich kann nur Dr. Young uns das erzählen.«

»Da stimme ich zu«, sagte Taleca. »Aber nehmen wir einmal an, es war so, wie ist sie dann dort gelandet, wo sie gefunden wurde? Ich habe mir die Küstenlinie rund um die Insel näher angeschaut, und es gibt außer beim Resort keine Stelle, an der Nisi gestürzt und dann von der zurückgehenden Flut aufs Meer hinausgetragen worden sein könnte. Okay, beim Resort gibt es zwei Stellen: das Ende vom Anleger und vielleicht noch das Ende der Strandmauer am Hauptstrand. Aber diese Stellen sind so einsehbar, ganz besonders an dem betreffenden Nachmittag, dass jemand Nisi gesehen hätte.«

»Es sei denn, wir nehmen noch einmal das Szenario auf, dass sie stürzte und beim Ansturm der Leute auf das Boot am Hauptstrand überrannt wurde. Das wäre am ehesten denkbar, wenn sie krank war oder sogar, wenn ihr einfach schwindelig war. Was glauben Sie?«, fragte Singh.

Taleca schüttelte den Kopf. »Es wäre vielleicht möglich, aber unwahrscheinlich, Sarge. Wenn sie vom Weststrand zurückgeeilt wäre, wo sie, wie wir wissen, zusah, wie das Boot vorbeifuhr, hätte sie sich ziemlich sicher für die letzte Segnung am Rand der Zuschauer aufgehalten. Eine Menge Leute haben zugeschaut, und eine Menge Leute sind ins Wasser gelaufen, um den Ehrengästen zu helfen. Hätte sie da nicht längst jemand bemerkt, bevor sie hätte hinausgetragen werden können?«

»Sie haben recht, Kelepi«, entgegnete Singh entmutigt.

Horseman legte die Gabel hin, kippelte mit seinem Stuhl nach hinten und verkündete: »Meiner Meinung nach ist sie am ehesten von einem Boot aus ins Wasser gefallen, ob nun tot oder lebendig.«

Singh nickte langsam. »Da stimme ich zu. Ist es möglich, dass sie irgendwann im Laufe des Nachmittags allein in einem Boot unterwegs war?«

Horseman kippelte ein paarmal vor und zurück. »Nein, nach der Zeremonie waren alle Boote des Resorts im Einsatz, um die

Tagesgäste auf die anderen Inseln oder nach Navua zurückzubringen. Nicht dass die Aufzeichnungen da eine große Hilfe wären. Es gibt nicht wie an regulären Tagen separate Einträge für jede Tour. Nur eine Notiz, dass alle Boote in Gebrauch waren.«

Seine Miene hellte sich auf, und er ließ die Vorderbeine seines Stuhls wieder auf dem Boden aufkommen. »Aber wie sieht es mit den Kajaks des Resorts aus? Oder einem Katamaran? Wenn sie krank war oder in Ohnmacht fiel und das Boot kenterte, dann konnte sie vielleicht nicht wieder an Bord kommen. Sie könnte sich am Boot festgehalten haben, bis sie das Bewusstsein verlor und unterging.«

Singh nickte. »Das wäre möglich, Sir. Soweit ich weiß, richten sich die Kajaks von selbst wieder auf und können nicht sinken. Aber wenn es sich umdrehen würde, könnte eine Leiche oder eine beinahe bewusstlose Person herausfallen. Dann würde dem Resort ein Kajak fehlen. Das können wir überprüfen.«

»Ja, wenn keine Kajaks vermisst werden oder gestrandet sind, können wir dieses Szenario ausschließen. Aber ich halte es ohnehin für wahrscheinlicher, dass sie, ob nun tot oder lebendig, mit jemandem zusammen in einem Boot saß, der sie ins Wasser stieß«, erklärte Horseman.

Taleca ergriff das Wort. »Es ist so frustrierend. Beinahe wünschte ich, sie wäre erstochen oder erwürgt worden – dann könnten wir uns zumindest darauf konzentrieren, den Täter zu finden, anstatt vier Tage später immer noch Vermutungen darüber anzustellen, wie sie gestorben ist.«

Der Inhaber brachte ihnen Tee und einen Teller mit appetitlich aussehenden indischen Süßigkeiten. »Das geht aufs Haus, *Ovisas.*« Schwungvoll schenkte er ihnen ihren Tee ein und ließ sie wieder allein. Einen Moment lang nippten die drei Detectives schweigend an ihren Tassen.

Horseman griff seinen Gedanken wieder auf. »Konzentrieren wir uns fürs Erste auf die wahrscheinlichsten Umstände, auch wenn wir die anderen nicht komplett ausschließen können. Nisi wurde angegriffen, an Land oder in einem Boot, und trug eine Kopfwunde davon. Ihr Angreifer oder ein Komplize warf sie von irgendeiner Art Boot aus ins Meer. Das zu beweisen ist so gut wie unmöglich, es sei denn, wir bekommen ein Geständnis. Wir müssen also dringend prüfen, wo sämtliche Kajaks und Katamarane an dem Nachmittag waren. Keli, ich möchte, dass du Mr McKenzie anrufst und ihn fragst, wie sie die Nutzung der Boote durch die Gäste kontrollieren und ob am Samstag eins fehlte.«

»Geht klar, Boss. Ich bitte ihn, mir Kopien von den Unterlagen zu faxen, wenn sie denn welche haben. Überlass das nur mir.«

»Dann möchte ich, dass du Winston Lee aufspürst. Gestern war er den ganzen Tag unterwegs zum Fischen, wir haben ihn also noch nicht dazu befragt, dass er mit Nisi am Weststrand gesehen wurde. Adi Litia ist der Meinung, er sei heute Morgen geschäftlich nach Suva gefahren. Schau bei den gehobenen Mittagstischen vorbei und auch bei den chinesischen Restaurants. Bitte Ashok von der Kriminaltechnik, dass er die Kopie von Lees Passfoto bearbeitet, und verteil Kopien davon in A4 unter den Kollegen bei der Streife in Suva. Ich gebe Ashok Bescheid, dass es eilt.«

»In Ordnung, Boss.«

»Lee fährt auch gern Kajak«, sagte Singh. »Er ist am Montag den ganzen Weg nach Delanarua und zurück gepaddelt.«

Horseman gefiel es nicht, dass ihre Ermittlungen sich immer weiter zerfaserten. »Ja, Lee ist wichtig. Aber ich möchte, dass Sie die Testergebnisse der Obduktion weiterverfolgen, Sergeant Singh. Matt Young wartet noch auf ein paar Laboruntersuchungen zu Nisi und zu Leduas Kräuterheilmitteln. Wir müssen wissen, ob es Hinweise darauf gibt, dass Nisi aufgrund einer Infektion das Bewusstsein verloren haben könnte oder aufgrund von Medikamenten.«

»Kein Problem, Sir.«

Horseman warf einen Blick auf seine Uhr. »Machen wir uns an die Arbeit, aber sobald der Durchsuchungsbeschluss vorliegt, lassen wir alles andere stehen und liegen. Ich würde Tanielo Musudroka mit zu Chakras Praxis nehmen. Keli, du gehst dann zur selben Zeit mit Sergeant Singh zu Chakras Haus. Er ist noch auf dem Revier. Ich habe ihn gebeten, seine Aussage aufzuschreiben. Constable Waqatabu tippt sie dann ab, bevor Dr. Chakra sie unterschreiben kann. Ich habe Waqatabu zu verstehen gegeben, dass es uns auf Genauigkeit ankommt, nicht auf Tempo. Ich kann Dr. Chakra natürlich nicht dazu zwingen zu warten, aber mit ein bisschen Glück ist der Durchsuchungsbeschluss noch vor Chakras Aussage unterschrieben.« Horseman lächelte sein Team in Vorfreude an.

30

SUVA

Es war drei Uhr nachmittags, und auf den Stufen der schmalen Treppe, die zu Dr. Chakras Praxis führte, saßen ein paar resigniert blickende Patienten. Sie erwachten aus ihrer Lethargie, als zwei Polizisten in blauer Uniform, die beiden Detectives Horseman und Taleca sowie zwei Kollegen von der Spurensicherung mit Koffern und Gleitverschlussbeuteln zielstrebig auf die Treppe zumarschierten. Neugierig sprangen die Wartenden auf, um besser sehen zu können.

»Polizei, bitte machen Sie Platz«, wies der Constable vorne sie an, als er zu der Treppe kam. Horsemans Knie protestierte bei den steilen Stufen, und er schüttelte aufs Neue den Kopf darüber, welche Räumlichkeiten die praktischen Ärzte sich hier ausgesucht hatten. Die Tür zu Dr. Chakras Praxis war verschlossen, aber Horseman konnte das Radio hören. Als Antwort auf ihr Klopfen kratzte ein Stuhl über den Fußboden, doch niemand öffnete die Tür.

»Hier spricht die Polizei. Bitte machen Sie auf«, sagte der Constable im Befehlston. Die wartenden Patienten waren inzwischen bis in den Flur vorgedrungen. Der zweite Constable wies sie an, zurückzubleiben. Ein paar unter ihnen gehorchten und gingen zurück zum Treppenabsatz; die anderen machten sich lediglich kleiner, senkten die Köpfe und versuchten förmlich mit der Wand zu verschmelzen. Alle warteten ab. Dann schlug der Constable mit seinem Schlagstock gegen die Tür und rief: »Polizei. Uns liegt ein Durchsuchungsbeschluss für die Geschäftsräume von Dr. Vijay Chakra vor. Bitte öffnen Sie die Tür.« Das Radio lief noch immer, sonst war nichts zu hören.

»Was ist denn hier los? Meine Herren, bitte!« Horseman erkannte den hellen Tenor von Dr. Pillai, und als die Kollegen an der Tür beiseitetraten, sah Horseman, wie der Arzt mit den Schlüsseln in der Hand auf sie zukam.

»Ah, Dr. Pillai, Sie kommen genau richtig. Aber es überrascht mich, Sie hier zu sehen. Ich war der Meinung, heute Nachmittag hätte Dr. Chakra Sprechstunde.«

Der Arzt zeigte sich kaum beunruhigt. »Guten Tag, Detective Inspector. Ja, mittwochs übernimmt er normalerweise den Nachmittag, aber er hat mich gebeten, ihn heute zu vertreten. Was geht hier vor sich? Stimmt etwas nicht?« Als Horseman ihm die Lage erklärte und den Durchsuchungsbeschluss zeigte, wurde er ernst. »Was ist mit Mrs Nath? Warum hat sie Ihnen nicht aufgemacht? Meine Güte, das verheißt nichts Gutes. Kommen Sie doch bitte rein.«

Das Wartezimmer war leer. Horseman folgte Dr. Pillai ins Sprechzimmer. Hinter dem Vorhang, der um die Behandlungsliege gezogen war, lugte Mrs Naths Gesicht hervor. Verängstigt, aber immer noch trotzig trat sie heraus, das Kinn hoch erhoben. »Ich wusste nicht, was ich tun sollte, Dr. Pillai! Ich konnte doch diese Männer nicht einfach so in Dr. Chakras Räume einmarschieren lassen.« Ihre Stimme wurde mit jedem Wort schriller.

Dr. Pillai tätschelte ihr die Schulter. »Du liebe Güte, Mrs Nath, keine Sorge. Es ist schon in Ordnung. Die Polizei ist befugt, unsere Räume zu durchsuchen, und außerdem ist es doch ohnehin unsere bürgerliche Pflicht, sie dabei zu unterstützen. Es tut mir leid, dass Sie das so mitnimmt. Geht es denn jetzt? Vielleicht könnten Sie uns einen Tee machen? Die Herren?«

Die versammelte Mannschaft ersparte Mrs Nath weitere Entrüstung, indem sie ablehnte. »Sie nehmen es uns aber sicher nicht übel, wenn Mrs Nath und ich einen Tee trinken«, sagte Dr. Pillai. »Machen Sie doch bitte eine große Kanne, Mrs Nath, die Polizisten überlegen es sich ja vielleicht noch anders.« Die Empfangsdame funkelte sie alle wütend an, machte sich aber doch recht forsch ans Werk. »Wonach suchen Sie denn, Detective Inspector Horseman?«, fragte der Arzt.

Ehe Horseman antworten konnte, kam der Constable, der draußen Wache stand, mit einem mittelalten, gelehrt aussehenden Mann mit einer prallgefüllten Aktentasche unterm Arm in die Praxis. Horseman fing ihn ab. »*Vinaka*, Constable – alles in Ordnung, ich erwarte Dr. Ali.« Er schüttelte dem Neuankömmling die trockene, knochige Hand. »Sie sind der Leiter der Krankenhausapotheke? Vielen Dank, dass Sie sich die Zeit genommen haben, Doktor.«

»Gern. Wenn man die Zeit nicht hat, bleibt einem nichts anderes übrig, als sie sich zu nehmen, nicht wahr? Matt Young helfe ich doch immer gern. Ich weiß, dass er mich um nichts bitten würde, wenn es nicht wichtig wäre. Ich habe wie von ihm gewünscht die Liste der nicht zugelassenen Arzneimittel mitgebracht. Wenn Sie mir sagen, was genau Sie wollen, mache ich mich sofort an die Arbeit.«

Dr. Pillai war offensichtlich besorgt, als Horseman die Arzneimittelprüfung erklärte, aber der Arzt war so vernünftig und leistete keinen Widerstand, sondern öffnete sämtliche sicher verschlossenen Schränke. Horseman wies Musudroka an, sich an Tomasi, den Leiter der Spurensicherung, zu halten. Während die Kollegen systematisch die Praxis durchforsteten, kehrte Horseman ins Wartezimmer zurück, wo er beinahe mit Mrs Nath und ihrem Tablett zusammenstieß.

»Lassen Sie mich das übernehmen, Mrs Nath. Soll ich es auf den Schreibtisch stellen?«

»Ich erledige meine Arbeit und Sie Ihre, Inspector«, erwiderte sie hochmütig und trug das Tablett demonstrativ zu einem niedrigen Schrank an der Wand.

Dr. Pillai auf der anderen Seite des Zimmers hatte sie offenbar nicht gehört, sonst hätte er sicher nicht so fröhlich gerufen: »Danke, Mrs Nath, wir bedienen uns selbst. Sie nehmen sich eine Tasse und zeigen den Polizisten die Akten oder was immer sie brauchen, bitte.« Entschuldigend wandte er sich an Horseman. »Draußen warten die Patienten, deswegen würde ich gern so schnell wie möglich den Betrieb wieder aufnehmen.«

»Verstehe, Doktor. Ich bin Ihnen wirklich dankbar für Ihre Mitarbeit.« Horseman wartete ab, während Mrs Nath sich Tee in eine mit gelben Rosen verzierte Porzellantasse goss, zwei Teelöffel voll Zucker dazugab und dann zu ihrem Reich am Empfangstresen zurückkehrte.

Horseman war überrascht, welches Chaos auf ihrem L-förmigen Schreibtisch herrschte. Neben dem Telefon, dem Computer und dem Terminbuch lagen wild durcheinander ungeordnete Papierstapel, Notizbücher und Ordner unterschiedlichster Größen sowie mehrere Zettelspießer, deren Spitzen man unter dem Wust der Papiere darauf kaum noch sah.

»Könnten Sie mir zeigen, wie Sie die Akten Ihrer Patientinnen und Patienten ablegen, Mrs Nath? Haben Sie einen Ausdruck oder eine Sicherung des PCs auf CD?«

Die Sprechstundenhilfe sah ihn nur verständnislos an, als hätte er eine Fremdsprache gesprochen. Nach einer Weile sagte sie: »Auf dem Computer fülle ich nur die Vorlagen verschiedener Formulare aus, um sie auszudrucken. Sonst benutze ich ihn nicht. Die Patientenakten sind auf diesen Karteikarten hier.« Sie zeigte auf ein paar Karteikästen aus Stahl ganz links an der Wand auf dem seitlichen Auszug der Schreibtischplatte. Auf den Kästen stand eine tragbare elektrische Schreibmaschine. Wahrscheinlich hatte Dr. Chakra schon viel damit erreicht, dass er Mrs Nath überhaupt dazu bewegen konnte, einen Computer zu benutzen.

»Für Adressen benutze ich noch meine Schreibmaschine. So viel besser als die Briefvorlagen auf dem Computer. Das ist einfach nur hoffnungslos!«

»Da haben Sie nicht unrecht. Mrs Nath, ich müsste lediglich ein paar Namen überprüfen.«

»Dann sagen Sie sie mir.«

Horseman bemühte sich um einen freundlichen Ton. »Die Bedingungen meines Durchsuchungsbeschlusses erfordern, dass ich das selbst mache, Mrs Nath.«

»Warten Sie, bis ich mir die Erlaubnis von Dr. Pillai geholt habe!« Ihr fülliger kleiner Körper bebte vor Empörung, als sie ins Sprechzimmer stolzierte. Als sie mit dem Arzt zurückkam, standen ihr die Tränen in den Augen, und sie presste die Lippen fest zusammen, um nicht zu weinen.

Dr. Pillai redete beruhigend auf sie ein und tätschelte ihr die Schulter. »Und jetzt, meine Liebe, nehmen Sie Ihren Tee mit ins Sprechzimmer, setzen sich, trinken ihn und lassen mich Inspector Horseman behilflich sein.« Der Arzt lächelte, als sie das Zimmer verlassen hatte. »Sie ist leider sehr besitzergreifend. Himmel, sie kümmert sich seit zwanzig Jahren um die Praxis, schon viel länger als selbst Dr. Chakra. Eine gute Seele, aber … Sie haben es ja gesehen.« Er zuckte die Achseln.

»Verständlich, Doktor. Ich müsste ein paar Namen überprüfen. Mrs Nath sagte, Sie hätten auf dem Rechner keine Akten zu Ihren Patienten. Stimmt das?«

»Ich fürchte ja, Detective Inspector. Und das wird sich wohl auch nicht ändern, so lange Mrs Nath bei uns ist. Es funktioniert aber so auch recht gut, wissen Sie, und es versteht sich von selbst, dass sie sich aufopferungsvoll um die Praxis kümmert.«

»Sie können gern zusehen, während ich mir die Karteikarten vornehme, Doktor. Danach übergebe ich an meinen Kollegen vom Durchsuchungsteam, der nur darauf wartet, dass ich ihm aus dem Weg bin.« Tomasi war aus dem Sprechzimmer zu ihnen gekommen und sah sich kritisch in dem einfach möblierten Wartezimmer um. Horseman durchstöberte einige Minuten lang die Karteikästen, fand aber keine Unterlagen zu Nisi oder anderen Angestellten des Paradise Island Resorts: nichts über die McKenzies, Dawson, Adi Litia, Ledua und Jona. Er winkte Tomasi zu sich.

Dann wandte er sich an Dr. Pillai: »Ich bin jetzt fertig, vielen Dank. Ich würde gern auf Ihr Angebot für eine Tasse Tee zurückkommen, so lange Tomasi sich den PC vornimmt.«

Dr. Pillai sah ihn skeptisch an, aber die Freundlichkeit war so tief in ihm verwurzelt, dass sie schließlich die Oberhand gewann. »Bitte, dann nehme ich vielleicht auch noch eine. Kommen Sie mit.«

Horseman schenkte ihnen beiden ein. Ihm war eine Idee gekommen, und er wollte sie Dr. Pillai vorschlagen, auch wenn der Zeitpunkt nicht günstig war. »Dr. Pillai, Sie haben mir doch erzählt, was für ein Rugbyfan Sie sind und dass Sie sich Gedanken um die Gesundheit der Sportler machen. Ich würde Ihnen gern von einem Projekt erzählen, dass ich hier in Suva auf die Beine stellen will, um Jugendliche vor der Kriminalität zu bewahren.« Er schilderte, was er mit den Schuhputzjungs vorhatte. Dr. Pillai hörte aufmerksam zu.

Auf dem Fußboden des Behandlungszimmers kniete der Pharmazeut und durchsuchte den Inhalt einer unteren Schublade. Während Horseman seinen Tee trank und sich mit Dr. Pillai unterhielt, machte Dr. Ali sich Notizen, sortierte alles wieder in die Schublade ein, verstaute seine eigenen Sachen in seiner Aktentasche und stand auf. »Alles erledigt. Muss leider zügig zurück ins Krankenhaus. Ich rufe Sie an, Detective Inspector.« Er reichte Horseman seine Karte.

Dann wandte er sich an Dr. Pillai. »Haben Sie vielen Dank für Ihre Mitarbeit. Ein paar Medikamente habe ich für weitere Untersuchungen sichergestellt. Hier ist die Liste. Könnten Sie sie einmal durchgehen und unterschreiben, bitte?« Er hielt ihm einen durchsichtigen Beutel mit mehreren kleinen Schachteln und Fläschchen hin.

Dr. Pillai sah ihn verwirrt an. »Du liebe Güte, ich vermute, das muss ich wohl … Nun gut.« Er nahm sich kurz Zeit, die Verpackungen mit der Liste abzugleichen, und unterschrieb.

Dr. Ali schüttelte ihm die Hand und murmelte noch ein paar entschuldigende Floskeln.

»Vielen Dank, Dr. Ali«, sagte Horseman. »Ich erwarte Ihren Anruf.«

Das Polizeiteam war kaum zehn Minuten nach Dr. Ali ebenfalls fertig. Die Anzahl der wartenden Patienten hatte sich vergrößert, aber letztlich konnte Mrs Nath sie mit lediglich einer Stunde Verspätung ins Wartezimmer lassen. Darüber würde sich auf Fidschi niemand beschweren.

Als er draußen war, rief Horseman Singh an. »Haben Sie was gefunden, Susie?«

»Wir kommen gerade aus Chakras Haus, Sir. Er war schon zu Hause, als wir klopften, und hat sich furchtbar aufgespielt. Ich glaube, Sie haben Grund, sich ein bisschen zu freuen. Kelepi hat eine nicht beschriftete Schachtel ganz hinten in einer Schreibtischschublade gefunden. Darin waren Plastikverpackungen mit Tabletten, Misoprostol und Mifepriston. Kelepi ist ganz aus dem Häuschen – er hat sie gefunden.«

»Wunderbar! Großartige Arbeit! Bringen Sie das auf dem Rückweg bei Dr. Ali in der Krankenhausapotheke vorbei. Er wird bestätigen müssen, um was es sich handelt. Er ruft mich später an, wenn er überprüft hat, was er in der Praxis sichergestellt hat.«

Sein Team quetschte sich gerade in den Polizeiwagen, als eine bekannte Stimme durch das Gespräch seiner Kollegen und den Verkehrslärm zu ihm vordrang. »Schuh-putz …«, gefolgt von drei schallenden Schlägen auf die Kiste. Ein Stück die Straße runter vor dem Optiker entdeckte Horseman Tevita. Hatte der Junge etwa herausgefunden, dass Brillenträger gut bei Kasse waren? Oder hoffte er einfach darauf? Horseman bat den Fahrer zu warten.

Tevita sah Horseman auf sich zukommen, hörte auf zu klopfen und grinste. Er hatte sich einen Schneidezahn halb ausgeschlagen. »Joe, Joe, *Bula*, *Bula*!«

Obwohl der Junge so arm dran war und noch ärmere Aussichten hatte, munterte der Überschwang, mit dem er sein Gewerbe ausübte, Horseman auf. »*Bula vinaka*, Tevita. Wie geht es dir? Sieht aus, als wärst du in eine Schlägerei geraten.«

»Gar nicht, Joe, Rugby. Mit ein paar Jungs im Albert-Park-Stadion. Bald ist die Auswahl, Joe. Da muss ich hart trainieren. Wissen Sie doch!«

Bei näherem Hinsehen entdeckte Horseman, dass der Junge zerkratzter aussah und mehr blaue Flecken hatte als sonst. »Tevita, ich muss dir was zeigen, vielleicht kannst du mir helfen.« Er hielt ihm Lees Foto hin, und der Junge betrachtete es genau.

»Joe, den hab ich heute gesehen! *Io*, Joe, diesen Chinesen habe ich gesehen! Braune Sandalen! Was hat er gemacht, Joe?«

»Nichts, Tevita, aber er kann mir vielleicht bei meinem Fall helfen. Wo hast du ihn denn gesehen?« Tevita irrte sich womöglich, aber Horseman wagte zu hoffen.

»Auf dem Markt, Joe. Da war ich heute Morgen. Hab seine braunen Sandalen poliert. Hat mit Schildkrötenhändlern geredet. Ganz lange, Joe. Hat sich Schildkröten angesehen und mit den Händlern gesprochen.«

»Bist du auch ganz sicher, dass es der Mann hier auf dem Foto war?«

Das Lächeln verschwand aus dem Gesicht des Jungen, seine braunen Augen weiteten sich. Horseman hatte seinen zarten Stolz verletzt. »*Io*, Joe, ehrlich!«

Horseman schlug die Hacken zusammen und salutierte. »*Vinaka vakalevu*, Tevita.« Sie klatschten sich feierlich ab. Als Horseman sich umdrehte und den Hügel Richtung Markt hinunterging, begann hinter ihm wieder das schwungvolle Klopfen.

31

SUVA

»Lass es mich so ausdrücken, Matt.« Horseman lehnte sich über den Tisch, denn er war erpicht darauf, die gewünschte Antwort zu erhalten. »Susie sagte mir, dass du es für unwahrscheinlich hältst, aber kannst du ausschließen, dass Nisi an den Folgen einer Abtreibung gestorben ist? An einer Infektion, wie du es angedeutet hast?« Der Rechtsmediziner runzelte die Stirn, trank nachdenklich ein paar Schlucke von seinem Bier und blickte auf das glatte Wasser in der Bucht und den dunstigen Horizont hinter dem grünen Garten des Waterfront.

»Nicht komplett, Kumpel. In den Staaten waren ein paar Fälle groß in den Medien, bei denen junge Frauen an systemischen Infektionen starben, nachdem sie scheinbar erfolgreich die gleichen Medikamente angewendet hatten. Tragisch. Aber solche Fälle sind sehr selten. Es ist ärgerlich, dass die Befunde aus der Toxikologie noch nicht vorliegen, dann weiß ich es genauer. Aber bisher wette ich darauf, dass sie die Verletzung bekam, bevor sie ins Wasser fiel.«

»Geh noch mal deinen Gedankengang mit mir durch, Matt. Ich muss sicher sein, dass ich es richtig angehe.«

»In Ordnung, Kumpel. Gehen wir davon aus, dass jemand, den man tot im Wasser auffindet, ertrunken ist. Nisi hatte etwas Wasser in den Lungen, aber nicht annähernd so viel wie jemand hätte, der bei Bewusstsein war und nach Luft schnappte. Außerdem wissen wir, dass sie eine gute Schwimmerin war. Aus dem Grund muss sie bereits tot, bewusstlos oder stark geschwächt gewesen sein, als sie ins Wasser fiel.«

»Gut, so weit habe ich es auch.«

»Zweitens, ihre Kopfverletzung hat zwar nicht den ganzen Schädelknochen zerschmettert, war möglicherweise aber dennoch tödlich. Bei einem Schädel-Hirn-Trauma kann man nie wissen. Manchmal stirbt jemand an einer unwesentlich erscheinenden Kopfverletzung, und zwar innerhalb weniger Minuten. Es ist sehr gut möglich, dass Nisi durch den Aufprall bewusstlos wurde, sodass sie sich deswegen nicht aus dem Wasser retten konnte.«

»Bisher kann ich dir gut folgen. Aber erklär mir noch einmal, woher du weißt, dass sie sich nicht den Kopf an einem Felsen anschlug, als sie ins Wasser sprang oder fiel.« Horseman brauchte unbedingt Gewissheit.

»Das zeigt uns das dritte wesentliche Indiz, Joe. Nisis Gehirn wurde in erster Linie direkt unter der Bruchstelle verletzt, und das ist typisch, wenn ein beweglicher Gegenstand auf den ruhenden Kopf aufkommt. Das nennen wir eine Coup-Verletzung. Wenn dagegen der Kopf sich bewegt und auf einen ruhenden Gegenstand prallt, entsteht der hauptsächliche Schaden im Gehirn auf der gegenüberliegenden Seite – das ist die Contrecoup-Verletzung. Natürlich kommt es in beiden Fällen auch zu diffusen Gewebeschäden, die von Schockwellen durch das Gehirn verursacht werden.«

»*Vinaka.* Wenn die Toxikologie also nichts ergibt, dann können wir sicher sein, dass Nisi von jemandem getötet wurde, der ihr einen Schlag auf den Kopf versetzte und sie dann ins Meer warf?«

Dr. Young nickte ernst. »Ja, zu neunundneunzig Prozent sicher, Kumpel. So ärgerlich, dass ihre Eltern sie gewaschen und geölt und ihr die Haare gekämmt haben. Keinerlei Spuren von der Tatwaffe.«

Das wurmte auch Horseman noch immer, aber es brachte schließlich nichts, sich weiter darüber zu ärgern. Er konnte die Beweggründe der Eltern verstehen, und es war nun mal nicht rückgängig zu machen. »Ich setze alles auf die toxikologischen Ergebnisse, damit wir sicher sein können, dass es Mord war.«

»Das dauert noch, Joe. Ich habe Susie heute Nachmittag schon gesagt, dass ich morgen im Labor vorbeischaue, wie sie vorankommen.«

»*Vinaka*. Die Durchsuchungen haben sich allerdings gelohnt. Dr. Ali hat angerufen, die Tabletten aus Dr. Chakras Haus sind Abtreibungsmittel, und die Verpackung stimmt mit der überein, die wir auf der Insel gefunden haben. In der Praxis war alles mehr oder weniger einwandfrei. Nur ein paar Medikamente, deren Haltbarkeitsdatum abgelaufen war, die hat er beschlagnahmt. Keine Akte zu Nisi oder irgendjemand anderem aus dem Resort. Anscheinend gibt es nur die Akten, die er im Resort verwahrt.«

»Du klingst enttäuscht«, bemerkte Young mit einem Lächeln.

»Es fühlt sich besser an, wenn man nicht mit leeren Händen von der Jagd zurückkommt, Matt. Dr. Ali unterstützt uns dabei, die Akten zu verstehen, Tomasi ist noch mit dem Computer beschäftigt. Es würde mich überraschen, wenn wir Hinweise auf die Abtreibungen fänden, aber es wäre eben auch möglich, dass Chakra übermütig geworden ist. Arrogant genug wäre er. Der Polizeichef prüft, ob gegen ihn Anklage wegen Besitz und Weitergabe von Abortiva an Nisi erhoben wird. Morgen früh rede ich mit Chakra. Er hat sich geweigert, sich heute Abend mit mir zu treffen – er war fuchsteufelswild wegen der Durchsuchung. Nach einer Nacht, in der er seine Optionen überdenken konnte, ist er vielleicht etwas entgegenkommender. Mit Sicherheit wird sein Anwalt …«

Die ersten Regentropfen, plump und schwer, prallten auf seinen Arm. Horseman beendete seinen Satz nicht, sondern sah nach oben. Im Westen schien die Sonne zwar noch, aber aus Südosten waren schwarze Wolken herangerollt und hingen jetzt über ihnen.

»Herrliches Licht, oder?«, bemerkte Young. »So ein seltsames Grün. Ich glaube, wir werden gleich klitschnass.« Sie nahmen ihre Getränke und machten sich auf den Weg nach drinnen in die überfüllte Bar. Horseman überflog die besetzten Tische in der Nähe der Band, verwarf dann aber den Gedanken, sich Jazz anzuhören, als er Bill Burgermeister entdeckte, der vom Bartresen auf sie zugewatschelt kam.

»Hey, Leute!« Burgermeister war überschwänglich wie immer. »Matt, das ist ja eine Ewigkeit her! Was haben denn so gute Kerle in einem Laden wie diesem verloren?« Er kicherte. »Sucht ihr nach einem Tisch? Warum kommt ihr nicht mit mir mit? Es gibt reichlich Platz. Was sagt ihr?«

Young warf Horseman einen Blick zu. »Von mir aus gern.«

»*Vinaka*, Professor«, stimmte Horseman mit ein.

Burgermeister zuckte zusammen. »Autsch! Nennen Sie mich Bill. Bitte!« Er schlängelte sich zwischen den voll besetzten Tischen hindurch und führte sie quer durch den Raum zu einer von Topfpflanzen abgeschirmten Nische. Dahinter, über den niedrigen Couchtisch gebeugt, saß ein Mann, der bei ihrem Näherkommen den Kopf hob. Es war zu schön, um wahr zu sein. Hier vor ihm, in einem blau-weißen *Bula*-Hemd, saß Winston Lee. Horseman blieb ein Stück zurück, rief auf dem Revier an, um die Suche abzublasen, und gesellte sich dann wieder zu den anderen.

Burgermeister stellte sie einander vor. »Ich vermute mal, Sie haben Winston schon im Paradise Island Resort kennengelernt.«

Er hätte Horseman keinen besseren Einstieg verschaffen können. »Nein, aber ich habe Ihre Aussage gelesen, Mr Lee, und ich würde gern noch einmal mit Ihnen darüber reden.«

Burgermeister fuhr dazwischen. »Joe, wir reden uns hier alle mit dem Vornamen an, okay?«

Young lächelte entschuldigend. »Joe ist nie so richtig außer Dienst, wissen Sie. Sagen Sie, kennen Sie beide sich schon länger?«

»Oh ja, es sind jetzt schon ein paar Jahre. Winston war unser erster Kunde bei FIMS Aquaristikbedarf. Einer unserer besten Kunden noch dazu. In Hongkong ist er im Geschäft eine große Nummer, wissen Sie.«

Lee schüttelte bescheiden den Kopf. »Ach, du übertreibst, Bill. Hongkong ist ein großer Markt – es gibt eine Menge Händler. Ich konzentriere mich nur auf erstklassige Ware, deswegen kaufe ich ja auch bei FIMS.«

Young warf Horseman einen warnenden Blick zu und fragte: »Wie läuft denn das Geschäft, Bill? Ich bin erst seit ein paar Monaten wieder aus Sydney zurück. Bin gar nicht mehr auf dem Laufenden.«

»Läuft ganz gut, Matt. Wer von euch hat denn Hunger? Sollen wir beide noch eine Runde von der Bar holen und etwas zu essen bestellen?«

»Klar doch. Irgendwelche besonderen Wünsche, die Herren?«, fragte Young. Die anderen beiden Männer schüttelten den Kopf. »Gut, dann holen Bill und ich etwas, das *wir* mögen.«

»Schon in Ordnung.« Horseman lächelte Lee an. »Ich habe wirklich Glück, dass ich Sie hier treffe. Wenn ich Ihnen ein paar Fragen stellen dürfte, würde uns das Zeit sparen.«

Lee antwortete mit einem höflichen geschäftlichen Lächeln. »Vielleicht wäre es ein anderes Mal besser. Ich fahre zum Abendessen zurück nach Paradise. Bill und ich nehmen um acht das Resortboot von Navua.«

Wenn Lee um sieben ein Taxi vom Waterfront nahm, wäre er mehr als rechtzeitig am Anleger in Navua. Als würde er das nicht wissen. Horseman sah demonstrativ auf seine Uhr. »Sie müssen erst in vierzig Minuten von hier losfahren. Ich werde morgen nicht nach Paradise kommen können. Ich mache es schnell, versprochen.«

»Ich weiß, dass Sie schnell sind, Joe. Ich habe Sie in den Hong Kong Sevens gesehen. Großartiges Turnier. Ich bin immer für Fidschi, wissen Sie. Aber was soll ich Ihnen denn noch sagen, was nicht schon in meiner Stellungnahme steht?« Obwohl Lees Englisch einwandfrei war, verriet seine gleichmäßige Betonung seine Herkunft.

»Sie waren zusammen mit Akanisi und Guy Dawson am Weststrand auf der anderen Seite der Personalunterkünfte, als das Boot für die Zeremonie vorbeikam.«

»Ja, das war ich. Wie ich es auch in meiner Erklärung geschrieben habe.« Lees Gesicht verriet nichts, seine Miene war so ausdruckslos wie seine Stimme.

Horseman lächelte zerknirscht. »Ich fürchte, das Detail haben Sie ausgelassen.«

Lee brachte es nicht aus der Fassung. »Tatsächlich? Wie konnte ich das vergessen? Das muss der Schock gewesen sein. Nisis plötzlicher Tod.«

Horseman nickte. »Standen Sie sich nahe?«

»Nein, gar nicht, Joe. Sie haben sicher gesehen, wie es auf Paradise zugeht. Boutique Resort, das Personal immer freundlich und stets darauf bedacht, dass es allen gut geht. Der persönliche Touch. Es ist wunderbar, dort Gast zu sein, deswegen komme ich auch immer wieder. Nisi war genau wie die anderen Zimmermädchen: freundlich und hilfsbereit, regelrecht gesprächig. Ich kannte sie nicht besser als die anderen. Und ich kannte sie auch noch nicht so lange wie die anderen. Sie arbeitete dort, als ich das letzte Mal da war, da habe ich sie also kennengelernt. Aber Leute wie Sai, Ledua und Essie – die kenne ich schon seit fünf Jahren.«

»Wie kam es, dass Sie letzten Samstag zusammen waren?«

Lee zog eine Augenbraue hoch. »Wie das kam? Ich bin Nisi nach dem Mittagessen begegnet, als sie gerade aus der Küche kam. Ich sagte, dass ich mir einen Aussichtspunkt ein wenig abseits von der Menge suchen wollte, um das Boot mit dem Ratu zu sehen. Nisi meinte, am Strand weiter westlich sei es gut, und dass sie mit mir kommen wolle. Auf dem Weg haben wir Guy getroffen.«

»Was für einen Eindruck machte Akanisi auf Sie?«, fragte Horseman.

»Was für einen Eindruck?«

»Ja, wirkte sie wohlauf, glücklich, traurig, besorgt? Was für einen Eindruck hatten Sie von ihrer Verfassung?«

»Sie erwähnte, dass sie müde sei nach all der zusätzlichen Arbeit, die sie wegen der Vorbereitungen auf den großen Tag geleistet hatten. Aber sie machte eigentlich einen recht glücklichen Eindruck auf mich. Sie schien die ganze Aufregung zu genießen.«

»Worüber haben Sie geredet?«

»Über nicht viel. Sie hat mir erzählt, dass sie für die Blumendekorationen verantwortlich war. Darüber freute sie sich. Ich sagte ihr, sie hätte gute Arbeit geleistet, auch wenn es mir nicht besonders aufgefallen war. Ist nicht mein Ding. Sie wollte wissen, was ich vom Meeresschutzgebiet halte, also sagte ich, wie wunderbar das alles sei.«

»Sie klingen nicht überzeugt.«

Lee zuckte leicht die Achseln. »Ich warte erst einmal ab, wie es in der Umsetzung läuft.«

»Worüber haben Sie noch geredet?«, erkundigte sich Horseman.

»Das war es im Grunde schon. Als das Boot kam, haben wir gewinkt. Nisi hat uns das Segnungsritual erklärt, was letztlich nichts anderes war als Gebete für das Wohlergehen und die Artenvielfalt des Meeres. Dann sind wir für das große Finale an den Hauptstrand gegangen, wo der Ratu einzelne Exemplare dieser Arten wieder ins Meer lassen wollte. Das fiel dann um einiges dramatischer aus als geplant, als der Ratu und der Pfarrer beinahe im Wasser landeten. Das war vielleicht ein Spektakel!« Lee grinste hämisch.

Lees Belustigung über das, was er vermutlich als primitive Mätzchen betrachtete, wurmte Horseman, aber er ging nicht weiter darauf ein. »Wo genau standen Sie, Guy und Akanisi zu dem Zeitpunkt?«

Lee machte eine Pause und runzelte die Stirn. »Ich war dann wieder allein und auf der Terrasse. Ich dachte, von dort hätte ich eine bessere Sicht, über die Köpfe der Menschenmenge am Strand hinweg.«

»Und Akanisi und Guy?«

»Die sind vorgelaufen. Nisi wollte dem Boot hinterherjagen, wie ein Kind. Ich habe mich nach ihnen umgesehen, als ich ankam, aber ich konnte sie nicht mehr entdecken.«

Guy Dawson hatte behauptet, Nisi sei mit Lee zurückgegangen. Einer von beiden log, wenn nicht sogar beide. Aber Lee würde seine Version der Ereignisse nicht ändern, nur weil jemand anders eine andere hatte. Dessen war sich Horseman sicher. Ein Kellner brachte die Getränke, die Burgermeister bestellt hatte, und eine Schale mit *Bhuja*. Horseman nahm sich eine Handvoll; die scharfe Snackmischung hatte ihm in Oregon gefehlt. Die Band spielte jetzt einen schwungvollen karibischen Rhythmus.

»Ah, ›St. Thomas‹, das ist eins meiner Lieblingsstücke.« Horseman tippte mit den Füßen und wackelte versetzt dazu mit dem Kopf und den Schultern.

Lee sah ihn ausdruckslos an. »Ich interessiere mich nicht für Musik.«

»Mit was für fidschianischen Waren handeln Sie sonst noch, Winston? Ich meine, außer mit Aquariumsfischen.«

»Es sind nicht nur Fische. Das FIMS hat erfolgreiche Techniken entwickelt, um bestimmte Korallenarten, Anemonen, Muscheln und sogar Nacktkiemer zu züchten, die in einem Aquarium überleben können. Dadurch will man vermeiden, dass unkontrolliert gewildert wird – die Ökos sind da inzwischen empfindlich geworden. Eine kostspielige Angelegenheit, aber Aquariumfreaks reicht es eben nicht mehr, wenn ein paar hübsche Fische herumschwimmen, der nächste Trend wird sein, ein ausgewogenes, nachhaltiges Ökosystem in einem Wasserbecken aufzubauen.«

»Das kommt Ihnen und dem FIMS sicher nur zugute. Wie sieht es mit Schildkröten aus?«

»Jungtiere machen sich ganz gut. Sehr niedlich in einem großen Aquarium.«

Horseman nickte. »Handelt das FIMS auch mit Schildkröteneiern?«

»Natürlich nicht – die stehen unter Artenschutz. Ich kaufe Jungtiere, die an bestimmten Stränden in Hongkong gesammelt werden. Sie müssen wissen, dass nur zwei Prozent von ihnen in der Natur überleben, andere werden von Vögeln und anderen Raubtieren gefressen, ich rette ihnen also das Leben.« Er lachte.

»Faszinierend.« Ein Duft nach Frittiertem wehte zu ihnen herüber und lenkte ihn ab. Burgermeister und Young erschienen mit einem Kellner, der Schalen mit Samosas, Maniokecken, Sour Cream und Chilisauce und dazu weiße Leinenservietten und glänzende Gabeln auf dem Tisch anordnete.

»Nur ein bisschen für den ersten Hunger«, erklärte Burgermeister fröhlich. Die vier Männer langten zu.

»Winston hat mir vom Aquaristikgeschäft erzählt«, sagte Horseman. »Ziemlich spannend.«

»Sie sollten uns im FIMS besuchen kommen, Joe. Ich führe Sie gern herum«, schlug Burgermeister vor.

»Das mache ich auf jeden Fall. Wie sieht es mit Schildpatt aus, Winston? Handeln Sie damit auch?«

Lee schluckte in Ruhe seinen Bissen Samosa herunter. »Das tue ich in der Tat. Das müssen Sie gar nicht überprüfen, Joe. Unter CITES, dem Washingtoner Artenschutzübereinkommen, gibt es eine Auflage, die traditionelles Kunsthandwerk schützt, es ist also vollkommen legal. Ich beliefere Kunsthandwerker in Hongkong mit Schildpatt der Echten Karettschildkröte, und sie verwandeln es in schöne Dinge – Schmuck und andere erlesene Stücke. Die finden Sie zum Teil auch hier zum Verkauf in den Luxusresorts und Souvenirläden.«

»Eine ziemliche Gesetzeslücke!«

»Die gibt es immer«, stimmte Lee selbstherrlich zu.

Burgermeister schien sich sichtlich unwohl zu fühlen. Er schob Horseman die Schale mit Maniokecken zu. »Die sind ausgezeichnet, Joe. Was ist da dran – Paprika? Bedienen Sie sich!«

Horseman griff zu, dippte in die Chilisauce und hielt dann inne, die Gabel vor sich in der Luft, sodass Sauce auf den Tisch tropfte. »Schon verrückt, oder? Wenn das legal ist, und ich stelle nicht infrage, was Sie mir erzählen, dann würde es doch mehr Sinn ergeben, wenn die Kunsthandwerker hier vor Ort selbst mit dem Schildpatt arbeiten.«

»Soweit ich weiß, hält nichts sie davon ab. Aber es geht dabei um mehr als nur ein bisschen Schnitzerei, wissen Sie.« Lee sah auf seine Uhr. »Ich sollte mich besser auf den Weg machen, wenn ich das Boot erwischen will. Ein Tag in Suva war ja interessant, aber jetzt freue ich mich auf Paradise und die Ruhe dort. Sieht auch so aus, als hätte der Regen gerade aufgehört. Kommst du mit, Bill?«

»Klar doch. Besorg du uns ein Taxi, während ich noch mal auf die Toilette verschwinde, ja?« Burgermeister stemmte sich aus seinem Stuhl, griff seine Stofftasche und machte sich davon.

»Also dann.« Lee stand auf und verneigte sich leicht. »Schön, Sie kennenzulernen, Dr. Young, Mr Horseman. Guten Abend.«

DONNERSTAG

32

SUVA

Am nächsten Morgen ging es im Großraumbüro der Kripo um neun Uhr schon hoch her: das Klingeln von Telefonen, Gesprächsfetzen auf Englisch, Fidschi und Hindi, Schritte, piepsende und surrende Faxgeräte, tuckernde Drucker und sogar das stockende Geklapper von Schreibmaschinentasten und der Rumms der Rückführtaste. Horseman hatte angenommen, dass die Schreibmaschinen während seiner Abwesenheit endlich mit allen Ehren ausrangiert worden wären, aber da hatte er sich getäuscht. Nicht nur stellten sich ihre eingefleischten Fans dem verbissen entgegen, die Geräte erwiesen sich auch als nützlich, wenn mal wieder, wie so oft, der Strom ausfiel. Dennoch war der Einmarsch der Computer nicht aufzuhalten gewesen, und es war nur noch eine Frage der Zeit, bis sie komplett übernahmen. Die jüngeren Detectives schlugen sich schon um die Dienstzeiten am Schreibtisch, damit sie die Rechner nutzen konnten, wo sie früher alles dafür getan hätten, aus dem Büro rauszukommen.

Horseman ging die bereits beachtlichen Aktenberge und die laufenden Berichte zu seinem Fall durch. Insgesamt war sein kleines Team inzwischen in das Leben einer ganzen Reihe von Personen eingedrungen, die nur zufällig etwas mit Akanisis Tod zu tun hatten. Dutzende Aussagen waren überprüft, Geschäftsunterlagen und Telefonaufzeichnungen durchforstet, Fingerabdrücke genommen, Listen von Fluggesellschaften und Polizeiakten durchsucht worden. Aber anders ging es nicht. Er würde herausfinden, wer Nisi getötet hatte, den Täter aufspüren und festnehmen. Oder die Täterin? Immer schön unvoreingenommen bleiben!

Es gab jede Menge Informationen über die Bewohnerinnen und Bewohner von Paradise, und manches davon legte offen, was die betreffende Person sicher lieber für sich behalten hätte, aber nichts davon hatte etwas mit Nisis Tod zu tun. Guy Dawson war vor zwölf Jahren wegen Marihuanabesitzes in Neuseeland zu einer Geldstrafe verurteilt worden. Dr. Chakra hatte eine Reihe von Verkehrsdelikten wie zu schnelles Fahren und Falschparken vorzuweisen, die er allesamt vor Gericht angefochten hatte, indem er sich auf medizinische Notfälle berief. Mal hatte er gewonnen, mal verloren. Das passte zwar zu seinem überheblichen Wesen, fand Horseman, hatte aber ebenfalls nichts mit Nisis Tod zu tun.

Als Jona Vaturua vor Jahren in Port Denarau gearbeitet hatte, war er zweimal wegen Körperverletzung angezeigt worden, aber seine inzwischen verstorbene Frau hatte beide Male die Anzeige wieder zurückgezogen. Jona könnte ihr Hauptverdächtiger sein. Sollte er seine Nichte in einem Gewaltausbruch erschlagen haben, würde das niemanden allzu sehr überraschen. Nur war sein Alibi wasserdicht. Matt Young hatte den Todeszeitpunkt auf vor siebzehn Uhr geschätzt. Jona war den ganzen Nachmittag bis halb sieben Uhr abends vor den Augen aller mit dem Boot unterwegs gewesen. Genau wie Maika, der zweite naheliegende Verdächtige. Wenn er von ihrer Schwangerschaft und der Abtreibung erfahren hatte, hatte er sie womöglich in einer wirren Mischung aus Misstrauen, Eifersucht und Wut attackiert.

Horsemans Telefon riss ihn aus seinen Gedanken.

»*Bula*, Inspector, Tomasi hier von der Spurensicherung.«

»*Bula vinaka*, Tomasi. Haben Sie etwas für mich?«

»Interessanter Cache-Speicher hier auf Chakras Rechner aus der Praxis. Hunderte pornographischer Aufnahmen. Mein Boss hat es überprüft, leider ist nichts dabei, weswegen wir ihn anzeigen könnten. Alles Erwachsene und keine Beweise dafür, dass er das Zeug im Internet vertickt hat. Wenn er das getan hat, ich meine, damit gehandelt, dann ist er geschickt vorgegangen.«

»*Vinaka*, Tomasi. Besteht die Möglichkeit, dass Mrs Nath zufällig darauf gestoßen ist?« Horseman stellte sich ihre Reaktion in dem Fall vor.

»Ich denke nicht, Sir. Die Dateien waren gut versteckt und geschützt. Mrs Naths Computerkenntnisse sind minimal, und das ist schon übertrieben.«

»Schade. In einer Stunde rede ich mit unserem guten Dr. Chakra, rufen Sie mich also auf dem Handy an, wenn es noch etwas Neues gibt.«

Als er gerade auflegte, reichte Singh ihm ein Fax. Sie sah heute förmlicher aus: die Haare in einem strengen Knoten und dazu eine blau-weiß gestreifte geschäftsmäßige Bluse, die sie in ihren marineblauen Rock gesteckt hatte. War das zu Ehren ihres Verhörs von Chakra?

»Das ist gerade aus Hongkong gekommen, Sir«, sagte sie.

»Gut, das wird zu Winston Lee sein. Ich habe meinen Freund von der Polizei aus dem Vorstand der Rugby Sevens gebeten, ihn zu überprüfen.« Er überflog das Fax. »Interessant, hilft uns aber nicht weiter. Es wurde gegen Lee ermittelt, als er ehrenamtlicher Kassenwart beim Hongkong-Wassersportklub war und Gelder verloren gingen, aber es gab nie eine Anzeige. Noch etwas für die Akten.«

»Ich bringe es zu Kelepi, Sir. Er ist wirklich eine Bereicherung, so methodisch und gründlich. Ich muss zugeben, dass ich das Fax direkt aus dem Gerät geschnappt habe, als ich gesehen habe, dass es aus Hongkong ist. Es wurde noch nicht erfasst.«

Horseman lächelte. »Sie haben einfach das Protokoll umgangen? Das hätte ich mir von Ihnen nie träumen lassen, Sergeant. Was geben Sie bloß für ein Vorbild für den jungen Musudroka ab? Bitten Sie die zwei, sich eine Tasse Tee zu holen und damit zu mir zu kommen. Ich möchte, dass wir uns kurz austauschen, bevor wir beide uns auf den Weg zu unserem Pläuschchen mit Dr. Chakra machen.«

»Kommt er denn nicht aufs Revier?« Singh klang überrascht.

»Entschuldigung, habe ich Ihnen das nicht gesagt? Er kocht immer noch vor Wut wegen der Durchsuchungen gestern und besteht darauf, im Büro seines Anwalts mit uns zu reden. Mr Madesh

Tagore, nicht weit entfernt vom Gericht. Chakra wird uns auf keinen Fall in sein Haus lassen, und er wird sich auch sicher nicht dazu herablassen, noch einmal aufs Revier zu kommen. Der Polizeichef musste sich gestern schon allerhand von seinem Anwalt anhören. Mr Tagore beschwert sich, ich hätte Chakra gestern Morgen gezwungen herzukommen. Völliger Blödsinn. Er war nur zu bereitwillig, weil er nicht im Traum daran gedacht hat, dass die Tablettenpackung auftauchen würde. Der Polizeichef sagt, ich soll artig sein. Aber ich glaube, dass Chakra heute zugeben wird, dass er Nisi das Abtreibungsmittel gegeben hat. Er muss einfach.«

Taleca kam mit besorgtem Blick herein und wedelte mit einem Faxprotokoll. »Hier steht, wir haben ein Fax aus Hongkong bekommen. Wo ist das abgeblieben?«

Singh reichte ihm das Blatt. »Ich war gerade am Fax, als es reinkam, Kelepi. Der Boss musste es umgehend sehen. Sie können es jetzt erfassen.«

Offensichtlich erleichtert nahm Taleca das Papier an sich und grinste. »Ich hoffe, das wird bei Ihnen nicht zur Gewohnheit, Sarge! Aber ich wollte eigentlich von den Aufzeichnungen zu den Kajaks und Katamaranen berichten. Im Bootshaus hängen Vordrucke für jeden Tag, in die das Personal die Ausleihen einträgt und die die jeweiligen Gäste unterschreiben. Wenn aber gerade niemand von den Angestellten da ist, füllen die Gäste das Blatt selber aus. Alle Boote müssen bis sieben Uhr abends zurückgebracht werden, dann überprüft und sichert das Personal sie. Sie wollen vermeiden, dass angetrunkene Gäste spontan nach dem Abendessen mit einem Boot rausfahren und sich in Gefahr bringen. Mr McKenzie faxt uns die Unterlagen von letztem Samstag.«

»Gut! Allmählich wird das Bild klarer«, sagte Horseman. »Hoffentlich können wir nach unserem Besuch bei Mr Tagore noch mehr darauf erkennen.«

Mr Tagore war groß und sah sehr gepflegt aus. Die auf Hochtouren laufende Klimaanlage hatte den Raum so heruntergekühlt, dass der

Anwalt einen maßgeschneiderten anthrazitgrauen Wollanzug, ein weißes Hemd und eine Krawatte mit dem Logo der Rugbynationalmannschaft tragen konnte, ohne ins Schwitzen zu geraten.

»Sehr erfreut, Sie kennenzulernen, Mr Horseman. Wirklich.« Er gab Horseman und Singh die Hand und führte sie in einen schicken Konferenzraum, in dem Dr. Chakra bereits an einem glänzenden Mahagonitisch Platz genommen hatte. Mr Tagore setzte sich neben seinen Klienten, Horseman und Singh gegenüber. Singh holte ihr Notizbuch hervor, während Horseman einen Ordner vor sich auf den Tisch legte.

»Ich bin dazu verpflichtet«, begann Mr Tagore, »Sie darüber in Kenntnis zu setzen, dass ich Polizeichef Navala gegenüber bereits die Empörung meines Klienten über die übergriffigen Durchsuchungen zum Ausdruck gebracht habe, die gestern Nachmittag ohne Ankündigung stattgefunden haben.« Er klang ernst, aber sanft.

»Der Polizeichef hat mir von Ihrer Beschwerde berichtet, Sir. Sie werden sicher nachvollziehen können, dass eine Durchsuchung wenig Sinn hat, wenn die Bewohner der Räumlichkeiten vorher Bescheid bekommen.«

Mr Tagore neigte leicht den Kopf. »Heute ist es allerdings Dr. Chakras Absicht, seine gestrige Aussage abzuändern und zu ergänzen. Durch die Art, wie mit ihm umgegangen wurde, stand er unter Schock, und ihm ist klargeworden, dass er womöglich aus Stress einige relevante Informationen ausgelassen haben könnte.«

Wenn sie es so handhaben wollten, würde sich Horseman nicht querstellen.

»Ich habe Dr. Chakras modifizierte Aussage tatsächlich schon vorbereitet und überreiche sie Ihnen hiermit, Detective Inspector.« Er hielt ihm ein einzelnes Blatt Papier hin.

»Ich danke Ihnen, Mr Tagore. Mir wäre es lieber, wenn wir als Erstes Dr. Chakras ursprüngliche Aussage durchgehen.« Er öffnete den Ordner und reichte ihnen je zwei aneinandergetackerte Blätter. »Dr. Chakra, bitte lesen Sie den ersten Absatz aufmerksam durch. Möchten Sie dem etwas hinzufügen?«

Dr. Chakra sah seinen Anwalt an, der nickte. »Nein, das ist korrekt. Hören Sie, Inspector, ich habe hierfür keine Zeit. Heute Nachmittag habe ich Sprechstunde, und davor muss ich noch Hausbesuche erledigen. Meine neue Aussage liegt Ihnen ja nun vor.«

»Ja, und ich werde sie auch lesen. Aber ich kann sehen, dass sie zu kurz ist. Ich muss genau wissen, was in Ihrer ursprünglichen Aussage falsch oder unzureichend ist. Schauen wir uns den zweiten Absatz an.«

»Das ist doch absurd!« In Chakras Blick lag blanker Hass. Mr Tagore warf ihm einen ermahnenden Blick zu, und der Arzt wandte sich wieder seinem Ausdruck zu. Nachdem er sich beruhigt hatte, bestätigte er seine Aussage Abschnitt für Abschnitt, bis sie beim dritten Absatz auf der Rückseite des ersten Blatts angelangt waren.

Dr. Chakra räusperte sich. »Ähm, ich muss etwas zu Akanisis zweitem Besuch bei mir im Resort vor knapp drei Wochen ergänzen. Ich betone allerdings, dass ich die Einzelheiten nur deswegen ausgelassen habe, weil ich meine Schweigepflicht nicht verletzen wollte.«

»Dem kann ich nur beipflichten«, sagte Mr Tagore.

Singhs orangefarbener Textmarker schwebte über dem Blatt, und sogar Horseman griff nach seinem Kuli.

Jetzt, da er das Wort hatte, richtete Dr. Chakra sich auf und blickte von oben auf sein Publikum herab.

»Wie ich gestern schon sagte, kam sie zwei Wochen nach ihrem ersten Besuch wieder und klagte über Erschöpfung und Übelkeit. Sie vertraute mir ebenfalls an, dass sie das Baby auf keinen Fall bekommen wolle, es sei eine Schande und dieser ganze Müll. Ich konnte ihr nicht ganz glauben, ich hatte den Eindruck, es gebe auch noch einen anderen Grund. Nicht besonders überraschend heulte sie los und flehte mich an, ihr zu helfen. Der Vater wisse nichts davon und dürfe es auch nicht erfahren. Der Form halber schlug ich ihr vor, sie solle mit ihren Eltern reden, aber sie sah mich nur entsetzt an, weinte noch heftiger und bekniete mich noch eindringlicher. Ich war davon überzeugt, dass sie wusste, was sie wollte, also erklärte ich ihr, wie sich ein Abgang mit Mifepriston und Misoprostol provozieren lässt. Sie zögerte keine Sekunde.

In den Staaten, in denen diese Medikamente zugelassen sind, ist es vorgeschrieben, dass die Schwangerschaft den dreiundsechzigsten Tag nicht überschritten haben darf, und weil Akanisi sich dem Tag näherte, einigten wir uns darauf, sofort zu beginnen. Akanisi wollte für den Abbruch lieber zu Hause auf Delanarua sein, also schrieb ich sie für eine Woche krank. Ich gab ihr das Mifepriston und ein Glas Wasser, und sie nahm die Tablette direkt vor Ort ein. Ich habe nicht darauf geachtet, was sie mit der Verpackung gemacht hat. Sie muss sie eingesteckt haben. Das zweite Medikament, Misoprostol, gab ich ihr mit der Anweisung mit, es zwei Tage später einzunehmen. Innerhalb von vierundzwanzig Stunden sollte dann die Fehlgeburt eingeleitet werden. Dazu gab ich ihr noch eine Packung Paracetamol, um die Schmerzen zu lindern, falls sie welche haben sollte. Später erfuhr ich, dass Ian Akanisi noch am selben Nachmittag mit dem Boot nach Delanarua geschickt hatte.«

Horseman war entsetzt. Chakras Handeln kam ihm furchtbar fahrlässig und salopp vor. Er würde Matt nach seiner Meinung dazu fragen müssen. »Woher konnten Sie wissen, dass alles planmäßig verlaufen würde?«

Dr. Chakra zuckte die Achseln. »Das kann man im Einzelfall nie ganz sicher wissen. Aber es gibt hinreichend Statistiken und klinische Erfahrungswerte, nach denen ich das Risiko als gering einstufen konnte. Akanisi war jung, kräftig und gesund, und man musste bei ihr keine der aufgeführten möglichen Unverträglichkeiten annehmen. Sie kehrte ja auch wie vorgesehen zur Arbeit zurück.«

Singh schrieb eilig mit, legte jedoch den Stift hin, als Horseman ihr zunickte. »Wir kommen jetzt zur dritten Seite Ihrer Aussage, Dr. Chakra, auf der sie Akanisis Besuch bei Ihnen in der *Bure* letzten Freitagabend erwähnen. Haben Sie hier noch etwas zu ergänzen?«

Dr. Chakra gestattete sich einen tiefen Seufzer. »Nun, offenkundig ja. Meine Aussage ist korrekt, nur dass die Fehlgeburt keine natürliche Ursache hatte, sondern von den Medikamenten herbeigeführt wurde, die ich Akanisi berechtigterweise gegeben hatte.«

»Aber verbotenerweise«, wandte Singh ein. Der Arzt zuckte die Achseln, überzeugt davon, dass er über jedes Gesetz erhaben war.

»Haben Sie sich wegen Akanisis Symptomen Sorgen gemacht? Haben Sie in Erwägung gezogen, Sie ins Krankenhaus zu überweisen?«, erkundigte sich Horseman etwas hilflos. Es war zum Verrücktwerden, aber Chakra hatte recht: Horseman verfügte nicht über die nötigen Kenntnisse, um medizinische Fragen zu beurteilen.

»Guter Gott, nein. In wohlhabenden Ländern wird vielleicht routinemäßig ein Ultraschall durchgeführt, aber das ist nur selten notwendig. Da geht es nur ums Geld. Ich habe sie untersucht und kam zu dem Schluss, dass der Fötus vollständig abgegangen war.«

»Haben Sie Akanisi später am Samstag noch einmal getroffen, Dr. Chakra?«, fragte Horseman.

»Wie ich gestern bereits vollumfänglich und richtig aussagte, habe ich gesehen, dass sie beim Mittagessen bediente. Es schien ihr gut zu gehen, und ich sah sie erst gegen sieben Uhr abends wieder, als ich ihre Leiche verfangen unter einem Vorsprung im Riff entdeckte.« Er seufzte tief.

»Ich danke Ihnen, Doktor.« Rasch überprüfte Horseman die ergänzende Aussage, die Mr Tagore ihm gegeben hatte. »Sie haben uns gerade noch ein paar Details genannt, die hier nicht stehen, die füge ich also noch hinzu. Sie werden zum Unterschreiben aufs Revier kommen müssen.«

Mr Tagore mischte sich eilig ein. »Detective Inspector, das würde meinem Klienten, wie er Ihnen erklärt hat, große Umstände bereiten. Bitte geben Sie mir doch die Ergänzungen, und wenn Dr. Chakra einverstanden ist, können wir das Dokument hier in zehn Minuten redigieren, ausdrucken und unterschreiben.«

Genau darauf hatte Horseman gehofft. »Das geht in Ordnung. Sergeant Singh hätte noch ein paar Fragen an Ihren Klienten, während ich die Änderungen notiere.«

Dr. Chakra zog die Brauen hoch, konnte sich aber gerade noch beherrschen, die Augen zu verdrehen.

Singh sprach in einem freundlichen Tonfall. »Dr. Chakra, Mrs Marama hat mir erzählt, dass Sie von ihren traditionellen Kräuterheilmitteln wissen, die sie im Resort vorrätig hat und die bei den Angestellten beliebt sind. Sie sagte, Sie würden die Heilmittel manchmal sogar Ihren Patienten empfehlen. Stimmt das?«

Dr. Chakra entspannte sich ein wenig. »Ja. Zwei ihrer Kreationen, die dunkelgrünen, basieren auf eisenhaltigen Pflanzen und sind bei einer leichten Anämie durchaus nützlich. Das Personal nennt sie ›Bluttonikum‹. Das sind die einzigen, die ich hin und wieder empfehle. Was in den anderen ist, weiß ich nicht.«

»Wussten Sie, dass Akanisi auf Mrs Maramas Vorschlag hin beide Bluttonika einnahm?«, wollte Singh wissen.

»Nein. Was wollen Sie damit andeuten? Die Heilmittel können ihr nur von Nutzen gewesen sein. Viele junge Frauen sind leicht anämisch.«

»Was können Sie mir über die anderen Tinkturen sagen?«

»Nur das, was Ledua mir erzählt hat. Ich bezweifle, dass sie jemals analysiert worden sind. Wie alle Kräuterheilmittel variiert ihr Wirkungsgrad von einer Charge zur nächsten. Aber selbst wenn sie nicht nachweislich helfen, würde es mich doch sehr überraschen, wenn sie schädlich wären.«

Horseman reichte Mr Tagore die ergänzte Aussage. Wie versprochen war sie zehn Minuten später eingearbeitet, ausgedruckt und von Dr. Chakra unterschrieben.

33

PARADISE ISLAND

Am Donnerstagabend saß Ian McKenzie an seinem Computer und ging die Texte und Fotos für die neue Resort-Website durch. Die Entwicklerin hatte drei Versionen auf einer Testseite bereitgestellt, aber McKenzie hatte noch bei keiner davon das Gefühl, es sei das Richtige.

Diese Arbeit hätte er auch ohne weiteres von zu Hause aus erledigen können, aber er trennte Arbeit und Privates lieber. Hier im Büro konnte er sich konzentrieren. Außerdem hatte Pat an der Bar Dienst, und irgendwie kam es ihm so vor, als würde er sie unterstützen, wenn er ebenfalls an seinem Arbeitsplatz war. Nisis Tod hatte Pat schwer erschüttert, aber sie hatte sich zusammengerissen und sich bisher, Gott sei Dank, noch nicht vom Alkohol in ein schwarzes Loch ziehen lassen.

Es war viertel vor elf, als er seine Arbeit beendete, das Büro abschloss und zur Bar schlenderte. Der Sturm, der vor dem Abendessen aufgekommen war, hatte die Luft abgekühlt. Ein übergroßes Palmblatt schwamm neben unzähligen Zweigen und Blättern im Pool. Es mochte eine Überlegung wert sein, das Becken nachts abzudecken; auf jeden Fall war die Reinigung mühsam. Allerdings spazierten die Gäste spätabends noch gern am abgelegenen Pool vorbei und erfreuten sich am sanften Licht im Wasser. Eine Abdeckung würde ihnen diese Freude verderben, und außerdem machten die Jungs den Pool morgens immer sauber, ehe irgendjemand hineinspringen wollte.

McKenzie lief der Band über den Weg, als sie gerade durch die

Hintertür die Bar verließ. Er setzte ein strahlendes Lächeln auf. »Hallo, Jungs, wie ist es heute Abend gelaufen?«

»Eher ruhig, Mr McKenzie. Wir machen jetzt Schluss. *Moce*!«

Pat stand mit dem Rücken zu ihm hinterm Tresen und stockte die Vorräte für den nächsten Tag auf. Sai kam aus dem Lagerraum und trug eine Kiste Fiji Bitter auf jeder Schulter, als wären es Federkissen.

»Hallo, Schatz, hallo, Sai. Macht ihr gerade Feierabend?«

Pat wandte sich zu ihm um. Ihre Augen sahen müde aus. »Ja. Auf der Terrasse sind aber noch ein paar Gäste, die länger aushalten. Ah, es sieht so aus, als würden die Matsushimas gerade gehen. Wahrscheinlich haben Vijay und die anderen sie vertrieben.« Sie verdrehte die Augen. »Warum ist Vijay eigentlich heute Abend schon gekommen?«

»Er muss morgen Mittag direkt zurück nach Suva, da will er gleich morgen früh seine Sprechstunde halten. Es spielt doch für uns keine Rolle, wir haben ja eine freie *Bure*. Ich geh mal hallo sagen.«

Die vier Männer hatten offensichtlich die bequemen Loungesessel hinaus auf die sandige Terrasse geschleift, um unter den Sternen zu sitzen. Sie waren wirklich laut – aber es war der Lärm fröhlich Betrunkener. Der Arzt lümmelte sich breitbeinig in seinem Sessel und schwenkte sein Glas herum, sodass sich der Geruch nach Whisky unter die weiche salzige Luft mischte. Der Professor hatte einen Fuß auf den Boden aufgesetzt, und sein Bauch erhob sich wie ein Berg vor der weit nach hinten geneigten Rücklehne seines Sessels.

»Guten Abend, die Herren. Was für eine lauschige Nacht«, sagte McKenzie.

Dr. Chakra begrüßte ihn. »Ah, unser allerliebster Gastgeber. Willkommen, Ian. Setzt du dich zu uns?« Er lallte.

»Danke, aber nur kurz.« Auf einem Beistelltisch stand eine Flasche Whisky, aber Dawson und Burgermeister tranken Bier. Chakra hielt Ian die Flasche hin. »Hast du ein Glas, Ian? Ich nehme an, direkt aus der Flasche willst du nicht trinken. Nicht in deinem eigenen Betrieb, schätze ich. Stimmt doch, oder?«

Chakra konnte manchmal ein richtiges Arschloch sein. »Für mich nichts, danke. Ich gehe bald ins Bett.«

»Und sicher wäre es dir am liebsten, wenn wir das auch täten, was?« Chakra schenkte sich nach und verschüttete dabei etwas auf dem Tisch.

»Gar nicht, gar nicht«, beschwichtigte McKenzie. »Ihr könnt gern die ganze Nacht hier sitzen, wenn ihr wollt. Das Licht bleibt an. Aber das Personal muss natürlich gleich Feierabend machen.«

»Meine Freunde hier haben mir erzählt, dass du heute einen polizeifreien Tag hattest, Ian. Muss zur Abwechslung mal ganz schön gewesen sein.«

Insgeheim stimmte McKenzie ihm zu, aber das würde er Chakra gegenüber sicher nicht zugeben. »Sie machen nur ihre Arbeit. Es ist für alle eine furchtbare Zeit. Ich habe versucht, die Gäste weitestgehend abzuschirmen, aber an so einem kleinen Ort …« McKenzie schüttelte den Kopf. Es entstand eine kurze Pause, die jäh von Chakras zornigem Ausruf zerrissen wurde.

»Diese Scheißbullen! Sie haben es auf mich abgesehen. Mein Anwalt legt offiziell Beschwerde ein. Dieser verdammte Horseman hat mich gestern am Flughafen praktisch abführen lassen! Marschiert einfach bei mir zu Hause ein. Und heute hat er mich noch mal in die Mangel genommen. Schikane und Einschüchterung!«

McKenzie war sicher, dass Chakra maßlos übertrieb. Burgermeister tätschelte die Luft, als würde er Chakras Wut abwehren wollen. »Um Himmels willen, Vijay, entspann dich! Komm schon, er musste doch mit dir reden. Du wirst ja langsam paranoid, Mann.«

»Und ich hätte sie gar nicht gefunden, wenn du nicht so besessen davon gewesen wärst, deinen Scheißball wiederzufinden! Und zu fett, um ihn selbst zu holen! Verdammte Scheißökos! Heuchler, allesamt! Sieh dich doch an, unter einer Decke mit diesem verdammten Hongkong-Piraten hier. Aquaristikhandel, dass ich nicht lache! Und hinter mir sind die Bullen her?«

Chakra schüttete noch mehr Whisky in sein Glas und stürzte es hinunter. Gott sei Dank war Burgermeister so vernünftig und verkniff sich eine Antwort. Winston Lees Mundwinkel zuckten belustigt. Soweit McKenzie das beurteilen konnte, war er vollkommen unbeeindruckt.

Dawson durchbrach das angespannte Schweigen. »Wir wurden alle befragt, Vijay. Manche von uns mehr als einmal. Ich persönlich fand Horseman ganz vernünftig.« Er sprach langsam und bedächtig; er hatte wohl mehr als seine üblichen zwei Bier getrunken. »Ein Genie auf dem Spielfeld, ein verdammtes Genie. Komisch, dass er immer noch bei der Polizei ist. Hätte überall hingehen können.«

»Es ist für uns alle eine belastende Zeit, Vijay«, sagte McKenzie in dem Versuch, wieder Ruhe einkehren zu lassen. »Und es war gut, dass du Nisis Leiche gefunden hast, weißt du. Du hast uns allen sehr geholfen, weil du Arzt bist. Ich muss zugeben, dass ich eigentlich keine Ahnung hatte, was zu tun war.«

»Na ja, jetzt weißt du es!«

Es war definitiv Zeit zu gehen. »Dank dir, Vijay. Die Herren, wenn ihr noch etwas braucht, Sai ist noch fünf Minuten an der Bar. Gute Nacht zusammen.«

»Ich muss auch los«, stimmte Dawson mit ein. »Tauchausflug nach dem Frühstück. Bis morgen.« Er packte die Armlehnen, wuchtete sich aus dem Sessel, fand sein Gleichgewicht und spazierte davon.

»Ich mache mir Sorgen um Vijay«, sagte McKenzie zu Pat, als sie wenige Minuten später den Strand entlang zu ihrer *Bure* gingen. »In so einem Zustand habe ich ihn noch nie erlebt. Ich hoffe, er ist morgen früh fit genug, um seine Sprechstunde abzuhalten. Ledua wollte, dass er sich zwei Gäste ansieht, bei denen sie heute schlimme Korallenschnitte behandelt hat. Da kann er nicht nach Whisky stinken.«

»Du machst dir zu viele Sorgen, weißt du«, sagte Pat und nahm seine Hand. Das machte sie nicht oft. Und es beruhigte ihn.

FREITAG

34

SUVA

Horseman hatte angeordnet, sie bei ihrer Fallbesprechung am Freitagmorgen nicht zu stören. Er war mit seinen Meetings gern zügig fertig. Sein Team, sogar Musudroka, hatte das begriffen und fasste kurz und bündig zusammen, was sie bisher unternommen hatten. Es war hilfreich, wenn sie gemeinsam die Beweislage betrachteten. Viel zu leicht geschah es, dass man etwas übersah, das am ersten Tag der Ermittlungen aufgedeckt und danach nicht wieder angesprochen worden war. Fünf Tage im Dauereinsatz und noch dazu an unterschiedlichen Orten konnten einem sehr lang vorkommen.

Die ersten Klänge der Nationalhymne von Fidschi unterbrachen sie. Singh kramte ihr Mobiltelefon hervor und sah auf das Display. Dann fing sie an zu strahlen. »Eine Nachricht von Dr. Young, Sir. Die Befunde aus der Toxikologie sind da. Leduas Heilmittel sind sauber, sie haben nichts mit Nisis Tod zu tun. Und Nisi litt auch an keiner systemischen Infektion. Der Schlag auf ihren Kopf war also der alleinige Grund für ihre Bewusstlosigkeit und den darauffolgenden Tod.«

Horseman war seinem Freund zutiefst dankbar, dass er ihnen diese Nachricht noch vor dem offiziellen Bericht hatte zukommen lassen. Damit waren sämtliche Zweifel, die er seit der Befragung von Chakra gehabt hatte, vertrieben.

»Gut von Dr. Young, es uns gleich mitzuteilen. Dass wir sicher sein können, wie sie gestorben ist, ist ein Schritt vorwärts. Gute Arbeit, alle zusammen. Jetzt müssen wir uns genauer ansehen, wo Jona und Maika sich am Samstagnachmittag aufgehalten haben. Wenn möglich auf die Minute genau. Ja, ich weiß, dass wir das schon getan haben. Aber die beiden sind die Einzigen mit einem Motiv, soweit ich das beurteilen kann, also befragen wir nochmals alle Angestellten und auch alle Gäste, die vom letzten Wochenende noch da sind. Und die Wissenschaftler. Keli, schau nach, wie schnell du uns ein Polizeiboot nach Paradise verschaffen kannst. Auf den Listen, die Mr McKenzie uns von Samstag gefaxt hat, sieht man, dass nur wenige Kajaks und Katamarane ausgeliehen wurden. McKenzie hat vermutlich recht, wenn er behauptet, die Gäste hätten lieber an den Feierlichkeiten für das Meeresschutzgebiet teilgenommen. Aber wir können uns nicht auf die Einträge verlassen, die die Gäste selbst vorgenommen haben, deswegen müssen wir –«

Es klopfte an der Tür zum Besprechungsraum, und ein Constable tauchte auf. »Entschuldigen Sie die Störung, Sir, aber es ist dringend. Sarge fragt, ob Sie wohl ans Telefon gehen könnten.«

Der Kollege von der Telefonzentrale war dran. »Der Manager vom Paradise Island Resort ist in der Leitung. Ich verbinde Sie, Sir.«

Genervt wartete Horseman ab. »Horseman hier, Mr McKenzie.«

»Gott sei Dank erwische ich Sie, Inspector Horseman. Dr. Vijay Chakra liegt tot in seinem Bett. Eseta hat ihn gefunden – eins der Zimmermädchen. Ich nehme an, es war ein Herzinfarkt oder etwas in der Art. Was soll ich jetzt tun?«

Horseman umklammerte den Telefonhörer und hörte sich selbst Anweisungen geben, während seine Gedanken rasten. Wo gab es hier eine Verbindung?

35

PARADISE ISLAND

Horseman kochte innerlich, als das Speedboat der Polizei sich dem Anleger des Resorts näherte. Auf Chakras Tod, der an einem Werktag zur Geschäftszeit gemeldet worden war, folgte sofortiges Handeln. Nisis Leiche, die Samstagabend gefunden worden war, hatte bis Sonntagnachmittag warten müssen, bis die Detectives bei ihr waren. Der Tod des Arztes kostete ihn bereits Ressourcen, die von Nisis Fall abgezogen wurden, und womöglich würden sie ihn nun nicht lösen. Horseman würde das jedoch zu verhindern versuchen. Er musste die Verbindung zwischen den Todesfällen aufspüren. Wenn es sich bei beiden um Mord handelte, dann wäre der Mörder das fehlende Glied.

Neben ihm selbst, Singh, Taleca und Musudroka waren auch noch die Fotografin und Dr. Young an Bord. Glücklicherweise glaubte der Polizeichef ebenso wenig an Zufälle wie Horseman und hatte gestattet, dass sowohl die Spurensicherung als auch weitere Kriminaltechniker ihnen folgten, sobald sie konnten. Übertrieben, wenn Chakra im Schlaf an einem Herzinfarkt gestorben war, aber die Chancen dafür standen schlecht.

Maika half dem Skipper, das Speedboat zu vertäuen und die Ausrüstung abzuladen. Die anderen grüßte er kaum. Ian McKenzie umklammerte mit einer Hand fest seinen Strohhut, die andere reichte er Horseman. »Ich bin Ihnen dankbar, dass Sie so schnell kommen konnten, Inspector. Was immer Sie brauchen – sagen Sie es, das versteht sich von selbst. Wir sind alle noch ganz benommen.«

»Verständlich, Mr McKenzie. Konnten Sie die Vorkehrungen treffen, um die ich Sie gebeten habe?«

»Ja, ja. Nichts wurde angerührt, seitdem Essie ihn gefunden hat. Ich habe vor und hinter dem Haus einen Mitarbeiter postiert.« McKenzie führte die Polizei an der Taucherhütte vorbei und nach rechts. »Er mag – ich meine, er mochte – die *Bures* auf dieser Seite nicht, weil die Boote morgens in der Frühe so viel Lärm machen. Aber letzte Nacht waren das die einzigen freien. Litia hat ihm die *Bure* gegeben, die am weitesten weg vom Anleger ist, ganz hinten in der Reihe.«

Die abgelegenste *Bure* im ganzen Resort.

»Ich führe Sie an den Haupteingang.« McKenzie ging voraus.

Genau wie auf der anderen Seite des Resorts verlief der Pfad hinter den *Bures* neben Hecken, die die kleinen Vorgärten abschirmten. Ein nervös aussehender Tui stand Wache vor dem letzten Eingang.

»Die Constables übernehmen jetzt, Mr McKenzie, Ihre Angestellten können gehen. Danke. Wir sperren den gesamten Garten ab, sowohl vorne als auch hinten. Könnten wir ein paar Pfähle oder etwas in der Art für die Strandseite bekommen? Constable Musudroka kann Tui begleiten und sie herbringen.«

»Auf jeden Fall, gar kein Problem. Ich nehme an, die Gläser und anderes Geschirr in der *Bure* wollen Sie nicht benutzen?« Horseman schüttelte den Kopf. »Das dachte ich mir. Tui, kannst du Tee und kaltes Wasser und so weiter organisieren? Und Tassen und Gläser?« Tui und Musudroka eilten umgehend davon.

Dr. Young zog Schutzanzug und Haube über und führte die anderen nach drinnen. Horseman und Singh zogen Handschuhe an, bevor sie die Fensterläden öffneten und alle Lichter anmachten. Auf dem Boden lag ein kleiner Rollkoffer, aus dem zerknitterte Kleidungsstücke guckten. Der Tote lag bäuchlings nackt auf dem breiten Bett ausgestreckt, den Kopf auf eine Seite gedreht, sein gewelltes schwarzes Haar fiel ihm etwas fettig über Stirn und Wange, seine vollen Lippen waren geöffnet. Auf dem gestärkten weißen Kissenbezug war ein bräunlicher Fleck, der wohl Speichel sein mochte.

Chakra sah aus, als trüge er lange dunkelbraune Socken und bis zu den Ellenbogen reichende Handschuhe, so stark war der Kontrast zwischen der Farbe seiner unteren Gliedmaßen und seinem Gesicht und der purpurnen Blässe seines restlichen Körpers. Dr. Young fühlte den Puls, bestätigte den Tod und untersuchte die Leiche dann von Kopf bis Fuß mit einer Lupe.

»Okay, Alisi, Sie können übernehmen.« Alisi, die schlanke junge Fotografin, begann ihre Arbeit. Ihre langen Finger tanzten über den Apparat, und ihr Gesicht war dabei ausdruckslos, konzentriert. Als sie zufrieden nickte, drehten Horseman und Young die Leiche um. Sie fühlte sich kühl an, und der Oberkörper wurde bereits starr. Young wiederholte seine Untersuchung mit der Lupe. Alisi machte noch mehr Aufnahmen. Neben dem Nachttisch stand eine zu drei Vierteln leere offene Flasche Whisky. Auf dem Boden lagen ein blaues Polohemd und eine schwarze kurze Hose, im zerknüllten Bettlaken am Bettende hatte sich eine schwarze Unterhose verwickelt. Der Rest wirkte unberührt.

Singh kam aus dem Badezimmer. »Ein paar Haare auf dem Fußboden, Sir. Sieht aus, als hätte er oder jemand anders geduscht. Es riecht nach Erbrochenem, ich konnte aber keines entdecken.«

»Ich wette, die Spurensicherung findet welches. Lassen Sie mich mal schnuppern.« Horseman steckte den Kopf durch die Tür. Das Bad lag halb draußen und war sehr gut belüftet, aber ein leicht säuerlicher Geruch hing in der Luft.

»Wir sehen uns auf der Veranda, wenn du fertig bist, Matt.« Er zögerte, aber obwohl er es besser wusste, konnte er nicht anders: »Schon was gefunden?«

»Der Todeszeitpunkt war eher heute Morgen als gestern Abend. Sonst habe ich noch nichts für dich, Kumpel. Noch ein paar Minuten hier, und dann bringe ich ihn die Leichenhalle und fange sofort an.«

»*Vinaka*, Matt.« Horseman sah sich den Rest der *Bure* und die Veranda an. Auf den Betonstufen und quer über der Veranda bis zur Tür befanden sich Spuren sandiger Fußabdrücke. Wer hatte sich die Füße nicht gewaschen? Die Angestellten würden aufpassen, dass sie keinen Sand nach drinnen trugen. Ein betrunkener Dr. Chakra wäre da nicht so gewissenhaft, aber seine Füße und die Bettlaken sahen sauber aus. Die undeutlichen Abdrücke von einem Teil der Ferse und der Zehen schienen ihm nicht ausreichend, um von Nutzen zu sein, aber er bat Alisi trotzdem, ein Foto davon zu machen, und er würde auch die Spurensicherung bitten, es zu überprüfen.

Musudroka hämmerte an der Strandseite lange Eisenwinkel in den Sand, während Taleca das Absperrband befestigte. »Irgendwas Bemerkenswertes hier draußen?«, rief Horseman.

Taleca schüttelte den Kopf. »Noch nicht, Boss. Aber wir halten die Augen offen.« Musudroka zog mit Daumen und Zeigefinger seine Augen weit auf, und die beiden lachten. Der frischgebackene Detective konnte von Glück reden, dass er Taleca als Mentor hatte, und Horseman war froh, dass die beiden sich gut verstanden. Er wünschte, er hätte ein größeres Team, aber er fühlte sich auch gesegnet mit den drei Personen, die der Zufall und der Polizeichef ihm zugewiesen hatten. Es lag in seiner Verantwortung, die Wahrheit über die Todesfälle auf dieser paradiesischen Insel aufzudecken, und davon schien er noch weit entfernt. Was hatte sich kürzlich an diesem friedlichen Ort verändert? Nur eines. Das Meeresschutzgebiet. Logisch gesehen standen die Konflikte und Todesfälle in Verbindung mit dieser fortschrittlichen Initiative, das Leben zu fördern. Wenn sie nur weitersuchten, würden sie auch Beweise dafür finden.

36

PARADISE ISLAND

Maika klopfte an die offen stehende Tür und zögerte. Seine Augen waren geschwollen und gerötet. Singh zeigte auf den Klapptisch, der ihnen für ihr improvisiertes Büro zur Verfügung gestellt worden war.

»*Bula*, Maika. Bitte setzen Sie sich. Habe ich es richtig verstanden, dass Sie gestern Abend in der Band gespielt haben?«

»Ja, Ma'am. Das mache ich an den meisten Abenden.«

Er sah wirklich übernächtigt aus. »Das muss anstrengend sein, den ganzen Tag mit den Booten beschäftigt und dann abends auch noch für die Gäste spielen.«

Maika starrte sie mit offenem Mund an. »Auf keinen Fall! Alle wollen bei den Paradise Voyagers mitmachen. Es ist eine Ehre.«

»Spielen Sie Gitarre, Maika?«

»Ein bisschen, aber bei den Voyagers spiele ich die Ukulele. Und ich singe.«

»Haben Sie abends sonst noch Aufgaben?«

»Wenn die Band Pause macht, sorgen wir dafür, dass die *Tanoa* mit Kava gefüllt ist und bieten den Gästen welchen an, wenn sie probieren möchten. Wenn jemand allein am Billardtisch steht, können wir anbieten mitzuspielen. Wir unterhalten uns mit den Gästen und bemühen uns, die Fragen zu beantworten, die sie uns über Fidschi stellen. Was da so alles kommt …«

»Was denn zum Beispiel?«

Ein Lächeln erhellte seine düstere Miene, und Lachfältchen tauchten um seine Augen auf. »Sie fragen zum Beispiel nach Kannibalen und ob Kava ein Liebstrunk ist. Sie wissen schon.«

»Sie haben da sicher mehr Erfahrung als ich, Maika. Ich begegne nicht so vielen Touristen. Was wurden Sie gestern gefragt?«

Maika überlegte. »Wie gesagt. Oh ja, ein Mann aus den USA hat gefragt, ob die Fidschi-Inseln zu Hawaii gehören!«

Singh lächelte, genauso erstaunt wie er. »Wann haben Sie gestern Abend die Bar verlassen?«

»Wir sind gerade gegangen, als Mr McKenzie kam, um nach dem Rechten zu sehen. Ich weiß nicht genau, wie spät es war, aber die meisten Gäste waren da schon gegangen.«

»War Dr. Chakra den ganzen Abend über auch da?«

»Ich glaube schon. Er saß draußen auf der Terrasse mit ein paar anderen. Die Band hat drinnen gespielt, ich konnte ihn also nicht sehen.«

»Woher wussten Sie, dass er da war?«

»Er kam rein, um etwas am Tresen zu bestellen, und als es leerer wurde, konnte ich ihn reden hören.«

»Konnten Sie verstehen, was er und seine Freunde sagten?«

»Nein, sie wurden einfach lauter, als es später wurde.«

»Glauben Sie, dass sie sich gestritten haben?«

»Nee, zumindest über nichts Ernsthaftes.«

»Wer saß bei ihm, als Sie gegangen sind?«

»Professor Burgermeister, Guy Dawson und Winston Lee.«

»Erzählen Sie mir ganz genau, was Sie gemacht haben, nachdem Sie die Bar verlassen haben, Maika.«

»Ich bin mit den anderen zurück zu unserer Unterkunft gegangen und habe mich verabschiedet. Ich teile ein Zimmer mit Jona und Tui. Jona schlief schon. Tui kam rein, als ich unter der Dusche war. Ich bin ins Bett gegangen und direkt eingeschlafen.«

»Wie haben Sie geschlafen?«, wollte Singh wissen.

»Tief und fest.« Er lächelte, und sein Blick wurde etwas lebhafter. »Kava hilft einem da immer.«

»Denken Sie scharf nach, Maika. Ist Ihnen irgendetwas Ungewöhnliches aufgefallen, als Sie zur Unterkunft gegangen sind? Haben Sie irgendjemanden gesehen?«

»Nein, nichts. Aber wir haben uns auch unterhalten, wir haben uns nicht umgesehen. Ein paar der Angestellten saßen auf ihren Veranden und haben geraucht. Mr McKenzie ist da streng, im Zimmer dürfen wir das nicht. Aber fast alle Lichter waren aus. Wir stehen hier früh auf.« Er runzelte die Stirn. »Warum ist eigentlich die Polizei hier? Ich meine, es heißt doch, Dr. Chakra sei in seinem Bett gestorben, es war ein Herzinfarkt oder so.«

Singh nickte. »Das ist auf jeden Fall eine Möglichkeit. Sein Tod war unerwartet, deswegen muss die Polizei ermitteln.«

Der Junge blickte auf die Tischplatte.

»Ich möchte, dass Sie sich an letzten Samstag erinnern, Maika. Es muss hektisch zugegangen sein. Die Liste für die Boote war nicht so detailliert ausgefüllt wie sonst. Es wurde einfach ein Strich über die ganze Seite gezogen und notiert, dass alle Boote wegen der Feierlichkeiten in Gebrauch waren.«

»Ja.«

»Was ist mit den Kajaks und den Katamaranen, die die Gäste ausleihen können? Am ganzen Tag sind nur sechs Ausleihen verzeichnet worden. Die unterschiedliche Handschrift lässt vermuten, dass die Gäste sich selbst eingetragen haben.«

»Ja, wenn kein Personal da ist, tragen sie sich selbst in die Liste ein, als Sicherheitsvorkehrung. Aber am Samstag wollten alle Gäste bei den Feierlichkeiten dabei sein.«

»Aber es wäre doch möglich, dass jemand ein Kajak nahm, ohne sich einzutragen.«

Maika runzelte die Stirn. »Wenn niemand da war, ja, dann vermutlich schon. Aber die Gäste machen da eigentlich immer gut mit. Sie verstehen, warum wir wissen müssen, wer ein Boot ausgeliehen hat und wohin sie damit fahren wollen. Es geht um ihre eigene Sicherheit.«

»Haben Sie überprüft, ob am Abend alle Boote da waren?«

»Klar, wir überprüfen und sichern sie, bevor es dunkel wird. Alle Boote waren am Samstag da. Ich habe es selbst überprüft und sie angekettet.«

»Wann haben Sie das überprüft?«

»Ich bin gegen halb sieben aus Navua zurückgekommen. Es muss so gegen sieben gewesen sein. Zur üblichen Zeit.«

»Haben Sie am Samstag zwischendurch mal eine Pause gehabt?«

»Hier und da ein paar Minuten für eine Tasse Tee. Wir haben in unserer Unterkunft zu Mittag gegessen, bevor die Gäste ihr Essen bekommen haben. Es war ein Festessen, aber wir mussten uns beeilen, weil wir das Boot für die Zeremonie vorbereiten mussten.«

Singh bemühte sich um ein verständnisvolles Lächeln. »Und was war nach der Zeremonie? Sie hatten Akanisi am Strand winken sehen, kurz bevor das Boot gekentert ist. Sie konnten es doch sicher kaum erwarten, mit ihr darüber zu reden.«

Der Junge runzelte die Stirn und sah sie verunsichert an. »Ja, ich wollte sie sehen. Aber ich konnte nicht. Ich musste mich gedulden. Und dann war sie tot.« Tränen standen ihm in den Augen, und er rieb sie mit dem Handballen fort.

Singh fand keine Freude daran, ihn in seiner Trauer zu quälen, aber manchmal war das ihr Job. »Sie müssen eifersüchtig gewesen sein, als Sie Akanisi dort mit den beiden attraktiven Männern gesehen haben. Sie waren eifersüchtig auf Guy, nicht wahr?«

»Nein! Wer sagt das?«

»Sagen Sie die Wahrheit, Maika. Es ist das Beste für alle, auf jeden Fall für Akanisi und ihre Familie. Ihre Freundin ist von einem Boot aus ins Wasser gestürzt – das wissen wir jetzt. Waren Sie mit ihr zusammen in diesem Boot?«

»Nein!«

»Wer sonst könnte es gewesen sein?«, fragte Singh.

Maikas Miene verdunkelte sich. »Woher soll ich das wissen? Es könnte jeder gewesen sein! Suchen Sie sich einen aus! Aber ich war es nicht!« Er legte seine Arme vor das Gesicht, und mit bebenden Schultern ließ er sich nach vorne auf den weißen Plastiktisch sinken.

37

PARADISE ISLAND

Um Punkt vier Uhr, wie vereinbart, keuchte Professor Burgermeister die Stufen vom Strand hoch und gesellte sich zu Horseman, der an einem Tisch im dunklen Schatten der Barterrasse saß. Burgermeister nahm seinen Schlapphut ab und hielt Horseman die Hand hin. Der Professor griff zwar fest zu, doch seine Hand fühlte sich weich an. Er lehnte sich in seinem Stuhl zurück, reckte seinen verschwitzten Hals und wedelte sich mit seinem Hut Luft zu.

»Irgendwas Neues, Joe?«

Horseman war nicht ganz wohl dabei, dass der Professor ihn so kumpelhaft ansprach. Ihm war es lieber, wenn er einen gewissen Abstand zu den Menschen wahrte, die in einen Fall involviert waren. »Noch nicht, Bill. Die Leiche sollte inzwischen in der Leichenhalle eingetroffen sein. Matt kümmert sich persönlich darum.«

»Wie ich sehe, haben Sie auch die Spurensicherung hergeholt. Was hat es damit auf sich?«

»Bill, als Wissenschaftler verstehen Sie sicher, dass wir so schnell wie möglich nach Beweismitteln suchen müssen.«

»Was soll das heißen? Gilt Vijays Tod als verdächtig?« Burgermeister sah ihn ungläubig an.

»Bis wir die Obduktionsergebnisse haben, können wir das nicht beurteilen.«

Sai tauchte mit einem Tablett bei ihnen auf. Er stellte eine Glaskanne mit aromatischem Kaffee, Milch, Zucker, einen Teller angenehm nach Zimt duftender Kekse sowie weiße Porzellantassen und Untertassen auf den Tisch. Mit gebührender Feierlichkeit drückte er den Siebstempel in der Kanne herunter, schenkte ihnen ein und ließ sie dann allein. Burgermeister nahm sich als Erstes einen Keks und hielt dann die Tasse an die Nase, trank einen Schluck und seufzte.

»Sie geizen hier nicht, was? Nur die besten kolumbianischen Bohnen. Ach, was für ein Genuss. Ich nehme mir gern eine Auszeit von unserem primitiven Lager.«

Horseman wusste die Qualität des Kaffees ebenfalls zu schätzen. »Wenn ich es richtig verstehe, waren Sie gestern Abend hier mit Dr. Chakra in der Bar?«

Burgermeister nippte erneut an seiner Tasse und biss von seinem Keks ab, während er überlegte. »Jep, wir haben ein bisschen was getrunken, über Gott und die Welt geplaudert. Winston und Guy waren auch dabei. Ich kann es immer noch nicht fassen, dass Vijay tot ist. Ich hätte derjenige sein sollen, der einen Herzinfarkt kriegt.« Er nahm sich noch einen buttrigen Keks.

»Wussten Sie, ob er ein Herzleiden hatte?«, wollte Horseman wissen.

»Ich bin einfach davon ausgegangen. Andauernd sterben hier Inder in ihren mittleren Jahren plötzlich an einem Herzinfarkt. Das ist mir in meinem ersten Jahr auf den Fidschi-Inseln stark aufgefallen. Es ergibt gar keinen Sinn – so viele von ihnen sind Vegetarier. Ein Kardiologe erklärte mir, es könne an dem ganzen Ghee und all der Kokosmilch liegen. Und am starken Rauchen. Keine Ahnung. Vielleicht ist es auch was Genetisches.«

Sai tauchte nochmals auf und legte ihnen zwei aus Palmblättern geflochtene Fächer auf den Tisch und ging wieder. Burgermeister reckte erneut seinen Hals und fächerte sich träge Luft zu.

»Sie denken hier wirklich an alles, was? Kein Wunder, dass Vijay nach seinen Sprechstunden gern noch über Nacht blieb.«

»Was hat er gestern für einen Eindruck auf Sie gemacht?«

»Er war gestresst und wütend. Vor allem auf Sie, Joe, zugegebenermaßen. War fuchsteufelswild, dass Sie ihn am Flughafen abgefangen haben. Hat Ihnen Schikane vorgeworfen.« Er gluckste, als er daran zurückdachte.

Horseman lehnte sich in seinem Stuhl zurück und widerstand dem plötzlichen Drang, seinen Umgang mit Dr. Chakra zu rechtfertigen. »Ich habe gehört, dass er auch auf Sie wütend war.«

Burgermeister ließ den Fächer sinken und sah Horseman an. »Klar. Er war ziemlich durch den Wind, wissen Sie, und er hat sich auf jeden gestürzt, der ihm mit Vernunft beikommen wollte. Zu viel Whisky. Ich habe nahegelegt, dass Sie vielleicht nur Ihre Arbeit machen wollten, und auf einmal war ich das allerletzte Arschloch. Er hat mich regelrecht runtergeputzt.«

»Das muss schwer zu schlucken gewesen sein.«

»Ich war schon gekränkt, das muss ich zugeben. Er muss eine Menge mehr getrunken haben, als mir bewusst war. Darauf habe ich es geschoben. Und auf posttraumatische Belastung. Das konnte ich nachvollziehen – es fühlt sich immer noch seltsam an, dass wir Nisis Leiche gefunden haben. Das war unser gemeinsames Trauma, aber weil er davon nichts wissen wollte, wollte er auch von mir nichts wissen. So habe ich es mir zumindest erklärt. Guy ist dann bald zu Bett gegangen, und Winston und ich haben versucht, das Thema zu wechseln und Vijay zu beruhigen.«

»Ist es Ihnen gelungen?«

»So halb. Er war nicht mehr so laut, aber immer noch total wütend. Hab ihn noch nie so erlebt.«

Horseman schenkte ihnen Kaffee nach. »Wer ist gestern Abend als Letzter gegangen?«

»Sai hat irgendwann die Bar abgeschlossen – wann, weiß ich nicht genau. Jedenfalls hat Winston sich dann verabschiedet. Ich hatte ein schlechtes Gefühl damit, Vijay allein zu lassen. Ich dachte, womöglich schläft er ein und verbringt die ganze Nacht hier. Hab mich verantwortlich gefühlt. Irgendwann konnte ich ihn dann davon überzeugen, ins Bett zu gehen. Wir mussten in dieselbe Richtung, aber meine *Bure* lag näher. Ich konnte sehen, dass er ziemlich wackelig auf den Beinen war, also habe ich ihn begleitet.«

»Nett von Ihnen, nachdem er Sie so runtergemacht hat«, bemerkte Horseman.

Burgermeister zuckte die Achseln. »Nicht wahr … Gestern Abend habe ich dafür aber keinen Dank erhalten.«

Horseman hielt ihm den Teller mit den Zimtkeksen hin. Burgermeister nahm sich noch einen. Horseman konnte ebenfalls nicht widerstehen, und so futterten sie beide.

»Welchen Weg haben Sie zur *Bure* genommen?«, wollte Horseman wissen.

»Den in Richtung Taucherhütte und Anleger. Ich war nicht sicher, ob Vijay sich erinnern würde, in welcher *Bure* er wohnte, also bin ich mit ihm bis zum Eingang gegangen.«

»Auf der Strandseite?«

»Nein, auf der anderen Seite, was sie hier den Haupteingang nennen. Seine *Bure* war die ganz am Ende des Pfads – aber das wissen Sie ja.«

»Und dann?«

»Ich bin nicht mit reingegangen. Das Licht auf der Veranda brannte. Ich sah zu, wie er die Stufen raufging, und dann bin ich direkt zu mir und ins Bett gegangen.«

»Bill, Ihnen ist sicher klar, dass Sie womöglich der Letzte waren, der Dr. Chakra lebend gesehen hat. Ich werde eine offizielle Aussage von Ihnen brauchen. Schreiben Sie alles auf, was Sie mir erzählt haben und was Ihnen währenddessen sonst noch einfällt. Es wäre das Beste, wenn Sie mir einen Ausdruck geben könnten, bevor Sie zurück ins Camp gehen.«

Burgermeister ließ sich noch tiefer in seinen Sessel sinken und nahm den Fächer wieder auf. »Klar, das verstehe ich. Ich habe meinen Laptop dabei«, murmelte er. »Verdammt, ich will nur noch zurück ins Camp, den Rest einpacken und dann von dieser verfluchten Insel verschwinden.«

SAMSTAG

38

SUVA

Der Rechtsmediziner und sein Assistent blickten auf, als Horseman am Samstagmorgen die Leichenhalle betrat. »Ich bin froh, dass du herkommen konntest, Joe«, sagte Matt Young. »Der arme alte Vijay gibt mir ziemliche Rätsel auf.«

Horseman verzog das Gesicht. »Nicht noch mehr Rätsel.« Er hatte gehofft, dass Chakras Tod sich doch als unkomplizierter Herzinfarkt entpuppen würde. Er wollte unbedingt mit den Ermittlungen zu Nisi weitermachen.

»Ich dachte, ich schaue ihn mir heute noch einmal an. Leo und ich sind gerade dabei, die histologischen Präparate vorzubereiten. Ich sollte dann später mit der Arbeit am Mikroskop anfangen können. Ich nehme an, ihr zwei kennt euch?«

Der junge pummelige Medizintechniker schüttelte schüchtern den Kopf. Mit seinem runden Gesicht und der weichen Haut sah er aus wie vierzehn. Und die Leute machten Witze darüber, wie jung die Constables bei der Polizei wirkten! Dr. Young stellte sie einander vor und rieb sich dann forsch die behandschuhten Hände. »Aber ich komme der Sache jetzt schon näher, sonst hätte ich dich nicht angerufen.«

»Dann war es also kein Herzinfarkt oder Schlaganfall?« Horseman wusste, dass eine so alltägliche Todesursache seinen Freund nicht in diesem Ausmaß begeistern würde.

»Es gibt Hinweise auf eine Herzerkrankung, das ja, aber daran ist er nicht gestorben. Seine Arterien hatten sich verengt, waren aber nicht verstopft. Wäre er noch am Leben, hätte er demnächst sicher einen Bypass gebraucht. Es sieht tatsächlich auch so aus, als hätte er vor ein paar Wochen einen Myokardinfarkt gehabt.«

Der süßliche chemische Geruch und der Anblick der sorgfältig präparierten Leiche schlugen Horseman auf den Magen. Er konzentrierte sich darauf, gegen die Übelkeit anzukämpfen, während die Worte des Rechtsmediziners an ihm vorbeirauschten.

Dr. Young runzelte die Stirn. »Besser bekannt als Herzinfarkt, Joe. Schau dir das hier an, siehst du das gräulich-weiße Granulationsgewebe hier?« Horseman trat einen kleinen Schritt näher, und Young hielt ihm eine Edelstahlschale unter die Nase und stupste das präparierte Herz mit einem Skalpell an. »Siehst du, die Narbe hat sich fast vollständig gebildet, aber noch nicht ganz.«

Der starke Geruch nach frischem Fleisch gespickt mit Desinfektionsmittel löste einen Würgereiz in Horseman aus. Er kämpfte gegen den Reflex an. »Aber er war doch Arzt.«

»Und? Ärzte sterben andauern an Herzinfarkten, Joe.«

»Schon, aber wäre ihm nicht bewusst gewesen, dass er einen Herzinfarkt hatte? Und hätte er dann nicht etwas unternommen? Gestern Abend hat er eine Flasche Whisky getrunken …« Er hielt inne, als ihm klar wurde, wie merkwürdig es war, dieses Gespräch vor Chakras dem Körper entnommenen Herzen zu führen. Er schluckte noch einmal schwer.

Der Rechtsmediziner schenkte seiner Reaktion keine Beachtung, vermutlich fiel sie ihm gar nicht auf. »Ha! Ärzte sind die Besten darin, ihre Symptome zu ignorieren. Wir wissen ganz genau, was sie bedeuten, also leugnen wir sie.« Er sah zu Horseman auf. »Ich mache keine Witze, das stimmt! Ärzte sind Menschen, falls es dir noch nicht aufgefallen ist, Kumpel. Unser Verhalten folgt keiner Logik. Das Leben ist nicht wie Rugby, weißt du.« Er deutete mit der Hand auf einen Stuhl. »Du siehst aus, als solltest du dich besser hinsetzen. Kümmer dich nicht um mich.« Er grinste.

»Es geht schon, Matt.« Er setzte sich trotzdem. »Du hast gesagt, du würdest dich der Sache schon nähern.«

»Noch nichts Eindeutiges, aber ja.« Er nahm eine größere Edelstahlschale in die Hand. »Schau dir das hier an – entschuldige, bleib sitzen, ich erzähle es dir. Die Lungen sind verstopft, und es finden sich zahlreiche feine Blutungen darin. Das weist auf Ersticken hin. Nur wie? Keine Anzeichen auf Erdrosselung oder dergleichen.« Er nahm einen Glasbecher. »Sie dir seinen Urin an«, wies er Horseman an. Der Rechtsmediziner war ein zwanghafter Lehrmeister, und weil der Techniker und Horseman die einzigen potenziellen Schüler waren, kam Horseman seiner Bitte nach. Die Flüssigkeit war dunkel wie Mahagoni. »Das weist auf teilweises Nierenversagen hin. Ich bitte dich nicht, in die Leiche zu gucken, aber dort würden dir auffallend große blasse Bereiche im Muskelgewebe auffallen, wo die Zellen abgestorben sind.«

»Und hast du eine Ahnung, was die Ursache dafür ist?«

»Ja, eine Ahnung, aber mehr ist es zu diesem Zeitpunkt nicht. Unterm Mikroskop werde ich mehr erkennen. Zumindest bekomme ich eine komplette Auswertung von der Toxikologie zum Blut, Urin, Mageninhalt und der Whiskyflasche.« Young richtete sich auf und stemmte die Hände in die Hüften. »Denn für mich sieht es ganz nach einem Gift aus, Joe.«

Zum Glück saß Horseman. »Nach einem Gift? Was für ein …?«

»Also, Kumpel, ich lehne mich da ziemlich weit aus dem Fenster, mehr verrate ich dir ohne Beweise nicht. Ich muss mich auf die Toxikologie berufen. Ich werde ihnen sogar anbieten vorbeizukommen, um ihnen unter die Arme zu greifen – die Androhung sollte sie antreiben. Denn ein angesehener Arzt, ein Pfeiler der Gesellschaft, weißt du, das könnte ein prominenter Fall werden.«

»*Vinaka*, Matt. Es kann gar nicht schnell genug gehen.«

»Ich habe gehört, dass im FIMS ein spezialisierter Toxinologe arbeitet. Vielleicht bitte ich ihn um Rat, je nachdem, was bei den Untersuchungen rauskommt.«

Das musste Horseman verhindern. »Kannst du sonst noch jemanden zu Rate ziehen?«

»Klar, ich könnte auch jemanden in Sydney oder Melbourne anrufen. Wieso?«

Das Telefon klingelte. Leo nahm ab und verließ den Raum.

Horseman schüttelte seinen Widerwillen ab, seinen Verdacht zu äußern. »Bill Burgermeister war Donnerstagabend auch im Resort und hat Chakras betrunkene Tiraden abbekommen. Wenn es sich um Mord handelt, dann steht Bill ganz oben auf der Liste. Die wissenschaftliche Gemeinschaft ist hier einfach zu überschaubar. Es wäre besser, niemanden von hier hinzuzuziehen.«

Young sah ihn erstaunt an. »Verstehe. Ja, natürlich.« Er betrachtete die entnommenen Gewebeproben, die er für die mikroskopische Untersuchung vorbereiten wollte. »Ich sag dir was, ich bringe die Proben jetzt gleich selbst in die Toxikologie – vielleicht können sie sofort damit anfangen. Leo kann die Objektträger fertigmachen, und ich kümmere mich darum, sobald ich wieder da bin.«

Es ermutigte Horseman, dass sein Freund ihn unterstützte. »Ich bin dir was schuldig, Matt.«

Nachdem er am Tag zuvor mehrmals in kleine Boote und wieder herausgeklettert war, meldete sich heute sein Knie wieder, und er nahm ein Taxi zurück zum Revier. Außerdem musste er einen Anruf tätigen, vor dem er sich scheute. Jetzt konnte er ihn nicht mehr länger hinausschieben.

39

SUVA

»Mum? Oh, *Bula*, Tante Miriama, wie geht es dir?« Zumindest war das Mobiltelefon seiner Mutter angeschaltet, und jemand hatte abgenommen.

»*Oi le*! Josefa! Mir geht es gut, danke. Warte kurz, ja? Ich helfe deiner Mutter gerade beim Maniokkuchen für morgen – dein Lieblingsnachtisch. Sie hat damit gerechnet, dass du heute anrufst, deswegen hat sie auch ihr Mobiltelefon aufgeladen. Sie muss sich erst die Hände waschen, sie mischt gerade Kokosmilch unter die Bananen. Du rufst zum ungünstigsten Zeitpunkt an, mein Lieber! Wir freuen uns alle schon so darauf, dich morgen zu sehen – das ganze Dorf ist auf den Beinen für die Vorbereitungen, das kann ich dir sagen. Einen Augenblick. Leg nicht auf!«

»Ich warte, Tante Miriama, keine Sorge.« Es tat gut, den Singsang zu hören, der dort, wo seine Mutter wohnte, im Binnenland von Viti Levu, gesprochen wurde.

Tante Miriama war kurz darauf wieder am Apparat. »Jetzt kommt sie, hier ist deine Mutter. Ich gebe ihr das Telefon.«

Sein schlechtes Gewissen verstärkte sich noch, als er die vergnügte Stimme seiner Mutter hörte.

»*Bula*, Joe. Ich bin froh, dass du anrufst. Hast du inzwischen den Tod des armen Dings aufgeklärt?«

»Nein, Mum. Eigentlich wollte ich trotzdem morgen kommen. Aber leider hat es noch einen Todesfall im Paradise Island Resort gegeben …«

»Was? Gütiger Gott! Was soll das heißen?«

»Es war der Arzt, der für seine Sprechstunde gekommen war, Mum. Er wurde gestern früh tot in seinem Bett gefunden. Zuerst sah es aus, als hätte er einen Herzinfarkt gehabt und wäre im Schlaf gestorben. Aber der Rechtsmediziner hat mir gerade erklärt, dass dem nicht so war.«

»*Oi le*! Armer Mann. Gott hab ihn selig. Wer war es denn? Ich kenne eine Menge Ärzte.«

Natürlich tat sie das. Er hätte daran denken sollen. Oberschwester Sala Horsemans lange Karriere und ihre Arbeit für die Krankenschwestervereinigung bedeutete, dass sie ein wandelndes Auskunftsbüro für medizinische Mitarbeiter auf den Fidschi-Inseln war.

»Vijay Chakra.«

Ein paar Sekunden blieb es still in der Leitung.

»Tatsächlich? Gott hab ihn selig.« Die ansonsten lebhafte Stimme seiner Mutter klang ausdruckslos, hart.

»Deswegen müssen morgen auf dem Revier alle mit anpacken, Mum, es tut mir furchtbar leid. Ich kann unmöglich ins Dorf kommen.« Noch mehr Schweigen. »Mum? Hörst du mich?«

»*Io*, Joe. Ich bin enttäuscht, und die anderen werden auch enttäuscht sein.« Sie seufzte schwer, und ihre Stimme klang jetzt zittrig. »Ich weiß, dass es nichts bringt, dich umstimmen zu wollen, du hast deine Anweisungen. Aber der Gedanke, dass Vijay Chakra, dieser Teufel, meine Familie auseinanderreißt!«

Horseman war schockiert und blieb einen Moment lang stumm. »Es sieht dir gar nicht ähnlich, dass du jemanden einen Teufel nennst. Warum sagst du das, Mum?«

»Weil er ein unverbesserlicher Schürzenjäger und Frauenheld war. Nicht der einzige in der Ärzteschaft, aber Grund genug für jede Ehefrau und Mutter, ihn nicht zu mögen.«

»Klingt so, als steckte da noch mehr dahinter, Mum.«

»Du hast recht. Er hat früher oft Ausschabungen durchgeführt. Macht er vielleicht immer noch.«

»Meinst du Abtreibungen?«

»*Io*, aber es ist schwer nachzuweisen – nein, unmöglich nachzuweisen, ob der Zweck des Eingriffs eine Abtreibung war. Weißt du, in der Vereinigung ist die Ansicht verbreitet, dass es ruhig Ärzte geben soll, die auch mal das Gesetz übertreten oder es hinbiegen, weil sie dadurch jungen Frauen, die einen Fehler gemacht haben, helfen können, mit ihrem Leben weiterzumachen. Ich kann diese Ansicht nachvollziehen, aber ich bin nicht damit einverstanden, wenn jemand wie Dr. Chakra es sich mit einem beträchtlichen Honorar bezahlen lässt, dass er das Gesetz bricht. Meine Güte, bei diesen Eingriffen werden sämtliche Kosten vom Krankenhaus getragen, und er hat sie zu normalen Betriebszeiten durchgeführt, für die er mit einem guten Gehalt entlohnt wurde! Er hat nicht jungen Frauen das Leben gerettet, er hat einfach nur Geld gescheffelt!«

Chakra konnte durchaus beides gemacht haben, aber Horseman wusste es besser, als die kompromisslosen moralischen Prinzipien seiner Mutter infrage zu stellen. »Da steckt aber noch mehr dahinter, Mum, oder? Etwas Persönliches. Ich höre es dir an.«

»Ganz der Ermittler! Das erzähle ich dir aber nur, weil es dir vielleicht hilft, hörst du? Eine Freundin von mir aus Savusavu hat diesem habgierigen Kerl all ihre Ersparnisse gegeben, damit ihre dumme Tochter, eine Studentin, die es hätte besser wissen müssen, eine gefahrlose Abtreibung haben konnte. Das Ende vom Lied war, dass es eigentlich zu spät für eine Ausschabung war, das Mädchen erlitt schwere Blutungen und starb. Keine Anklage, keine Beschwerden, natürlich. An oberster Stelle stand, dass auch im Tod der jungfräuliche Ruf der Tochter bewahrt blieb. Und natürlich auch keine Rückerstattung! Wie kann sich etwas ändern, wenn die Menschen an solchen Einstellungen festhalten? Verstehst du denn nicht, warum mich das wütend macht?«

»Natürlich, aber nicht viele sind so furchtlos wie du, Mum.«

»Das hat dein Vater auch immer gesagt. Ich glaube, ihm wäre es lieber gewesen, wenn ich nicht so oft meinen Kopf riskiert hätte.«

Horseman war sich ziemlich sicher, dass dem tatsächlich so gewesen war, doch er sagte: »Das hat er an dir geliebt, Mum. Und er war stolz auf dich.«

Mrs Horseman seufzte.

Schon wieder Savusavu. »Weißt du noch, wann das etwa passiert ist?«

»Vor neun Jahren. Ich kann dir nicht das genaue Datum sagen, aber es muss im Januar gewesen sein, denn das jüngste Kind fing gerade mit der Highschool an. Meine Freundin musste sich Geld leihen, um die Schulgebühren zu bezahlen, weil sie ja alles diesem Teufel gegeben hatte. Ich weiß nicht, wie sie es erklärte, dass ihre Ersparnisse futsch waren, aber sie hat ihrem Mann das Geheimnis nie anvertraut. Die Trauer hat die Familie aufgefressen. Ein paar Jahre später ist ihr Mann dann gestorben.«

Horseman lächelte. »Ich nehme an, du hast ihr das Geld für die Schulgebühren gegeben?«

»Das geht dich gar nichts an! Ich habe ihr gerne geholfen. Ich war die Einzige, der sie davon erzählen mochte, weil ich Krankenschwester war – sie wusste, dass ich sie nicht verurteilen würde und dass ich es geheim halten konnte. Aber es hat mich traurig gemacht, Joe, todtraurig. Meiner Freundin geht es jetzt auch nicht gut. Sie hat Krebs. Ich glaube, ich fahre nach Savusavu und besuche sie. Wir haben uns jedes Jahr auf dem Chorwettbewerb in Suva getroffen, aber letzten Juni ging es ihr zu schlecht.«

»Das solltest du machen, Mum. Deine Freundin besuchen, meine ich. Sag mir, wann du fahren willst, dann kaufe ich dir ein Flugticket. Das ist komfortabler als die Nachtfähre.«

»*Vinaka vakalevu*, Josefa. Das nehme ich sehr gerne an.«

»Und es tut mir leid, dass ich morgen nicht kommen kann, Mum. Wirklich.«

»Das weiß ich doch, Joe. *Moce.*« Sie seufzte und legte auf.

Mit einem schlechten Gefühl im Bauch blieb er sitzen und dachte an Savusavu. Die Geschichte seiner Mutter von Chakras Zeit dort passte zu dem, was Singhs Freundin Maraia erzählt hatte. Aber dass in diesem Fall eine junge Frau aufgrund von Chakras Fahrlässigkeit gestorben war, war noch um einiges schlimmer. Horseman notierte sich ein paar Zahlen und Daten mit Fragezeichen. Er musste es überprüfen. In seinem Kopf überschlugen sich die Gedanken, er zog Verbindungen und zerschlug sie wieder. Mit seinem Stift trommelte er auf die Tischplatte.

Taleca drehte sich zu ihm um. »Boss, entweder machen wir alle mit und veranstalten eine Jamsession, oder du kommst mit mir und meinem Lunchpaket in den Park.« Er hob eine Einkaufstüte hoch und schüttelte sie. »Keine Ahnung, was meine Frau eingepackt hat, aber es sollte deinen Händen etwas zu tun geben.«

Horseman lachte. »Dann ab in den Park, Keli.« Draußen an der Luft konnte er ohnehin besser denken, und etwas zu essen konnte auch nicht schaden. Wie Singh ihn vor einer Woche erinnert hatte: Nahrung für den Kopf.

SONNTAG

40

SUVA

Um drei Uhr versammelten sich die Detectives um Horsemans Schreibtisch im überfüllten Kripobüro. Als er ihnen die Diagnose der Gerichtsmedizin mitteilte, starrten sie ihn sprachlos an. Dann brach der Tumult los: »Was? Wie das? Unmöglich!«

Trotz der ernsten Lage musste Horseman lächeln. »Ich weiß, ich weiß. Ich konnte es zuerst auch nicht glauben. Aber Dr. Young ist sich sicher. Dr. Chakra ist an den Folgen einer Vergiftung mit dem Gift der *Laticauda colubrina* gestorben, der Gelblippenseeschlange. Sie haben sicher alle das eine oder andere Exemplar der Schlange zusammengerollt und schlafend auf Paradise gesehen. Sie sind fast so etwas wie das Totem der Insel.«

Der junge Musudroka sah entsetzt aus. »Die *Dadakulaci*? Ich dachte, die wären harmlos!«

Horseman zuckte die Achseln. Singh meldete sich zu Wort. »Letzten Montag im Forschungscamp hat Professor Burgermeister mir erklärt, dass sie zwar äußerst giftig sind, aber sanftmütig, und dass sie fast nie angreifen. Wie wurde Dr. Chakra denn gebissen, Sir?«

»Er wurde nicht gebissen.« Horseman machte eine Pause, zu groß war die Verlockung, die Spannung noch ein kleines bisschen zu steigern. »Das Gift wurde ihm in den Oberschenkel gespritzt. Es war Mord. Diesmal besteht kein Zweifel.«

Taleca sprach als Erster wieder. »Wie wirkt das Gift?«

»Laut Dr. Young wirkt es sowohl auf die Muskeln als auch auf die Nerven lähmend. Früher oder später erstickt das Opfer.«

»Wie lange dauert das, Sir?«, wollte Musudroka wissen.

»Anscheinend weiß das niemand so genau. Ein natürlicher Biss könnte für einen Erwachsenen erst nach ein paar Tagen tödlich ausgehen, aber hier handelt es sich um eine hohe Dosis – vielleicht hat es ein paar Stunden gedauert. Der Täter hat Dr. Chakra die Spritze womöglich kurz nach dem Einschlafen verpasst. Die Lähmung hat dann allmählich eingesetzt, denn Dr. Young schätzt, dass Chakra erst am Freitagmorgen zwischen sechs und sieben Uhr gestorben ist.«

Singh sah besorgt aus. »Meinen Sie, er ist noch einmal aufgewacht, Sir?«

»Das werden wir nicht herausfinden, aber es gibt keinerlei Hinweise auf einen Kampf, möglicherweise also nicht. Er war im Alkoholrausch, vergessen Sie das nicht, und eine feine Nadel ist ja nicht schmerzhaft – nicht mehr, als wenn man von einem Moskito gestochen wird. Die Einstichwunde war kaum sichtbar – deswegen hat Dr. Young sie zuerst auch nicht entdeckt. Aber lassen wir uns nicht von der originellen Wahl der Mordwaffe ablenken. Für uns sind das großartige Neuigkeiten. Wir wissen, dass es Mord war, und die Anzahl der Verdächtigen, die Zugang zu den nötigen Utensilien hatten, ist begrenzt. Sind wir uns da einig?«

»Aber doch sicher keiner der Wissenschaftler, Sir?« Das konnte Musudroka sich partout nicht vorstellen.

»Warum nicht? Wer sonst? Professor Burgermeister hat Sergeant Singh letzten Montag erzählt, dass eines ihrer Projekte darin besteht, das Gift der Seeschlange zu sammeln. Wer also hätte besseren Zugang dazu?«

Singh hielt ein Fax hoch. »Der letzte Stand der Spurensicherung. Nicht so berauschend. Nichts auf dem Gelände von Chakras *Bure*. Die sandigen Fußabdrücke sind zu fragmentiert und undeutlich, um von Nutzen zu sein, und die Fingerabdrücke an der Whiskyflasche und im Zimmer sind von Dr. Chakra. Aus hygienischen Gründen wischt das Personal alles ab, sobald ein Gast abgereist ist, das macht die Sache einfacher für uns. Der Mörder hat keine Spuren hinterlassen. Die Überreste von Erbrochenem im Badezimmerwaschbecken hatten einen hohen Alkoholgehalt, wir können also relativ sicher davon ausgehen, dass es von Dr. Chakra ist, zumal auch nur seine Fingerabdrücke auf den Armaturen zu finden sind. All das weist auf einen geplanten Mord und einen sorgfältigen Mörder hin.«

»*Vinaka*, Sergeant«, sagte Horseman. »Das passt auch zu einem Wissenschaftler als Verdächtigen. Als Erstes stellen wir eine Liste auf, schauen uns Gelegenheit und Motiv an und sortieren die aus, die wir streichen können.«

Taleca rollte ein Whiteboard herein und machte sich mit bunten Filzstiften an die Arbeit. »Können Sie ein paar Fotos besorgen, Sergeant?«, bat er Singh. »Nicht alle von uns haben die Wissenschaftler getroffen.« Singh ging zu ihrem makellos aufgeräumten Schreibtisch und holte eine rote Mappe. Es dauerte nicht lange, und sämtliche Fotos hingen an der Tafel.

Horseman hatte sich nur halb auf einen hohen Hocker gesetzt. »Ich sehe es folgendermaßen: Oben auf der Liste und als Leiter des FIMS-Teams haben wir Professor Bill Burgermeister, der Donnerstag im Resort übernachtete und an dem Abend die Zielscheibe von Chakras Wutausbruch war. Soweit wir wissen, war er der Letzte, der Dr. Chakra lebendig gesehen hat, als er ihn irgendwann zwischen halb zwölf und zwölf zu seiner *Bure* begleitete. Der Professor behauptet, er und Dr. Chakra seien nicht mehr als Bekannte gewesen. Er käme als Täter also infrage. Anmerkungen dazu?«

Alle schüttelten den Kopf und machten sich Notizen.

»Machen wir weiter mit Anil Gupta, dreiundzwanzig, Forschungsassistent. Sowohl er als auch der Professor geben an, Anil sei an jenem Abend im Camp auf der anderen Seite der Insel gewesen, und dort haben wir ihn auch am Freitagnachmittag getroffen. Dennoch, er war auf der Insel und käme infrage. In einer Viertelstunde hätte er zum Resort laufen können, in weniger, wenn er sich beeilt hätte.«

»Was könnte er für ein Motiv haben?«, wollte Musudroka wissen. Der Neue scheute sich nicht davor, das Wort zu ergreifen, wie Horseman erfreut feststellte.

»Das weiß ich nicht, Tanielo. Irgendwelche Ideen? Sergeant, Sie haben mit den Wissenschaftlern mehr zu tun gehabt als wir anderen. Irgendwelche Erkenntnisse?«

»Keine Erkenntnisse, Sir, aber ich hatte mehrmals das Gefühl, dass Anil mehr weiß, als er sagt. Er tendierte dazu, das Gespräch auf seine Forschung zu lenken, als ich ihn nach Nisi fragte. Ich dachte, er sei wohl einfach nervös und traut der Polizei nicht über den Weg. Damit stünde er nicht allein da. Ich hatte auch den Gedanken, dass er vielleicht in Nisi verliebt war, weil er immer den Tränen nahe ist, wenn er von ihr erzählt. Aber das ist weder ein Beweis noch ein Motiv.«

Taleca meldete sich zu Wort. »Es ist vielleicht spekulativ, aber das bedeutet nicht, dass es falsch ist.«

Horseman wollte vorankommen. »Stimmt, Keli, aber momentan kommen wir an der Stelle nicht weiter. Als Nächster steht Waisele Tabualevu auf der Liste, Ratu Ezekaias Neffe. Er arbeitet an seinem eigenen Forschungsprojekt für seine Dissertation, aber er ist auch ein bezahlter Forschungsassistent im Team des Professors. Er ist Mitglied bei Greenpeace und ein großer Verfechter des Vula-Meeresschutzgebiets. Donnerstagnacht war er auf Delanarua, auf Bitte seines Onkels hin hatte er den Wachdienst im Schutzgebiet übernommen, aber wir brauchen noch die Bestätigung dafür, was er dort gemacht hat und ganz genau wo und wann. Er war viel weiter weg als Anil Gupta, hätte aber mit dem Boot nach Paradise kommen können, wenn er gewollt hätte. Er wäre also vorstellbar. Das müssen wir genauer überprüfen, bevor wir ihn ausschließen können. Ich rede mit Adi Litia, sie kann mich mit Ratu Ezekaia in Verbindung setzen. Er lässt es sich in der ersten Woche des Schutzgebiets sicher nicht nehmen, die Absicherung aktiv zu begleiten. Mit etwas Glück gibt es Zeugen für Waiseles Tätigkeiten auf Delanarua. Irgendwelche Bemerkungen?«

»Guter Plan, Boss«, sagte Taleca. »Wir wissen wirklich nicht viel über den jungen Ratu.«

»Okay, als Nächstes haben wir Sitiveni Doka, genannt Steve, Doktorand und über den Sommer als Assistent angestellt. Er arbeitet auch während des Semesters regelmäßig für den Professor und fängt die Fische für die Bestellungen beim FIMS Aquaristikbedarf. Komisch, nicht wahr? Wo es doch jetzt das Meeresschutzgebiet gibt? Jedenfalls hat er sich ein paar Tage freigenommen, um seine kranke Mutter zu besuchen, und kommt morgen zurück nach Paradise. Ich versehe ihn also mit einem Fragezeichen.«

»Können wir ihn nicht ausschließen?«, fragte Singh.

»Das würde ich gern, aber das geht noch nicht ganz. Wir müssen überprüfen, wohin er gefahren ist und ob er Gelegenheit hatte, Donnerstagabend nach Paradise zu kommen. Womöglich wäre es doch denkbar.«

Musudroka ergriff wieder das Wort. »Hat denn irgendjemand ein Motiv außer dem Professor? Er ist der Einzige, der alle Kriterien erfüllt, und Dr. Chakra hat ihn in der Bar ordentlich zusammengestaucht. Ist er nicht der Hauptverdächtige?«

Singh antwortete als Erste. »Es wirkt so, aber hätte er Chakra nicht eher im Affekt erstochen oder erschlagen? Das Gift zu spritzen muss geplant gewesen sein. Der Professor hat im Resort übernachtet, nicht im Camp. Hatte er dann zufällig Spritzen und Schlangengift dabei? Er behauptet, er habe Chakra seit letztem Samstag, als sie Nisis Leiche entdeckt haben, nicht gesehen. Vermutlich stimmt das auch, Chakra ist schließlich erst am Mittwoch aus Neuseeland zurückgekommen, aber wir müssen es überprüfen.«

Horseman ergänzte: »Dr. Young und ich haben den Professor und Winston Lee Mittwochabend im Waterfront getroffen. Wir saßen etwa eine Stunde zusammen. Sowohl Dr. Chakra als auch der Professor waren am Mittwoch in Suva. Leider können wir also zu diesem Zeitpunkt keinen der Wissenschaftler ausschließen. Wenn wir uns morgen wieder zusammensetzen, sollten Ihre Ermittlungen uns das aber ermöglichen. Aber zuerst müssen wir unser Netz noch weiter auswerfen. Wer hatte sonst noch die Mittel, diesen Mord zu begehen?«

»Ich frage mich, wie es mit Ledua aussieht, Sir«, sagte Singh. »Sie ist Krankenschwester und leistet im Resort erste Hilfe. Sie hat Chakra assistiert, konnte ihn aber nicht leiden. Sie stand Nisi nahe und dachte womöglich, er sei für ihren Tod verantwortlich.«

Horseman nickte. »Vorstellbar. Und wir können uns auch noch weiter umsehen. Denken Sie daran, dass man keine große Qualifikation dafür braucht, um eine Spritze zu setzen.«

Musudrokas Hand schoss in die Höhe. »Maika hat ausreichend Zeit mit den Wissenschaftlern verbracht, um von dem Giftprojekt zu wissen und gesehen zu haben, wie die Spritzen eingesetzt werden. Wir können herausfinden, wobei genau er ihnen geholfen hat. Hat er selbst den Schlangen auch Gift abgenommen? Vielleicht hat er aus Rache beschlossen, Dr. Chakra umzubringen, als er erfuhr, was der Arzt getan hatte. Ich meine Nisis … äh … Fehlgeburt. Wir haben das zwar nicht publik gemacht, aber Sie wissen ja, wie der Buschfunk funktioniert.«

Taleca brachte sich ein. »Wir müssen bedenken, dass du und ich Maikas Alibi für Nisis Tod so sorgfältig wie menschenmöglich überprüft haben, Tanielo. Letzten Mittwoch und Freitag und dann noch einmal gestern haben wir sämtliche Angestellten zu Maika und Jona und den Booten am Samstag befragt. Die Gäste ebenfalls. Maika kann Nisi nicht getötet haben, es sei denn, Leute wie Mr McKenzie und Adi Litia lügen. Das Gleiche gilt für Nisis Onkel Jona.«

Singh schüttelte energisch den Kopf. »Natürlich, daran habe ich gar nicht gedacht. Die Vorstellung, Ledua habe Nisi getötet, ist absurd. Das bedeutet, sie kommt auch für Dr. Chakra nicht infrage.«

Musudroka blickte in die Runde. »Aber sowohl Maika als auch Jona könnten Dr. Chakra umgebracht haben. Woher sollen wir wissen, dass es nicht zwei Täter gibt? Womöglich haben sie nichts miteinander zu tun.«

Singh antwortete ihm. »In der Theorie ist das nicht unmöglich. Aber die Wahrscheinlichkeit, dass es innerhalb einer Woche zwei Mordfälle in einer so kleinen Gemeinde auf Fidschi gibt, ist sehr gering. Wie hoch ist da die Wahrscheinlichkeit, dass es gleich zwei Täter gab? Ich würde sagen, sie existiert nicht. Wir müssen das verfolgen, was wahrscheinlicher ist.«

»Da stimme ich Ihnen zu, Sarge«, sagte Taleca. »Tanielo, hör auf die erfahreneren Stimmen!« Musudroka zog einen Schmollmund, aber in seinen Augen blitzte es vor Vergnügen an der Diskussion. Er würde sich noch gut machen, dachte Horseman.

»Bevor wir die Aufgaben verteilen, sollten Sie wissen, dass morgen auf Delanarua Akanisis Beerdigung stattfindet. Es ist wichtig, dass wir ihr unseren Respekt erweisen. Außerdem gibt uns das die Gelegenheit, uns umzuschauen und gegebenenfalls mit einigen unserer Verdächtigen zu reden. Ich hätte gern, dass Sergeant Singh und Detective Constable Musudroka mich begleiten. Wir können davon ausgehen, dass wir den Großteil des Vormittags dort beschäftigt sein werden.«

Die Aufregung verflog. Die achtzehnjährige Nisi war tot und würde morgen begraben werden. Alle vier Detectives wurden still.

Nach ein paar Augenblicken sprach Horseman weiter: »Wir sind uns einig, dass wir Akanisis Mörder haben, sobald wir Chakras Mörder finden – das ist zu neunundneunzig Prozent sicher. Dann lassen Sie uns jetzt die Sonntagsgewohnheiten auf Fidschi herausfordern. Welche Antworten können wir schon heute Nachmittag bekommen? Keli, finde heraus, was Chakra am Mittwochnachmittag und -abend gemacht hat und befrage dazu seinen Anwalt, seine Haushälterin, Nachbarn, seinen Kollegen Dr. Pillai und wen du sonst noch auftreiben kannst. Hat er sich mit dem Professor oder mit irgendjemand anderem aus dem Forschungscamp getroffen? Frag beim Waterfront Hotel nach und alle FIMS-Angestellten, die an einem Sonntagnachmittag vor Ort sind. Musudroka kann dir helfen.«

Taleca erhob sich sofort. »Ich schaue, was ich tun kann, Boss. Du weißt ja, die meisten sind Profis darin, sich am Sonntagnachmittag rar zu machen.«

Horseman zog die Augenbrauen hoch. »Nur zu gut. Deswegen brauche ich dich morgen früh auch hier, um die Leerstellen aufzufüllen, die uns heute vielleicht noch begegnen. Sieh zu, ob du Passagierlisten von den Fähren und Flügen nach Savusavu am Mittwoch und Donnerstag bekommen kannst. Wir müssen überprüfen, ob Sitiveni Doka dort war, als Chakra starb, damit wir ihn von der Liste streichen können. Nimm dir Zeit für die Kirche, das versteht sich von selbst.«

Taleca salutierte. »Tanielo, du kommst um sechs mit mir in die Kirche, danach gibt es Abendessen bei mir zu Hause. Als Entschädigung dafür, dass du dich den ganzen Tag für mich abrackerst.«

Musudroka strahlte. »*Vinaka vakalevu.*«

Horseman sah Singh an. »Und wir beide gehen sämtlichen Spuren von Professor Burgermeister, Anil und Waisele nach, und zwar von den Feierlichkeiten letzten Samstag bis zu Chakras Tod. Wir probieren es erst mal per Telefon, aber eventuell müssen wir noch mal rüber nach Paradise. Sehen Sie nach, ob ein Boot verfügbar ist.«

MONTAG

41

DELANARUA ISLAND

Akanisi lag aufgebahrt in der Dorfkirche, und der Himmel weinte. Auf der Überfahrt nach Delanarua hatte der Regen unnachgiebig auf das graue gekräuselte Meer eingetrommelt, und an Land, als die Detectives hinüber zur weißen Kirche gegangen waren, hatten auch die Regenschirme ihre Beine nicht vor dem Guss geschützt. Susie Singh war bisher nur in beruflichem Zusammenhang bei christlichen Trauerfeiern gewesen, und ihr Fokus hatte dabei den Trauergästen gegolten, nicht der Zeremonie. Nisis Tod jedoch war ihr unter die Haut gegangen, als sie und Horseman ihre Leiche im Resort ausgewickelt hatten.

Singh hatte vorgehabt, als Letzte einzutreten und ihren Beobachtungsposten ganz hinten in der Kirche einzunehmen. Die Dorfbewohner waren jedoch überrascht und dankbar, dass der große Josefa Horseman gekommen war, um seinen Respekt zu zollen, sodass sie an der Tür nur schnell ihre Schuhe abstreiften und ihre Regenschirme zusammenklappten, ehe sie die Detectives an Plätze weiter vorn geleiteten, wo die Pandanusmatten dick gestapelt lagen. Als Singh jetzt den einfachen Sarg betrachtete, tauchte ein eigenwilliges Bild vor ihrem inneren Auge auf: Erst öffnete sich der Sarg, und dann schlugen sich die *Masi*-Matten mit den Blumen dazwischen eine nach der anderen zurück und legten Nisis verwundeten goldbraunen Körper in ihrem blütenweißen Kirchenkleid frei. Genau wie Singh es eine Woche zuvor gesehen hatte.

Die Frauen aus dem Dorf hatten den schlichten Innenraum der Kirche mit grünen Palmblättern und gelben, cremefarbenen und weißen Blumen geschmückt. Die Mischung aus Mokosoi, Ingwer und Frangipaniduft war frischer und süßer als jeder Weihrauch. Weil Singh sich nicht umsehen konnte, ohne unhöflich zu wirken, hörte sie Pfarrer Mosese zu. Das Fidschi, das auf den Inseln von Vula gesprochen wurde, war ihr nicht so vertraut, aber allmählich gewöhnte sie sich daran und verstand das Wesentliche trotz des Regens, der auf das Wellblechdach einprasselte.

Sie erfuhr unter anderem, dass Nisi die Sonntagsschule geleitet hatte, bevor sie die Stelle im Resort begonnen hatte, genau wie den Kinderchor der jüngsten. Als die in Weiß gekleideten Kinder Nisis Lieblingslied »Jesus Loves Me« anstimmten, vergoss sogar Singh, eine nichtpraktizierende Sikh, Tränen um die Schönheit, die Unschuld und den Glauben der Kinder. Eins der Vorschulmädchen in der ersten Reihe krallte sich mit seinen kleinen braunen Füßen so fest in die Matte, dass seine Zehenspitzen weiß wurden, aber es hielt den Kopf hoch erhoben, so wie Nisi es ihm beigebracht hatte, und sang aus vollem Halse.

Ratu Ezekaia saß der Gemeinde halb zugewandt in einem Sessel vorne im Kirchenschiff; Nisis Eltern, ihr Vater mit rasiertem Schädel, wie von den alten Bräuchen vorgegeben, saßen in der ersten Reihe. Die jungen Familien um sie herum mussten die älteren Töchter, Schwiegersöhne und Enkel sowie Neffen und Nichten sein.

Singh versuchte gar nicht erst, in die bewegenden Kirchenlieder mit einzustimmen, aber der kräftige Bariton ihres Chefs links neben ihr und Tanielo Musudrokas klarer Tenor rechts von ihr machten es reichlich wieder wett. Obwohl sie nur zuhörte, überwältigten sie die in die Höhe steigenden Harmonien und bauten sie auf.

Der Pfarrer und der Ratu führten die Prozession aus der Kirche in den Regen. Sechs junge Männer, darunter Maika, trugen den mit Blumen verzierten Sarg, gefolgt von Nisis Eltern und den zahlreichen Angehörigen. Die Detectives saßen in der nächsten Reihe, also erhoben sie sich und schlossen sich ihnen an, und so konnte Singh, als sie langsam den Mittelgang entlangschritt, die anderen Trauergäste sehen. Ledua und die McKenzies saßen auf der rechten

Seite, Professor Burgermeister und Anil ein paar Reihen hinter ihnen und weitere Resortangestellte in einem Grüppchen noch weiter hinten.

Der Friedhof lag teilweise geschützt unter dem dichten Blattwerk der Bäume, aber die um das ausgehobene Grab ausgelegten Matten waren von Schlamm durchtränkt. Als die Worte gesagt, der Sarg hinabgesenkt, die Matten darüber gefaltet und festgesteckt und Klumpen voll klebrigem rotem Lehm daraufgeworfen worden waren, zogen sich alle bis auf die direkten Angehörigen zurück. Am Tor drehte Singh sich noch einmal um und sah, wie Männer Erde schaufelten.

Der Regen ließ nach und klang dann ab, als die Gemeinde in ihren weißen und schwarzen Gewändern unter bunten Regenschirmen zurück zur Kirche ging. Vereinzelte Sonnenstrahlen durchbrachen die dunkle Wolkendecke. Horseman wurde von Leuten umringt, die ihm begierig die Hand schüttelten und sein Beileid in Empfang nahmen. Singh nahm Musudroka beiseite.

»Misch dich unter die jungen Männer und hör zu, was sie reden, Tanielo. Ich sage Professor Burgermeister hallo.«

Sie fand den Professor unter dem Vordach, wo die Frauen aus dem Dorf Tee aus einer riesigen Alukanne ausschenkten. Burgermeister hatte sich für den Anlass in einen marineblauen *Sulu* gekleidet, der kaum einmal um seinen Bauch reichte. Singh war erleichtert, dass er unter dem Wickelrock noch seine weite Shorts trug. Er rührte gerade Milchpulver und Rohzucker in seine Tasse und bemerkte Singh erst, als sie ihn ansprach. Erschöpft schüttelte er den Kopf.

»Was für ein trauriger Tag, Detective Sergeant.« Er wischte sich mit dem Ärmel seines weißen Hemds über das nasse Gesicht; Regentropfen oder Tränen, vielleicht beides.

»Ich bin froh, dass Akanisis Familie ihre Tochter nun endlich beerdigen konnte.«

»Sicher. Ah, da kommt ja auch Anil. Hol dir einen Tee, Anil.« Zwar hatte Singh selbst eigentlich keine Lust auf Tee, aber die beiden Männer wären entspannter, wenn auch sie eine Tasse in den Händen hielt, und so gesellte sie sich zu Anil in die Schlange. Der junge Mann schob sich nasse Haarsträhnen hinters Ohr. Da der Regen vorerst aufgehört hatte, stellten sie sich mit ihrem Tee vor das Vordach, um ihre Kleidung trocknen zu lassen. Andere taten es ihnen gleich und genossen, wie frisch sich die warme Luft auf der nassen Haut und Kleidung anfühlte.

»Wie kommen Sie mit Vijays Tod voran?«, erkundigte sich Burgermeister.

»Wir stehen noch am Anfang, Professor. Ich fürchte, es gibt noch keine eindeutige Fährte.«

Er sah sie an und lächelte schwach, aber das Lächeln erreichte nicht seine Augen, die so hart aussahen wie blaue Glasmurmeln. »Aber Sie haben doch sicher inzwischen die Ergebnisse der Obduktion.«

»Vorläufige Ergebnisse, ja. Der Rechtsmediziner wartet noch auf ein paar Tests, die etwas länger dauern, deswegen …«

»… können Sie zu diesem Zeitpunkt noch nichts sagen. Ja, ja.«

Sie mochte es nicht, wenn andere ihre Sätze für sie beendeten. »Da haben Sie leider recht, Professor.«

Sie wandte sich an Anil. »Schön, dass Sie gekommen sind. Ich habe Wes auch in der Kirche gesehen, aber was ist mit Steve? Er war doch ziemlich oft hier, oder nicht?«

»Steve ist letzte Woche zu seiner Mutter nach Savusavu auf Vanua Levu gefahren, sie ist krank. Er sollte heute im Laufe des Tages zurück nach Suva kommen. Er wird noch gar nichts von Dr. Chakra wissen.« Er ließ den Kopf hängen, und seine Haare fielen ihm wieder ins Gesicht.

»Mr Lee ist auch nicht da. Und Guy Dawson auch nicht«, sagte sie.

Anil zuckte die Achseln.

»Fahren Sie heute zurück nach Suva oder ins Camp?«

»Wir wurden zum *Lovo* eingeladen, da wäre es wohl unhöflich, wenn wir nicht bleiben würden«, erklärte Burgermeister. »Wir fahren zusammen mit den McKenzies und den anderen zurück nach

Paradise. Unser Projekt ist beendet, morgen packen wir den Rest zusammen. Morgen früh sollten Wes und Steve auch wieder bei der Arbeit sein.«

»Wann erwarten Sie Steve?«

»Er wollte morgen früh das Boot von Navua nach Paradise nehmen. Das fährt normalerweise gegen acht ab. Bis neun sollte er dann bei uns im Camp sein«, antwortete Burgermeister.

»Wird er auf der Fähre von Savusavu sein, die heute Nachmittag in Suva ankommt?«

Anil zuckte die Achseln. »Keine Ahnung, kann sein. Ich glaube nicht, dass er sich ein Flugticket leisten kann.« Er trat von einem Fuß auf den anderen. »Bei unserem letzten Forschungsprojekt waren wir traurig, als wir einpacken mussten, aber diesmal wollen wir nur noch weg.«

Horseman kam humpelnd zu ihnen herüber. In seinem grauen *Sulu*, dem weißen Hemd mit schwarzer Krawatte, die schwarze Jacke über dem Arm, sah er gut aus. Mehr als gut, er sah stattlich aus. Natürlich war er kein Ratu, aber er wirkte wie einer. Vielleicht weil alle zu ihm aufsahen. Aber Singh fand schon immer, dass halbeuropäische Familien mühelos Selbstvertrauen ausstrahlten. Das mochte aus der frühen Kolonialzeit herrühren, als diese winzige Minderheit oftmals eine Brücke zwischen den Briten und den Fidschianern geschlagen hatte. Was auch immer der Grund war, sie hatten eine andere Haltung als Inder, die ihren niedrigeren Status in der Gesellschaft niemals anzweifelten.

Horseman fing ihren Blick auf und nickte in Richtung ihres Boots. Musudroka wartete bereits beim Skipper und wehrte eine Horde weiß gekleideter Kinder ab.

»Sieht ganz so aus, als würden wir abfahren«, sagte sie den beiden Wissenschaftlern. »Wir melden uns bei Ihnen.«

Mit Stöcken und Spaten holten Männer und Frauen die heißen Steine aus der *Lovo*-Grube. Als sie zur Seite rollten, stieg wohlriechender Dampf, kräftig vermischt mit Rauch, von den Bananenblättern darunter auf. Die Blätter wurden beiseite geharkt, und wiederum in Bananenblätter gewickelte Bündel wurden auf Tabletts gestapelt und zum Schulgebäude getragen.

Die Veranstalter der Trauerfeier mussten beschlossen haben, die geschmückten Unterstände, die sie erst vor ein paar Tagen aufgestellt hatten, nicht für das Festessen zu nutzen. Es war die richtige Entscheidung: Die Erde darunter war völlig durchweicht, der Boden in der Schule hingegen war zementiert. Aber die mit Blumen umwickelten Pfosten und grün gedeckten Dächer der Unterstände, die so gut zu dem Mädchen gepasst hätten, das Blumen so sehr liebte, wirkten nun trist und verlassen. Die heute Anwesenden würden natürlich nur einen Bruchteil dessen verspeisen, was aus der *Lovo*-Grube geholt wurde: Schweine- und Rindfleisch, Hühnchen, Taroknollen, Yams, Maniok und Kuchen. Das meiste davon würde über das Netz von Angehörigen und Freunden verteilt werden, das sich über die Insel und darüber hinaus erstreckte und die einzelnen Dörfer miteinander verband. Nisis Schwestern würden eingewickelte Bündel mit einer Auswahl von Gerichten mit nach Hause nach Suva, Lautoka und Sigatoka nehmen und sie an Schwiegereltern und Nachbarn weitergeben. Auch an Paradise würde etwas gehen, vermutlich über Jona oder vielleicht auch über die McKenzies, die es an die Angestellten verteilen würden. Die Ausgaben dafür konnten erdrückend sein, selbst bei einer so großen Verwandtschaft wie Nisis.

»Ich hoffe, die Gäste waren großzügig mit ihren Gaben für all das hier«, sagte Singh zu Horseman, als sie zusammen den Sandweg zum Strand gingen. »Nisis Eltern sehen so zerbrechlich aus – ihre Mutter ist so leblos wie eine Puppe.«

»Ja. Und dass ihr Vater sich die Haare abrasiert hat – das kommt heutzutage nicht mehr oft vor. Sie müssen ziemlich traditionell eingestellt sein, obwohl sie so einen modernen Ratu haben. Ich habe gehört, dass Ian McKenzie einen Stier und zwei Schweine gespendet hat. Mit Adi Litia an seiner Seite wird er gut beraten, wie man es mit den fidschianischen Gebräuchen hält, und er ist so klug und befolgt den Rat auch. Er könnte es hier auch auf längere Sicht zu etwas bringen.«

»Wenn seine Frau ihn lässt. Es ist offensichtlich, dass sie unglücklich ist«, bemerkte Singh. »Ich habe Maika leider aus den Augen verloren. Haben Sie ihn gesprochen?«

»Ich habe es versucht, aber er ist mir ausgewichen. Meinte, er müsse helfen, und ist dann abgedüst. Jetzt mischt er mit beim *Lovo*.«

Schweigend warfen sie einen Blick zurück. Das Stimmengewirr schwoll an, während die Gastgeber sich darauf konzentrierten, die Trauergemeinde mit Essen zu versorgen. Der Duft des *Lovo* lockte die verstreut stehenden Grüppchen an, und der nasse Rasen gluckste, als sie über ihn zum Schulgebäude liefen. »Am meisten ist ihren Eltern jetzt geholfen, wenn wir herausfinden, wer ihre Tochter getötet hat und warum. Fahren wir zurück nach Suva und lösen wir den Fall.«

Sie gingen weiter zum Boot. Von den Hügeln von Delanarua über das Wasser bis hin zu Paradise Island erstreckte sich ein leuchtender Regenbogen. Die Kinder am Strand zeigten in den Himmel, tollten herum und kreischten glücklich.

42

SUVA

Der Kontrast zwischen Taleca in seinem fröhlichen roten *Bula*-Hemd mit Hibiskusmuster und den drei formell gekleideten Trauergästen hätte nicht größer sein können, als sie sich am Polizeianleger trafen. Sie beschlossen, sich im Park am Hafen auf den neuesten Stand zu bringen, bevor sie sich weiter ihren jeweiligen Aufgaben widmeten.

Horseman dachte an das saftige *Lovo* auf der Trauerfeier, als er in sein bescheidenes Roti biss, das dennoch sehr schmackhaft war: Kürbis und Zwiebel, dazu reichlich Knoblauch, Chili und Kurkuma, das Ganze in ein am Morgen frisch gebackenes Naan gewickelt. Eine Weile kaute er zufrieden vor sich hin.

Taleca machte den Anfang: »Boss, ich bin sicher, das Dr. Chakra Professor Burgermeister letzten Mittwoch nicht getroffen hat. Seine Haushälterin sagt, er sei vom Revier direkt nach Hause gekommen. Sie hat seinen Koffer ausgepackt und ihm etwas zu essen gemacht. Als Sarge und ich so unhöflich mit unserem Durchsuchungsbeschluss aufkreuzten, aß er gerade. Nachdem wir wieder weg waren, ist er ebenfalls aufgebrochen, und laut seiner Haushälterin wollte er auch erst später am Abend zurückkommen. Mr Tagore hat mir bestätigt, dass sie über eine Stunde bei ihm in der Kanzlei an der ergänzenden Erklärung saßen und anschließend zum Essen in Toru's Teppanyaki Temple gingen. Das Personal dort kann sich erinnern, dass sie bis etwa elf Uhr geblieben sind und noch etwas in der Bar getrunken haben. Tanielo hat gestern die gehobeneren Restaurants und Hotels mit Fotos von Dr. Chakra und dem Professor abgeklappert – niemand hat Dr. Chakra gesehen. Die Leute im Waterfront erinnern sich an den Professor, er ist dort Stammgast.«

Horseman nickte. »Und ich habe gesehen, wie Burgermeister mit Winston Lee in ein Taxi stieg, um nach Navua und von dort aus nach Paradise zu fahren. Adi Litia hat mir erzählt, dass die beiden kurz vor neun Uhr dort ankamen und Maika den Professor dann mit dem Speedboat zurück ins Camp brachte. Wir können also ausschließen, dass Chakra und Burgermeister sich trafen, nachdem sie letzten Samstag Nisis Leiche gefunden hatten und bevor sie Donnerstagabend zusammen in der Resortbar saßen. Das heißt, es gibt keine Hinweise darauf, dass sie sich zerstritten haben oder ob sie nun Feinde oder Freunde sind. Vermutlich sind sie wie von beiden behauptet einfach Bekannte. Ich erkenne da kein echtes Motiv für Burgermeister, einen Mord an Dr. Chakra zu planen.«

»Während ihr meine Sandwiches esst«, unterbrach ihn Taleca, »muss ich berichten, dass es mir nicht gelungen ist, unseren Freund Steve auszuschließen. Bisher zumindest. Ich habe heute Morgen endlich die Passagierlisten sämtlicher Flüge nach Vanua Levu erhalten, sowohl nach Savusavu als auch nach Labasa. Keine Spur von Sitiveni Doka. Und auch keine Buchung, weder in die eine noch die andere Richtung. Es ist wahrscheinlicher, dass er die Fähre genommen hat, nur sind die Rechner von Sea Track allesamt abgestürzt. Sie hoffen, dass es bis heute Nachmittag wieder läuft. Allerdings habe ich von einem eher unerwarteten, wenn auch nicht bahnbrechenden Erfolg zu berichten.«

»Na, dann raus mit der Sprache, Keli!«, drängte ihn Horseman.

»Du hast doch die Daten zu dem gestohlenen Yamaha-Motor an die Fahrzeugabteilung weitergegeben, weißt du noch? Tja, ein kleines Wunder ist geschehen.« Taleca breitete die Arme aus wie zur Segnung. »Die genialen Leute dort haben ihn gefunden! Auf den Yasawa-Inseln, bestens in Schuss, wenn auch schlecht getarnt. Jemand hat miserable Arbeit dabei geleistet, die Seriennummer abzuschleifen. Sie konnten noch nicht zurückverfolgen, wer ihn aus dem Resort entwendet hat, aber warte nur ab, Boss.«

»Großartig! Dann steht dir auch das Vergnügen zu, Mr McKenzie diese gute Nachricht zu überbringen. Und sorge dafür, dass die Zuständigen ihm Bescheid geben, wenn sie die Sache erledigt haben.«

»*Io*, Boss.«

»Gut gemacht, alle beide. Sie haben alles abgedeckt, was Sie konnten, jetzt heißt es abwarten. Zum Glück konnten Sergeant Singh und ich gestern Nachmittag noch nach Paradise fahren und mit einigen der Angestellten reden. Ich hatte Glück mit Waisele – ihn können wir von der Liste streichen. Adi Litia hat ihren Vater angerufen, und ich habe persönlich mit ihm gesprochen. Er verbürgt sich für den ganzen Donnerstagabend für Wes. Sein Neffe hat mit ihm und seiner Familie zu Abend gegessen und ist dann um elf Uhr gegangen, um von Mitternacht bis zum Morgengrauen den Wachdienst im Schutzgebiet zu übernehmen. Einer der Dorfjungen, ein Aufseher in Ausbildung, war die ganze Zeit bei ihm auf der Landzunge am Ende der Bucht. Gegen sieben in der Frühe ist Wes zurück zum Ratu nach Hause gekommen und schlafen gegangen. Ratu Ezekaia hat den Jungen noch gebeten, mich später anzurufen. Wes hat ein wasserdichtes Alibi.«

»Halt die Augen offen, wenn du es mit einem Ratu zu tun hast, Boss!«, neckte ihn Taleca.

Horseman grinste und schnappte sich eins der Corned-Beef-Sandwiches aus Talecas Brotdose. »*Vinaka vakalevu* an deine Frau, Keli. Sie gibt dir viel zu viel zu essen mit. Okay, bleibt nur noch Anil. Sergeant Singh? Ich muss mich um das Sandwich hier kümmern.«

Singh lächelte. »Heben Sie bitte auch eins für mich auf, Kelepi, die sehen gut aus. Nun ja, mit Wes auf Delanarua und dem Professor im Resort war Anil Donnerstagnacht allein im Camp. Gestern Nachmittag waren sie alle drei da und fleißig am Packen und mit Aufzeichnungen beschäftigt. Anil hat bestätigt, was Professor Burgermeister erzählt hat, nämlich dass der Professor Donnerstagabend um acht zum Resort gegangen ist, um dort zu essen und zu übernachten. Anil hat sich zum Abendessen eine Dose Eintopf aufgewärmt, dann hat er noch etwas Arbeit erledigt und ist schlafen gegangen. Burgermeister ist gegen neun Uhr am Freitagmorgen zurückgekommen. Niemand sonst, der das bestätigen oder etwas anderes behaupten könnte.«

Taleca hielt Singh seine Brotdose hin. »*Vinaka*«, sagte sie und nahm sich ein Sandwich. »Glauben Sie, dass Anil und der Professor unter einer Decke stecken könnten? Doch sicher nicht!«

»Es ist vertrackt. Die einzigen Verdächtigen mit tatsächlichen Motiven, also Jona und Maika, haben unumstößliche Alibis. Und die Einzigen, die die Mittel und Gelegenheit hatten, scheinen kein plausibles Motiv zu haben. Wir können nichts anderes tun, als noch tiefer zu graben. Ich gehe mich umziehen und treffe dann Steve Dokas Schwester, hinten raus bei Seven Mile. *Vinaka*, dass du sie aufgespürt hast, Kelepi.«

Taleca verneigte sich. »Boss, ich rufe sofort an, sobald ich die Passagierlisten von der Savusavu-Fähre habe.«

»Ja, bitte. Tanielo, wir sehen uns um vier im Albert-Park-Stadion. Bis dahin rackern Sie sich weiter für Kollege Taleca ab!«

Tanielo Musudroka lächelte breit. »*Io*, Sir.«

Die drei argwöhnischen Hunde erkannten Detective Inspector Josefa Horseman, einstiger Retter des Rugby auf den Fidschi-Inseln, nicht, als er ihr Territorium betrat. Sie jagten auf ihn zu, fingen in ohrenbetäubender Lautstärke an zu bellen und fletschten die Zähne, als hinge ihr Leben davon ab, diesen Eindringling in Stücke zu reißen, und zwar schnell. Ihr Kläffen wurde augenblicklich von den Nachbarn aufgenommen, und das wilde Gebell machte den verschlafenen Vorortfrieden zunichte. Für einen Hund in Suva war das ein ganz normales Verhalten, aber nach einem Jahr unter der zivilisierteren Hundebevölkerung in Portland, Oregon, spürte Horseman, wie das Adrenalin in ihm hochschoss. Als einer der Hunde sich auf ihn stürzte, trat er nach ihm, machte einen Satz vorwärts, griff nach dem herunterhängenden Ast einer Guave und riss ihn herunter. Er brach ab. Horseman schwang den Zweig zwischen den Bestien herum, woraufhin seine Angreifer sich winselnd duckten.

Wütende Rufe kündigten ihr Frauchen an, das kurz darauf die Tür zum Haus aufstieß. Sie warf ihren Haustieren einen dicken Stock vor die Füße, woraufhin sie bis zur roten Hibiskushecke schlichen, die die Grenze ihres Territoriums markierte. Horseman hob den Stock auf und gab ihn der Dame des Hauses zurück, deren sportliche Figur und guter Wurf nicht zu ihrem wadenlangen geblümten Kleid mit gerüschtem Saum passen wollten. Er zeigte ihr seinen Dienstausweis und stellte sich vor.

»Ich entschuldige mich vielmals für meine Hunde, *Ovisa*. Es sind Wachhunde.«

»Ich verstehe, Ma'am, aber Sie müssen ein bisschen besser auf sie aufpassen. Und zwar ohne Knüppel. Wussten Sie, dass der Tierschutzverein kostenloses Gehorsamkeitstraining anbietet, an dem Sie mit Ihren Hunden teilnehmen können?« Ihm war klar, dass er sich die Worte hätte sparen können. Solche Kurse wurden von Ausländern und Einheimischen besucht, die ganz sicher nicht in kleinen Hütten auf von der Regierung gestelltem Land wohnten.

»Mein Mann sagt immer, wer seinen Hund liebt, züchtigt ihn. Genau wie bei Kindern, was?« Sie grinste. »Bitte kommen Sie herein.«

»*Vinaka*, Ma'am. Sind Sie Mrs Analisa Nawava?«

»*Io*, Sir.«

Er folgte ihr in das aufgeräumte Wohnzimmer. Es war klein und hatte niedrige Decken, aber ein kühler Luftzug wehte durch die Lamellenfenster vorne und hinten. Neben den Fenstern bauschten sich bunt geblümte Baumwollvorhänge, und eine durchgesessene Polstergarnitur sowie eine Matratze auf dem Boden vor dem Fernseher waren mit dem gleichen Stoff bezogen. Mrs Nawava bot Horseman den besten Sessel an.

»Möchten Sie vielleicht einen Tee, Mr Horseman?«

»*Vinaka*, aber nein, Mrs Nawava. Etwas Wasser wäre schön.«

Kurz darauf kam seine Gastgeberin mit einem Plastikbecher zurück. Dankbar trank er einen Schluck.

»Wenn ich es richtig verstehe, sind Sie Sitiveni Dokas Schwester?«

Sie lächelte stolz. »*Io*, Sir. Er ist der Jüngste von uns, zwölf Jahre jünger als ich. Er hat schon einen Abschluss an der University of the South Pacific gemacht, aber er studiert dort noch weiter, Naturwissenschaften.«

»Das ist eine bemerkenswerte Leistung. Er muss sehr begabt sein – und hart arbeiten. All der Lernstoff! Mrs Nawava, in Zusammenhang mit einem Todesfall im Paradise Island Resort spreche ich mit dem gesamten Team des Forschungscamps auf der Insel. Ihr Bruder hat zwar ein Mobiltelefon, aber es scheint ausgeschaltet zu sein oder keinen Empfang zu haben. Sein Professor sagte mir, er habe ihm ein paar Tage freigegeben, um sich um eine Familienangelegenheit zu kümmern. Ich habe mich gefragt, ob er wohl hier bei Ihnen ist.«

Mrs Nawava zögerte, in ihren Augen flackerte es ängstlich. »Nein, Sir, hier ist er nicht. Es tut mir sehr leid.«

Er lächelte. »Das ist schon in Ordnung, es gibt keinen Grund dafür, dass er hier sein sollte. Wann haben Sie ihn zuletzt gesehen?«

Sie sah ihn offen an und antwortete prompt. »Letzten Donnerstag. Er wollte unsere Mutter in Savusavu besuchen. Es geht ihr nicht gut.«

»Tut mir leid, das zu hören. Ich hoffe, sein Besuch hat sie etwas aufgemuntert?«

»Ich hoffe doch, er ist ihr Lieblingssohn. Aber ich habe nichts von ihm gehört. Vielleicht kommt er heute zurück, vielleicht auch erst morgen.«

»Kein Anruf?«

»Nein, Sir. Wir haben kein Telefon. Ich kann die Nachbarin meiner Mutter vom öffentlichen Apparat bei der Post anrufen. Sie überbringt dann meiner Mutter die Nachricht. Sie wissen ja, wie das ist.«

Das wusste er – und es wurde immer schlimmer. Vor zehn Jahren hatte Menschen wie Mrs Nawava nur ein eigenes Festnetztelefon gefehlt, was sie ohnehin als unnötigen Luxus betrachteten. Nun fehlte ihnen viel mehr: Mobiltelefone, Computer, Internetzugang und damit die Möglichkeit, Textnachrichten und E-Mails zu senden sowie Skype und soziale Netzwerke zu nutzen. Jede technische Neuerung fügte dem noch mehr hinzu und vergrößerte die Kluft zwischen ihnen und dem Rest der Welt. Er dachte an seine Melissa, viele Tausende von Kilometern weit weg in der nördlichen Hemisphäre. Jetzt, da er einen Internetzugang hatte, schrieben sie einander täglich E-Mails, und sie hatten sogar auch schon drei magische Videoanrufe hinbekommen, trotz der Zeitverschiebung und seiner unvorhersehbaren Arbeitszeiten. Und das alles ohne Extrakosten. Aber für Mrs Nawava war es eine unheimlich komplexe Angelegenheit, ihre Mutter auf Vanua Levu anzurufen, Fidschis zweitgrößter Insel, die nur zweihundert Kilometer von Suva entfernt lag.

»Wie wollte er denn reisen?«

»Mit der Nachtfähre. Die ist nicht so teuer wie der Flug – fünfundvierzig Dollar für Studenten. Und im Ticket ist auch der Bus von Suva zum Hafen von Natovi inbegriffen. Die Fähre fährt abends um sieben ab und kommt morgens um vier in Savusavu an, man vergeudet also keine Zeit.« Sie wurde heiterer, als sie die Details erklärte.

»Haben Sie etwas von Ihrer Mutter oder der Nachbarin gehört, seitdem Ihr Bruder in Savusavu angekommen ist?«

»Nein, nichts, Sir.«

»Und wie heißt Ihre Mutter?«

»Sie heißt Mere Kurolo.«

»Würden Sie mir bitte den Namen der Nachbarin und ihre Telefonnummer geben, Ma'am?«

Mrs Nawava ging in die Küche und kehrte mit einem abgegriffenen Schulheft zurück. Nachdem er Name und Telefonnummer notiert hatte, stand er auf und reichte ihr seine Karte und eine Prepaidtelefonkarte. »Das lasse ich hier bei Ihnen. Ich wäre froh, wenn Sie mich anrufen, falls Sie von Ihrem Bruder hören. Und bitte sagen Sie ihm auch, dass er sich bei mir melden soll.«

Mrs Nawava nickte ernst. »*Vinaka vakalevu*, Mr Horseman. Das tue ich.«

Die Hunde starrten ihn bedrohlich an, als er das Haus verließ, blieben aber unter ihrer Hecke. Er stieg ins Auto und sah auf die Uhr. Halb vier. Wenn er sich nicht beeilte, würde er zu spät kommen, und das wäre nicht zu entschuldigen.

43

SUVA

Zehn Minuten zu spät hielt er am Albert-Park-Stadion. Was in aller Welt war da los? Zwei Gruppen in Rot und Gelb gekleideter Jungs hatten sich in dem für das Rugby typischen »Gedränge« ineinander verkeilt, während ein paar weitere Spieler um sie herumkreisten, erpicht darauf, den Ball zu ergattern. Musudroka und zwei andere Freiwillige standen nach vorne gebeugt daneben, die Hände auf die Knie gestützt, und sahen zu. Ein Teil des Gedränges brach unter qualvollem Geheul zusammen. Der Ball schoss hervor. Ein Roter schnappte sich ihn und rannte über das Spielfeld, gefolgt von zwei Gelben. Die andere Hälfte des menschlichen Knäuels rangelte noch immer, aber die Gegner waren einander ebenbürtig. Musudroka pfiff ab. Die Spieler lieferten sich nun eine waschechte Rauferei: Es wurde getreten, gestoßen, gewürgt und gebissen. Drei Pfeifen schrillten wiederholt, bis sich das Wirrwarr aus Körperteilen schließlich in einzelne Jugendliche auflöste, die aufstanden, auf Knien verharrten oder sich stöhnend und japsend auf dem Boden wälzten.

Unter Begrüßungsrufen und in schiefem Laufschritt trabte Horseman die Stufen hinunter aufs Spielfeld und zu Musudroka. »*Bula*, Jungs! Dann lasst mal sehen, wie ihr rennen könnt. Zweimal ums Stadion, na los!«

Er sah zu, wie sie losrannten, nahm zwei Jungen beiseite, die humpelten, und wandte sich dann an einen, der sich nur bis auf die Knie hatte hochstemmen können und nun schwankte und sich auf den Rasen erbrach. Horseman wies die Freiwilligen an, wie sie mit dieser mutmaßlichen Gehirnerschütterung umzugehen hatten, und als sie den Jungen an den Rand in den Schatten gebracht hatten, drehte er sich zu Musudroka um, der enorm zufrieden mit sich aussah.

»Gut gemacht, Tanielo, Sie haben pünktlich angefangen. Das ist immer wichtig. Wie lange haben die Jungs sich warm gemacht?«

»Oh, ähm, nicht lange, Sir. Einmal quer übers Spielfeld und zurück. Sie waren so wild darauf loszulegen, sie wollten unbedingt das Gedränge trainieren. Ich wollte sie ermutigen, also haben wir damit angefangen.«

Oi le! Horseman war heilfroh, dass er sich nicht schon um eine Wirbelsäulenverletzung kümmern musste. »Wenn Sie das Sagen haben, dann befolgen die Jungs Ihre Anweisungen, nicht andersherum. Rugby ist gefährlich. Wenn wir eine Mannschaft aufbauen wollen, dann müssen die Jungs am Leben und unverletzt sein. Erst dann können wir ihnen alles andere beibringen: Balltechniken, Teamwork und Strategie.«

»Stimmt, Sir.« Musudroka nickte nachdrücklich.

»Wir hatten noch keine Zeit, einen Trainingsplan auszuarbeiten, aber der sollte sich ohnehin aus der Einheit heute ergeben. Wofür haben wir die Jungs hierherbestellt, Tanielo?«

»Für die Auswahl, Sir.«

»Ganz genau. Sobald wir unsere Mannschaft ausgewählt haben, fangen wir mit dem Training an. Sehen Sie sich an, wie sie laufen – Geschwindigkeit, Koordination, Ausdauer. Anmerkungen?«

»Sind ein paar Flitzer dabei, Sir.«

Horseman nickte. Als die Jungs bemerkten, dass die Trainer sie musterten, verdoppelten sie in der zweiten Runde ihre Anstrengungen. Ein Junge brach ab, stolperte mit blassem Gesicht zu seinen erschöpften Kollegen und ließ sich auf den Rücken fallen. Mit einem Anflug von Mitgefühl erkannte Horseman Tevita, der um den Neuaufbau der Rugbymannschaft gebettelt hatte. »Viele von ihnen sind unterernährt, wissen Sie. Aber selbst wenn sie in guter Verfassung sind, haben manche nicht den richtigen Körperbau für Rugby. Sehen Sie den Jungen da, der gleich im Ziel ist? Rennt wie der Wind, aber mit den feinen Knochen und dem langen schmalen Hals sollte er kein Rugby spielen. Womöglich endet er als Querschnittsgelähmter. So etwas habe ich schon gesehen, und das kann ich nicht riskieren.«

Musudroka sah ihn ernst an. »Er wird enttäuscht sein, Sir.«

»Ich weiß. Er würde sich gut als Langstreckenläufer oder beim Weitsprung machen. Wenn er will, kann ich Samesi bitten, ihn für das Leichtathletikteam in Betracht zu ziehen. Und jetzt gehen wir die Einstufung mal mit System an – wir fangen vorne an und arbeiten uns von da aus weiter.«

Horseman unterteilte die barfüßigen, hoffungsvollen Straßenkinder in drei Gruppen, von denen jede von einem der Freiwilligen geleitet wurde, die mit ihnen das ganze Spektrum vom Umgang mit dem Ball und Kicken durchliefen. Horseman machte sich gedanklich Notizen zu den Stärken der einzelnen Jungen. Sie alle brachten jugendliche Begeisterung mit, und viele waren flink. Ungefähr die Hälfte war auch über eine längere Strecke schnell, aber nur wenige besaßen die Kraft und Ausdauer, die in ihrem Alter zu erwarten wäre. Die allerwenigsten erfüllten alle Kriterien und gingen instinktiv richtig mit dem Ball um. Doch es war noch zu früh, um eine Auswahl zu treffen, selbst für eine Nachwuchsmannschaft. Die besten Mannschaften kamen von Internaten wie dem Queen Victoria, das Eton der Fidschi-Inseln, wo die Jungs sechsmal die Woche hartes Training absolvierten und reichlich zu essen bekamen. Verdammt, er hätte alles besser durchdenken sollen, bevor er Tevita dieses unkluge Verspechen gab. Selbst nach drei Monaten Training würde es diese Truppe von Außenseitern bei einem Match vom Platz fegen. Aber ein Versprechen brach man nicht.

Um halb sechs hockten noch mehr Verletzte am Spielfeldrand, und Horseman beendete die Auswahl. Er nahm die drei Jungen beiseite, die er als verletzungsgefährdet einstufte. Er machte ihre Hoffnungen nur äußerst ungern zunichte, aber es war die einzige ethisch richtige Option. Während er ihnen seine Entscheidung erklärte und Training in weniger gefährlichen Sportarten vorschlug, rannten die restlichen Jungen zu den Wasserhähnen an der Tribüne. Als sie wiederkamen und die Nässe von sich abgeschüttelt hatten wie junge Hunde, stellten Musudroka und die anderen Helfer sie erneut in roten und gelben Gruppen auf und machten sich systematisch Notizen.

Schließlich fuhr ein weißer Honda vor und hielt hinter dem Streifenwagen; Horseman eilte zu ihm. Der Fahrer, ein kleiner Mann mit dichten schwarzen Haaren, holte einen großen Pappkarton vom Rücksitz. Er balancierte den Karton auf seinem linken Arm und schüttelte die Hand, die Horseman ihm hinhielt.

»*Vinaka vakalevu*, Dr. Pillai. Ich danke Ihnen vielmals.«

»Das ist doch keine Ursache, Inspector Horseman. Meine Güte, die Freude ist ganz meinerseits.«

»Als Erstes stelle ich Sie den Jungs vor.«

Horseman bat um Aufmerksamkeit. »Obwohl er wirklich sehr beschäftigt ist, hat Dr. Pillai hier sich dazu bereit erklärt, unser Mannschaftsarzt zu werden. Er ist der Experte, deswegen befolgen wir seinen Rat. Niemand kann eine ganze Saison lang beim Rugby sein Bestes geben, wenn er nicht gesund und bei Kräften ist.« Weil er nicht wusste, wie gut der Arzt Fidschi verstand, wiederholte er seine Worte auf Englisch. »Ein dreifaches Hoch auf Dr. Pillai!«

Der Jubel der zerlumpten Truppe fiel spärlich aus, aber die Jungen würden den Arzt schon bald zu schätzen wissen. »Was ist heute Ihr Tipp für uns, Doktor?«, fragte Horseman.

»Meine Güte, Jungs, Essen! Rugbystars verdrücken jede Menge Gemüse, Knollen, Fisch und Fleisch. Sie trinken viel Wasser, Kokosnusswasser und Milch – keine teure Brause. Heute geht es gleich richtig mit eurem Abendessen los: Kürbis- und Spinatroti, gekochte Taroknollen, Bananen und Milch!«

»Stellt euch in die Schlange, Jungs!«, sagte Musudroka und pfiff. Augenblicklich reihten sich die Kandidaten auf. Einer der Helfer hielt den Karton mit der Aufschrift »Verbandsmaterial«, während der entzückte Dr. Pillai jedem der Jungen die Hand schüttelte und ihm feierlich einen Wachspapierbeutel überreichte. Als alle versorgt waren, strahlte er Horseman an.

»Die Bananen und die Milch sind im Auto. Ich gehe sie holen.«

»Ich begleite Sie. Das hier ist wirklich außerordentlich großzügig von Ihnen, Doktor. Wir müssen uns bald zusammensetzen und den Trainingsplan auskaspern. Das ist zwar etwas schwierig mit meinen Fällen gerade …« Er unterbrach sich. Er hätte von Dr. Pillais Kollegen nicht als Fall reden dürfen, auch wenn Dr. Chakra ein Mistkerl ersten Grades gewesen war.

»Wir können jetzt einen Termin ausmachen, keine Sorge. Meine Güte, die Jungen brauchen alle eine ärztliche Untersuchung, ehe sie anfangen, und …«

Dr. Pillai redete genau so schnell wie er voranschritt. Horseman konnte kaum mithalten und blieb unten an den Stufen stehen. Dr. Pillai hielt ebenfalls inne. Horseman verlagerte sein Gewicht auf sein linkes Bein und entlastete das rechte. Er war froh, dass der Arzt so tat, als bemerkte er es nicht.

»Seien Sie versichert, Dr. Chakras Tod ist unsere oberste Priorität. Es war freundlich von Ihnen, dass Sie seine Leiche identifiziert haben. Wie geht es seiner Familie?«

Der Arzt schüttelte langsam den Kopf und schnalzte mit der Zunge. »Ein furchtbarer Schock, wirklich furchtbar. Dass die Ergebnisse der Obduktion so lange auf sich warten lassen, macht es auch nicht besser. Zum Glück leben seine Eltern nicht mehr. Seine Frau kommt morgen aus Neuseeland, um zu regeln, was sie kann. Es würde mich nicht überraschen, wenn sie ganz nach Auckland übersiedelt. Sie hat schon eine zeitlich unbeschränkte Aufenthaltsgenehmigung, und ihre Schwester hat sich auch dort niedergelassen. Ich weiß ja, dass Sie nicht über den Fall reden dürfen, aber …« Hoffnungsvoll sah er zu Horseman auf.

»Ich fürchte, ich kann Ihnen nichts sagen, Doktor. Sie verstehen das sicher.«

Dr. Pillai trug die Kühltasche mit der Milch, und Horseman nahm sich den Bund reifer Bananen. Als sie wieder ins Stadion kamen, jubelten die Jungen ihnen ganz von allein aus vollem Halse zu. Als das Essen verputzt und die Anmeldeliste vollständig waren, wandte sich Horseman auf Fidschi an die Runde.

»Jungs, ich habe euch heute Nachmittag aufmerksam zugesehen, und ich glaube, dass es noch zu früh ist, um ein Team auszuwählen. Und da ihr so vielzählig erschienen seid, können wir womöglich sogar zwei Nachwuchsmannschaften aufstellen. Es hängt alles von euch ab – ob ihr regelmäßig am Training teilnehmt, ob ihr gesund seid, wie fit ihr seid. Mit ein paar von euch habe ich schon gesprochen, und ich hoffe, dass diejenigen sich entscheiden, es mit Leichtathletik, Basketball oder Cricket zu probieren. Alle anderen haben es in die Trainingsmannschaft geschafft, Treffen ist hier jeden Montag und Donnerstag pünktlich um fünf. Ich gratuliere! Nächsten Donnerstag wird Dr. Pillai damit anfangen, euch zu untersuchen. Dass das klar ist: Keiner von euch kann trainieren, wenn unser Mannschaftsarzt ihn nicht für geeignet erklärt hat. Verstanden?«

»*Io*, Josefa Horseman!«

»Ich danke Dr. Pillai für sein großzügiges Angebot, uns nach jedem Training mit einem Essen zu versorgen, das eines Rugbychampions würdig ist, vorausgesetzt, dass er *pünktlich* zum Training gekommen ist.« Die Jungs klatschten, jubelten und johlten. Dr. Pillai strahlte noch breiter.

»Noch Fragen?«

Eine Hand schoss in die Höhe. Es war Tevita. »Bitte, Joe, kriegen wir Rugbyschuhe?«

Horseman zögerte. »Fidschianische Füße brauchen eigentlich keine Rugbyschuhe, und Schuhe sind sehr teuer. Ich kann euch nichts versprechen …« Tevitas Augen wurden schmal, sein Gesicht wurde verschlossen. »Aber … ich schaue, was sich einrichten lässt.«

Horseman grinste, als die Jungs freudig kreischten, und gleichzeitig versetzte er sich innerlich einen Tritt dafür, dass er dem Impuls, gefallen zu wollen, nachgegeben hatte. Was sollte er jetzt machen? Selbst die billigsten Schuhe würden fünfzehnhundert fidschianische Dollar kosten, wenn man dreißig Paar davon kaufte. Es war so gut wie unmöglich. Er sah hinüber zu Tevita. Die Augen des zerschrammten Teenagers leuchteten vor kindlicher Hoffnung, als er mit der Faust in die Luft schlug und juchzte.

44

PARADISE ISLAND

Ian McKenzie wurde aus dem Schlaf gerissen. Das Telefon klingelte, laut und beharrlich. Nächtliche Anrufe waren selten auf Paradise; definitiv eins der Vorteile des Resorts. Er kämpfte sich aus dem tiefsten Schlummer und schleppte sich zum Schreibtisch. Es war Mitternacht. Er war erst vor einer halben Stunde eingeschlafen.

»Ian? Hier ist Ezekaia Tabualevu, ich rufe aus Delanarua an.«

»Ratu? Oh, guten Abend. Was ist passiert? Entschuldigung, äh …«

»Ian, es tut mir leid, dass ich Sie so spät noch störe. Lassen Sie mich Ihnen als Erstes sagen, wie viel es unserer gesamten Gemeinde bedeutet hat, dass Sie heute da waren und etwas zur Trauerfeier beigetragen haben. Allerdings rufe ich nicht deswegen an. Einer meiner Aufseher für das Meeresschutzgebiet hat vor zwanzig Minuten etwas Ungewöhnliches gesichtet. Er war an der felsigen Landzunge hier in der Nähe und hörte vom Wasser her etwas platschen. Und was glauben Sie, was er mit seiner Taschenlampe sah? Eines Ihrer gelben Kajaks, das sich von Delanarua entfernte und Richtung Paradise paddelte. Er konnte aber auch mit dem Fernglas den Paddler nicht erkennen – er hat nur den Rücken gesehen.«

»Tatsächlich? Normalerweise sind alle unsere Kajaks bei Einbruch der Dunkelheit hier an Land. Halten Sie es für möglich, dass der Paddler gewildert hat?«

»Ich weiß es nicht, Ian. Warum sollte jemand nach Delanarua kommen, um zu wildern? Hier wird im gesamten Schutzgebiet von Vula am meisten patrouilliert.« Der Tonfall des Ratu war alles andere als herausfordernd, seine Stimme strotzte nur so vor Höflichkeit, Wärme und gelassener Autorität. Ian McKenzie wünschte, er wäre zu so einem Tonfall in der Lage.

»Das stimmt. Ich bitte sofort Jona nachzusehen.«

»Es tut mir leid, Ian, aber ich glaube nicht, dass das die beste Idee ist. Wenn es sich um organisierte Wilderei handelt, kann ich nicht ausschließen, dass Jona darin verwickelt ist.« Er kicherte. »Er hat schließlich kein Geheimnis daraus gemacht, dass er gegen das Schutzgebiet ist.«

»Ähm … verstehe.«

»Es wäre besser, Sie würden selbst nachsehen, Ian. Ich weiß nicht, ob das Kajak Paradise ansteuert oder nicht. Aber wenn ja, dann könnte es in einer Viertelstunde dort sein.«

McKenzie saß an eine Kokospalme gelehnt am Strand. Er war in der Dunkelheit nicht zu erkennen, es sei denn, man richtete eine Taschenlampe direkt auf ihn, aber die Lampen am Anleger warfen ihr Licht auf einen ein paar Meter breiten Sandstreifen, sodass er jedes sich nähernde Boot sehen konnte. Um den Stamm der Palme waren vier Kettenschlösser geschlungen. Drei gelbe Kajaks waren damit festgemacht. Das Ende der vierten Kette lag im Sand. Wenn derjenige, der das vierte Kajak genommen hatte, es unbemerkt zurückbringen wollte, dann müsste er hierherkommen. Wenn er allerdings nicht die Absicht hatte, was in McKenzies Augen wahrscheinlicher war, wartete er hier vergeblich. Das Kajak könnte auf jedem der über ein Dutzend Inselchen von Vula anlegen.

Die Brise kühlte ab und ließ die Flaggleinen der Katamarane an ihren Aluminiummasten metallisch klappern. Eine Viertelstunde würde er noch bleiben, dann am Wasser entlang zu den Personalunterkünften gehen, nur für den Fall, und dann wieder ins Bett.

Seltsam, dass der Ratu ihn angerufen hatte. Warum hatte er nicht Litia, seiner Tochter, Bescheid gesagt, wenn er Jona nicht traute? Vielleicht ging es ihm auch nur um die Etikette, vom Obersten zum Obersten sozusagen. Ihm hätte es nichts ausgemacht, hätte der Ratu Litia oder Jona benachrichtigt. Andererseits hatte der Ratu jedoch vermutlich recht. Wenn es um Dinge wie Status ging, musste er noch viel aufmerksamer sein. Auf Fidschi war so etwas wichtig.

Er dachte daran, wie sehr er sich über die Nachricht gefreut hatte, dass die Polizei seinen verschwundenen Yamaha gefunden hatte. Dabei war es so unbedeutend. Was waren zwanzigtausend US-Dollar verglichen mit zwei Menschleben, zwei Morden? Aber als er den Angestellten davon erzählt hatte, hatte er gespürt, wie die Stimmung sich besserte. Ein paar hatten sogar applaudiert. Es war dumm von ihm gewesen, den Diebstahl nicht anzuzeigen, das begriff er jetzt. Aber würden sie die Schuldigen jemals finden?

Als sich das Kajak in den Lichtkreis auf dem silbern schimmernden Wasser schob, kämpfte McKenzie schon gegen den Schlaf an. Der Paddler musste auch erschöpft sein, doch er näherte sich schnell, bis das Kajak knirschend auf dem Sand aufkam, sprang heraus, zog das Kajak den dunklen Strand hoch und griff nach der Kette. Maika! Was für eine Erleichterung! Dafür gab es gewiss eine einfache Erklärung.

McKenzie konnte kaum einen Schritt tun, als der Schlag auf seinen Schädel ihn auch schon blind machte und niederstreckte. Mit dem Gesicht im Sand versuchte er erfolglos sich hochzustemmen, er zwang seinen Kopf zu arbeiten und kämpfte gegen den Schmerz an, der auf jede Zelle seines Körpers einprasselte. Er wollte den Sand in seinem Mund ausspucken, aber seine Zunge war bleischwer und gehorchte ihm nicht. Einen Augenblick später verloschen dann seine letzten Sinne und sein Wille, und alles wurde schwarz.

DIENSTAG

45

SUVA

Horseman schaltete das Aufnahmegerät im Verhörraum aus. »Denken Sie nach, Maika. Geben Sie dem Constable Bescheid, wenn Sie so weit sind, uns zu sagen, was Sie gestern Abend mit dem Kajak auf Delanarua gemacht haben. Was Sie über die zwei Morde wissen. Warum ich Sie nicht dafür anzeigen sollte, Mr McKenzie angegriffen zu haben. Was sich auch in eine Anklage wegen Totschlags verwandeln könnte, sollte Mr McKenzie seinen Verletzungen erliegen. Dann kommen wir wieder.«

Er erhob sich, hielt Sergeant Singh die Tür auf und folgte ihrem hüpfenden Pferdeschwanz den schmalen Flur entlang. »Lust auf eine anständige Tasse Kaffee, Susie?«

Sie drehte sich um und lächelte so offen, wie er es noch nicht an ihr gesehen hatte. »Das müssen Sie mich gar nicht erst fragen, Sir. Nie.«

»Auch eine Kaffeefanatikerin? Gut.« Er nahm zumindest an, dass sie das meinte.

Elf Uhr an einem Dienstagvormittag war keine besonders geschäftige Zeit für das Zentrum von Suva, aber dennoch verstopften Fahrzeuge die steilen verwinkelten Straßen, auf denen Fußgänger dazwischen umherwuselten. Horseman und Singh drängelten sich an der Ampel über die Percy Road, marschierten einen Häuserblock den Hügel hoch und bogen dann links in eine schmale Gasse ein, die aus einem unerklärlichen Grund Major Street hieß. Der himmlische Duft hier bedeutete, dass es das Arabica noch gab, wo fidschianische Kaffeebohnen aus dem Hochland geröstet wurden. Sie bestellten am

Tresen, ein großer Holzblock mit Spuren eines ganzen Jahrhunderts darauf, und setzten sich dann an einen Tisch in dem winzigen Café, das in einer Ecke der alten Lagerhalle untergebracht war.

Horseman atmete tief und langsam ein. Als ihr Kaffee kam, bestellte er gleich noch einen und trank seinen Espresso in zwei Schlucken. Er bemühte sich, seine durcheinanderwirbelnden Gedanken zu ordnen.

»Also, warum ist Maika an einem Abend ganz bis nach Delanarua und zurück gepaddelt? Heimlich? Wenn ich das nur wüsste. Er war doch für Nisis Trauerfeier schon fast den ganzen Tag da. Warum sollte er noch einmal zurückfahren?«, sagte er.

Singh nippte stirnrunzelnd an ihrem Latte Macchiato. »Ich weiß es auch nicht. Er schwört, er hätte Mr McKenzie bewusstlos vorgefunden, will uns aber nicht sagen, warum er überhaupt dort war. Er hat vor irgendetwas oder irgendjemandem Angst, und ich glaube nicht, dass wir es sind. Ach, haben Sie eigentlich gestern bei Steves Schwester etwas herausgefunden?«

»Nette Frau. Sie hat ihn Donnerstag zuletzt gesehen und glaubt, er sei mit der Nachtfähre nach Savusavu zu seiner kranken Mutter gefahren, die kein Telefon hat. Ich habe gestern Abend noch bei den Nachbarn angerufen, aber der Mann am Apparat wirkte etwas verwirrt. Er sagte, es kämen einige Leute zu Besuch bei der kranken Dame, war aber nicht sicher, ob Steve auch dabei war. Mir kam das seltsam vor, sie müssten Steve dort ja eigentlich gut kennen. Ich habe Musudroka gebeten, heute früh noch einmal anzurufen und mit jemandem zu reden, der ein bisschen besser aufpasst. Wir können Steves Alibi für Donnerstagnacht also immer noch nicht bestätigen.«

»Und Kelepi wartet weiter auf die Passagierlisten von Sea Track. Ob denen wirklich das System abgestürzt ist, oder ist es ihnen einfach egal?«

»Kelepi wird ihnen so lange im Nacken sitzen, bis er die Listen hat.« Horseman sah auf die Uhr. »Ich glaube, wir sollten uns langsam nach Mr McKenzie erkundigen.« Er rief im Krankenhaus an und wurde umgehend mit der Station verbunden. Er hörte sich an, was die diensthabende Krankenschwester zu berichten hatte, bedankte sich und lächelte Singh an.

»Er ist wieder bei Bewusstsein, aber noch durcheinander – er weiß nicht, wo er ist und weshalb. Seine Frau ist bei ihm. Der Neurologe meint, er habe eine Gehirnerschütterung und werde sich erholen, aber er kann noch nicht befragt werden. Die Stationsschwester sagt mir Bescheid, sobald er klarer ist.«

Singh sah ihn erstaunt an. »Ich bin beeindruckt. Sie haben mehr Erfolg bei den Stationsdrachen, als ich es jemals hatte. Wie machen Sie das?«

Er musste ehrlich sein. »Das liegt nicht an mir, sondern an meiner Mutter. Sie war lange Zeit einer der Oberdrachen. Die jetzige Generation hat bei ihr gelernt.« Er bedauerte, dass Singhs fröhliches Lächeln verschwand und sie sich hinter ihrer gewohnt zurückhaltenden Miene verschanzte.

»Entschuldigen Sie, ich wollte nicht …«

»Sie müssen sich nicht entschuldigen. Es sind wirklich Drachen, die ihren Schatz bewachen. Scheuen Sie sich nicht, allen Krankenschwestern auf Fidschi zu erzählen, Sie würden Informationen für mich einholen. Wenn die Krankenschwester meine Mutter kennt, wird Ihnen das helfen.« Er sah noch einmal auf die Uhr. »Gehen wir zurück und schauen, ob Maika es sich anders überlegt hat.«

Maika lehnte sich vor, die rot geränderten Augen flehentlich aufgerissen, die Hände vor sich auf dem Tisch ausgestreckt. »Ich sage es Ihnen doch, ich habe Mr McKenzie nicht angegriffen. Ich habe ihn gar nicht gesehen, bis er vor mir zu Boden gegangen ist. Sie wissen doch, dass ich sofort losgerannt bin, um Hilfe zu holen.«

Horseman verzog keine Miene. »Das wissen wir nicht. Dazu haben wir nur Ihre Aussage. Für uns sieht es so aus, als hätten Sie Mr McKenzie attackiert, wären in Panik geraten, als Sie dachten, er sei tot, und hätten dann in den Personalunterkünften Alarm geschlagen.«

»Nein! So war es nicht! Ich war entsetzt, als er einfach in sich zusammensackte, ich …«

»Wenn Sie es nicht waren, wer dann, Maika?«, fragte Singh.

»Ich weiß es nicht. Es war dunkel. Ich konnte außer dem beleuchteten Flecken Sand nichts sehen.«

Leise, aber beharrlich fuhr Singh fort. »Wen wollten Sie am Anleger treffen?«

»Niemanden! Bitte, ich habe das Kajak nur genommen, um noch einmal an Nisis Grab zu sitzen.«

»Haben Sie dort irgendjemanden getroffen?«, wollte Singh wissen.

»Nein, ich wollte allein sein. Niemand geht nachts auf den Friedhof – das wissen Sie doch.«

Horseman lehnte sich vor, sodass sein Gesicht dicht vor Maikas war. »Dann sollen wir Sie also beim Wort nehmen? Sie sind zehn Kilometer weit gepaddelt, um Zeit mit Ihrer Freundin zu verbringen, die Sie umgebracht haben? Dann zehn Kilometer wieder zurück? Das soll doch wohl ein Witz sein!« Er senkte die Stimme. »Ich glaube, wir verschwenden nur wieder unsere Zeit, Detective Sergeant. Der Constable hier wird noch woanders gebraucht – er kann nicht den ganzen Tag lang Maikas persönlichen Wächter spielen. Am besten, wir bringen Maika in eine Zelle, da kann er nachdenken.«

»Ich … ich habe doch noch etwas zu sagen, *Ovisa*.«

»Dann aber mal los.«

»Ich … ich weiß nicht, wo ich anfangen soll.« Er sah von Horseman zu Singh und wieder zurück.

»Vorne, Maika. Wann ging es los?« Singhs Stimme klang weich, ermunternd.

Maika seufzte, er wirkte nun ruhiger. Offenbar hatte er sich entschieden, die Wahrheit zu sagen oder einen Teil der Wahrheit. »Vor knapp einem Jahr, als das Forschungsteam auf die Insel kam. Auf einem unserer Bootsausflüge kam ich mit einem Gast ins Gespräch. Er machte jeden Ausflug mit: Fischen, Inselhopping, Tauchen. Er wollte alles über die Vögel, die Fische, selbst die Seeschlangen wissen. Er kam auch mit, als ich Anil und Steve zu einer Insel brachte, auf der Tölpel und Fregattvögel ihre Brutkolonien haben. Anil und Steve wollten Daten für eine Erhebung sammeln. Der Gast erwähnte, dass er sich sehr für Papageien interessiere, also habe ich ihn eingeladen, am nächsten Tag nach Delanarua mitzukommen, wenn ich die Jungs und die Kiste mit den Schlangen aus dem Forschungscamp dort hinbrachte. In der Nähe vom Dorf stehen ein paar Bäume, in denen die Vögel gern sitzen, und der Gast hatte Glück und hat *Kakas* gesehen, das sind die Pompadoursittiche, und *Kulas*, die sind auch als Lori bekannt.

Er hat eine Menge Fotos geschossen und sich unheimlich gefreut. Später fragte er mich, ob es auf den Inseln von Vula auch *Vokai* gibt, das sind die Leguane hier auf Fidschi – er hatte welche im Wildpark bei Korotogo gesehen. Ich sagte ja, auf ein paar der Inseln, auch auf Delanarua. Dort gibt es keine Mungos, wissen Sie – die fressen die Eier. Er fragte mich, ob er welche sehen könne, und ich sagte, da müsse er großes Glück haben, da sie oben in Bäumen leben und sich gut tarnen.«

Horseman selbst hatte die beiden vom Aussterben bedrohten Arten der endemischen Fidschileguane, den gebänderten und den mit Kamm, auch nur im Wildpark gesehen. Sie mussten zu den schönsten Reptilien der Welt gehören – leuchtendes Smaragdgrün gemustert mit unregelmäßigen weißen Streifen, die sich kunstvoll um den kräftigen Körper und den langen, eleganten Schwanz wanden. Ihre starken Krallen und ihr aggressiver Ruf hatten ein Rugbyteam dazu inspiriert, den Namen Vokai zu übernehmen und Grün und Weiß zu tragen. Bei seinem einzigen Besuch im Wildpark hatten die Tiere auf Horseman einen lebhaften, neugierigen, ja beinahe freundlichen Eindruck gemacht. Er begriff nun, worauf Maikas Geschichte hinauslief.

»Erzählen Sie weiter, Maika. Dieser Gast war Winston Lee, nicht wahr?«, hakte er nach.

Maika schaute mit wildem Blick erst zu Singh, die ihm ermutigend zulächelte, und sah sich dann im winzigen Zimmer um, als suchte er nach einem Ausweg. Schließlich ließ er den Kopf hängen und nickte.

»Hat Mr Lee die Leguane gesehen, Maika?«, fragte sie sanft.

»Nein, *Ovisa*. Steve blieb zwei Nächte auf Delanarua, und Winston bat ihn, die Leute aus dem Dorf zu fragen, wo sich die Leguane aufhielten. Er sagte, er würde uns gut bezahlen, wenn wir Papageien- und Leguaneier für ihn auftreiben könnten, und die Beteiligten aus dem Dorf auch. Er zeigte uns, wie man die Eier in einer Thermosflasche verstaut. Er wollte sie in Hongkong ausbrüten und für Hunderte von Dollars verkaufen. Das stimmt!«

Horseman lachte. »Tatsächlich, Maika? Da hat er Sie reingelegt. Er könnte die Eier in Hongkong für Tausende Dollar verkaufen. Pro Stück!«

Maika riss Augen und Mund auf.

»Haben Sie welche gefunden?«, fragte Singh interessiert.

»Auf dem Ausflug nicht. Anil und Steve haben sich schlaugemacht und herausgefunden, dass es für die Leguane nicht die Zeit zum Eierlegen war. Mein kleiner Bruder, er geht noch in die Grundschule im Dorf, hat Anil und Steve geholfen, und sie haben ein paar *Kula*-Eier gefunden. Winston hat sich ziemlich gefreut, und er hat uns jedem fünfzig Dollar bezahlt. Meinte, er würde uns noch mehr geben, wenn die Jungen schlüpften und überlebten.«

»Wer sonst wusste davon, Maika? Professor Burgermeister? Jona?«, fragte Singh.

»Nein! Wir haben es für uns behalten. Anil meinte, der Professor würde es nicht zulassen, aber wir konnten nichts Schlimmes daran finden.«

»Wussten Sie, dass es verboten ist, Papageien und Leguane und ihre Eier auszuführen?«

Maika gab sich unschuldig. »Nein. Wieso?«

Horseman glaubte ihm nicht, erklärte es aber dennoch. »Um sie vor dem Aussterben zu bewahren, Maika. Sie leben nur hier auf den Fidschi-Inseln. Wenn jeder die Eier stehlen würde, gäbe es keine Jungen mehr, stimmt's? Es ist genau wie bei dem Meeresschutzgebiet.«

Maika reckte trotzig das Kinn. »Wir haben nur ein paar genommen. Es gibt doch eine Menge davon.«

»*Kaka, Kula, Vokai* – alle vom Aussterben bedroht. Sie sind nicht der Einzige, der die Nester plündert, Maika. Und Winston Lee ist sicher auch nicht der Einzige, der Eier kauft.«

Maika schüttelte den Kopf. »Als er das nächste Mal da war, haben wir gleich mehrere Eier in einem Erdloch gefunden. Eigentlich war es Nisi – sie hat einen Leguan verfolgt, den sie an einen Baum hochklettern sah, und sie hat sogar beobachtet, wie er eine Kuhle gegraben und die Eier gelegt hat.«

»Sie haben Akanisi gebeten, Ihnen zu helfen?«, wollte Singh wissen.

»Nein, gar nicht. Sie erzählte mir von dem Erdloch, als sie von einem Besuch im Dorf zurückkam. Sie wurde immer unruhig, wenn sie nur im Dorf herumsaß, deswegen ging sie im Wald spazieren, sobald sie ihre Aufgaben erledigt hatte. Sie interessiert sich sehr für die Tier- und Pflanzenwelt – ich meine, sie hat sich dafür interessiert. Sie hatte gute Augen – und flinke. Sie hatte Spaß daran, wenn sie vor allen anderen einen Vogel oder eine Echse entdeckte.« Maika lächelte leicht, als er sich daran erinnerte. Dann kehrte er in die Gegenwart zurück. Tränen stiegen ihm in die Augen, aber verbissen fuhr er fort. »Winston hat also zwanzig Eier bekommen und uns bezahlt. Nisi bekam auch ihren Anteil. Sie hat sich gefreut und damit geprahlt, dass sie nächste Saison noch mehr finden würde. Winston schickte Anil eine E-Mail, in der stand, dass die Jungen geschlüpft waren und dass wir alle einen Bonus bekämen, wenn er das nächste Mal auf Paradise wäre.«

Wie so viele konnte auch Maika nicht mehr aufhören, als er sein Geständnis einmal begonnen hatte. Und das hatte nichts mit Eitelkeit zu tun. Sein Geständnis befreite ihn von der Last der Lügen und Täuschungen, die ihn quälten und die er so kläglich verbarg. Jetzt bedurfte es nur noch ein wenig sanfter Lenkung.

»Haben Sie den Bonus erhalten?«, fragte Horseman.

»*Io*, er hat uns bezahlt. Als er im Resort ankam, direkt vor der Einweihungsfeier für das Meeresschutzgebiet.«

»Was hatten Sie diesmal für ihn aufgestöbert, das er mit nach Hongkong nehmen konnte?«

Maika zögerte einen Moment. »Ich hatte nicht viel frei, aber Steve und mein kleiner Bruder haben ein paar *Kula-* und *Kaka*-Nester gefunden. Es war schwierig – Nisi ging es da nicht gut. Steve und Anil konnten nicht so oft nach Delanarua kommen – die Forschungsarbeit war fast beendet.« Tränen strömten ihm über die Wangen.

»Und dann ist Mr Lee letzte Woche Montag kurzerhand allein rübergefahren, um die Eier zu holen?«, wollte Singh wissen.

»Was? Davon weiß ich nichts.« Maika rieb sich mit dem Handrücken über das Gesicht. Seine Hand zitterte.

»Anil hatte mich nach Delanarua gebracht, und Mr Lee war dort bei Steve. Er war von Paradise rübergepaddelt, genau wie Sie gestern Abend«, erklärte sie.

Maika zuckte die Achseln. »Davon weiß ich nichts. Mein kleiner Bruder konnte ein paar Eier ergattern, hat sie eingepackt und in dem Haus abgestellt, das das Forschungsteam als Stützpunkt nutzte. Keiner der Wissenschaftler ist gekommen, bis auf Wes, Ratu Ezekaias Neffe, und er weiß nichts von der Sache. Es bestand die Gefahr, dass Wes in die Thermosflaschen schaute. Da hat mein Bruder mich gebeten, sie nach der Beerdigung mitzunehmen, und das wollte ich auch, aber ich konnte nicht zum Haus gehen, ohne dass jemand es bemerkt hätte. Deswegen bin ich gestern Nacht noch einmal hin. Mr McKenzie hatte beschlossen, dass die Voyagers nicht spielen sollten, aus Respekt für Nisi. Deswegen hatte ich Zeit.«

»Und Mr Lee hat auf Sie gewartet, als Sie zurückkamen?«, hakte Singh nach.

Maika ergab sich. »*Io*. Er brauchte die Eier, weil er heute abreist.«

»Haben Sie gesehen, wie Winston Lee Mr McKenzie attackierte?«, fragte sie.

»Nein, es war dunkel. Das habe ich Ihnen doch schon gesagt. Mr McKenzie ist in den Sand gesackt, hat kurz gezuckt und sich dann nicht mehr gerührt. Dann tauchte Mr Lee in dem Lichtkegel auf. Ich habe versucht, Mr McKenzie zu helfen, aber Lee hat mich davon abgehalten. Meinte, wir müssten uns erst ums Geschäftliche kümmern, Mr McKenzie würde schon wieder zu sich kommen. Ich hatte Angst. Ich habe ihm die Thermosflaschen gegeben, und er hat mich bezahlt. Dann bin ich zu den Personalunterkünften gerannt und habe Mrs Marama aufgeweckt. Sie hat Sai und Tui wachgerüttelt. Den Rest kennen Sie.«

»Warum haben Sie uns das alles nicht schon vor Stunden erzählt, Maika?«, wollte Horseman wissen.

Maika zuckte die Achseln.

Horseman blieb hartnäckig. »Weil Sie wissen, dass es verboten ist, Papageieneier zu verkaufen? Sie haben sich geschämt, Mrs Marama davon zu erzählen, nicht wahr?« Er spürte, wie seine Wut auf diesen unbedachten Jungen zunahm.

Maika nickte.

»Sprechen Sie bitte laut, für das Aufnahmegerät.«

»*Io*, Sir.« Maika stand die Scham ins Gesicht geschrieben.

»Wie konnten Sie nur, Maika? Wie konnten Sie Ihr fidschianisches Erbe einfach so verscherbeln? Sie haben miterlebt, wie sich Menschen dafür einsetzen, Meereslebewesen zu schützen, indem sie das Meeresschutzgebiet Vula eingerichtet haben, jeden Tag sehen Sie die Wunder der Natur, voller Stolz zeigen Sie sie Besuchern aus der ganzen Welt. Damit verdienen Sie Ihr Geld. Ich hoffe, Sie schämen sich! Maika Tavua, hiermit nehme ich Sie wegen Vergehen gegen die fidschianischen Gesetze zum Schutz von Wildtieren fest. Die genaue Anklage wird in Beratung mit dem Wildtierschutzdienst ausgearbeitet.« Maika verbarg das Gesicht in den Händen.

Horseman unterbrach das Verhör, um sich im Flur mit Singh zu besprechen. »Wenn Maika die Wahrheit sagt, dann muss Lee derjenige gewesen sein, der McKenzie angegriffen hat. Dass er schmuggelt, überrascht mich nicht allzu sehr, aber der Angriff schon. Was meinen Sie?«

»Ich glaube, dass Maika jetzt die Wahrheit sagt, die ganze Angelegenheit ergibt allmählich auch mehr Sinn. Lee würde offensichtlich alles dafür tun, um seine schmutzigen Geschäfte zu beschützen und sich nicht erwischen zu lassen. Vielleicht hatte er McKenzie bewusstlos schlagen wollen, vielleicht wollte er ihn aber auch töten. Jetzt haben wir ein überzeugendes Motiv! Nisi oder Dr. Chakra oder alle beide müssen eine Bedrohung für Lees Schmugglerring dargestellt haben.«

»Das sehe ich genauso«, antwortete Horseman. »Es war klar, dass das Meeresschutzgebiet eine zentrale Rolle in diesem Fall spielt, aber ich konnte einfach nicht erkennen, welche. Wenn Chakra über den Schmugglerring gestolpert ist oder eins und eins zusammengezählt hat …«

»Dann hätte es ihm einen Kick gegeben, sie zappeln zu lassen«, vervollständigte Singh seinen Satz.

»Genau. Anspielungen fallen lassen, seine überlegene Intelligenz demonstrieren. Ohne zu ahnen, dass Lee womöglich über Leichen geht. Ich sehe allerdings nicht, wie das bei Nisi hätte klappen sollen. Selbst wenn sie bereitwillig mitgemacht hat und im Grunde zum Ring dazugehörte.«

Er hielt inne und legte sich einen Plan zurecht. »Gehen wir es an. Ich kümmere mich um Lee – wenn wir ihn nicht auf frischer Tat ertappen, dann haben wir nichts gegen ihn in der Hand. Er ist die Gelassenheit in Person, er wird alles abstreiten. Können Sie das mit Maika zu Ende bringen? Ich glaube nicht, dass er unser Mörder ist, aber quetschen Sie ihn noch zu möglichen Konflikten innerhalb des Rings aus, ob Chakra davon wusste und so weiter.«

»Geht klar, Sir«, entgegnete sie eifrig.

»Ich bitte Kelepi, Anil und Steve aufzuspüren. Steve sollte inzwischen wieder auf Paradise sein. Sobald Kelepi die beiden gefunden hat, holen Sie sie zum Verhör her. Verhaften Sie sie notfalls wegen Wildschmuggels. Nehmen Sie Tanielo mit, Kelepi brauche ich hier für die Koordination. In Ordnung?«

Ihre grünen Augen blitzten. »Mehr als in Ordnung, Sir!«

Horseman war fast ein wenig beunruhigt, wie erpicht sie darauf schien, auf die Jagd zu gehen und ihre Beute zu erlegen.

46

SUVA

Kelepi Talecas Nachforschungen waren diskret verlaufen. Ledua, deren Cousine mit Talecas Frau befreundet war, schickte entgegenkommenderweise Essie mit frischen Sandwiches und Scones zum Camp, um die Wissenschaftler über den Angriff auf Mr McKenzie zu informieren. Bei ihrer Rückkehr richtete Essie nicht nur Professor Burgermeisters überschwänglichen Dank aus, sondern berichtete, dass das Boot des FIMS in Kürze mit den ersten zusammengepackten Gerätschaften des Camps nach Suva abfahren würde. Anil und Steve, der wie erwartet zurückgekehrt war, würden mitfahren, um im FIMS abzuladen. Der Professor und Wes würden bis zum nächsten Morgen im Camp bleiben, bis die restlichen Sachen abgeholt wurden.

Besser hätte es Singh nicht treffen können. Die Chancen, Anil und Steve aufs Revier zu bringen, standen am besten, wenn sie sie bei ihrer Ankunft mit dem Boot am FIMS abfing. »Vielleicht brauche ich einen Durchsuchungsbeschluss, Kelepi. Ich fülle den Antrag aus, Sie kümmern sich um die Bewilligung. Schicken Sie ihn mir so schnell es geht ins FIMS, am besten zusammen mit Tanielo, wenn er bis dahin wieder da ist. Ich versuche sie in der Zwischenzeit hinzuhalten. Können Sie bitte auch die Kollegen von der Spurensicherung informieren? Und den Zoll? Ich rufe an, wenn ich die Kollegen brauche.«

»Die vom Zoll? Ich würde sagen, die brauchen Sie dringend. Aber da hätten Sie Glück, wenn irgendjemand vor morgen aufschlägt«, erwiderte Taleca.

Da Musudroka noch nicht aufs Revier zurückgekommen war, machte Singh sich allein auf den Weg, Feuer und Flamme, die beiden Schmuggler zu schnappen. Petero hatte wieder Pförtnerdienst und winkte sie lächelnd durch. Am besten meldete sie sich gar nicht erst an der Rezeption, sondern ging direkt zum Kai – Petero würde ihr Eintreffen ohnehin ankündigen. Sie eilte zu dem schmalen Bereich zwischen dem Hauptgebäude und der Betonmauer, wo es zum Wasser gehen musste. Als sie aber um die Hausecke bog, bemerkte sie ihren Fehler. Ein hohes Geländer zwischen der alten Fabrikmauer rechts und der Fassade links versperrte ihr den Weg.

Von wegen Zeitersparnis! Sie marschierte über den Platz zurück zur anderen Seite des Hauptgebäudes. Petero beobachtete sie, das Telefon in der Hand. Zum Glück gab es auf dieser Seite einen Zugang. Zügig schritt sie in die ungefähre Richtung des Hafens durch eine hübsche Ansammlung von alten Schuppen und exzentrischen neuen Gebäuden, die auf alte Schuppen getrimmt waren. Ein Mangobaum hatte es irgendwie fertiggebracht, vor Jahrzehnten auf dem stinkenden Fabrikgelände zu sprießen, und jetzt spendete er in seiner glänzenden Pracht Schatten auf einem als Dreieck angelegten Platz. Singh vermutete, dass die ihn umgebenden Gebäude mit Absicht um den Baum angeordnet worden waren. In einem davon befand sich sicher die Kantine – zumindest schwebten appetitanregende würzige Düfte über dem Geruch von Salz und Diesel, der vom Hafen kam. Studierende saßen mit Papiertüten und etwas zu trinken an Tischen unter den Zweigen des Mangobaums und aßen. Ach, das Studentenleben. Schön.

Singh ging durch eine schmale Gasse zwischen zwei Gebäuden und trat in das grelle Licht am betonierten Kai. Zu spät! Ein Boot war bereits vertäut und Steve entfernte sich gerade. Er schob einen Handwagen mit Kisten, Schachteln, zu Bündeln verschnürten Planen und Reißverschlusstaschen vor sich her. Der Skipper reichte eine weitere Kiste herunter, und ein junger Mann mit einer türkisfarbenen Kappe des Paradise Island Resort auf dem Kopf nahm sie entgegen. Es war Anil. Singh ging zum Boot, und als Anil zu ihr schaute, winkte sie. Vielleicht erhöhte sie ihre Chancen mit Hindi.

»*Kaise*, wie geht es Ihnen, Anil? Viel zu tun heute?«

Anil lächelte höflich. »*Ha*, stimmt, Sergeant. Wollten Sie mit mir sprechen?« Er hatte seine Haare hinten durch die Schnalle seiner Kappe gezogen. Heute konnte er sich nicht hinter seiner Mähne verstecken.

»Mit Ihnen und mit Steve. Ist Wes auch hier?«

»Nein, er ist noch im Camp. Worum geht es denn?« Seiner Stimme war nichts anzumerken, sein Blick war skeptisch. Er stellte den Karton auf dem Betonboden ab.

»Um den Angriff auf Mr McKenzie. Der dritte vielleicht tödliche Vorfall auf Paradise Island. Da überrascht es Sie doch sicher nicht, dass ich hier bin?«

Anil stieß hörbar die Luft aus. »Mr McKenzie? Davon weiß ich noch gar nichts. Was ist denn passiert?«

Singh unterdrückte ein Schaudern, als die Härchen auf ihren Armen sich aufstellten. Er log. Essie hatte die Nachricht weitergegeben, als sie am Morgen im Camp gewesen war. Was hatte Anil zu verbergen?

»Jemand hat ihn niedergeschlagen. Er liegt im Krankenhaus, bewusstlos.«

Anil schüttelte ungläubig den Kopf. »Wie schrecklich, aber da kann ich Ihnen leider nicht weiterhelfen. Ich weiß absolut nichts darüber.« Gut schauspielern konnte er, das musste sie ihm lassen.

»Die Polizei muss mit allen reden, die gestern Nacht auf der Insel waren, Anil. Wir können nie wissen, was sich womöglich als hilfreich erweist. Gehen wir rein. Wo ist Steve?«

»Er packt die Ausrüstung aus. Man muss alles an verschiedenen Orten verstauen. Wahrscheinlich lädt er erst mal alles am Verladeplatz ab und kommt zurück für den nächsten Schwung. Gehen wir nachsehen.« Er führte Singh durch ein riesiges Rolltor hinten am Hauptgebäude. Gut ein Viertel des Platzes wurde von einem Schiffscontainer eingenommen. Dahinter standen zwei Reihen Industrieregale, neben denen Kisten gestapelt waren. Der restliche Platz, auf den ohne weiteres noch zwei Pick-ups gepasst hätten, war leer. »Steve hat wohl den Rest schon zu den Laboren gebracht. Gleich hier lang.«

Zögerlich folgte sie ihm in den vertrauten Gang mit den prächtigen Teichen und Pflanzen. Anil öffnete die Tür zu dem Labor, das sie bereits kannte. Ein Niesen schüttelte sie, ehe sie den leicht chemischen Geruch bemerkte, und bevor sie ein zweites Mal niesen konnte, holte sie rasch ein Taschentuch hervor. Steve richtete sich hinter einem beladenen Handwagen auf. »*Bula*«, ein schiefes Lächeln, dann hockte der schmale junge Mann sich wieder hin und begann Ausrüstung in einen Schrank unter einer Arbeitsplatte zu räumen.

Anil wechselte ins Englische. »Sergeant Singh will mit uns reden, Steve. Du wirst nicht glauben, was gestern Nacht im Resort passiert ist. Mr McKenzie wurde angegriffen. Er liegt im Krankenhaus.«

Steve sprang auf. »W-was? Ich bin erst heute Morgen wieder im Camp angekommen.«

Singh sprach mit fester Stimme. »Darüber reden wir besser auf dem Revier, Leute.«

»Wann denn?«, fragte Anil. »Sie sehen ja, dass wir zu tun haben. Wir müssen erst das Boot zu Ende abladen. Und dann noch alles einsortieren! Wozu überhaupt? Keiner von uns beiden kann Ihnen weiterhelfen.« Seine Stimme schwoll an und klang zunehmend feindseliger.

Singh zwang sich, tief einzuatmen. »Ich muss Ihnen ein paar Fragen stellen, Anil. Fragen, die wir heute auch schon vielen anderen gestellt haben. Wir nehmen unser Gespräch auf Tonband auf. Also lassen Sie uns bitte gehen. Es sollte nicht lange dauern.«

Anil warf einen Arm in die Luft, er war jetzt unverhohlen aggressiv. »Was soll der Scheiß? Sie können mich nicht dazu zwingen! Verhaften Sie mich etwa?« Er riss sich die türkise Paradise-Island-Kappe vom Kopf und pfefferte sie auf eine Arbeitsplatte.

Die Zeit für ein Lächeln war vorbei, aber Singh blieb trotzdem ruhig. »Nein, Anil, ich fordere Sie beide dazu auf, mich aufs Revier zu begleiten und bei polizeilichen Ermittlungen zu Kapitalverbrechen mitzuwirken. Sollten Sie sich dem allerdings widersetzen, kann ich Sie wegen Behinderung einer polizeilichen Ermittlung festnehmen. Es liegt ganz bei Ihnen. Sie wollen sicher lieber nicht in Handschellen aus dem Gebäude abgeführt werden …«

Steve trat vor und zuckte die Achseln. »Schon gut, ich komme mit. Dann hab ich's hinter mir.« Er ignorierte Anil, der sich nicht vom Fleck rührte. Singh hielt die Tür auf, während Steve hinaus in den Gang trat. Da wurde die Tür zugestoßen. Anil packte Singh am Arm, drehte ihn ihr auf den Rücken und rammte ihren Kopf gegen die Stahlklinke. Zwischen dem stechenden Schmerz und Entsetzen flammte wütend ein Gedanke in ihr auf: Was für eine Idiotin sie doch war, dass sie Anil ganz allein hier hinein gefolgt war. Sie fiel zu Boden und riss Anil mit sich. Er ließ ihr Handgelenk los. Sie trat ihm zwischen die Beine, während er nach vorne taumelte. Sie verfehlte, konnte sich aber auf die Seite drehen und erhaschte einen Blick auf sein hasserfülltes Gesicht, ehe seine Faust alles verdunkelte.

Als sie zu sich kam, lag sie auf dem Boden in einem kleinen Abstellraum, ihre Knie und Fußgelenke waren gefesselt, die Handgelenke hinter dem Rücken verbunden. Mit ihren eigenen Handschellen! Der Knebel in ihrem Mund war beißend süßlich, und sie würgte. Eine Weile lang drehte sich alles, und sie nahm ihre Umgebung nur verschwommen wahr. Schließlich gelang es ihr, den Blick scharf zu stellen, und sie erkannte Regale, in denen Putzmittel, Besen, Wischlappen und Eimer standen. Kein Fenster. Ihre braune Tasche hing an einem Haken oben an der Tür. Das gab ihr Hoffnung, selbst wenn sie nicht drankam. Ihr Funkgerät und ihr Mobiltelefon waren natürlich weg. Chloroform – das war der widerliche Geruch! Wenn sie nur den Knebel loswerden könnte! Sie bewegte den Kopf und rieb den zugeklebten Mund an ihrer Schulter, an den Knien. Es half nichts.

Sie öffnete die Augen wieder – sie musste eingenickt sein. Schemenhaft nahm sie Anil wahr. Er sah traurig aus.

»Es tut mir aufrichtig leid, dass ich Ihnen wehtun musste, Sergeant. Wirklich. Aber Steve und ich haben noch dringend etwas zu erledigen, wir können heute Nachmittag einfach keine Zeit auf dem Revier vertrödeln. Und morgen übrigens auch nicht. Professor Burgermeister braucht unsere Hilfe, verstehen Sie? Sie haben Glück, dass ich mich um Sie kümmere. Steve, also der ist wirklich unberechenbar.«

Der nervöse, schüchterne Steve, der bereitwillig mit ihr aufs Revier kommen wollte? Wie erbärmlich, dass Anil ihm die Schuld gab. Und er hatte noch nicht erlebt, wie unberechenbar Singh sein konnte. Ihr fiel auf, dass Anil Englisch mit ihr sprach, er lehnte die Verbundenheit ab, die sie zuvor hatte aufbauen wollen. Um Himmels willen, reiß dich zusammen, Mädchen! Das hier ist nicht der richtige Zeitpunkt für psychologische Analysen! Sie versuchte sich zu konzentrieren.

Die Gedanken in ihrem vor Schmerzen hämmernden Kopf kamen und gingen jedoch, wie sie wollten. Wie töricht von ihr anzunehmen, dieser freundliche, höfliche Biologe sei harmlos, weil er gebildet war, weil er Inder war wie sie. Aber es würde sie nicht retten, wenn sie sich selbst für den dummen Fehler geißelte, den sie gemacht hatte. Das Chloroform trocknete ihr den Mund aus, sie brauchte Wasser. Unter höchsten Anstrengungen rappelte sie sich auf die Knie, stieß ein ersticktes Knurren aus und reckte Anil das Kinn entgegen.

Anil lachte, er war ihrem Gesicht viel zu nahe. »Sie klingen wie ein bellender Gecko.« Sein warmer, feuchter Atem war abscheulich. Als er das Klebeband von ihrem Mund abriss, meinte sie, vor Schmerzen in Ohnmacht zu fallen. Er zerrte den Stoffknebel heraus und hielt ihr eine Flasche Wasser an die Lippen. Ihr Mund brannte innen und außen, ihr Kiefer war blockiert, sie konnte nicht schlucken. Sie musste würgen, und das Wasser spritzte heraus. Anil kicherte. »Versuchen Sie es noch einmal, Sie können es gebrauchen, Sergeant.«

Diesmal konnte sie schlucken, aber er hielt die Flasche zu hoch und grinste, als sie sich verzweifelt bemühte, den Schwall aufzunehmen. Wasser rann ihr das Kinn hinab und auf ihre Bluse und ihren Rock. Allmählich kehrte ihr Verstand zurück. Warum überließ sie ihm die Kontrolle? Sie wendete das Gesicht ab und ließ sich auf den Boden fallen, die Füße zog sie neben sich. »Danke, Anil, das reicht fürs Erste.« Sie bewegte den Kiefer, er knackte. Die Flasche war halb leer.

»Keine Zeit zum Plaudern. Ich komme später wieder. Und jetzt Ruhe. Ich will Ihnen wirklich nicht wehtun, Sergeant.« Er klang bedrohlich, seine Stimme triefte vor Sarkasmus. Jetzt schauspielerte er nicht mehr. Er nahm eine Glasflasche aus einem der Regale, schraubte sie auf, drückte das Stück Stoff auf die Öffnung und drehte die Flasche um. Mit dem rechten Arm umklammerte er Singhs Kopf und presste ihr den Lappen an die Nase, bis sie zusammensackte, stopfte ihn ihr dann zwischen die Zähne und klebte ihr den Mund zu. Singh war froh, nichts mehr zu spüren.

47

SUVA

»*Bula vinaka*, Litia, Horseman hier. Ich habe gehört, dass Winston Lee heute Nachmittag abfliegt. Stimmt das?«

»*Bula vinaka*, Joe. Ja, Jona hat ihn heute Morgen mit dem Boot rübergefahren, und er sollte inzwischen in Nadi sein, wenn der Verkehr es zugelassen hat.« Ihre kühle, tiefe Stimme klang nur einen Hauch neugierig.

»Welchen Flug hat er gebucht, bitte?«

»Korean Airlines um fünfzehn Uhr dreißig. Darf ich fragen, worum es geht?«

»Es wäre einfacher, ihn zu sprechen, bevor er die Fidschi-Inseln verlässt, Litia.«

»Hätten Sie gern seine Mobilnummer?«

»Großartig, *Vinaka*.« Er notierte die Nummer, auch wenn er sich wenig Hoffnungen machte, dass Lee tatsächlich rangehen würde, aber er war dankbar, dass Adi Litia helfen wollte.

»Ich hätte da noch eine Bitte. Könnten Sie das Zimmermädchen fragen, ob Lee irgendwelche Kleidungsstücke in seinem Zimmer zurückgelassen hat? Und wenn ja, könnten Sie mir Bescheid geben? Und es wäre wunderbar, wenn Sie die Sachen dann in eine Plastiktüte stecken und bei sich im Büro aufbewahren könnten.«

»Kein Problem, Joe. Wie geht es Ian? Haben Sie schon mit ihm gesprochen?« Sie klang besorgt.

»Noch nicht. Er ist inzwischen bei Bewusstsein, aber bisher kann er sich nicht an den Angriff erinnern. Vielleicht kommt das noch.«

Adi Litia seufzte. »Ich bin so erleichtert, dass er über den Berg ist. Er ist ein ziemlich guter Manager, wissen Sie. Ich vermute, er wird jetzt nicht mehr bleiben wollen. Wirklich schade. Ich wollte mich auch noch bei Ihnen bedanken, dass Sie unseren Motor aufgespürt haben. Das ist jetzt natürlich nebensächlich, aber wir sind alle froh. Doch ich will Sie nicht länger aufhalten, Joe. *Moce.*«

Horseman alarmierte die Zoll- und Einwanderungsbehörde, das Amt für Quarantäne und die Polizei am Flughafen von Nadi. Lee würde entweder beim Check-in oder am Zoll abgefangen und von der Polizei in Gewahrsam genommen werden, bis Horseman eintraf. Trotzdem wollte er keine Zeit verlieren, also bat er Taleca um die schnellste Verbindung. Nach nur zehn Minuten eilte Taleca triumphierend die Treppe hoch und ins Büro.

»Ich habe dir eine Mitfahrgelegenheit nach Nadi besorgt, Boss! In zwanzig Minuten geht es los.«

»Großartig, Keli. Hier auf dem Parkplatz?«

Taleca lachte. »Nein, Boss. Am Anleger der Marine.«

»Mit dem Boot? Mit dem Auto ginge es doch sicher schneller!«

»Nicht so schnell wie mit dem Helikopter, Boss. Der Polizeipräsident ist gerade von den äußeren Inseln zurückgekommen, wo er sich mit der Marine über Katastrophenmanagement beraten hat. Der Helikopter muss nach Lautoka zurück, und das ist mit dem Auto nur zwanzig Minuten von Nadi entfernt, also …« Taleca gestikulierte übertrieben.

»Keli, du bist ein Genie! Ich schnappe nur kurz meine Sachen und besorge uns ein Taxi.«

»Es gibt allerdings nur einen freien Platz, Boss. Du musst also allein fliegen.«

Horseman hielt die Daumen hoch und war schon unterwegs.

Horseman genoss den Blick von oben auf die Fluten der Schulkinder, die in leuchtenden Uniformen an der Straße entlangströmten, auf die kleinen Knollen- und Obstbaumplantagen, alle in einem satten Grün. Schon bald überflogen sie die Grenze zwischen dem regennassen Osten von Viti Levu und der trockeneren westlichen Hälfte der Insel im Regenschatten der Berge. Er hatte den Kontrast vorher noch nie so deutlich wahrgenommen. Das üppige Smaragdgrün wich einem staubigen Ocker, mehr offener Landschaft, grasendem Vieh und Zuckerrohrplantagen.

Er grübelte über den Fall nach, der sich jetzt, durch die Linse der Schmugglerbande von diesem Mistkerl Winston Lee, viel deutlicher abzeichnete. Wie dumm diese Kinder waren. Er konnte verstehen, dass Maika und Nisi den größeren Zusammenhang nicht erfassen konnten; ihr Leben war begrenzt, selbst wenn es voller Naturwunder steckte. Aber Anil und Steve, Hochschulabsolventen, von denen erwartet wurde, dass sie später Führungspositionen übernahmen? Sie waren ohnehin schon privilegiert und besser dran als die Menschen auf den Höfen und in den Dörfern, die sich hier unter ihm erstreckten. Wo kam diese Gier her?

Er ließ seine Entrüstung abklingen und schaute sich die Faktenlage an. Von den Wissenschaftlern kamen nach wie vor Burgermeister und Anil Gupta für den Mord an Chakra infrage. Möglicherweise auch Steve Doka. Wenn Chakra vom Wildtierschmuggel erfahren und damit gedroht hatte, sie auffliegen zu lassen, war einer von ihnen womöglich verzweifelt genug gewesen, um ihn zu töten. Maika behauptete, Burgermeister hätte nichts damit zu tun, aber das konnte er nicht für bare Münze nehmen; Maika wollte vielleicht den Professor in Schutz nehmen. Horseman konnte nur hoffen, dass Burgermeister unschuldig war – der Professor hatte ihn beeindruckt. Aus diesem Grund schien Anil von den Wissenschaftlern der wahrscheinlichste Kandidat.

Abgesehen von den Wissenschaftlern stand Winston Lee als Verdächtiger an oberster Stelle. Er hatte die Lieferkette der Schmuggelware eingerichtet und würde auf jede Gefährdung reagieren. Um sein Geheimnis zu bewahren, hatte er am Vorabend Mr McKenzie attackiert. Andererseits vermutete Horseman, dass Lee schlicht und ergreifend von Profit angetrieben wurde. Wenn sein Geschäft ernsthaft bedroht wäre, würde er sich dann nicht nach etwas anderem umsehen, anstatt zwei Morde zu begehen? Das Projekt Vula war doch sicher nur eine von vielen Unternehmungen. Unzählige andere abgelegene Inseln mit endemischen Arten warteten darauf, von ihm ausgebeutet zu werden.

Der Helikopter landete sauber auf dem Platz am Flottenstützpunkt von Lautoka. Horseman schnallte sich ab, kletterte hinaus und eilte trotz seines protestierenden Knies vornübergebeugt weg von den rotierenden Blättern. Er brüllte dem Piloten noch ein Danke nach, bevor er zum Ausgang humpelte, um sich ein Taxi zu nehmen.

Ein klappriger Wagen, der qualmende schwarze Abgase ausstieß, scherte aus und fuhr über die durchgezogene Linie auf ihn zu. Ehe Horseman die Beifahrertür öffnen konnte, lehnte sich der Fahrer hinüber und kam ihm zuvor. »*Bula*, Sir. Entschuldigen Sie vielmals, dass die Türklinke nicht funktioniert.« Horseman sah, dass so einiges im Wageninnenraum sorgfältig mit schwarzem Klebeband abgeklebt war, sowohl an den Armaturen als auch an den Polstern. »*Bula*. Zum Polizeirevier von Nadi, bitte.«

Sie waren zehn Minuten gefahren, als Horsemans Mobiltelefon klingelte.

»Keli hier, Boss, gute Neuigkeiten. Die Einwanderungsbehörde hat Winston Lee am Flughafen abgefangen. Er ist jetzt auf dem Revier und erwartet dich. Detective Constable Agar hat mich gerade angerufen.«

Erleichterung durchströmte Horseman. »Gott sei Dank. Sag Agar, dass ich in einer Viertelstunde da bin, wenn mein Taxi nicht schlappmacht. Wurde Lees Gepäck schon durchsucht?«

»Er beharrt darauf, dass die Einwanderungsbehörde einen Fehler gemacht hat, und weigert sich zu kooperieren. Die Leute in Nadi wollen abwarten, bis du da bist; sie wollen keinen Verfahrensfehler begehen. Lee will einen Anwalt, aber es wurde noch keine Anklage gegen ihn erhoben …«

»Lass ihn ruhig. Wenn er in Nadi jemanden auftreiben kann, werde ich ihn nicht davon abhalten. Er wird mit allen schmutzigen

Wassern gewaschen sein. Wir dürfen ihm nicht den kleinsten Anlass geben, sich über das Verhalten der Polizei zu beschweren.«

»In Ordnung, Boss. Viel Glück. Ich melde mich wieder.«

48

NADI

»Kein Kommentar«, antwortete Winston Lee gelassen, und seine Augen blitzten leicht amüsiert. »Ich sage nichts ohne meinen Anwalt.«

»Soweit ich weiß, ist jemand unterwegs, Mr Lee. In der Zwischenzeit bin ich befugt, Sie und Ihr Gepäck wegen Verdachts auf Vergehen gegen das Wildtierschutzgesetz von Fidschi zu durchsuchen.«

»Unsinn. Womit begründen Sie das?«, wollte Lee wissen.

»Die Polizei hat Informationen erhalten, dass Sie Eier geschützter Vogelarten mit sich führen und außer Landes bringen wollen, entgegen der gesetzlichen Bestimmungen. Das ist Anlass genug.«

Lee war nicht zu durchschauen. Horseman zeigte in eine Ecke des Verhörraums, in der zwei schicke Samsonite-Koffer, ein dazu passendes Handgepäckstück und ein Rucksack gestapelt waren. Ganz oben lag eine Schultertasche aus Leder. »Ist das hier Ihr ganzes Gepäck?«

Lee nickte. Constable Agar sagte: »Ja, Sir, wir haben sowohl die aufgegebenen Koffer als auch sein Handgepäck hergebracht.«

»Dann schauen wir es uns mal an«, sagte Horseman.

Während Lee und Constable Agar zusahen, öffnete Horseman die beiden Koffer und sah zügig durch die akribisch gefalteten Kleider, die Fotoausrüstung und andere technische Geräte. Die kleine Thermosflasche mit der weiten Öffnung befand sich im zweiten Koffer, eingewickelt in ein brandneues T-Shirt aus dem Paradise Island Resort. Horseman schraubte den Deckel auf. Darin lagen in einem weichen, flauschigen Material kleine Eier. Horseman stellte die Flasche auf den Tisch, schloss den Koffer und stellte ihn wieder auf den Boden.

»Was ist das hier?«, fragte er.

»Kein Kommentar«, antwortete Lee.

Eine zweite Flasche, ebenfalls mit Eiern darin, lag im Handgepäckstück, ebenso wie ein paar Notizbücher. Horseman legte alles auf den Tisch zusammen mit einem ultraleichten Laptop aus dem Rucksack sowie einem Mobiltelefon aus der Schultertasche.

»Constable Agar wird Ihnen einen Beleg über die Gegenstände hier ausstellen, Mr Lee. Darf ich fragen, was Sie mit der Kleidung gemacht haben, die Sie gestern Abend getragen haben? Die Sachen in Ihrem Gepäck sind frisch gewaschen.«

Lee runzelte die Stirn, offenbar überrascht, dann setzte er wieder seine gleichgültige Miene auf. »Kein Kommentar.«

»Ich habe Informationen darüber erhalten, dass Sie Mr McKenzie, der inzwischen im Krankenhaus liegt, letzte Nacht gegen Mitternacht auf Paradise Island attackierten.«

Lee blieb stumm.

Ein leises Klopfen an der Tür unterbrach sie. Horseman drehte sich um, als ein Constable gerade eine junge Fidschianerin eintreten ließ, sorgfältig gekleidet mit einem grünen Rock und einer leuchtend roten Bluse. Horseman musste an die Pompadoursittiche denken, deren gestohlene Eier in den Thermosflaschen lagen.

»Joana Senibua, Anwältin«, verkündete sie. »Es freut mich, Sie kennenzulernen, Detective Inspector Horseman.« Sie schüttelte ihm kurz, aber fest die Hand. »Sie müssen mein Klient sein, Winston Lee.« Lee stand höflich auf und gab ihr die Hand. »Nun denn, was geht hier vor, Inspector?«

»Wir verhören Mr Lee wegen des Verdachts auf Vergehen gegen das Wildtierschutzgesetz. Ich habe gerade sein Gepäck durchsucht und diese beiden Thermosflaschen mit Eiern darin gefunden, die noch nicht identifiziert wurden, die aber vermutlich vom *Kula*, dem Lori, und vom *Kaka*, dem Pompadoursittich, stammen. Mr Lee steht ebenfalls unter Verdacht, den Manager des Paradise Island Resort gestern Abend angegriffen und schwer verletzt zu haben. Mr Lee verweigert jeglichen Kommentar.«

»Nun denn, dann muss ich mich zunächst unter vier Augen mit Mr Lee beraten, Inspector.«

Der Constable in Uniform hielt die Tür auf. »Hier entlang, Madam. Möchten Sie eine Tasse Tee?«

Eine Viertelstunde später tranken Horseman und Agar gerade selbst ihren Tee aus, als Joana Senibua allein den Raum betrat. Sie war ungewöhnlich klein für eine Fidschianerin und hatte markante Gesichtszüge sowie ein selbstbewusstes Auftreten. Horseman erhob sich.

»Bitte, setzen Sie sich, Ms Senibua. Wo ist Mr Lee?«

»Nun ja, Inspector, Mr Lee hat mich gebeten, an seiner Statt mit Ihnen zu reden. Als Erstes sind wir bereit zuzugeben, dass mein Klient die Vogeleier mit der Absicht erstand, sie nach Hongkong zu überführen, ohne vorher die vom Gesetz zugelassene Genehmigung einzuholen. Angesichts der absurd komplexen Bürokratie des Genehmigungsvorgangs sah Mr Lee sich dazu gezwungen. Sein Ziel ist es, vom Aussterben bedrohte Arten zu schützen, indem er die Eier an eine autorisierte Aufzuchtstation in Hongkong übergibt.«

Horseman konnte nicht anders als über die souverän vorgetragene Unverfrorenheit der Anwältin zu lächeln. »Um die Eier muss sich Ihr Klient keine Sorgen machen. Sie wurden inzwischen registriert und werden in Kürze von Mitarbeitern des Kula-Eco-Parks abgeholt, wo sie alles tun werden, um sie in einem anständigen Brutkasten auszubrüten. Mit etwas Glück schlüpfen die Jungen und werden dort großgezogen.«

»Nun denn, da wird er erleichtert sein. Was den zweiten Punkt betrifft, den Angriff, das streiten wir vollständig ab. Des Weiteren bittet Mr Lee um Beistand und Schutz der Chinesischen Botschaft in Suva.«

Horseman war überrascht. Nicht weil Lee den Angriff abstritt, sondern weil Horseman angenommen hatte, dass Lee es vorzog, unter dem Radar der chinesischen Regierung zu bleiben. Jedenfalls war die Botschaft dafür bekannt, dass sie bei Staatsangehörigen, die nach fidschianischem Strafrecht verfolgt wurden, die Hände in den Schoß legte. Er hoffte, dass Lee keine Beziehungen zur Regierung hatte.

»Das passt mir, Ms Senibua. Ich muss selbst auch nach Suva zurück. Ich werde Mr Lee jetzt wegen Wildtierschmuggels und tätlichem Angriff festnehmen und dann die Chinesische Botschaft in Kenntnis setzen. Er und seine Sachen werden sicher nach Suva gebracht, wo er in Gewahrsam bleiben wird, bis er zu diesen Angelegenheiten verhört werden kann. Selbstverständlich werden ihm Besuche von Mitarbeitern der Botschaft gestattet.«

»Nun denn, das scheint in Ordnung.« Sie klang unwillig.

Horseman legte die Hände auf den Tisch und stemmte sich aus seinem Stuhl. Die Anwältin warf ihm ein mitfühlendes Lächeln zu, das ihn ärgerte. »Constable Agar, wir nehmen Mr Lee jetzt fest.«

49

UNTERWEGS NACH SUVA

Horseman ergatterte ein Ticket für die Fünf-Uhr-Twin-Otter-Maschine mit Fiji Air nach Suva. Während er im Wartebereich auf und ab ging, grübelte er weiter über Winston Lee nach, den skrupellosen Händler. Lee würde im Prozess wegen Wildtierschmuggels wahrscheinlich mit einer Verwarnung davonkommen und vielleicht eine Buße zahlen müssen. Kein Wunder, dass internationale Verbrechersyndikate sich dem Wildtierschmuggel zuwandten. Eier und Körbchen. Ein Haufen Geld und verglichen mit Drogenhandel milde Strafen.

Er hatte keinerlei Zweifel daran, dass Lee McKenzie angegriffen hatte; ob Maikas Aussage aber die Geschworenen überzeugen würde, dessen war er sich nicht so sicher. Maika sagte, er habe nicht gesehen, wie Lee McKenzie angriff, Lee sei kurz nachdem McKenzie der Länge nach gestürzt war aus dem Dunkeln auf den beleuchteten Strand getreten. Vielleicht würde Maika ihnen doch noch mehr erzählen; er konnte wohl kaum die Thermosflaschen überreicht haben, ohne Lee nach dem bewusstlosen Mann vor ihnen auf der Erde zu fragen. Aber vielleicht hatte er auch einfach nur, wie er behauptet hatte, Angst gehabt. Vielleicht hatte er auch einfach nur das Geld gewollt, das Lee ihm zahlte.

Genauso dringend musste Horseman erfahren, wann Steve Doka nach Savusavu gefahren war. Er hatte Taleca vom Revier in Nadi aus angerufen, nur für den Fall, dass sein Mobiltelefon nicht funktionieren sollte. Aber nein, die Systeme von Sea Track hatten die Passagierlisten immer noch nicht ausgespuckt.

Horseman ging zur Telefonzelle und wählte die Nummer, die Steves Schwester ihm von den Nachbarn ihrer Mutter gegeben hatte. Er hoffte, diesmal würde er ein Mitglied des Haushalts erwischen, das neugieriger und mitteilsamer war, aber niemand nahm ab. Lange und hoffnungsvoll ließ er es klingeln, dann brach die Verbindung ab.

Am Flughafen von Suva holte ein Polizeiwagen ihn ab. Als sie durch den alten Vorort Flagstaff fuhren, wurden seine Gedanken beim vertrauten Anblick von Jungen aus der Marist Highschool auf dem Spielfeld neben der Straße abgelenkt. Er bat den Fahrer anzuhalten. Die Oberstufe war beim Rugbytraining: Große nackte braune Füße hämmerten über das unebene Spielfeld. Gestern hatte er den Straßenjungs Rugbyschuhe versprochen. Völlig unnötig, aber sie würden den verwilderten Jungs am rauen Rand der Gesellschaft etwas bieten, worauf sie stolz sein konnten. Nur woher sollte er die Mittel dafür beschaffen?

Er brauchte eine kurze mentale Pause vom Fall, ein Intermezzo, in dem er sich auf etwas völlig anderes konzentrierte. Diese Strategie half ihm, wenn er übermüdet war, wie ein Powernap im Wachzustand. Ein kurzer Erkundungsstopp bei Khan im Laden, um sich einen Eindruck von den Preisen zu verschaffen. »Könnten Sie bei Khan's vorbeifahren und zehn Minuten auf mich warten? *Vinaka.*«

Der pummelige Sunny Khan umschloss Horsemans Hand und schüttelte sie jedes Mal kräftig, wenn Horseman den Griff lösen wollte. »Ach, na so was, was bin ich froh, dich zu sehen, Joe! Und du läufst, ach, das muss ja ein Wunder sein. Meine ganze Familie war todtraurig, als du dich verletzt hast, mich natürlich eingeschlossen. Wir werden deine großen Spiele nie vergessen.«

Nicht noch ein Trauernder! »Na, Sunny, ich hoffe, da geht noch was. Ich muss das Bein noch eine Zeit lang schonen, aber nächstes Jahr bin ich wieder dabei, besser als je zuvor.« Sunny wackelte mit dem Kopf, als würde er ein Kind gewähren lassen, was Horsemans Laune nicht gerade verbesserte. Doch er dachte an seine Mission und lächelte.

»Es ist wunderbar, dich zu sehen, Sunny. Wie ich sehe, hast du deinen Laden vergrößert.« Er breitete die Arme aus und bestaunte die Ladenfront aus Flachglas, die neuen Regale, die Auslage. »Das sieht alles erstklassig aus. Das Geschäft läuft wohl gut, was?«

Sunny nickte traurig, sah aber stolz aus. »Oh nein, Joe, nein, das Geschäft ist immer hart, immer riskant. Aber im Laden nebenan ist der Pachtvertrag ausgelaufen, und da dachte ich mir, ach, die Chance könnte ich nutzen. Also habe ich alles reingesteckt, Joe, alles, damit Khan's-All-Sports-Warenhaus zur ersten Adresse für Sportartikel auf den gesamten Fidschi-Inseln wird.« Er rang die Hände und hielt sie sich an die Brust, als wäre er selbst hingerissen von seinem wagemutigen Unterfangen.

»Ich gratuliere, Sunny. Den Geschäften, die ich in Portland gesehen habe, steht es in nichts nach.«

»In der Heimat von Nike? Also so was, das bedeutet mir viel, Joe.« Erneut ergriff er Horsemans Hand.

»Ich bin sicher, dass sich deine Investition auszahlen wird, und vielleicht kannst du mir auch bei einem meiner Projekte helfen, Sunny. Eine Maßnahme zur Kriminalitätsprävention. Ich stelle eine Mannschaft aus Straßenjungen auf die Beine, mit offizieller Unterstützung der Polizei.« Das entsprach nicht ganz der Wahrheit, aber fast. Die Unterstützung wäre bald offiziell. »Wir nennen sie die Junior Shiners. Du weißt ja, wie gut Sport für diese Kinder ist, Sunny. Disziplin, Teamarbeit, Stolz und Motivation. Ich bin auf der Suche nach Sponsoren für die Trikots, und vor allem für Schuhe. Du bist der Erste, dem ich die Gelegenheit geben will, dem Team seinen Namen aufzudrücken.«

Sunny verzog das Gesicht und wackelte mit dem Kopf. »Meine Güte, Joe, was tust du meinem Geschäft an! Diese Dreckspatzen sollen ja wohl kaum mein Logo herumtragen!«

Horseman wedelte mit der Hand in Richtung der ausgestellten Ware. »Mit deiner Ausstattung werden sie keine Dreckspatzen mehr sein, Sunny. Du weißt doch, dass Rugby der Beginn eines neuen Lebens für die Jungs sein kann, dass es sie aus der Kriminalität rausholen kann. Ich hatte gehofft, wir könnten zusammen eine Lösung finden – zum Beispiel könntest du auch nur einzelne Teile sponsern, es muss ja nicht gleich das ganze Paket sein.«

»Das können wir gern bei einer Tasse Tee besprechen, Joe. Aber versprechen kann ich nichts! Komm mit nach hinten.«

Als Horseman später wieder auf die Straße trat und auf sein Telefon schaute, stellte er entsetzt fest, dass er eine Dreiviertelstunde in Sunnys Hinterzimmer bei Tee und indischen Süßigkeiten gesessen und Kataloge durchgeblättert hatte. Sunny hatte sich noch zu keiner Zusage durchgerungen, aber Horseman war zuversichtlich. Zum Glück hatte er in der Zeit weder einen Anruf noch eine Textnachricht erhalten, es war also nicht weiter schlimm. Auf dem Weg zum Wagen fragte er sich, wie es Singh wohl im FIMS ergangen war; vermutlich hatte sie Anil und Steve schon aufs Revier gebracht.

Und sein Powernap hatte ihn auf eine Idee gebracht. Warum hatte er nicht schon eher daran gedacht? Er rief seine Mutter auf dem Mobiltelefon an. Als sie nicht abnahm, hinterließ er ihr eine Nachricht.

»*Bula*, Mum. Heißt deine kranke Freundin in Savusavu zufällig Mere Kurolo? Und wie heißt der Sohn, der ihr ausgeholfen hat? *Vinaka.*« Er schickte noch eine SMS hinterher, wobei er sich fragte, ob seine Mutter Textnachrichten schon für sich entdeckt hatte. Die Namensgebung auf den Fidschi-Inseln, bei der Eltern ihren Kindern unterschiedliche Nachnamen verpassten, erschwerte es der Polizei jedes Mal.

50

SUVA

»Was soll das heißen, Sergeant Singh ist noch nicht zurück? Sie ist doch schon vor Stunden gegangen! Das FIMS liegt nur zehn Minuten Autofahrt entfernt! Um Himmels willen, Kollege! Warum sind Sie nicht mitgegangen?« Horseman schäumte vor Wut. Vor allem auf sich selbst. Das sollte er nicht an seinem Team auslassen.

Musudrokas Miene verdüsterte sich. War es Ärger oder Scham?

»Sergeant Singh hat nicht auf mich gewartet, Sir. Ich habe gerade in der Krankenhauskantine Mittag gegessen, als Kollege Taleca mich anrief, ich solle zurück aufs Revier kommen. Ich musste erst noch einmal auf die Station und nach Mr McKenzie sehen und dann der Schwester dort mitteilen, dass ein anderer Constable mich ersetzen würde.«

»Was soll das, Sie schlagen sich den Bauch voll, obwohl Sie eine Aufgabe zu erledigen hatten?« Schuldbewusst dachte Horseman an den Tee und die Süßigkeiten, die er gerade genossen hatte. Aber Musudroka musste in seine Schranken gewiesen werden.

»Sir, die Schwester sagte mir …«

»Sie nehmen Anweisungen von Ihren Vorgesetzten an, Detective Constable. Nicht von Krankenschwestern. Hat Mr McKenzie noch irgendetwas gesagt?«

»Er erinnert sich daran, wie Maika ans Ufer gepaddelt kam und das Kajak an den Strand gezogen hat, Sir. Das ist alles. Die Schwester sagte, womöglich erinnert er sich später noch an mehr. Man kann es nicht vorhersehen. Wir können nur abwarten. Mrs McKenzie ist noch bei ihm.«

Kelepi Taleca tätschelte die Luft, als würde er Horseman beruhigen wollen. »Lass mich erklären, Boss. Sergeant Singh hat sich nicht gemeldet, weder um nach dem Team der Spurensicherung zu fragen noch nach dem Zoll. Der Durchsuchungsbeschluss ist noch nicht ausgestellt, deswegen konnte ich niemanden damit rüber zum FIMS schicken. Weil ich nichts von ihr gehört habe, ging ich davon aus, dass doch nicht durchsucht werden musste. Um fünf habe ich sie angefunkt, um zu sehen, was los war. Als sie sich nicht meldete, probierte ich es auf ihrem Mobiltelefon, dann rief ich Professor Burgermeisters Sekretärin im FIMS an. Sie erklärte mir nach Rücksprache, dass Sergeant Singh dagewesen sei, aber bereits wieder gegangen war. Ich schloss daraus, dass sie die Jungs wohl verpasst hatte und vielleicht nach Paradise Island rausgefahren war. Ich hätte weitere Nachforschungen anstellen sollen, aber Musudroka und ich hatten mit unseren eigenen Aufgaben alle Hände voll zu tun.«

Horseman nickte. »Natürlich, ihr beide habt heute Nachmittag großartige Arbeit geleistet. Dank unseres Teamworks ist Lee inzwischen in Gewahrsam und wird morgen früh nach Suva gebracht. Versuchen Sie es noch mal bei Sergeant Singh, Tanielo.«

Das Telefon auf Kelepi Talecas Schreibtisch klingelte. Nach ein paar Augenblicken legte er auf, klatschte in die Hände und grinste. »Die Computer bei Sea Track laufen wieder, Boss. Sie mailen mir gleich die Listen. Ich schicke aber auch noch einen Constable zu ihnen ins Büro, um die Ausdrucke dort abzuholen, nur für den Fall. Ist vielleicht schneller.«

»Endlich, Gott sei Dank«, sagte Horseman.

Musudroka legte ebenfalls auf und schüttelte den Kopf. »Sie geht nicht ran, Sir.«

»Ihr ist etwas zugestoßen. Tanielo, Sie kommen mit mir zum FIMS. Du meldest dich wieder bei mir, Keli.«

Es dämmerte, als Musudroka vor dem Tor zum FIMS hielt. Horseman stieg aus, zeigte dem Pförtner seinen Dienstausweis und fragte nach dem Weg zu Professor Burgermeisters Büro. Petero stellte sich vor, schüttelte ihm die Hand und erkundigte sich nach Horsemans Einschätzung der Rugbymannschaften, die für die World Games aufgestellt waren. Horseman hatte keine Zeit für ein Schwätzchen. Aber nachdem Petero die Schranke geöffnet hatte, lief er den ganzen Weg zum Empfang neben ihm her. Musudroka eilte vom Parkplatz zu ihnen herüber, und Petero hielt ihnen die Tür auf.

»Der Empfang ist jetzt geschlossen, Sir«, erklärte er. »Ein paar Lehrkräfte sind noch da, aber kein Verwaltungspersonal.«

Horseman blieb nicht stehen. »In Ordnung. Zeigen Sie uns einfach, wie wir zu Professor Burgermeisters Institut kommen, bitte. Geht es hier lang?« Er schob sich durch die Tür mit der Aufschrift »Nur für Personal«, die anderen folgten ihm. Nur am Rande nahm Horseman wahr, wie hoch die Decken und wie begrünt der Gang waren. »So schnell es geht, bitte«, drängte er ungeduldig. Endlich kam die Botschaft bei Petero an.

Das Büro des Biologieinstituts war leer. »Wissen Sie, welche Mitarbeiter noch da sind?«, fragte Horseman.

»Nein, Sir, lassen Sie mich nachsehen.«

»*Vinaka*, Petero. Wie komme ich an den Kai – geht es hier lang?«

»Ja, Sir. Die letzte Tür rechts führt auf den Verladeplatz. Das Rolltor sollte noch offen sein. Gerade durch geht es zum Kai.«

»Ist das Boot mit der Ausrüstung vom Camp auf Paradise Island angekommen?«

»Ich bin nicht sicher, Sir. Fragen Sie am besten am Kai nach.«

»In Ordnung. Tanielo, Sie begleiten Petero. Ich bin gleich wieder da.«

Horseman verfiel in einen ungleichmäßigen Laufschritt. Am Kai lag ein stabiles Boot vertäut. Niemand war zu sehen. Keuchend lief er zum Boot hinüber. Die Luke zur Kajüte stand offen. »Polizei!«, rief er und klopfte auf das Dach. Eine Ablaufbahn neben dem Kai führte zu einem Bootshaus, das ebenfalls offen stand, doch auch dort arbeitete niemand. Wäre er doch nur eher hergekommen – hätte er doch bloß nicht seinem schwelgerischen Impuls nachgegeben und sich um Rugbyschuhe für die Jungs gekümmert, dann wäre er schon eine Dreiviertelstunde eher hier gewesen! Er hielt sich am Kajütendach fest, schwang sich an Deck und steckte den Kopf in die Luke. Auf der Bank, die die gesamte Längsseite der schummrigen Kajüte einnahm, lag ein Mann auf dem Bauch, den Kopf auf einen Arm gebettet. Er schnarchte. Sicherlich war er schon vor dem Morgengrauen auf den Beinen gewesen und holte jetzt, da er die Arbeit für heute erledigt hatte, seinen wohlverdienten Schlaf nach.

»*Kerekere*. Polizei! Wachen Sie auf«, rief Horseman auf Fidschi.

Der Mann hievte sich hoch, setzte die Füße auf den Boden und spähte mit kleinen Augen zu Horseman hoch. »Was gibt's denn, *Ovisa*?«

»Ich habe ein paar Fragen. Kommen Sie bitte an Deck. Sonst noch jemand an Bord?«

»Ganz ruhig, *Ovisa*. Bin nur ich.« Schwerfällig kam der Mann an Deck. Er war um die fünfzig, hatte wettergegerbte Haut und war mit ausgeblichenen blauen Leinenshorts und einem T-Shirt bekleidet. Horseman stellte sich vor und zeigte ihm seinen Dienstausweis.

»Von Ihnen brauche ich keinen Ausweis, Josefa Horseman.« Die Stimme des Mannes war noch belegt vom Schlaf.

»Warum schlafen Sie hier auf dem Boot?«

»Ich bin Skipper beim FIMS. Wir legen morgen früh ab, deswegen übernachte ich hier. Hat niemand was dagegen, wenn ich das hin und wieder mache. Schadet ja nicht, was?«

»Haben Sie heute Nachmittag eine Ladung aus Paradise geholt?«

»*Io, Ovisa*.«

»Wer war an Bord?«

Der Skipper sah in verwundert an. »Na ja, die Studenten. Sitiveni und Anil. Gute Jungs sind das.«

»Hat eine Polizistin mit Ihnen gesprochen? Schlank, Pferdeschwanz, blauer Rock, orangefarbene Bluse?«

»Ach, die junge indische Dame? Ist sie etwa ein *Ovisa*? Du meine Güte! So schöne Augen. Ja, Sie hat mit Anil auf Hindi gesprochen. Sah so aus, als würde sie ihn kennen. Sie sind zusammen zur Lagerhalle gegangen.«

»Wo sind die Jungs jetzt?«

Er zuckte die Achseln. »Keine Ahnung. Könnte sein, dass sie noch am Auspacken und Aufräumen sind. Entweder in einem der Labore, im Lager oder in der Halle. Vielleicht sind sie aber auch schon gegangen. Ziemlich sicher sogar«, sagte er und deutete auf den dunkler werdenden Himmel.

»Welche Lagerräume nutzen sie?«

Der Mann gähnte und hielt sich die Hand vor den Mund. »Die im Biologieinstitut vermutlich, aber mit Sicherheit kann ich Ihnen das nicht sagen. Ich kümmere mich nur um die Boote, wissen Sie.«

So sah er definitiv auch aus, und Horseman konnte verstehen, dass er nicht gerade erfreut war, aus seiner Koje gezerrt worden zu sein. »*Vinaka*, Skipper. *Ni sa Moce*, gute Nacht.«

Horseman eilte gerade zurück zur Lagerhalle, als sein Mobiltelefon klingelte. Es war Taleca. Die Passagierlisten von Sea Track waren eingetroffen, und Sitiveni Doka stand auf keiner von ihnen zwischen Donnerstag, als Dr. Chakra starb, und gestern. Horseman bat schnellstmöglich um Verstärkung. Endlich nahmen die Spieler ihre Plätze ein. Es sah ganz danach aus, als wären Anil und Steve womöglich Komplizen bei einem Mord und nicht nur Wildschmuggler. Gemeinsam mit Lee oder ohne ihn? Oder hatte einer von ihnen sowohl Nisi als auch Dr. Chakra getötet, ohne dass die anderen davon wussten? Aber wieso? Weil beide Opfer eine Bedrohung für den Schmuggel darstellten? Aber es handelte sich bei den jungen Männern wohl kaum um knallharte Verbrecher. Würden Anil oder Steve tatsächlich morden, um die paar hundert Dollar zu sichern, die Lee ihnen in unregelmäßigen Abständen zahlte? Da musste einfach etwas anderes dahinterstecken, etwas Persönliches, das die jungen Wissenschaftler dazu getrieben hatte, kaltblütig zu morden.

Er wünschte, seine Mutter würde sich bei ihm melden und seine Frage beantworten. Er sah nach, ob er verpasste Anrufe oder eine neue SMS hatte. Erneut wählte er ihre Nummer, hinterließ eine Nachricht und steckte enttäuscht das Telefon wieder ein.

51

SUVA

Die Lagerräume am Ende der Halle waren aufgeräumt – nichts lag am Boden und wartete darauf, verstaut zu werden. Horseman ging denselben Weg zurück zum Biologieinstitut. Eine Tür stand offen. Vorsichtig blickte er hinein. Dort stand Musudroka mit dem Rücken zur Tür und gesenktem Kopf. Er sprach mit jemandem, der kleiner war als er.

Horseman ging hinein. »*Bula*, Tanielo, gut! Wo ist Petero?« Der kleinere Mann war in Handschellen und guckte finster. An seinem Kiefer prangte ein roter Striemen.

»Petero musste zurück ans Tor, Sir. Anil Gupta hat sich geweigert, mit aufs Revier zu kommen, da habe ich ihm Handschellen angelegt.«

»Gut! Anil, ich bin Detective Inspector Horseman. Wo ist meine Kollegin Detective Sergeant Singh?«, erkundigte er sich höflich.

»Das habe ich diesem Constable schon gesagt. Ich habe sie nicht gesehen. Wenn sie hier war, um mit mir zu reden, dann hat sie mich nicht gefunden. Sie ist nicht mehr da. Ganz einfach!« Anil betonte jedes Wort, indem er sich mit seinen gefesselten Fäusten auf die Oberschenkel schlug.

Horseman blieb freundlich. »Der Skipper hat gehört, wie Sie mit ihr gesprochen haben, Anil. Er hat gesehen, wie Sie zusammen mit ihr hier reingegangen sind. Also, wo ist sie?«

Anil zuckte die Achseln. »Ich weiß es nicht. Ich konnte ihr nichts über den Angriff auf Mr McKenzie erzählen. Dann ist sie gegangen. Inspector, ich möchte eine formelle Beschwerde über den Constable hier einlegen. Er hat mich angegriffen und mir ins Gesicht geschlagen. Mein Kiefer ist womöglich gebrochen. Ich brauche dringend einen Arzt!« Er hatte die Beherrschung verloren und machte seinen lachhaften Forderungen lautstark Luft.

»Alles zu seiner Zeit, Anil. Sie können eine Aussage machen, sobald wir auf dem Revier sind. Aber dort können wir erst hin, wenn wir Sergeant Singh gefunden haben. Petero hat gesehen, wie sie durchs Tor kam, aber sie ist nicht wieder hinausgegangen.«

»Ha! Das ist gut, ausgerechnet von diesem faulen Sack. Er ist dauernd woanders unterwegs und quatscht mit seinen Kumpels. Manchmal verlässt er ja auch offiziell seine Pförtnerloge, wie zum Beispiel, als er Sie hergebracht hat. Ist doch klar, Ihre Kollegin muss gegangen sein, ohne dass er es mitbekommen hat.«

»Hören Sie auf, das Thema zu wechseln. Noch einmal, wo ist Sergeant Singh?«

»Noch einmal, ich weiß es nicht.«

Seine Unverschämtheit erinnerte Horseman an Dr. Chakra. Vielleicht hatten sie beide zu viel Bildung und zu wenig Sport genossen. »Wo ist Sitiveni Doka?«

»Steve? Keine Ahnung. Ich glaube, er ist nach Hause gegangen.«

»Sie haben wohl schon alles ausgepackt, was?«

»Ja. Ich bin noch geblieben, um ein paar Sachen abzuspülen und an meinen Aufzeichnungen zu arbeiten.«

Horseman gähnte gelangweilt. »Anil, bitte, hören Sie sich doch mal zu. Sie haben mir schamlos ins Gesicht gelogen, als Sie behaupteten, Sie hätten Sergeant Singh heute Nachmittag nicht gesehen. Als ich Sie dabei ertappe, weil der Skipper etwas anderes gesehen hat, weichen Sie aus und fangen an, Constable Musudroka zu beschuldigen, dann ändern Sie Ihren Standpunkt und lügen wieder, indem Sie behaupten, Sergeant Singh hätte das Gelände verlassen, obwohl Petero sicher ist, dass das nicht stimmt. Sie führen sich auf wie ein kleines Kind! Sie sind Doktorand. Man sollte davon ausgehen, dass Sie intelligent genug sind, um nicht so einen Unsinn zu reden. Es ist in Ihrem Interesse, die Wahrheit zu sagen. Das werden Sie früher oder später sowieso. Mein Rat wäre, jetzt damit anzufangen. Maika hat uns von Ihrem gierigen kleinen Schmugglerring erzählt. So viel zu wissenschaftlicher Forschung, hm? Bisher hatte ich Respekt davor. Jetzt weiß ich, dass Sie nichts als habgierige, korrupte Heuchler sind.«

Anil hatte sich etwas beruhigt, aber seine zitternden Hände zerrten an den Handschellen. »Entspannen Sie sich, Anil. Sie tun sich nur weh. Es ist Zeit, dass Sie mir erzählen, was wirklich passiert ist, als Sie mit Sergeant Singh in dieses Gebäude kamen.«

Horseman sah auf und entdeckte hinter den hohen Lamellenfenstern, die auf den Gang hinauszeigten, einen schwarzen Haarschopf. Er bedeutete Musudroka, zu bleiben, wo er war, und stürzte zur Tür.

»Hier drinnen, Steve!«, schrie Anil.

Steve ignorierte ihn, er floh den Gang zurück in einen anderen Raum und schlug die Tür hinter sich zu. Horseman stellte fest, dass sie abgeschlossen war.

»Polizei, Sitiveni. Detective Inspector Horseman. Machen Sie auf. Sie können nirgendwohin.«

Das Licht im Raum ging aus. Stille. »Kommen Sie schon. Seien Sie vernünftig, Steve.«

Auf einmal stand Musudroka neben ihm und hielt eine Karte hoch. »Ich habe Anil im Labor eingeschlossen, Sir.«

Den Gang runter hörte man es rumpeln. Wahrscheinlich ließ Anil seine Wut an dem Mobiliar aus.

Horseman flüsterte. »Lassen Sie mich rein und schließen Sie hinter mir wieder ab. Bleiben Sie hier stehen. Lassen Sie ihn nicht raus. Ich habe schon um Verstärkung gebeten, aber geben Sie es noch mal durch.«

Es war fast dunkel. Er fand den Lichtschalter, konnte in dem geräumigen Labor aber niemanden entdecken.

»Ich weiß, dass Sie hier drin sind, Steve. Ich bin Detective Inspector Horseman, und ich bin hier, um Sie für ein Verhör mit aufs Revier zu nehmen. Bitte kommen Sie raus.« Unter den Arbeitsplatten und Spülbecken, die sich an drei Wänden entlangzogen, waren

Schränke eingebaut. Wenn hinter den Schranktüren keine Regalbretter waren, konnte ein Mensch sich darin verstecken. Vornübergebeugt lief Horseman durchs Labor und öffnete die Schranktüren so schnell er konnte. Überall waren Regalbretter angebracht, und alle waren mit Ausrüstung vollgestellt. Unter Schmerzen richtete er sich auf und bemerkte eine Tür, die kaum sichtbar in die hintere Wand eingelassen war. Noch ein Raum. Er betete, dass man von dort aus nicht auf den Gang gelangte.

»Öffnen Sie die Tür, Steve!«

Er presste sich an die Wand und drückte die Türklinke herunter. Nicht abgeschlossen. Er drückte die Tür vorsichtig auf, aber sie öffnete sich nicht weiter als neunzig Grad. Das Licht aus dem Labor fiel nur schwach hinein. Ein Summen war zu hören. Dann krachte es, und dann ein Donnergrollen. Etwas, was wie eine Gasflasche für einen Herd aussah, rollte durch die Tür. Horseman schob sich hinein und tastete nach dem Lichtschalter. Nichts. Der Raum war bis oben hin vollgestopft – diverse Haufen und Bündel stapelten sich an den Wänden, und in der Mitte stand ein hoher, turmartiger Kasten.

»Steve! Ergeben Sie sich!«, rief Horseman ins Halbdunkel.

Ein Ächzen, und dann sauste etwas in Brusthöhe auf ihn zu. Er duckte sich. Der Gegenstand prallte an seiner Schulter ab und krachte neben ihm gegen die Wand. Noch eine Sauerstoffflasche, schwer wie Blei. Sie kam von der anderen Seite, hinter dem Turm in der Mitte des Raums. Sobald Horseman um den Kasten herumginge, würde Steve auf der anderen Seite entkommen können. Horseman nahm all seinen Willen zusammen und warf sich ins Dunkle auf den Turm, ehe Steve sein nächstes Geschoss loslassen konnte.

Seine Hüfte blieb an der scharfen Kante hängen und brachte den Turm ins Schwanken, dann landete Horseman auf Steve, der wild um sich schlug. Horseman drückte den schmalen Jungen mit seinem Körpergewicht zu Boden, zerrte an seinem knochigen Handgelenk und ließ eine der Handschellen einrasten. Ehe er sich den zweiten Arm schnappen konnte, hörte er ein metallisches Knirschen, bevor sein Bein von schweren Gewichten getroffen wurde. Sein gutes Bein. Er musste den Turm über ihnen zum Einsturz gebracht haben. Sein Bein war nass. Himmel, waren es womöglich ätzende Chemikalien? Er schob sich weg und schleifte den sich widersetzenden, ächzenden Jungen mit sich über den Boden Richtung Tür und dem schmalen Lichtstreifen dort. Hinter ihm ertönten noch mehr dumpfe Aufschläge und dazu ein schrilleres Scheppern, als würde Glas zerschmettern. Flüssigkeit breitete sich auf dem Boden aus. Es roch nach nichts, aber das bedeutete noch nicht, dass es nicht giftig war. Der Junge hatte angefangen, hysterisch zu lachen, aber sein heftiges Strampeln ermüdete ihn auch. Vielleicht hatte er auch angefangen zu weinen, Horseman war nicht sicher. Unter äußersten Anstrengungen zerrte er den zweiten Arm unter dem sich windenden Körper hervor, drehte ihn auf den Rücken und kettete ihn an den anderen.

»Sie sind festgenommen, Steve. Die Formalitäten erledigen wir, sobald wir hier raus sind.« Steve lag auf dem Boden, und heftiges Keuchen und Schluchzen schüttelten ihn.

Horseman stützte sich auf ein paar Kisten ab, um sich hochzustemmen, fand den Lichtschalter versteckt hinter der Tür, fluchte auf den einfältigen Elektriker und lehnte sich nach Luft schnappend an die Wand. Vor ihm glitzerten unzählige winzige Aquarien, in denen jeweils ein einziger Fisch schwamm. Dutzende weitere, einige davon zerbrochen, schimmerten auf dem Boden, und die Flossen ihrer Bewohner zuckten wie aufziehbares Badewannenspielzeug. Vor seinen Augen wackelte der Turm, noch mehr Aquarien gerieten ins Schwanken und zerschellten auf dem Boden. So einen surrealen Tatort hatte er noch nie gesehen.

Steve lag zitternd auf dem Boden, er hatte aufgehört, um sich zu schlagen. Horseman war nicht zimperlich, als er ihn auf die Beine zog; er konnte sich selbst kaum aufrecht halten. Seine Schulter, seine Hüfte und seine Beine schmerzten, als würden Glasscherben sich hineinbohren, und dazu kam noch das starke Pochen in seinem Knie.

»Constable!«, rief er. Musudroka eilte aufgeschreckt zu ihm.

»Alarmieren Sie den Wachdienst. Sachbeschädigung. Glas – und Fische. Es ist das reinste Chaos. Da drüben an der Wand ist ein Telefon.« Er drehte sich zu Steve um, der an der Wand lehnte. Ihm strömten Tränen über das Gesicht. »Bevor wir aufs Revier fahren, wo ich Anklage gegen Sie erheben werde, führen Sie uns zu Sergeant Singh.«

Musudroka hängte den Hörer ein. »Sie sind unterwegs, Sir.«

»Gut. Sie übernehmen ihn. Zeigen Sie uns den Weg, Sitiveni.« Musudroka packte den Festgenommenen am Arm, Horseman gab ihm einen ermunternden Schubs und Steve ging nach links in den Gang Richtung Verladeplatz. Anil rumpelte noch immer im Labor weiter hinten.

»Es hat eh keinen Sinn mehr. Sie ist aufgewacht«, murmelte Steve. Meinte er etwa Singh? Steve blieb vor einer Tür stehen, die noch vor dem Raum lag, in dem sie Anil eingesperrt hatten. Horseman konnte ein dunkles Brummen und dumpfe Schläge hören. Die Tür vibrierte.

»Da drin. Meine Karte steckt in meiner Tasche«, sagte Steve resigniert.

»Susie, Horseman hier. Es ist alles in Ordnung. Gehen Sie von der Tür weg, wenn Sie können.« Noch mehr dumpfe Schläge und ein leises Scharren drangen durch die Tür.

Musudroka holte den Kartenschlüssel hervor und öffnete. Vor ihnen saß Sergeant Singh, den Mund mit Gewebeband zugeklebt, die Handgelenke gefesselt, die Beine mit einem Seil zusammengebunden. Ihre geröteten Augen blitzten vor Wut und Erleichterung.

»Rufen Sie einen Krankenwagen«, wies Horseman Musudroka leise an.

»*Bula*, Susie«, sagte er. »Wir haben uns schon gefragt, wo Sie abgeblieben sind.« Er ließ sich neben ihr auf den Boden sinken, nahm ihr Kinn in die Hand, zog vorsichtig das Klebeband ab und nahm ihr sanft den Knebel aus dem Mund, dann schnitt er die Fesseln auf und nahm ihr die Handschellen ab. Energisch rieb er ihr die Knöchel, während sie behutsam ihren Kiefer betastete.

Von draußen hörte man Polizeisirenen, die schließlich verstummten. »Das ist unsere Verstärkung, Tanielo. Übergeben Sie Steve und kommen Sie mit zwei Kollegen zurück, um Anil abzuholen. Ich bleibe bei Sergeant Singh, bis der Krankenwagen da ist.«

Singh ließ die Hände in den Schoß sinken, als wären sie zu schwer. Die Haut an ihrer Nase und um ihren Mund war gerötet und geschwollen. »Bald geht es Ihnen wieder besser, Susie. Ein Krankenwagen ist unterwegs.«

Sie funkelte ihn an. »Auf keinen Fall fahre ich ins Krankenhaus!« Ihre Stimme war ein Krächzen, aber es war ein wütendes, entschiedenes Krächzen. Dann flatterten ihre Wimpern, und sie sackte nach vorn in seine Arme. Ob er ihr wohl jemals sagen könnte, dass er bei einer Tasse Tee über die Preise für Rugbyschuhe geplaudert hatte, während sie betäubt und gefesselt in einer Abstellkammer gelegen hatte? Wahrscheinlich nicht, er schämte sich zu sehr.

52

SUVA

Steve saß vornübergebeugt Horseman gegenüber im Verhörraum. Er hatte aufgegeben. Singh hingegen wollte nicht klein beigeben. Sie hatte sich geweigert, über Nacht im Krankenhaus zu bleiben, und sie wollte auch nicht nach Hause fahren, um sich auszuruhen. Sie hatte darauf bestanden, Steve zusammen mit Horseman zu verhören. Bei Anil sei sie nicht sicher, ob sie ruhig und professionell bleiben könne. Es überraschte Horseman ein wenig, wie zornig sie auf Anil war. Normalerweise hätte er sich durchgesetzt, und das hätte er auch tun sollen, denn sie war alles andere als wohlauf, aber bei ihm selbst lagen die Nerven blank. Matt Young war auf seine Bitte hin sofort hergekommen und hatte Singh gewarnt, dass die Nachwirkungen von Chloroform noch mehrere Tage andauern könnten, aber sie hatte ihn gezwungen zuzugeben, dass sie sich keine ernsthaften Sorgen machen müsse.

Und jetzt saßen sie also hier, beide fest entschlossen herauszufinden, weshalb Nisi sterben musste. Zumindest verstanden sie jetzt, welches Motiv hinter dem Mord an Dr. Chakra steckte, und sie wussten, wer ihn umgebracht hatte, denn vor einer halben Stunde hatte Horseman eine Textnachricht seiner Mutter erhalten: »JA. SITIVENI DOKA.«

»Ich bin froh, dass Ihnen klargeworden ist, dass Ihr Spiel vorbei ist, Steve. Sie sind ein kluger Mann. Sagen Sie uns jetzt die Wahrheit, dann wird es vor Gericht besser für Sie laufen. Wir können beweisen, dass Sie nicht nach Savusavu gefahren sind. Wir haben die Passagierlisten überprüft, und Sie sind in der letzten Woche auf keiner der Fähren nach Vanua Levu gewesen. Geflogen sind Sie auch nicht. Geben Sie das zu?«

Steve zuckte die Achseln und ließ den Kopf hängen.

Singh schaltete sich ein. Sie hatte offensichtlich keine Geduld mehr. »Sprechen Sie bitte in das Aufnahmegerät, Steve.« Obwohl heiser, lag in ihrer Stimme dennoch unbeugsame Entschlossenheit.

»Nein, ich bin nicht nach Savusavu gefahren«, murmelte er mürrisch, aber es war ein Anfang.

Horseman machte weiter. »Aber es war eine gute Tarnung, nicht wahr? Jeder wusste, dass Sie Ihre kranke Mutter besuchen wollten. Deswegen hatte auch niemand den Verdacht, dass Sie nachts in Dr. Chakras *Bure* geschlichen sind und ihm das tödliche Schlangengift gespritzt haben, während er schlief. Sie hätten es doch auch einfacher haben können. So waren es eine Menge Umstände. Und Sie werden nicht behaupten können, dass Sie ihn aus Versehen umgebracht haben oder aus einem Impuls heraus.«

Steve sah verzweifelt aus. »A-aber es war ein Versehen!«

Horseman spielte mit. »Natürlich war es das. Sie haben zufällig eine Spritze mit Gift gefunden und haben sich zufällig zu Dr. Chakra ans Bett geschlichen und sie ihm verpasst!«

Steve sah die Detectives nun direkt an und kam ins Reden. »Er ist so ein Dreckskerl – ihm nur dabei zuzusehen, wie er es sich auf Paradise gut gehen lässt, und zu wissen, was ich weiß, hat mich aufgeregt. Ich wollte ihn bestrafen, ich wollte, dass dieser schmierige Mistkerl spürt, wie hilflos man sich fühlt, wenn das Nervengift seine Wirkung entfaltet. Er hätte frühestens nach vierundzwanzig Stunden sterben sollen, wenn nicht sogar erst nach zwei oder drei Tagen. Es gibt ein Gegengift für australische Seeschlangen.«

»Das ist doch absurd! Der beste Rechtsmediziner der gesamten Fidschi-Inseln hat zwei Tage gebraucht, um herauszufinden, dass Dr. Chakra an Schlangengift gestorben ist. Was dachten Sie denn, wer genau rechtzeitig mit dem richtigen Gegengift aufschlagen würde?«

Steve suchte nach den richtigen Argumenten. »Ich bin davon ausgegangen, dass Professor Burgermeister im Resort sein würde. Er hätte die Symptome sofort erkannt und hätte das Gegengift besorgen können – wir haben es im FIMS.«

»Sieht wohl so aus, als hätten Sie ihm die falsche Dosis verpasst. Vor den Geschworenen kommen Sie damit nicht durch.«

»Er war doch total voll. Sind Sie sicher, dass er nicht doch an einem Herzinfarkt gestorben ist?«

»Der Rechtsmediziner ist sich sicher, und nur das zählt. Hören Sie, Steve. Ich weiß, dass Sie glauben, mit einer Verurteilung wegen Totschlags davonzukommen, wenn Sie es nur clever genug anstellen, stimmt's? Aber ich nehme Ihnen Ihr Szenario, dass es ein Versehen war, nicht ab.«

Steve zuckte die Achseln.

»Wie sind Sie Donnerstagnacht nach Paradise gekommen?«, wollte Horseman wissen.

»Hab mir ein Boot von einem Fischer geliehen, den ich kenne, an der Küste bei Navua. Kurz vor Paradise habe ich den Motor abgestellt und bin dann an den Strand westlich von den Personalunterkünften gepaddelt.«

»Sie werden uns später den Namen und die Adresse des Fischers geben müssen. Wir überprüfen dann alles. Und danach?«

»Bin ich wieder zurück nach Navua gefahren und habe das Boot zurückgegeben. Ich habe den ersten Bus nach Suva genommen und bin bei einem Freund von der Uni im Wohnheim auf dem Laucala Campus untergekommen. Heute Morgen bin ich dann zurück ins Camp.«

Horseman fuhr fort. »Ich glaube, Sie sind gestern Abend schon zurückgekommen, Steve. Sie wollten doch bestimmt ihren Anteil des Geldes von Winston Lee.«

»Nein, was meinen Sie?«

»Lee wollte Sie nicht bezahlen, ehe er die Eier bekam, deshalb haben Sie zusammen mit ihm auf Maika gewartet, bis der mit den Eiern von Delanarua zurückkam. Dann ist Mr McKenzie aufgetaucht, und Sie dachten, dass Sie womöglich doch nicht an ihr Geld kämen. Mr McKenzie war noch immer da, als Maika an Land ging, also haben Sie ihm eins übergezogen und ihn bewusstlos geschlagen. Sie können von Glück reden, dass er nicht auch tot ist.«

Steve war jetzt verzweifelt. »Nein, nein, habe ich nicht! Sie müssen mir glauben, ich war nicht da.«

Horseman entspannte sich. »Wir überprüfen das alles morgen, Steve. Ihren Freund, der Ihnen das Boot geliehen hat, Ihren Freund von der Uni und seine Freunde, die Busse. Wir werden ganz genau herausfinden, wo Sie waren.«

»Erzählen Sie mir, weshalb Sie Dr. Chakra umbringen oder bestrafen wollten«, forderte Singh ihn auf. »Ich kann mir nicht vorstellen, dass Sie jemandem ein tödliches Gift spritzen, nur weil Sie sein Verhalten missbilligen.«

Beinahe hoffnungsvoll sah Steve Horseman an. Er sehnte sich danach, verstanden zu werden. »Wissen Sie es?«

»Ich glaube schon. Wie sich herausgestellt hat, sind unsere Mütter miteinander befreundet. Beantworten Sie Sergeant Singhs Frage, Steve.«

»Als ich zwölf war, starb meine Lieblingsschwester. Sie war neunzehn. Sie hat mich geliebt, immer hatte sie Zeit für mich. Ich bin nicht über ihren Tod hinweggekommen, und meine Eltern auch nicht. Mein Vater war streng mit uns Kindern, aber ich glaube, ihr Tod hat alles Leben aus ihm gelöscht. Ich habe erst nachdem ich zum Forschungsteam auf Paradise gestoßen bin erfahren, dass Dr. Chakra damals in Savusavu gearbeitet und Abtreibungen durchgeführt hatte – und zwar eine ganze Menge. Es hieß, er sei ein Frauenheld und dazu noch raffgierig – er verlangte horrende Honorare. Aber es wurde nie offen darüber geredet.

Ich zählte eins und eins zusammen und fragte meine älteste Schwester in Suva danach. Sie meinte, das sei Unsinn, also fuhr ich vor ungefähr einem Monat zu meiner Mutter nach Savusavu. Sie ist krank. Ich flehte sie an, und schließlich gab sie zu, dass meine Schwester an Komplikationen nach einer Abtreibung gestorben war, die dieser Mistkerl Chakra vorgenommen hatte. Meine Mutter erzählte mir, dass mein Vater nie erfahren hatte, was für eine Operation es gewesen war, und dass niemand es jemals erfahren dürfe – wir müssten den Ruf meiner Schwester auch über ihren Tod hinaus schützen. Und was war mit ihrem Leben, hätten wir das nicht schützen müssen?

Ich wusste nicht, was ich tun sollte, aber mir war klar, dass Chakra bestraft werden musste, und das Nervengift sollte ihm gehörig Angst einjagen. Wissen Sie, was es bewirkt? Erst werden die Augenlider schwer, dann kann man seine Zehen nicht mehr bewegen, dann die Füße, dann die Finger. Aber man kann immer noch sehen und hören. Schließlich arbeiten die Muskeln gar nicht mehr, obwohl man noch klar denken kann. Wenn dann das Zwerchfell aufhört zu arbeiten, bekommt man keine Luft mehr und stirbt.« Er verstummte und sah sich im Raum um, als würde er nicht mehr wissen, wo er sich befand.

»Wann haben Sie sich dazu entschieden, es zu tun, Steve?«, hakte Singh sanft nach.

»Als Nisi …« Steve brachte den Satz nicht zu Ende.

»Reden Sie weiter. Sie können uns jetzt alles erzählen. Ich verstehe Sie«, ermunterte ihn Singh.

Ein schiefes Lächeln. »Tun Sie das? Na ja, Nisi ging es nicht gut, und einmal, als ich im Resort war, sah ich, wie sie zu Dr. Chakra in die Sprechstunde ging, aber heimlich, als alle anderen schon weg waren. Dann fuhr sie für eine Woche nach Hause. Normalerweise hätte ich mir nichts dabei gedacht, aber wegen meiner Schwester kam mir der Gedanke, dass Nisi womöglich das Gleiche durchmachte. Ich meine, sie und Maika … Ich dachte, sie sei vielleicht schwanger gewesen und Chakra habe eine Abtreibung durchgeführt. Wir haben ziemlich viel mit den Gelblippenseeschlangen gearbeitet, so kam mir der Gedanke.«

»Sie haben Dr. Chakra umgebracht, weil er *eventuell* eine Abtreibung durchgeführt hat? Haben Sie mit Akanisi darüber gesprochen, dass es ihr nicht gut ging?«, fragte Singh.

»Ich habe es versucht, als sie zurückkam. Aber es war zu schwierig. Ich konnte es nicht. Aber ich wusste, dass ich recht hatte. Warum sind Mädchen immer noch so dumm? Ich verstehe es einfach nicht!«

Er wirkte wie in einem Traum versunken, als würde er mit sich selbst reden. Horseman versuchte, ihn nicht daraus zu wecken.

»Sie haben aber über etwas anderes mit ihr geredet, nicht wahr? Das Meeresschutzgebiet. Sie hatte sich ziemlich von Professor Burgermeisters Haltung zu Naturschutz beeinflussen lassen. Und sie war auch loyal gegenüber ihrem Ratu, und der steht voll und ganz hinter dem Schutzgebiet.«

»Warum sagen Sie das?«

»Ich weiß, dass Akanisi im letzten Monat, bevor sie starb, mit mehreren Personen über das Meeresschutzgebiet gesprochen hat, wie zum Beispiel Pfarrer Mosese, Guy Dawson und Maika. Ich glaube, sie adaptierte Professor Burgermeisters Haltung und war dabei, eine eigene Position zu entwickeln. Hat sie darüber mit Ihnen geredet?«

»Sie wollte uns nicht mehr dabei helfen, Eier für Winston zu suchen. Aber wir brauchten sie – sie hatte die Leguaneier gefunden. Natürlich stehen wir alle hinter dem Meeresschutzgebiet. Aber Nisi war der Meinung, wenn wir uns an die Vorgaben des Schutzgebiets halten wollten, müssten wir aufhören, Vogel- und Leguaneier zu sammeln, auch wenn es nachhaltig war. Sie konnte einfach den Unterschied nicht sehen.«

»Der da wäre?«, fragte Singh.

Steve seufzte gereizt. »Eben die Nachhaltigkeit! Wir lassen immer ein paar Eier, wo sie sind, damit die Jungen hier schlüpfen können.«

»Ich habe gelesen, dass die Fidschileguane vom Aussterben bedroht sind, Steve. Es schadet der Art auf jeden Fall, wenn man auch nur ein einziges Ei nimmt«, erklärte Singh.

»Seit wann sind Sie denn die Expertin? Und außerdem, wenn Ärzte wie Chakra ein einträgliches Geschäft aufziehen können, warum dann nicht auch Wissenschaftler?«

Das Argument kannte Horseman nur zu gut. Warum nicht auch Polizisten?

Singh fuhr fort. »Sie verachten Dr. Chakra dafür, dass er von Abtreibungen profitiert. Und dennoch finden Sie es in Ordnung, Eier von Vögeln und Leguanen zu stehlen?«

»Aber wir haben die Eier ja nicht vernichtet und die Vögel auch nicht!«, brauste Steve verärgert auf.

Horseman sah Singh stirnrunzelnd an. »Wo haben Sie Akanisi am Nachmittag der Einweihungsfeier getroffen, Steve?«, fragte er.

»Ach, das war Zufall. Sie saß auf dem Anleger und sah zu, wie die Gäste in den Booten abfuhren. Sie sagte, wie müde sie sei, also schlug ich ihr vor, ein Kajak zu besorgen und sie zu den Personalunterkünften zu paddeln. Es war eigentlich ein Witz, aber sie lachte und sagte okay. Als wir dann im Kajak saßen, versuchte ich ihr zu erklären, nach welchen Prinzipien wir die Eier sammeln, damit sie Vernunft annahm. Aber das wollte sie nicht, oder sie konnte es nicht.«

»Wie haben Sie darauf reagiert?«

Steve lächelte schwach und reuevoll. »Wissen Sie, ich würde einen miserablen Lehrer abgeben. Ich habe überhaupt keine Geduld. Ich habe mich so darüber aufgeregt, dass sie es einfach nicht begreifen wollte. Sie weigerte sich, uns zu helfen, sie dachte, sie wüsste besser als wir, was den Arten schaden würde. Da habe ich die Beherrschung verloren und sie mit dem Paddel an den Kopf geschlagen. Ich konnte kaum glauben, was ich getan hatte. Als wäre es einfach so passiert.« Verblüfft sah er von Singh zu Horseman.

»Und dann?«, flüsterte Singh, und ihre Stimme brach vor Elend.

»Sie fiel ins Wasser. Ich dachte, sie würde mich reinlegen – sie konnte schwimmen wie ein Fisch und tauchen wie ein Vogel, sie konnte so lange unter Wasser bleiben wie sonst niemand. Ich habe lange abgewartet, ich bin nicht weiter gepaddelt. Aber sie kam nicht wieder an die Oberfläche.« Verwirrt starrte er vor sich hin.

Horseman sah Nisis hübsches Gesicht deutlich vor sich, gezeichnet von Entsetzen und Angst, als sie aus dem Kajak fiel und in Bewusstlosigkeit versank. »Sind Sie getaucht, um nach ihr zu suchen?«, fragte er.

»Nein. Das hätte ihr gefallen. Sie hat sich gern über uns Jungen lustig gemacht.«

»Sie haben sie vorsätzlich getötet und dann abgewartet, um auch ganz sicherzugehen.«

Steve schüttelte vehement den Kopf. »O nein, so etwas würde ich nicht tun. Ich nahm an, dass sie bis ans Ufer getaucht war und auf mich warten würde, wenn ich zurückkam. Ich habe das Kajak an seinen Platz zurückgebracht und bin wieder ins Camp gelaufen.«

»Was haben Sie gedacht, als Sie erfuhren, dass ihre Leiche gefunden worden war?«, wollte Singh wissen.

»Ich war schockiert. Die arme Nisi.«

Horseman hielt es nicht mehr aus. Er fuhr dazwischen.

»Steve, Sie werden des Mordes an Akanisi Leletaku und Dr. Vijay Chakra angeklagt sowie der Entführung von Sergeant Singh, des Handels mit geschützten Wildtierarten, des Widerstands gegen die Festnahme und des tätlichen Übergriffs auf einen Polizisten, das wäre ich. Und das ist womöglich noch nicht alles. Die endgültige Anklage wird morgen aufgesetzt. Ich glaube, jetzt sind wir alle zu erschöpft, finden Sie nicht? Ruhen wir uns aus und reden morgen weiter.«

Der Constable führte einen zahmen Steve aus dem Zimmer. Vielleicht würde die Wirklichkeit der feuchten, von Angst durchtränkten Zelle seiner Fantasie von sich selbst als allwissendem Rächer ein Ende bereiten. Horseman hegte keinen Zweifel daran, dass Steve, um seine eigenen Ziele zu verfolgen, skrupellos gemordet hatte.

Singhs mit roten Flecken und Pusteln übersätes Gesicht sah übermüdet aus. »Verrückter oder Verbrecher, Sir?«

»Ich bin froh, dass ich das nicht entscheiden muss. Aber ich halte ihn nicht für verblendet. Er spinnt uns eine Geschichte vor, das ist alles nur aufgesetzt, um die Anklage zu mildern. Das locken wir morgen noch alles aus ihm heraus. Wir nehmen sie noch mal in die Mangel. Auch Maika. Forschen nach, ob Steve gestern Nacht am Strand von Paradise war oder gewesen sein könnte. Wenn nicht, hat Lee Mr McKenzie angegriffen, aber das können wir womöglich nicht beweisen. Bis dahin, sind Sie sicher, dass es Ihnen wieder gut geht?«

»Ja, Sir. Müde. Schon seltsam. Erst letzte Woche habe ich zu Anil gesagt, dass kein einziger Wissenschaftler auf Fidschi im Gefängnis sitzt. Jetzt werden es mindestens zwei sein.« Sie brachte kaum noch ein Krächzen hervor.

»Verlassen Sie sich mal nicht darauf. Anil kommt womöglich mit einer Bewährungsstrafe davon.«

»Was? Obwohl er eine Polizistin angegriffen und entführt hat? Nicht wenn ich ein Wörtchen mitzureden habe! Was mir passiert ist, war alles Anils Werk, nicht St…« Ein rasselnder Husten schüttelte sie.

»Sie müssen sich ausruhen. Ausnahmsweise schreiben wir unseren Bericht diesmal erst morgen. Kommen Sie, Detective Sergeant, ich bringe Sie nach Hause.« Sein Körper war da allerdings anderer Meinung. Als er aufstand, um Singh zu helfen, sackte sein rechtes Bein, das inzwischen vollkommen taub war, unter ihm weg. Er stürzte auf den Betonboden, drehte rechtzeitig das Gesicht zur Seite, landete stattdessen aber hart auf der Schulter, die bereits von der fliegenden Gasflasche im FIMS-Labor geprellt war. Als er sich schließlich auf den Rücken gedreht hatte, stand Singh hilflos hustend über ihm.

»Ich bin dran, Ihnen zu helfen, Sir«, brachte sie irgendwann hervor und hielt ihm die Hand hin. Allerdings war sie selbst nicht besonders sicher auf den Beinen, und so zog sie einen Stuhl heran und setzte sich, während Horseman sich aufrichtete.

Als der Constable zurück zu ihnen in den Verhörraum kam, warf er nur einen Blick auf sie und besorgte dann einen Fahrer, der sie beide nach Hause brachte.

EPILOG

Am folgenden Sonntag stattete Horseman dem Dorf seiner Mutter einen Besuch ab. Er hatte seinen grauen maßgeschneiderten *Sulu*, ein weißes Hemd und eine Krawatte angezogen und kam wie erwartet mit in die Kirche. Im Anschluss daran versammelten sich das gesamte Dorf sowie einige Verwandte, die zu Besuch gekommen waren, zum gemeinsamen Mittagessen. Beim Festmahl saßen sie auf gewebten Matten unter Unterständen, und Horseman hatte ein Bein gerade vor sich ausgestreckt, neben sich eine Krücke. Alle löcherten ihn über die USA, in denen es mehr Möglichkeiten gab und die sie sich wie das Paradies auf Erden vorstellten. Während er das saftige Hühnchen, den Fisch und das Gemüse aus dem *Lovo* genoss, tat er ihnen den Gefallen und erzählte Anekdoten aus seiner Zeit in Oregon, die er vor allem in Krankenhäusern und Unterrichtsräumen verbracht hatte.

»Wisst ihr«, schloss er, »ganz egal wie gut die Straßen und Flugzeuge und Krankenhäuser in Amerika sind und ganz egal wie schlau ihre Ingenieure und Ärzte sein mögen, ich habe dort nie etwas zu essen bekommen, das auch nur halb so lecker war wie unser *Lovo*. *Vinaka vakalevu*!«

Als aufgeräumt war und die Reste verpackt wurden, um sie zu verteilen, legte seine Mutter zufrieden eine Pause ein und setzte sich zu ihm.

»Josefa, ich mache mir große Sorgen um dein Knie. Es würde mich ärgern, wenn die ganzen Fortschritte, die du in den Staaten gemacht hast, verloren wären.«

»Nein, Mum. Der Spezialist hat es nur vorsichtshalber fixiert, damit ich es ein paar Tage nicht belaste.«

Mrs Horseman zog skeptisch die Augenbrauen hoch. »Und dein Sergeant – die Inderin?«

Horseman war bewusst, dass der betont neutrale Tonfall seiner Mutter ihr starkes Interesse an Sergeant Susila Singh verbergen sollte. »Sie ist erschöpft und hat sich ein paar Tage freigenommen. Aber sie ist tough. Sie ist wirklich eine klasse Polizistin, Mum.«

»Weißt du, Joe, du hast mir noch gar nicht alles von deinem Fall erzählt. Ich habe mich da ein paar Sachen gefragt.«

»Schieß los, Mum.«

»Wie geht es Mr McKenzie, dem Manager vom Paradise Island Resort?«

»Er erholt sich gut. Er sagt, er könne sich jetzt wieder an alles erinnern, bis er das Bewusstsein verlor, aber er ist sich sicher, dass er nicht gesehen hat, wer ihn attackierte. Er wird morgen aus dem Krankenhaus entlassen, und seine Frau fährt mit ihm nach Neuseeland, um ein bisschen Ruhe zu haben. Ich war überrascht, als sie mir erzählten, dass sie vorhaben, nach Paradise zurückzukehren, nach allem, was sie durchgemacht haben. Aber es freut mich. Mr McKenzie hat den Respekt und das Vertrauen all seiner Angestellten.«

»Aber wie kann das Resort sich so lange ohne Manager managen?«, fragte sie mit einem Lächeln.

»Adi Litia hat eine Vertretung fürs Büro eingestellt und übernimmt solange Mr McKenzies Posten.«

»Klingt nach einem guten Arrangement. Warum will sie das nicht auf Dauer machen?«

»Adi Litia ist tüchtig, aber sie hat noch ein bisschen was zu lernen, was soziale Kompetenzen angeht. Sie meint es gut. Ihre aristokratische Art ist nur sehr tief in ihr verwurzelt – sie kann nicht anders.«

Mrs Horseman sah skeptisch aus. »Hm. Und was ist aus diesem Gauner geworden, dem Schmuggler aus Hongkong? Ich hoffe doch, dieser Dieb sitzt hinter Gittern, nicht dass er noch mehr von unseren jungen Leuten ins Verderben zieht!«

»Leider nicht, Mum. Winston Lee ist auf Kaution freigekommen unter der Voraussetzung, dass er seinen Pass abgibt und Suva nicht verlässt. Er hat einen Anwalt, der den Leuten Honig ums Maul schmiert. Sowohl Steve als auch Maika bleiben bei ihrer Aussage, dass Lee Ian McKenzie attackiert hat, aber ich weiß nicht, wie das vor Gericht aufgenommen wird. Sie haben beide ein Interesse daran, die Schuld von sich zu weisen. Wir müssen das Verfahren abwarten – vielleicht muss Lee doch noch ein bisschen Zeit hier absitzen.«

Mrs Horseman schüttelte traurig den Kopf. »Ich kann immer noch nicht glauben, dass das Mädchen und der Arzt wegen diesem raffgierigen Fiesling sterben mussten. Nicht dass ich für Dr. Chakra etwas übriggehabt hätte, wie du ja weißt. Aber trotzdem.«

»Mum, Anil und Sitiveni sind gebildete junge Männer. Es war ihre Entscheidung, bei Lees Plan mitzumachen. Man würde doch meinen, dass sie stark genug sei müssten, um abzulehnen, oder?«

»Und was wird jetzt aus dem Professor der Jungs und seinem wunderbaren Traum von einem Meeresschutzgebiet?«

»Professor Burgermeister ist schockiert und am Boden zerstört. Aber er wird sich schon wieder aufrappeln. Ratu Ezekaia und sein Neffe Waisele unterstützen ihn, wo sie können. Die Zukunft des Meeresschutzgebiets sieht gesichert aus.«

»Das freut mich. Oh, ich muss dir noch etwas erzählen. Erinnerst du dich an meine Freundin Mere Kurolo aus Savusavu, die Mutter deines Mörders, Sitiveni?«

»*Io*, Mum. Natürlich. Und ich bin dir sehr dankbar, dass du mir dabei geholfen hast, die Verbindung zu ziehen. Ich glaube nicht, dass ich ohne dich darauf gekommen wäre.«

Sie sah erfreut aus. »Vielleicht nicht so schnell, aber du hättest es schon noch geschafft, Joe. Jedenfalls ist Mere am Freitag gestorben. Ganz friedlich, bevor irgendjemand ihr sagen konnte, was ihr Sohn getan hat. Dafür bin ich dankbar. Eine Mutter sollte so eine Last nicht tragen müssen.«

»Nein, Mum, da stimme ich dir zu. Würdest du gern zu ihrer Beerdigung gehen? Ich buche dir einen Flug.«

»*Vinaka*, mein Sohn. Ich frage nach, wann sie stattfindet, bevor du zurück nach Suva fährst. Dieses Mobiltelefon kann wirklich ganz nützlich sein, wenn es denn funktioniert.«

Vor zwei Wochen war er nach Fidschi zurückgekehrt, aber als er mit seinen Verwandten über seine Zeit in den Staaten sprach, kam ihm sein Jahr dort bereits weit weg vor, wie ein anderes Leben. Jetzt war er wieder in der Welt, aus der er stammte, die er verstand. Ob diese wunderschönen Inseln wieder zu seiner wahren Heimat werden konnten, wusste er noch nicht. Einer Sache allerdings war er sich sicher – er musste fit werden für Rugby.

DANK

Dieses Buch wäre nicht entstanden, hätte ich nicht die Unterstützung so vieler Menschen gehabt. Als Erstes bin ich all jenen zu Dank verpflichtet, die bereitwillig ihre Fachkenntnis aus mir fremden Bereichen mit mir teilten: Mr Waisea Vakamocea, Polizist im Ruhestand der Fiji Police Force, Professor Rick Shine von der School of Biological Sciences an der Universität von Sydney, sowie Dr. Ken Winkel, Senior Research Fellow an der Universität von Melbourne. Die Verantwortung für jegliche Fehler in diesem Buch in Zusammenhang mit ihren Arbeitsbereichen liegt allein bei mir.

Als Nächstes bin ich all jenen unendlich dankbar, die mir über mehrere Fassungen hinweg dabei geholfen haben, meinen Erzählstil zu verfeinern. Meine Mentorin Kathryn Heyman, die mir eine Menge beibrachte und mich dazu ermutigte, immer wieder zu überarbeiten. Das Team des Impress Prize in Exeter, Großbritannien, das mich ermunterte, nachdem sie eine frühere Fassung dieses Buches auf ihre Shortlist gesetzt hatten. Meine Lektorin Irina Dunn, deren kluger Rat zu dieser finalen Fassung führte. Keith Stevenson, der mein Manuskript auf professionelle Weise in ein echtes Buch verwandelte, und die Grafikerin Maryna Zhukova, die die Karte zeichnete und für die australische Ausgabe das Cover meiner Träume entwarf.

Schließlich einen ganz herzlichen Dank an die Freiwilligen: Kyran Lynch-Kheir fürs Korrekturlesen, Anna Williamson für die Lektüre vorheriger Fassungen und Peter Williamson für seine Begeisterung für meine Geschichte und seine fortdauernde Unterstützung.

FIDSCHI – EIN KURZER SPRACHFÜHRER

Um zu wissen, wie die fidschianischen Eigennamen und Begrüßungen im Text ausgesprochen werden, hier eine Anmerkung zur fidschianischen Sprache.

Das fidschianische Alphabet basiert auf der lateinischen Schrift. Die Aussprache ist einfach und bis auf wenige im Folgenden aufgeführte Ausnahmen wie im Deutschen.

b = mb	*bula* = mbu-la
d = nd	*Adi* = a-ndi
g = ng	*liga* = li-nga
q = ngg	*Beqa* = mbe-ngga
c = th	*moce* = mo-the (wie englisch »mother«)

GLOSSAR

Adi	weiblicher Häuptlingstitel
Bhuja	würzige Snackmischung
Bula	Hallo
Bure	ursprünglich eine typische einfache Hütte aus Holz und Reet, im Tourismus ein Bungalow
Dadakulaci	Gelblippenseeschlange
Dina	stimmt
Kailoma	Fidschianer*in mit (halb-)europäischen / ausländischen Wurzeln
Kaivalagi	Ausländer*in
Kaka	Pompadoursittich
Kava	Zeremonialgetränk aus Rauschpfeffer
Kerekere	bitte
Kula	Lori oder Honigpapagei
Io	ja
Isa	leider / wie schade
Jilou	Entschuldigung
Lali	Hohlschlitztrommel
Lovo	traditionelles Festessen, das im Erdofen gegart wird
Masi	Tuch aus *Tapa-Rindenbast*
Moce mada	Auf Wiedersehen
Ni sa Moce	gute Nacht
Oi le!	Ach du liebe Güte!
Ovisa	Polizist*in, »Officer«
Ratu	männlicher Häuptlingstitel
Salusalu	Blumenkranz
Sulu	traditioneller Wickelrock mit gezacktem Saum

Tanoa	große Holzschale mit Füßen, in der Kava zubereitet wird
Tapa	Stoff aus Rindenbast
Vinaka	danke
Vinaka vakalevu	vielen Dank
Vokai	Fidschileguane
Yadra	guten Morgen